Jürgen Alberts

Roman

Der Anarchist von Chicago

Rowohlt

1. Auflage März 1995

Umschlaggestaltung Kathrin Kreitmeyer
Satz aus der Plantin und Helvetica (Linotronic 500)
Gesamtherstellung Clausen & Bosse, Leck
Printed in Germany
ISBN 3 498 00041 1

«Regiert werden heißt, bei jedem Werk, bei jedem Handeln, bei jeder Bewegung festgestellt, registriert, zensiert, tarifiert, abgestempelt, geschätzt, mit Abgaben belegt, lizenziert, autorisiert, befürwortet, behindert, reformiert, korrigiert werden; es heißt, unter dem Vorwand des öffentlichen Nutzens und im Namen des allgemeinen Interesses besteuert, dressiert, gerupft, ausgenutzt, monopolisiert, bevollmächtigt, gedrängt, mystifiziert, bestohlen und beim ersten Wort der Klage unterdrückt, bestraft, verunglimpft, schikaniert, verfolgt, gezaust, verurteilt, gerichtet, deportiert, geopfert, verkauft und verraten, dabei noch gefoppt, genarrt, gekränkt und entehrt werden. Das heißt Regierung, das ist ihre Gerechtigkeit, das ist ihre Moral.»

Pierre-Joseph PROUDHON, 1841

Anarchismus: Die Philosophie einer neuen sozialen Ordnung, die auf einer Freiheit gründet, die nicht durch ein von Menschen geschaffenes Gesetz eingeschränkt wird; die Theorie, die besagt, daß alle Formen von Regierung auf Gewalt beruhen, und deshalb falsch, schädlich und nicht notwendig sind.

Emma GOLDMAN, 1917

Nach der Revolution wird es keine Gefängnisse mehr geben, keine Gerichte und keine Polizei.

Die Welt wird eine einzige große Kommune sein, in der Lebensmittel und Unterkunft frei sind, in der wir alles miteinander teilen.

Alle Uhren werden zerstört.

Friseure werden in Umerziehungslager gehen und sich die Haare lang wachsen lassen.

Das Pentagon wird durch eine Farm ersetzt, auf der man mit LSD experimentiert.

Es wird keine Schulen oder Kirchen mehr geben, denn die ganze Welt wird eine einzige Kirche und eine einzige Schule sein.

Die Leute werden am Morgen das Land bebauen, am Nachmittag Musik machen und ficken, wann immer sie Lust dazu haben.

Jerry RUBIN, 1968

Inhaltsverzeichnis

1. Kapitel

Chicago, Mai 1886

Er suchte einen Ort, von dem aus er seinen Laden im Auge behalten konnte, ohne selbst entdeckt zu werden. Mit dem dreibeinigen Holzschemel in der Hand ging er um die Werkbank, auf der kein einziges Werkzeug lag.

Die beiden Gesellen hatte er an diesem Mittwochmorgen nach Hause geschickt. Sie waren losgestürmt, ohne sich für den freien Tag zu bedanken. Von der kurzen Seite des eingekerbten Holztisches her konnte er den Türspalt gut einsehen, aber ein unerwünschter Beobachter würde ihn durch die rückwärtigen Fenster ausmachen können. Die Scheiben waren von den Dämpfen der Chemikalien beschlagen, und doch ließen sie zuviel Sicht frei. Er wuchtete den Blechschrank vor das dreiteilige Fenster und fühlte sich sicher.

In der Werkstatt hingen Rahmen an den Wänden, verschnörkelte goldene, glatte silberne, schwarze, die mit Schnitzereien verziert waren. Geordnet nach Formaten, rechteckige und quadratische. An der Wand die Rahmenspanner, übereinander gehängt glichen sie den neuesten Hochhäusern der Stadt.

Aus der untersten Schublade des Blechschrankes holte er eine Kiste hervor.

Die Gäste des letzten Abendmahles lächelten ihm zu. Maria Magdalena hatte Bedenken. Hildegard von Bingen gab ihre Zustimmung. Jesus nickte am Kreuz.

Er entzündete die Spiritusflamme und wartete eine Weile, bis sich das bläuliche Licht ruhig verbreitete, ohne zu flakkern. Sorgsam stellte er das Gefäß mit der Schwefelsäure auf den Tisch und nahm das gläserne Haarröhrchen aus der Kiste. Er hielt es so lange in die Flüssigkeit, bis die Schwefelsäure einen Zoll breit eingedrungen war. Mit einem sauberen Lappen wischte er das Röhrchen ab und hielt es über die Flamme. Nach kurzer Zeit schmolz das Glas und verschloß die Öffnung. Als das Haarröhrchen etwas erkaltet war, rieb er das Ende zwischen den Fingern. Dann wiederholte er den Vorgang auf der anderen Seite.

Schon vor Tagen hatte er sich die Materialien besorgt. In verschiedenen Pharmazien. Als er ein Pfund chlorsaures Kali kaufte, es kostete 35 Cent, war der Apotheker nachsichtig mit ihm. «Lassen Sie äußerste Vorsicht walten, Mister, das Zeug ist nicht ganz ungefährlich.» Er spitzte dabei die Lippen.

Das will ich meinen, dachte er.

Die Türschelle ging. Kundschaft.

Er legte ein Leinentuch über die Kiste, dann erhob er sich.

Der Kunde, der, ganz ungewöhnlich für diese Uhrzeit, einen Frack trug, betrachtete eingehend die Bilder.

«Womit kann ich dienen?» fragte er höflich und setzte hinzu: «Wir führen auch größere Formate.»

Der Mann sah nach ausreichendem Vermögen aus, das steigerte den Preis immer.

«Soll es eine biblische Szene sein? Ein Engelreigen für das Schlafzimmer und das nächtliche Wohlbefinden?»

Der Kunde trug einen hohen Zylinder.

«Mr. Weissenbach, Sie haben mir voriges Jahr so eine wunderschöne Madonna geliefert, sehr schlank, sehr brünett, ihr Aussehen war...»

«Ein wenig spitzbübisch», ergänzte er, seine eigenen Worte erinnernd.

«Die Madonna von Weilersheim, im Rosengarten, ihr Blick hat etwas Himmlisches, diese Verzückung, der selige Gruß. Ich muß im Lager nachschauen, ob ich noch ein Exemplar davon besitze.»

Er wußte, daß sich in seinem Schuppen keine Madonna von Weilersheim mehr befand. In ihrem hellen, fast durchsichtigen Gewand gefiel sie den prüden Kirchgängern nicht. Ein Katholik hatte sich ob dieser unzüchtigen Darstellung sogar beschwert. «Und überhaupt, was soll denn diese Madonna von Weilersheim bewirken?» hatte er erbost gefragt. So bestellte er bei seiner Dresdner Malerei kein weiteres Exemplar.

Der Schuppen war geräumig und versammelte alle Heiligen der Alten Welt, die in der Neuen reißenden Absatz fanden: Franziskus von Assisi, Amandus von Straßburg, Edmund von Abbington, Margareta von Schottland, den heiligen Florinus und die Mystikerin Gertrud von Helfta, die als Fünfundzwanzigjährige ihre erste Christus-Vision hatte und bis zu ihrem Tode immer wieder innige Vereinigungen mit dem Herrn beschrieb. Ihr Lächeln glich jenem der Madonna von Weilersheim, mit dem Zeigefinger der rechten Hand zeigte sie auf das Herz Jesu, von dem ein Lichtstrahl auf die Heilige Schrift ausging.

Er holte das große Gemälde hervor.

«Ich muß mich entschuldigen, das gewünschte Bild ist leider ausgegangen. Ich kann es nachbestellen, das wird aber einige Monate dauern. Doch ich habe einen würdigen Ersatz. Dieses polnische Meisterwerk erzählt die Geschichte einer Frau, die schweben konnte. Eine Heilige, die von Ort zu Ort glitt und der Liebling aller armen Kinder war.»

Er wartete auf die Reaktion des vornehmen Kunden. Wollte er noch mehr von diesem Wunder hören oder erst das Bild sehen?

«Mr. Weissenbach, Sie kennen meinen Geschmack. Sie werden bestimmt das richtige Bild herausgesucht haben. Bill ist plötzlich verstorben, seine Frau trägt es mit Fassung, aber sie braucht eine moralische Stärkung. Zeigen Sie schon!»

Erst jetzt drehte er das Porträt um, überraschte seinen Kunden mit dem Anblick und sagte: «Sieben Dollar.» Er hatte zwei Dollar aufgeschlagen. Die Ausgaben für Schwefelsäure und Kali waren damit beglichen.

Der Kunde zögerte.

Langsam ließ er das Heiligenbild sinken. Mit Bedacht entfernte er es aus dem Blick des Kunden.

«Ich nehme es, Mr. Weissenbach, ich nehme es. Das ist ein enormes Geschenk, allerdings auch ein enormer Preis.»

Er schwieg. Sah an dem Kunden vorbei auf die Straße. Eine Droschke wartete auf den Kunden. Das würde die Verhandlungen beschleunigen.

«Ist diese Madonna ein Original?» fragte der Kunde, sein Zylinder saß tief in der Stirn.

«Ich führe nur Originale. Meine Dresdner Malerei hat ausgezeichnete Künstler unter Vertrag.»

«Aber im Schaufenster sah ich ein paar billige Öldrucke: die Hochzeit von Kanaan, der brennende Busch... Ich erinnere mich ganz genau.»

Nun wußte er, daß er mit dem Preis zu hoch gegangen war. Der Kunde begann seine Dollars zusammenzusuchen.

«Das war vor meiner Zeit, ist Jahre her. Als ich den Laden von Mr. Goldworths übernahm, habe ich alle Drucke billig abgegeben. So etwas verdirbt das Geschäft.» Dies entsprach nicht ganz der Wahrheit, diente aber dem Renommee des Ladens: Verkauf von Heiligenbildern in Originalen. Das einzige Geschäft in Chicago, das diese Ware führte. Die Öldrucke versandte er, wenn Gemeinden größere Posten bestellten. Im Überland-Verkauf fiel es nicht auf, wenn er ein paar mitschickte. Schließlich bürgten die Gemeindepfarrer für die Qualität.

«Ich habe fünf Dollar zur Hand», sagte der Kunde, «würden Sie den Rest anschreiben?»

«Sie können Namen und Betrag in diesem Schuldbuch notieren. Ich wäre froh, wenn Sie dann in der nächsten Woche die ausstehende Summe begleichen würden.»

Während der Kunde der Aufforderung nachkam, begann er, das Bild einzupacken. Unter der Ladentheke befanden sich allerlei Geschenkpapiere. Mit großer Sorgfalt wählte er ein weißes Seidenpapier mit goldenen Kreuzchen aus. Ein Posten dieses exquisiten Papiers aus Italien war ihm zugefallen. Der Besitzer des Schreibwarenhandels hatte Bankrott gemacht, weil ihn ein Konkurrent denunzierte.

Nachdem der Trauergast den Laden verlassen hatte, legte er die fünf Dollar in die gußeiserne Kasse und schloß sie zweimal ab.

Dann löschte er das Licht, weil genügend Helligkeit durch die großen Glasscheiben hereindrang.

In der Werkstatt fügte er das Glasröhrchen mit der eingeschweißten Schwefelsäure in ein gleich langes aus Blech, das an einer Seite mit einer Kapsel verschlossen war. Danach füllte er mit Hilfe eines Trichters die vorbereitete Mischung aus chlorsaurem Kali und mehlfein pulverisiertem Zucker, zu gleichen Teilen, in das Blechröhrchen, bis kein Zwischenraum mehr blieb.

Mit einer zweiten Kapsel verschloß er das andere Ende.

Behutsam legte er das Blechröhrchen auf die Werkbank. Zwischen den der Größe nach geordneten Werkzeugen fiel es nicht auf.

«Franz, Franz, bist du da?»

Er erkannte Florines Stimme. Sie kam zur ungünstigen Zeit. Er sprang auf, ging mit raschen Schritten zur Tür, die er fest hinter sich zuzog.

Florine trug eines von ihren extravaganten Kleidern, einer römischen Tunika nachempfunden, hellviolett, mit weiß-goldenen Schnüren verziert. Ihr schwarzer Pagenschnitt war akkurat geschnitten, die Augen stark geschminkt. Wenn sie derart festlich gekleidet war, glich sie der heiligen Barbara.

Sie reichte ihm ein handgedrucktes Zirkular.

Den Inhalt kannte er schon.

Rache! Rache!

Arbeiter, zu den Waffen!

Arbeitendes Volk, heute Nachmittag mordeten die Bluthunde Eurer Ausbeuter 6 Eurer Brüder draußen bei McCormick's. Warum mordeten sie dieselben? Weil sie den Muth hatten, mit dem Loos unzufrieden zu sein, welches Eure Ausbeuter ihnen beschieden haben. Sie forderten Brod, man antwortete ihnen mit Blei, eingedenk der Thatsache, daß man damit das Volk am wirksamsten zum Schweigen bringen kann! Viele, viele Jahre habt Ihr alle Demüthigungen ohne Widerspruch ertragen, habt Euch vom frühen Morgen bis zum späten Abend geschunden, habt Entbehrungen jeder Art ertragen, habt Eure Kinder selbst geopfert — Alles, um die Schatzkammern Euer Herren zu füllen, Alles für sie! Und jetzt, wo Ihr vor sie hintretet, und sie ersucht, Eure Bürde etwas zu erleichtern, da hetzen sie zum Dank für Eure Opfer ihre Bluthunde, die Polizei, auf Euch, um Euch mit Bleikugeln von der Unzufriedenheit zu kuriren Sklaven, wir fragen und beschwören Euch bei Allem, was Euch heilig und werth ist, rächt diesen scheußlichen Mord, den man heute an Euren Brüdern beging, und vielleicht morgen schon an Euch begehen wird. Arbeitendes Volk, Herkules, Du bist am Scheideweg angelangt. Wofür entscheidest Du Dich? Für Sklaverei und Hunger, oder für Freiheit und Brod? Entscheidest Du Dich für das Letztere, dann säume keinen Augenblick; dann, Volk, zu den Waffen! Vernichtung den menschlichen Bestien, die sich Deine Herrscher nennen! Rücksichtslose Vernichtung ihnen — das muß Deine Losung sein! Denk' der Helden, deren Blut den Weg zum Fortschritt, zur Freiheit und zur Menschlichkeit gedüngt — und strebe, ihrer würdig zu werden!

Eure Brüder.

Während er las, dachte er darüber nach, wie er sich am geschicktesten verhalten solle. Wieviel durfte er Florine sagen? Konnte er sie einweihen? Es war zu ungewiß und sicherlich viel zu gefährlich, wenn sie von seinem Vorhaben erfuhr.

Er nahm die goldene Halbbrille von der Nase.

Das Flugblatt war ihm am Abend zuvor in den Laden gebracht worden. Es hatte ihn die ganze Nacht nicht schlafen lassen.

«Was wirst du unternehmen, Franz?» fragte Florine ungeduldig, «du kannst nicht zusehen, wie deine Landsleute niedergemäht werden. Du wirst nicht stillsitzen und die Augen verschließen.»

Er wußte nicht, was er sagen sollte.

Vor ihm stand die Frau, die er vor einem Jahr kennengelernt, die ihn aus seiner langandauernden Junggesellenschaft geholt hatte. Die er begehrte.

«Ich weiß, daß du dieses Abschlachten nicht gutheißt. Sag etwas, Franz, bitte!»

«Ich verkaufe Heiligenbilder, Florine. Ich muß in meinem Laden bleiben und der Kundschaft zur Verfügung stehen. Gerade vorhin hat jemand eine polnische Madonna gekauft, ein Trauerfall, die Heilige soll trösten...» Er unterbrach sich, weil er sah, daß Florine wütend wurde. Seine gestammelten Entschuldigungen würde sie nicht akzeptieren.

«Red nicht so einen Unsinn. Schlimm genug, daß Menschen für diesen Kitsch auch noch Geld ausgeben. Aber, daß du die tröstende Wirkung beschwörst! Du bist ein Samariter für wunde Seelen, Franz, kein handfester Bürger.»

Mit Mühe verbarg er seine innere Unruhe.

Es waren die Vorfälle der letzten Wochen, die ihn aus dem

Gleichgewicht brachten. Und dabei hatte er sich in der Neuen Welt nach einem ruhigen Leben gesehnt.

«Ich bin zu Beverlys Hochzeit eingeladen. Ich geh jetzt dorthin und sammle Unterschriften für eine Petition, damit die Polizei in die Schranken gewiesen wird. Das, was bei McCormicks geschehen ist, muß gestoppt werden. Wenn sich nicht alle Bürger der Polizei entgegenstellen ...»

«Du gehst dorthin?»

«Milton hat mich eingeladen. Warum nicht? Du verkriechst dich hier in deinem Laden, während in Chicago Blut fließt. Was bist du für ein Feigling, Franz!»

Sie drehte sich um.

Die Tür fiel ins Schloß.

Er sah ihr nach, lächelte milde. Florine war imstande, an der Hochzeitstafel einen Aufruhr zu organisieren. Das würde dem Schoko-König gar nicht gefallen. Sie würde eine wundervolle Rede halten, gewandt, pathetisch, voller Rührung, dabei den Gastgeber nicht aus den Augen lassen. Seinen Widersacher in der Gunst der Malerin. Das gefiel ihm besonders an ihrem Vorhaben. Florine würde nicht ruhen, bis alle ihre Petition unterschrieben hätten. Die ganze feine Gesellschaft würde sie durcheinanderwirbeln. Wahrscheinlich war auch Bürgermeister Harrison zugegen. Milton hatte ihn gewiß auf seiner Einladungsliste. Er dachte an den Ausspruch, als er dem Zuckerbäcker zum ersten Mal begegnete: «Wu Schmook iss, iss aa Feier.»

Florine riß die Tür auf, stapfte zum Verkaufstisch und nahm das Zirkular wieder an sich. «Hier würde es nur ganz unnütz sein, Franz. Überleg dir, was du jetzt sagst!» Sie funkelte ihn an.

Er schwieg.

«Dann gehe ich», zischte sie.

Er mochte es, wenn Florine wütend war. Ihr strenges Gesicht bebte dann und ihre Lippen wurden schmal. Sie hatten sich oft gestritten. Sosehr sie ihn anzog.

Ein heftiges Jucken am Ohrläppchen setzte ein, ein Gefühl der Vorfreude, das sich in den letzten Jahren nicht mehr eingestellt hatte.

Seit er in die Neue Welt gekommen war, wollte er sich von Gefühlen nicht mehr leiten lassen. Eine neue Haut war gewachsen.

Schon vor Tagen hatte er das Dynamit hergestellt. In einem Steinguttopf, der in einem kalten Wasserbad stand, mischte er achtzehn Pfund Schwefelsäure und neun Pfund Salpetersäure. Da sich scheußliche Dämpfe bei der Mischung entwickelten, schützte er sich mit feuchten Tüchern über Mund und Nase. Nach einer Viertelstunde, in der die Mischung erkaltete, fügte er unter ständigem Rühren drei Pfund Glycerin hinzu. Vorsichtig kippte er das gelbliche Öl in das vorbereitete Eiswasser und erhielt Nitroglycerin. Mit Sodalauge reinigte er es. In ein Gemisch aus Zuckerstaub, Salpeter und gemahlenem Holz ließ er das Nitroglycerin behutsam einlaufen, bis er einen zähen Teig erhielt. Er wickelte das fertige Dynamit in Ölpapier und lagerte es in Blechbüchsen.

Ein Geselle hatte am Morgen, nach der Herstellung des gefährlichen Stoffes, die Nase gerümpft und gefragt, wonach es in der Werkstatt so streng rieche. Er gab dem Gesellen keine Antwort.

«Wenn ihr dieses Wunderzeug damals gehabt hättet, wären die Römer schnell außer Landes gewesen!» Er blickte hinauf zum Gekreuzigten. «Unter dem Hintern der Großmäuligen vermag Dynamit manchen Tanz aufzuführen.»

Er holte die gehämmerte Bleikugel hervor, nicht größer als eine saftige Orange, legte den Zünder hinein und füllte die ganze Kugel mit Dynamit. Das Blechröhrchen war so eingefügt, daß es beim Aufprall zerbrach, die Schwefelsäure sich in die Zucker-Kali-Mischung ergoß und die Sprengkapseln zündete. Damit wurde das Dynamit zur Explosion gebracht. Er pfiff ein Liedchen aus dem alten Europa. «Wir sind des Geyers schwarzer Haufen, he ja, hoho...»

Es war die Gelassenheit, diese Ruhe der Uhrmacher, die ihn schon in der Schweiz so beeindruckt hatte. Handwerker, die mit größter Präzision arbeiteten, Tausende von Teilchen zusammenfügten und nicht einen krausen Gedanken im Kopf haben durften. Im Jura waren gerade sie die fanatischsten Anarchisten gewesen.

Es gab einige von ihnen, die versucht hatten, Dynamit herzustellen. Manche waren dabei in die Luft geflogen, andere der Polizeischurkerei aufgefallen, weil die Fabrikation einen solchen Gestank erzeugte, daß sie schwerlich zu verbergen war. Außerdem mußte man genügend Dynamit herstellen, um einen wirkungsvollen Effekt zu erzielen. Wie hatte Johann in seiner Broschüre geschrieben: «Neunundneunzig Mal an die Wand geworfen, geht vielleicht ein Pfund Dynamit nicht los, und das hundertste Mal fällt es etwa durch Zufall von einem Tisch auf den Boden und explodiert.»

Er war Johann Most begegnet, dem Schiefmäuligen mit der gewaltigen Stimme, der es fertigbrachte, noch im Gefängnis eine Zeitung herauszugeben. Er schrieb Artikel mit Haferbrei und umwickelten Streichhölzern, bestach Gefängniswärter, die seine Papiere aus dem Kerker schmuggelten.

Was würde es für einen Effekt haben, wenn er seine

Bombe unter die Hochzeitsgesellschaft warf? Der Schoko-König würde als erster durch die Luft wirbeln.

Auf dem Pappschild, das er mit einem kleinen Nagel über der Tür anbrachte, stand: «Closed for mourning.» In deutscher Sprache fügte er den Hinweis an: «Wegen Trauerfall vorübergehend geschlossen.»

Er zog das graue Rollo herunter und drehte den Schlüssel bis zum Anschlag.

Die Bombe ließ er unter dem Leinentuch auf der Werkbank liegen.

Über eine Wendeltreppe erreichte er den zweiten Stock. Im Ankleidezimmer wechselte er seine Handwerkerschürze gegen ein dunkles Jackett, das er vom Bügel nahm, richtete sich die Krawatte, die er stets mit einem Windsorknoten band, kämmte sich im Bad die kräuseligen, rötlichen Haare, die erste silberne Fäden aufwiesen. Über die Vordertreppe verließ er sein Haus.

Die Heiligen sahen ihm nach. St. Georg hielt im Kampf mit dem Drachen inne.

Es war elf Uhr elf, als er den Saloon betrat.

«Das ist nicht Ihre Zeit, Mr. Weissenbach», schnarrte der Barkeeper, der hinter dem Tresen Gläser spülte. Er deutete auf die große Uhr, deren Zeiger wie dünne Finger aussahen.

«Stimmt», erwiderte er, «nie vor fünf! Aber ich habe meinen Laden geschlossen, weil ich zu einer Trauerfeier muß. Und da ich Trauerfeiern nicht mag...»

«Wer ist denn gestorben?» fragte der Barkeeper linkisch.

Er antwortete nicht gleich. Sah auf die Whiskyflaschen, die im hölzernen Regal wie Soldaten standen. «Pay today – trust tomorrow», so lautete die Aufforderung an die Gäste. Im Saloon gab es nichts auf Pump.

«Ein Cousin», sagte er beiläufig.

«Ach.» Der Barkeeper trocknete die Unterarme und Hände mit einem schmutzigen Tuch. «Ich wußte gar nicht, daß Sie Verwandte in Chicago haben. Ich dachte, Sie seien ein Einzelgänger. Ihr Cousin hätte sich auch einen anderen Tag für die Beerdigung aussuchen können!»

«Wenn es nach ihm gegangen wäre, wäre er gar nicht gestorben!»

«Was war er denn von Beruf?»

«Gib mir einen Whisky!» unterbrach er die Konversation. Er wußte, daß der Barkeeper erst das Fragen einstellte, wenn er alles in Erfahrung gebracht hatte. Gerade deswegen hatte er sich den Saloon ausgesucht, der nur zwei Blocks von seinem Haus entfernt lag. Joe würde bestätigen können, daß er vor der Beerdigung ein paar Drinks zu sich genommen hatte.

«Das wird ein gehöriges Durcheinander werden, Mr. Weissenbach!» Der Barkeeper schob das volle Glas über den Tresen.

Er setzte den Whisky an und kippte ihn hinunter.

«Haben Sie nicht gehört, die wollen heute abend in der Randolph Street einen Riesentumult veranstalten, wegen dieser Schießerei bei McCormicks. Die haben aufgerufen, daß die Arbeiter sich bewaffnen sollen.»

«So? Nichts gehört. Ich muß mich um mein Geschäft kümmern», erwiderte er und ließ das leere Glas zurückgleiten.

«Ich werde meinen Saloon zusperren, damit die nicht hier reinstürmen und wieder alles kurz und klein schlagen.»

«Besser so.» Er machte ein Zeichen, daß der Barkeeper nachschenken solle.

In den *neighborhood saloons*, die meistens Arbeiterclubs waren, wurden die wildesten Pläne ausgeheckt. Die Brutalität der Polizei war ständiges Gesprächsthema. Seit der Kampagne für den Achtstundentag gingen die Pinkertons mit großer Härte gegen die Streikenden vor.

Das zweite Glas trank er langsamer.

«Man sagt, daß sie heute abend losschlagen wollen. Spies und Parsons stacheln die Leute auf. Die *Arbeiter-Zeitung* macht mobil. Glauben Sie, daß es zum Bürgerkrieg kommt?»

«Was weiß ich», sagte er.

Im Spiegel gegenüber konnte er neben der gläsernen Karaffe und den vier Kerzenständern sein glattrasiertes Gesicht erkennen, obwohl der Spiegel fast blind war.

«Nachschenken», befahl er.

Der Barkeeper füllte das Wasserglas bis zum Rand. «Sie werden den kürzeren ziehen.»

«Wer?»

«Die Streikenden.»

Er stürzte den Whisky hinunter und legte die Münzen auf den Tisch. «Muß los, nichts für ungut.»

Der Barkeeper wünschte eine schöne Beerdigung.

Er ging die Straße lang. Er wußte, daß der Barkeeper ihn beobachtete. Dann bog er ab und beeilte sich, wieder nach Hause zu kommen. In der Zeitung hatte er gelesen, daß gegen fünf Uhr nachmittags auf dem Waldfriedhof ein gewisser Mr. Mueller beerdigt wurde. Den wollte er als Cousin angeben. In der Neuen Welt konnte das niemand nachprüfen.

Wegen seines rötlichen Haares war er lange für einen Iren gehalten worden, was in Chicago keine schlechte Herkunft war. Die deutschen Einwanderer stellten mit einer dreiviertel Million zwar die größte Gruppe dar, aber viele betrachteten sie als Störenfriede, fremd und roh.

Als er 1877 nach Amerika gekommen war, stellte er fest, daß niemand sich für die Vergangenheit der anderen interessierte.

Die Deutschen bildeten Vereine für Turnen und Singen, blieben für sich. Ebenso beargwöhnt wurden die Polen.

Er kehrte in sein Haus zurück, betrachtete lange die Bombe auf der Werkbank, bevor er sich im zweiten Stock zum Schlafen legte.

Vielleicht hatte der Barkeeper recht, vielleicht kam es zum Bürgerkrieg.

Dann schlief er ein.

Die Heiligen beschützten ihn.

Der Laden war ein Glücksfall, ein Ringeltäubchen, ein wunderbares Auskommen. Ein katholischer Geistlicher, der lieber Heiligenbilder verkaufte, als auf der Kanzel zu predigen. Nur manchmal sehnte er sich nach seinem früheren Beruf.

Am liebsten verkaufte er das unschuldige Jesuskind, das manche ältliche Kundin wie ihren eigenen Enkel ansah.

Gegen halb sechs erwachte er. Nach ausführlicher Dusche wählte er im Ankleidezimmer den schwarzen Anzug. Der Hemdeinsatz mit dem weißen Priesterkragen war frisch gestärkt.

In der Küche bereitete er sich ein Abendbrot. Zwei Scheiben Wurst waren noch vorhanden. Der Käse war etwas angeschimmelt.

Er ging hinunter in die Werkstatt, nahm die gefährliche Orange vom Tisch und band sie mit zwei dünnen Schnüren an seinem rechten Bein fest. Er schritt im Laden auf und ab, konnte aber keine Behinderung beim Gehen bemerken. Im Spiegel prüfte er, ob eine Ausbeulung des Hosenbeines festzustellen war.

Er nahm den grauen Hut vom Ständer. Aus Marshall Field's Department Store für zweieinhalb Dollar.

Wie stets führte er ein kleines Holzstöckchen mit sich. Gelegentlich schlug er damit an einen Laternenpfahl oder einen Eisenzaun.

Er verließ sein Haus durch den Hinterausgang.

Seit Mitte Februar wurde die Landmaschinenfabrik McCormick bestreikt. Die Presse wütete. Täglich auf den ersten Seiten Angriffe gegen die Demonstranten, die roten Ausländer und Anarchisten. Die *Chicago Tribune* riet ihren Lesern: «Der einfachste Plan ist, den Arbeitern statt Butter Arsenik aufs Brot zu streuen. Das bewirkt in kürzester Frist den Tod und ist allen anderen eine Warnung.» Und die *Chicago Times* schrieb: «Die beste Mahlzeit für einen Tramp ist Blei. Man sollte ausreichende Portionen geben, um ihren Appetit und ihre Gefräßigkeit zu stillen.»

William Pinkertons Geschäfte blühten. Er hatte eine geheime Armee von Schlägern aufgestellt, die auch als Streikbrecher eingesetzt wurden. Bei McCormicks Fabrik nahmen sie die Demonstranten unter Beschuß. Die Pinks zielten von Pferdewagen aus in die Menge. Eine Portion Blei.

Die Lunte war gelegt.

Er ging nicht auf direktem Wege zum Haymarket, wo die Protestversammlung stattfinden sollte, sondern wanderte zickzack zwischen der Dearborn und der Clark Street, wo sich Saloons, Puffs und Pfandhäuser aneinanderreihten. Manchmal mischte er sich sonntags unter die Herumtreiber und ließ sich in einer Droschke zurück ins deutsche Viertel bringen. Für diese Ausflüge gab es eine besondere Garderobe: Schlägermütze, Knickerbocker und derbe Schuhe.

Er dachte an Florine. Sie tanzte jetzt zwischen den Hochzeitsgästen, hielt Reden und sammelte Unterschriften. Erregt, wütend. Wie gerne hätte er gesehen, was sein Gegenspieler für ein Gesicht machte, daß ihm die schöne Feier verdorben war. Florine stieg auf einen Stuhl, damit alle sie sehen konnten. Kakaotassen gingen zu Bruch, und auf den weißen Kleidchen gab es ein paar braune Flecken.

«Passen Sie doch auf, Sie Flegel», sagte er zu einem betrunkenen Matrosen, der ihn anrempelte.

«'tschuldigung, Mister», erwiderte der junge Mann. Er brach zusammen. Zwei Kumpane kamen aus dem Saloon und halfen ihm zurück an die Theke.

Die Puffs hatte er nur zweimal besucht. Nicht, weil er die paar Dollars sparen wollte, für eine heilige Maria im Dornbusch bekam er zwei Marys und zwei Dorothys, sondern weil er die Frauen abstoßend fand. Sie ließen sich vollaufen, um ihren Job zu ertragen. Ungeschickt stülpten sie den Männern das Gummi über. Auf dem Präservativ stand gedruckt, daß es für die Benutzung nur gestattet sei, um die Übertragung von Geschlechtskrankheiten zu verhindern. Die Marys und Dorothys waren fast bewußtlos, wenn die Männer auf ihnen lagen.

Er spürte, daß die gefährliche Orange ein wenig verrutschte.

Aber die Schnüre hielten, waren straff gespannt.

Als er den Haymarket erreichte, sah er die Grüppchen, die sich auf dem langgezogenen, rechteckigen Platz verloren. Es war kurz vor acht. Eigentlich hätte die Versammlung schon beginnen müssen. Dann entdeckte er Bürgermeister Harrison, der also nicht bei der Hochzeit der Milton-Tochter war. Harrison rauchte eine Zigarre.

Seit vier Wahlperioden war er im Amt. Er wog zwei Zentner, ein grauer Vollbart zierte ein Gesicht, das Respekt verlangte und Zuneigung. Sein aufrechter Gang und die Art, wie er seine Zigarre in Brand setzte, ließen jeden Bürger aufmerksam werden. Ein Mann, der neben ihm stand, sagte, er solle besser gehen, sonst würden die Anarchisten sich ihn als ersten greifen. «Ich will, daß die Leute wissen, hier steht ihr Bürgermeister!» wies Carter Harrison den Mann ab.

Jetzt erschien August Spies, der Polsterer, der ein eigenes Geschäft besaß und Möbel schreinerte. Ein schmales, blasses Gesicht, tiefliegende Augen, Geheimratsecken im vollen Haar, obwohl er erst Anfang Dreißig war. Spies fragte nach seinem Freund Parsons, der als englischer Redner die Versammlung eröffnen sollte, erst danach kamen gewöhnlich die Sprecher für die deutschen und tschechischen Demonstranten. Spies stellte sich auf einen Pferdewagen und rief die Anwesenden zusammen. Offensichtlich enttäuscht, wie wenig dem Aufruf gefolgt waren. Als sie den Haymarket ausgewählt hatten, rechneten sie mindestens mit zehntausend Menschen. Der Platz faßte die doppelte Menge.

Er kam näher an den Pferdewagen heran, der voll beladen war. Ölfässer, Säcke, Holzscheite. Spies schickte jemanden los, um Parsons zu holen.

«Laß uns den Wagen auf die Randolph schieben, August, dann machen wir unsere Versammlung gleich da.» Spies lehnte ab, dort halte man nur den Verkehr auf. Sie entschieden sich, einen anderen Wagen als Plattform zu benutzen. Vor der Metallfabrik der Gebrüder Crane. Der Truck war leer.

Er ließ Bürgermeister Harrison nicht aus den Augen. Wenn der das Zeichen gab... Er konnte keinen von den Pinkertons entdecken, aber sie unterschieden sich in Zivil nicht von den anderen auf dem Platz. Alle trugen schwarze Hüte, hatten ihre langen Jacken an, die über einer Weste getragen wurden. Fast alle waren bärtig. Es gab kaum Transparente.

Nur eine Fahne konnte er erkennen. Aus der Entfernung war nicht zu entziffern, was darauf stand.

Spies begann seine Rede mit dem Hinweis, daß Parsons bald erscheinen würde. Er sprach mit heftigen Gebärden.

«Es gibt bei manchen Authoritäten die Meinung, daß diese Versammlung einberufen wurde, um einen Aufstand zu beginnen. Das ist nicht unsere Absicht. Wir haben euch zusammengerufen, um einige Fakten darzustellen, von denen ihr vielleicht nichts wißt. Gestern nachmittag sprach ich bei McCormick zu sechstausend Lohnsklaven. Die meisten waren brave Kirchgänger. Ich sagte ihnen, daß sie sich stark fühlen müßten gegenüber dem Häuflein Unternehmer. Da marschierte die Polizei auf und richtete ein Blutbad an. Nun wird behauptet, ich hätte die Attacke bei McCormick provoziert. Das ist eine Lüge.»

Er hörte, wie einzelne aus der Menge riefen: «Erschießt ihn! Hängt ihn auf, diesen McCormick!» Harrisons Zigarre war ausgegangen. Er kaute aufgeregt auf ihr herum. Spies hob beide Hände, während er sprach.

«Jetzt haben wir die Chance, für eine lebenswerte Existenz zu streiken. Die Ausbeuter wollen uns mit Gewalt zufriedenstellen. Sie wollen uns umbringen lassen. Doch der Tag ist nicht fern, an dem wir Männer wie McCormick zur Verantwortung ziehen – als Mörder an unseren Brüdern. Und denen, die hier rufen: Hängt ihn auf, sei gesagt, macht keine leeren Verprechungen. Sie helfen nicht weiter. Wann immer ihr bereit seid, etwas zu tun, tut es, aber kündigt es nicht an. Eure Existenz hängt von ein paar Schweinehunden ab, die in Müßiggang und Luxus von eurer Arbeit leben. Wie lange wollt ihr das ertragen?»

Nach zwanzig Minuten erschien Albert R. Parsons, der Drukker und Herausgeber der Zeitung *Alarm*, der auf vielen Versammlungen als Agitator auftrat. Sein Haar war gestriegelt, der gerade Schnurrbart frisch gewachst, der Anzug hochgeknöpft. Spies schloß seine Rede und kündigte seinen Freund Parsons an. Die Menge beruhigte sich schon wieder.

Der Bürgermeister steckte seine Zigarre in Brand. Er kannte diesen glänzenden Redner, der sicherlich zu keiner Gewalttat aufrufen würde. Er hatte einen leichten Südstaaten-Akzent. Meist argumentierte er mit Zahlen und Statistiken, die Arbeiter bekämen von einem Dollar nur fünfzehn Cents, während der Rest an die Kapitalisten ginge.

Er ging in Richtung Desplaines Street. In die Nähe der Polizeistation. Nun spürte er die Schnüre, mit denen die Bombe befestigt war. Er bewunderte den Mut des Bürgermeisters, der mitten unter den Demonstranten stand. Harrison trat für den Achtstundentag ein, suchte den Ausgleich zwischen Kapital und Arbeit. Er würde auf keinen Fall die Sozialisten und Anarchisten daran hindern, ihre Versammlungen abzuhalten. Aber es bestand auch kein Zweifel, daß Harrison die Polizei einsetzen würde, falls einer der Redner zum Aufruhr anstachelte.

Parsons hielt sich an die Spielregeln.

«Es ist an der Zeit, eine Warnung ernstzunehmen. Wißt ihr, daß das Militär unter Waffen steht? Und daß die Gatling-Kanone bereit ist, uns niederzumähen. Sind wir denn in Deutschland oder Rußland oder Spanien? Wann immer ihr mehr Lohn fordert, wird das Militär eingesetzt, die Sheriffs und die Pinkertons werden losgelassen. Ihr werdet erschossen, geprügelt und in den Straßen ermordet. Ich bin nicht hierhergekommen, um euch aufzustacheln,

sondern um die Fakten auszusprechen, die auf dem Tisch liegen, auch dann, wenn das mich vor dem Morgengrauen das Leben kostet.»

Fast eine Stunde sprach Albert Parsons. Die ersten Demonstranten verließen den Platz.

Er ging zurück, um zu sehen, was der Bürgermeister vorhatte. Mit verschränkten Armen stand Harrison und plauderte mit einem Nebenmann. Alles blieb ruhig. Harrison klopfte seinem Gesprächspartner auf die Schulter und ging zur Polizeistation.

Inzwischen hatte Samuel Fielden, der Fuhrmann, das provisorische Podium erklommen. Sein langer Vollbart war ungestutzt, er trug ein derbes kariertes Hemd, darüber eine dicke Wolljacke.

Schwarze Wolken zogen auf. Ein starker Wind brauste vom Michigansee herüber. Die ersten Tropfen fielen.

Die meisten Zuhörer suchten einen Unterstand. Nur ein paar hundert Zuhörer blieben vor dem Pferdekarren stehen.

Fielden war irritiert, daß ihm die Leute wegliefen.

«Es gibt für euch keine Sicherheit in diesem System. Ich weiß nicht, ob ihr Demokraten oder Republikaner seid, aber was auch immer, ihr betet vor dem himmlischen Schrein. Die Gesetze sind jedoch eure Feinde. Und wir rebellieren gegen sie. Die Gesetze sind nur gemacht, um euch in Schach zu halten, sie sind die Gesetze der Ausbeuter. Ihr habt mit diesen Gesetzen nichts anderes zu tun, als sie in eure beiden Hände zu nehmen und sie zu erwürgen, bis sie keinen Laut mehr von sich geben. Sie sind es, die eure Brüder aus der Bahn werfen und die euch zu bloßen Tieren erniedrigen. Haltet eure Augen offen!»

Er sah, wie Bürgermeister Harrison, ohne der Versammlung weitere Beachtung zu schenken, die Desplaines-Polizeistation verließ, sein weißes Pferd bestieg und nach Hause ritt.

Der Regen wurde stärker.

2. Kapitel

Berlin, Mai 1856

Nach monatelanger Tippelei war Karl Schasler endlich ans Ziel gelangt. Auf der anderen Straßenseite lag jene Berliner Weinstube, in der er Stirner anzutreffen hoffte. Friedrichstraße 94, so hatte man ihm gesagt. Er mußte nur noch durch den Torbogen gehen, dann würde er dem Lehrmeister gegenübertreten. Er kannte ganze Passagen seines Buches auswendig, hatte immer wieder anderen daraus deklamiert, gab manchmal an, es seien seine eigenen Gedanken, die er vortrage. Aber kaum einer seiner Zuhörer glaubte ihm. Mit seinen achtzehn Jahren war er noch zu grün hinter den Ohren. Kein Schustergeselle kann solche Sätze sagen.

Karl war das sechste Kind einer Buchbinderfamilie, die in der Nähe von Regensburg lebte. Sein Vater leimte tagsüber Bücher zusammen und prügelte nach Feierabend seine Kinder. Die Mutter hatte auf einer Liste die Vergehen zusammengestellt, die jedes einzelne sich zuschulden kommen ließ, und der Vater wählte aus seiner Sammlung von Schlagwerkzeugen jenes aus, das er für die Bestrafung angemessen hielt. Es gab Ruten, Ochsenziemer, Rohrstöcke, Kleiderbügel mit Eisenhaken, zusammengeflochtene Baßgeigensaiten. Wenn Karl Glück hatte, kam er mit ein paar Watschen davon. Er sah, welche Freude es seinem Vater bereitete, Hiebe auszuteilen. Nicht selten sang er bei der Prügelei. Oder er grinste ganz vergnügt. «Die Bosheit steckt tief im Herzen des Knaben, aber die Zuchtrute treibt sie heraus, so spricht der weise Salomon», diesen Spruch zitierte er häufig bei den Züchtigungen. Die Mutter stand dabei und rief die Kinder herein. Wenn einer seine Tracht bekommen hatte, strich sie den Namen auf der Liste durch.

Kaum hatte Karl das dreizehnte Lebensjahr erreicht, äußerte er den Wunsch, die Gewerbeschule zu verlassen und sich als Schusterlehrling zu verdingen. Seinen Eltern war dies recht, weil ein Esser weniger am Tisch saß. Schuhmacher König war einer jener Krauter, die keinen Lohn zahlten, um aus den Lehrlingen das meiste herauszuschinden. Karl mußte gegen vier in der Früh das Haus verlassen und kam erst nach Sonnenuntergang zurück. Er hörte die Schreie seiner Geschwister, während er erschöpft in der Schlafstube lag.

Durch einen angezettelten Streit gelang es ihm, schon vor der Zeit seinen Lehrbrief zu erhalten. Er hatte dem Meister zwei Paar Schuhe derart versohlt, daß dieser in Regreß genommen wurde. «Aus dir wird nie ein guter Schuster», brüllte ihn der Meister an. «Aber ein wilder Bursche», erwiderte Karl. Er erbat das Arbeitsbuch, ohne das er sich nicht von Ort zu Ort bewegen durfte. Der Abschied von zu Hause war sein glücklichster Tag. Die Mutter weinte, während Karl nicht mal versuchte, ein trauriges Gesicht zu machen. Als er weit genug von seinem Elternhaus entfernt war, drehte er sich um und rief seinem Vater zwei Worte zu, die er nie bereute: «Mastbürger, damischer!»

Karl Schasler war kräftig gewachsen und während seiner Tippelei keinem Gefecht aus dem Weg gegangen. In jeder großen Stadt, die er erreichte, gab es Herbergen seiner Zunft. Am schwarzen Brett konnte er lesen, wer Arbeit für einen Schuster hatte. Dann mußte er sich vorstellen. Er wurde wie ein

Sklave gemustert, die Feilscherei um Arbeitszeit und Lohn begann: 14 Stunden für einen Gulden pro Woche nebst Kost und Logis. Mit seinem Arbeitsbuch mußte er sich beim Bürgermeister melden, wurde vom Stadtchirurgen untersucht, ob er hautrein sei, dann ging's zur Polizei, wo er lange anstehen mußte, und endlich gab es den ersehnten Stempel: Kann in Arbeit treten. Die Polizei prüfte zuvorderst, ob ein Steckbrief gegen den betreffenden Gesellen vorlag.

Es war in Bremen, wo ihm ein Exemplar des Buches «Der Einzige und sein Eigentum» in die Hände fiel. Zunächst verstand er kaum etwas, mühsam entzifferte er Zeile um Zeile. Las manche Stellen zehn- und zwanzigmal, unterstrich hier und da, machte sich Kreuzchen an den weißen Rand. Was für ein Buch, was für Gedanken, was für ein Name! Endlich einer, der keinen Gott und keinen Vater über sich gelten ließ. Das Buch hatte mehr gekostet, als er in drei Wochen verdiente. Es wurde seine Bibel.

Die Tippelei führte Karl Schasler bis Dänemark, nach Jütland, wo er lange am Meer saß und in seinem Buch las, und auch nach Italien, wo er als Deutscher oft verjagt wurde. «Maledetto Tedesco!» schrie man hinter ihm her. Wenn er kein Geld verdiente, verlegte er sich aufs Fechten: Er bettelte in reichen Häusern, trug Gedichte vor, die er in seiner Schulzeit hatte lernen müssen. Ein einziges Mal mußte er sitzen, weil er wegen Landstreicherei aufgegriffen wurde. Er ließ die Stadt Hagen danach bei seiner Tippelei links liegen. Dann kam ihm der Gedanke, daß er den Autor seiner Bibel kennenlernen wollte, den Verfasser der hochverehrten Zeilen. Er dachte sich den Mann als wilden Burschen, als wüsten Ketzer, als ungezügelten Helden des Geistes. Ein Meister antistaatlicher Gedanken.

«Der Staat beruht auf der – Sklaverei der Arbeit. Wird die Arbeit frei, so ist der Staat verloren.»

Ein Gerücht erzürnte Karl Schasler sehr. Ein Lehrbursche in Hamburg behauptete frech, er wisse ganz genau, daß Stirner sich nicht an den Barrikadenkämpfen im Jahre 1848 beteiligt habe. Dem Lehrburschen hatte Karl eins aufs Maul gegeben. Dennoch wollte er den Verfasser danach fragen.

Karl Schasler war gewohnt zu hungern, denn von dem Schusterlohn blieb selten etwas übrig. In Düsseldorf erhielt er einen preußischen Taler pro Woche, Arbeitszeit zwölf Stunden täglich. Die Meisterin hatte sich in ihn verguckt, gab ihm, wenn der Alte liefern war, gelegentlich mal einen Schnaps zum Pumpernickel mit fettem Speck. Die Tippelei war weniger anstrengend, wenn er etwas Alkoholisches bei sich trug.

Er ging durch den Torbogen und wandte sich nach rechts, woher die lautstarken Reden kamen. Die Weinstube Hippel war ein geräumiges Zimmer, ganz schmucklos, in der Mitte ein langer Tisch. Dort tagten allabendlich die Freien.

In einer Ecke spielten Herren Karten, Eichel-Mariage.

Die Gäste qualmten Pfeifen, dicke Rauchschwaden hingen unter der niedrigen Decke. Verstohlen setzte sich Karl auf einen freien Stuhl.

«Die Kirche, wenn ich das Wort nur hör, wird mir speiübel. Was sind das für Laffen, die sich im Himmel wähnen und doch wie andere Menschen scheißen gehn? Die Mutter Kirche, mein Lieber, wenn ich so eine böse Mutter hätt, wär ich lieber tot.»

«Die Kirche sorgt für die Armen.»

«Dreck!»

«Die Kirche sorgt zuerst mal für sich selbst. Damit die Fettwänste was zum Fressen haben, zum Saufen, damit sie sich in goldenen Gewändern zeigen können. Und ab und zu ein kleines Almosen. Das nennen sie dann Samaritertum.»

Karl Schasler wußte nicht, wohin er zuerst hören sollte. Am langen Tisch, auf dem die Weinschoppen standen, unzählige leere in der Mitte und vor den Gästen volle oder halbgefüllte, erregten sich die Gemüter. So frei hatte er noch nie eine Gesellschaft reden hören.

«Und wieder mal die hohe Zensurbehörde. Was gibt es heute zu zensieren? Was ist nicht geeignet fürs geschätzte Publikum? Da wird geschnitten, dort gekürzt. Meinen Sie denn, wir wüßten nicht, daß uns die Wahrheit nur in kleinen Scheibchen verabreicht wird.»

«Die Zensur ist eine Himmelsmacht.»

«Dreck!»

«Die Herrschenden brauchen die Zensur, sonst wären sie gänzlich verloren. Glauben Sie, wenn das Publikum erführe, wie die Herren sich die Taschen füllen, daß einer von diesen Gaunern noch am Leben wär?»

Karl Schasler bestellte beim Wirt einen Schoppen und mußte Vorauskasse leisten, da sein Gesicht hier nicht bekannt sei. Der Wein schmeckte derart sauer, daß er beschloß, keinen weiteren zu ordern. Eine einzige Frau saß mit am langen Tisch, ganz elegant, in Männerkleidern. Die silberne Fliege war akkurat gebunden. Sie sprach von der freien Universität, die zu gründen sei. «Wir müssen eine eigene Universität haben, nicht diese hochgelehrten Duckmäuseranstalten, nicht diese lächerlichen Geistesdressuren und auch nicht diese kriecherischen Professoren. Wir brauchen frische Geister, die sich den Wind um die Nase haben blasen lassen, freie Denker und Redner, die unsere Jugend erziehen sollen, damit sie endlich emanzipiert wird.»

«Ganz richtig, Frau Aston, ganz richtig. Wir sollten gleich damit beginnen, ein Komitee zu gründen für eine solche Lehranstalt.»

«Dreck. Lehranstalten sind Dreck! Das muß unter freiem Himmel geschehen, mitten in der Natur. Heraus aus allen muffigen Gebäuden, die den preußischen Drill geatmet haben. Nur die freie Wildbahn kann unsere Schule sein.»

«Ein Komitee, wozu schon wieder ein Komitee? Da wird geredet und nichts kommt dabei heraus.»

Mit einem Mal war Stille in der Weinstube.

Karl Schasler wußte nicht, wieso. Dann hörte er von seinem Nebenmann, der Wirt pumpe nicht mehr, es gebe keinen weiteren Kredit.

Ein Herr im steifen Gehrock, der die ganze Zeig geschwiegen hatte, sagte hinein in diese Stille: «Ihr wollt frei sein und merkt nicht, daß ihr bis über beide Ohren in einem stinkenden Schlamm steckt! Reinigt euch zuerst selbst, bevor ihr anderen Freiheit beibringen wollt.»

Sofort erhob sich wütender Protest.

Die meisten Teilnehmer der langen Tafel verließen die Weinstube, ohne ihren Mantel oder Überzieher mitzunehmen. Der Schuster folgte ihnen. Frau Aston kam an seine Seite.

«Wo bist du her? Du siehst so neu aus, gar nicht wie ein Berliner?» Ihre Stimme leise, fast zärtlich. Sie hakte sich bei Karl ein.

«Ich bin ein freier Handwerksbursche! Ich kann hingehen, wohin ich will.»

«Gut gebrüllt, Löwe», sagte sie und lachte mit ihrer tiefen Altstimme. Sie roch nach Tabaksqualm und süßlichen Veilchen.

«Wo gehn wir hin?»

«Wart's ab», sagte sie.

Die Freien zogen «Unter die Linden», stellten sich auf beide Seiten der Prachtstraße.

Karl Schasler hörte, wie einer, nachdem er tief den Hut gezogen hatte, einen Bürger ansprach: «Ich wollte bitten um eine Kleinigkeit, und wenn's bloß ein Taler wär. Hippel pumpt nicht mehr, und ich möchte noch gerne eine Bowle trinken...» Die meisten der Bürger gingen nicht auf diesen Jux ein, aber manche zahlten doch. Andere zogen mit. Und als genügend Taler erbettelt waren, kehrten alle singend in die Weinstube zurück.

Der Wirt nahm das Geld, rechnete die Schulden ab und schenkte wieder großzügig aus.

Schasler kam neben Frau Aston zu sitzen.

«Ich möchte zu Stirner!» sagte er leise.

«Stirner», antwortete sein Gegenüber, «zu dem Mucker? Dem Schwächling?»

«Gymnasiallehrer ist er. Hauslehrer. So ein Spießer!» Karl Schasler brauste auf. Frau Aston hatte Mühe, ihn zu beruhigen. Dann fragte er, ob Stirner denn nicht anwesend sei. Man habe ihm gesagt, er könne ihn jeden Abend hier antreffen.

«Den würden wir nicht dulden!» rief ein anderer barsch, «den Stirner nicht.»

«Ich kann dir sagen, wo er logiert», sagte ihm Frau Aston, «wenn du ihn unbedingt besuchen möchtest.» Sie gab ihm die Adresse und legte ihre Hand auf seinen Arm. Schasler dankte, trank den sauren Wein. Er war froh, daß niemand weiter über seinen Lehrmeister herzog. Er hätte es nicht zugelassen, wenn Stirner weiter beleidigt worden wäre.

Jetzt ging es um Judenhaß, der sich auch in Berlin breitmachte, dann wieder um die Kirche, ein anderer Kreis stritt über den Sozialismus und sein Aufflammen in verschiedenen Ländern.

Alle führten kecke Reden, legten Axt an Begriffe, die bis dahin noch unerschütterlich festgestanden hatten, ließen kein gutes Haar an Autoritäten.

«Gibt es keine Polizeispitzel hier?» fragte Schasler seine Nachbarin. Sie nahm die Pfeife aus dem Mund und lachte tief: «Hier wird palavert, Karl!»

In dieser Nacht streifte er durch die dunkle Stadt, die mit ihren hohen Häusern aussah wie ein versteinerter Garten. Die Luft war würzig und frei. Es gab kaum Bäume.

Gegen sieben erreichte er das Haus im Nordwesten Berlins, Philippstraße 19. Ein vierstöckiger Bau, schmucke Fassade. Manche Fenster waren mit Brettern zugenagelt. Sein Herz pochte so laut, daß er sich an die Brust faßte. Er wußte nicht, was er nun sagen sollte. Würde ihn der hohe Herr überhaupt einlassen? Ein Schuster und ein wilder Philosoph? Vorsichtig schob er das Eingangsportal auf und stand in einem dunklen Treppenhaus. Er beugte sich, um die Namen an den Türen zu entziffern. Dann fiel ihm ein Satz ein, mit dem er Stirner begrüßen wollte.

«Wen suchen Sie denn?» fragte eine helle Stimme hinter der Wohnungstür.

«Ich möchte zu Herrn Stirner!» gab Karl von sich.

«Eine Treppe weiter oben», kam die Antwort.

Schasler sprang mit schnellen Schritten die beiden Treppenabsätze hinauf. Jetzt war ihm der Satz wieder entfallen, den er zur Begrüßung sagen wollte.

An der linken Wohnungstür stand in großen Buchstaben Weiss, an der rechten in Sütterlinschrift Schmidt. Die Frau hatte ihn in die Irre geführt. Gerade, als er noch ein Stockwerk hinaufgehen wollte, kam eine Dame aus der linken Wohnung.

«Bettler und Hausierer sind in diesem Haus nicht zugelassen! Haben Sie die Warnung am Tor nicht gelesen?»

«Ich möchte zu Herrn Stirner», sagte Schasler, dem die Wut ins Gesicht stieg. Wenn ihn jemand anging, mußte er sich stets beherrschen.

«Sie stehen vor seiner Tür!» gab die Dame von sich und zeigte auf die gegenüberliegende Wohnung.

«Stirner», wiederholte Schasler.

«Wohnt dort.» Die Dame schubste ihn.

«Da steht Schmidt!»

«Nun gehen Sie schon. Er ist wach.»

Zögernd setzte Schasler dazu an, die Klinke herunterzudrücken.

Er stand in einem schmalen Flur. Nur wenig Morgenlicht kam von der Seite herein.

Er räusperte sich ein paarmal.

Am anderen Ende wurde eine Tür geöffnet. In der Silhouette erkannte Schasler einen Mann, der Zigarre rauchte. Er winkte ihn heran.

«Haben Sie Geld bei sich?» fragte Stirner, «ich bin mit der Mietzahlung im Rückstand.»

Schasler nickte eifrig, beglückt, daß er keinen ersten Satz sagen mußte.

Er nahm sein Portemonnaie heraus, schüttete die Taler auf den Tisch.

«Bitte, nehmen Sie.»

Schon zur Morgenzeit trug Stirner einen Anzug, der peinlich eng saß und die hagere Erscheinung noch verstärkte. Die dünne Stahlbrille mit den kleinen Gläsern ließ ihn wie einen Pedanten aussehen, einen Steueramtmann. Helle, blaue Augen, ein schmallippiger Mund, blonder Backen- und Schnurrbart, das Kinn glattrasiert. Schasler studierte die ernste Miene lange.

«Was führt Sie zu mir?» fragte Stirner, der die Geldmünzen auf dem Tisch zählte. Beim Sprechen nahm er die Zigarre nicht aus dem Mund.

«Ich bin gekommen», begann Schasler mit fester Stimme, «weil ich ein großer Verehrer Ihres Buches ‹Der Einzige und sein Eigentum› bin ...» Nun stockte er wieder.

«Ach, das ist lange her. Wann kam es heraus? Ich habe es schon vergessen.»

Schasler sah auf die Hände. Weiße, sehr gepflegte schlanke Hände, die konnten sicher keiner Fliege etwas zuleide tun.

«Soll ich das Buch signieren?»

Der Schuster zog es aus der Innentasche und reichte es Stirner. Der Schweiß trat ihm auf die Stirn. Gab es einen Satz, mit dem er sich verabschieden konnte?

Bedächtig schrieb der Autor Johann Caspar Schmidt auf die Titelseite, fügte das Datum hinzu: Berlin, den 29ten Mai 1856.

«Bitte sehr», er reichte Schasler die zerfledderte Ausgabe. «Wußten Sie, daß man es nicht einmal richtig verboten hat? Anfangs sah es ja so aus, als würde die Kreisdirektion in Leipzig die ganze Auflage beschlagnahmen. Aber dann hoben sie ihren Beschluß wieder auf, das Ministerium des Innern befand, es sei zu absurd, um gefährlich zu sein. Nur die Preußen und Kurhessen haben ein Verbot ausgesprochen, aber das hielt niemand, der es lesen wollte, davon ab, es sich zu beschaffen. Ich wollte den Staat betrügen ...»

Max Stirner unterbrach sich, blickte aus dem kleinen Fenster auf den freiliegenden, mit Bäumen bewachsenen Platz der Anatomie.

«Es war ganz einfach, sich das Buch zu beschaffen», sagte Karl Schasler, der es jetzt genoß, dem Philosophen zuzuhören. Wieso sollte er sich Sätze für den Eingang oder den Abschied ausdenken?

«Von den großen Zeitungen hat es nicht eine rezensiert. Man hat mich totgeschwiegen. Immer noch die beste Weise, einen vor der Zeit zu beerdigen. Sie hatten Wichtigeres zu tun! Es gab großartige Klatschgeschichten zu vermelden, Unterhaltung jeder Art, ein wenig Seichtes für die Leser, Tagesinteresse, wohlbekannt. Was finden Sie denn nun an meinem Buch?»

«Ich?» fragte Schasler, völlig überrascht. «Ich habe es wieder und wieder gelesen und werde es auch immer wieder tun, ganz bestimmt.» Wie ein eifriger Schüler, der er in der Schulzeit niemals war, beeilte er sich mit diesem Geständnis.

«Und was hat Ihnen besonders gefallen?» Stirner drückte die Zigarre in dem übervollen Tongefäß aus, entnahm einem Lederetui eine neue und setzte sie ohne Umschweife in Brand.

«Die Respektlosigkeit, die Verachtung für Obrigkeiten. Und wie Sie mit der Religion ins Gericht gehen!» Schasler sprudelte die Worte hervor, wollte seinem Lehrmeister beweisen, daß er seine Hausaufgaben erledigt hatte.

«Sind Sie denn ein respektloser Mensch?»

Schasler glühte jetzt: «Ich leg mich an mit diesen Herren, die glauben, daß sie mich beherrschen könnten. Wir hatten einen Meister in Hannover, der wollte partout keine Uhrzeit gelten lassen. Da hab ich mir das Horn der Feuerwehr besorgt und abends einmal kräftig hineingestoßen und dann geschrien: ‹Feuer, Feuer! Alle zum Bürgermeister kommen!› Da war Feierabend für den Tag.»

«So», erwiderte Stirner. Mehr nicht.

Inzwischen war es heller in der Stube geworden. Schasler konnte die Regale sehen, in denen sich die Bücher stapelten, übereinandergeschoben, gänzlich ohne Ordnung.

«Die haben Sie alle gelesen, Herr Stirner?»

«Nicht alle, die meisten lohnen nicht», erwiderte der elegant gekleidete Herr, «die Bücher geben oft mehr vor, als sie wirklich sind.»

«Aber Ihr Buch gewiß nicht.»

Wieder trat ein Schweigen ein. Diesmal war es dem Schuster nicht mehr unangenehm.

«Haben Sie Zigarren?» fragte Stirner nach einer Weile.

«Ich rauche nicht», antwortete Schasler, «aber ich kann Ihnen welche besorgen.»

«Nein, lassen Sie nur.»

Karl Schasler dachte an die Frage, die er dem hohen Herrn stellen wollte, aber er wußte nicht, ob es der rechte Zeitpunkt war. Es handelte sich ja bloß um ein dummes Gerücht.

«Ich glaube, mein Buch hat nichts bewirkt, gar nichts. Als ich es geschrieben habe – meinen Freunden ist es gar nicht aufgefallen, sie waren alle überrascht, als sie davon erfuhren –, da dachte ich, es wird alles revolutionieren, über den Haufen werfen. Ein Neubeginn im Denken, ein frischer Wind bei all dem preußischen Mief. Und was geschah? Nichts! Oder kaum etwas. Es lohnte sich ja nicht, auf die paar Rezensionen einzugehen. Ich hab es nur getan, weil ich der Sache noch nicht überdrüssig war.»

«Ich verstehe nicht», sagte Schasler, der vor lauter Ehrfurcht die ganze Zeit gestanden hatte.

«Da schreibe ich ein radikales Buch, ein gefährliches Buch, in dem Staat und Obrigkeit attackiert werden... und dann war alles harmloses Geschreibsel. Was für ein Hohn!»

«Aber ich...» Schasler versuchte, Stirner zu unterbrechen. Es gelang nicht, ihm zu widersprechen. Was wollte sein Lehrmeister sagen? Warum dieses nachdenkliche Getue?

«Die meisten haben mich ridikulisiert. Die Liberalen riefen, es könne doch niemand die Notwendigkeit des Staates negieren, die Sozialisten schimpften, weil ich den wahren Egoismus in uns darstellte, die Humanisten hatten sich den Menschen so schön, neu und herrlich vorgestellt... Sehen Sie, ich habe niemand gewinnen können mit meinem Werk, niemand.»

Karl Schasler schluckte. «Mich. Mich haben Sie gewonnen.»

«Na schön», sagte Stirner. Und es klang so, als komme es auf diesen Schuster nicht an.

Ein Klopfen an der Wohnungstür.

«Mein Frühstück. Mademoiselle Weiss ist so überaus freundlich zu mir...»

Max Stirner erhob sich. Mit einer leichten Drehung stand er auf. Karl Schasler konnte den dicken Wulst sehen, den Stirner am Nacken trug, ein Karbunkel, das gefährlich rot war.

Hastig schlang Stirner die beiden Schrippen in sich hinein, trank den dünnen Kaffee in großen Schlucken. Schasler dachte an seine Barschaft, die auf dem Tisch lag. Ob er sich nicht wenigstens einen Taler zurücknehmen sollte?

«Nur die Franzosen mochten mein Buch», sagte Stirner, nachdem er sich den Mund abgewischt hatte, «die haben mich verstanden. Einer schrieb: ‹Welche Schärfe, welche unzerstörbare Sicherheit. Ihn erschüttert in der gewaltigen Ideenverbindung nichts. Er hat keine Gewissenszweifel, keine Unruhe, keinen Schmerz. Seine Feder zittert nicht. Man muß das Buch gelesen haben, um überzeugt zu sein, daß es existiert›. Nur Taillandier hat mich recht verstanden.» Stirner hielt die Augen geschlossen, als er das Zitat wiedergab.

Karl Schasler faßte sich ein Herz.

«Herr Stirner, haben Sie an den Barrikadenkämpfen im Mai '48 teilgenommen? Das waren Ihre Gedanken...»

«Was soll die Frage, mein Herr?»

«Sie haben auf der Barrikade gestanden!»

«Wie komme ich dazu? Sehe ich aus wie ein Kämpfer, ein Helot? Ich saß bei Hippel damals, habe mit den anderen die Lage besprochen. Alles jubelte und schrie. Die wildesten Hoffnungen, die leidenschaftlichsten Debatten – und dann der Absturz in die trostloseste Reaktion, in der alles zerstört wurde...»

«Aber Sie selbst?» Schasler sah den Philosophen an. «Sie haben keinen Finger gerührt?»

«Das ist nicht mein Fach», erwiderte Stirner barsch.

«Nicht Ihr Fach», wiederholte Schasler, plötzlich übellaunig. «Ich dachte, es sei ein Gerücht gewesen», beendete er das Gespräch. «Aber ich sollte Sie jetzt wieder Ihren Studien überlassen.»

Stirner erhob sich und gab seinem Gast die Hand. Ein weicher, kühler Händedruck.

Als der Schuster auf der Straße stand, geriet er ins Rennen, er wollte die Avenuen und protzigen Gebäude hinter sich lassen, das aufgeblasene Berlin. Jeder ein Wichtigtuer und Großredner, aber feige Hansel, wenn's zur Tat ging.

Gefährlich, dachte Schasler, gefährlich wie eine tote Mücke war dieser Lehrmeister.

Johann Caspar Schmidt, wie akkurat die Sütterlin-Buchstaben nun das geliebte Werk zierten, noch vor der Widmung für Marie Dähnhardt. Versteckt hinter einem fremden Namen. Dann fiel ihm auf, daß Stirner ihn nicht einmal nach seinem Namen gefragt hatte. Als sei er gänzlich ohne Bedeutung.

Ein Herr im gesetzten Alter, mit gesetzten Worten, der nur von Niederlagen sprach, niemals vom Aufstand, vom Erheben gegen die Autoritäten. Was war sein Buch jetzt, wo er den Autor kannte? Eins stand für ihn fest: Wie dieser gelackte Herr wollte er niemals werden!

«Was machen Sie hier? Sind Sie ohne Arbeit?» Ein Schutzmann griff Schasler an der Jacke.

«Ich hab mir den Tag freigenommen. Außerdem will ich Berlin schon bald verlassen.»

«Mitkommen», sagte der Schutzmann. Er drehte Schasler den Arm auf den Rücken und pfiff Verstärkung heran. «Führen wir doch mal eine Leibesvisitation durch. Auf die Wache mit dir.»

Schasler bekam den Knüppel zu spüren, direkt hinter dem Ohr. Sie legten ihn in Handschellen.

Auf der Wache in der Dessauerstraße mußte er sich ausziehen, splitternackt. Die Kleider wurden durchsucht. Die Börse leer, im Arbeitsbuch fehlte der Eintrag.

«Ich hab mich vergeblich um eine Anstellung bemüht», versuchte der Schuster sich herauszureden.

«Aber Bücher lesen, das kann er!» Der Revierbeamte hielt das zerfledderte Exemplar mit spitzen Fingern in die Luft. «Schuster lesen keine Bücher.»

Nach einer Weile kam der Reviervorsteher. «Wieder so ein

Herumtreiber! Wir werden dich an den Ohren vor die Stadt schleifen.»

Der Untergebene, der sofort aufgesprungen war, reichte ihm das Buch.

«Auch das noch. Stirner, dieser Nichtsnutz. Den haben wir zweimal in den Schuldturm gesteckt, weil er die Gläubiger nicht zufriedenstellen konnte. Wollen Sie seine Schulden abtragen?»

Mit einem gezielten Wurf landete das Buch in einem Blecheimer. Der Reviervorsteher befahl, er solle sich anziehen und dann so schnell wie möglich verschwinden. «Wir können solches Gesindel in Berlin nicht gebrauchen. Und wenn wir dich noch mal erwischen, dann lernst du unseren Alfred kennen. Der kann mit einem Schlag drei Verletzungen zufügen. Da hast du noch kein Vaterunser zu Ende gesagt!» Der Schuster bat, das Buch zurückerstattet zu bekommen.

Der Reviervorsteher lachte. «Ein Buch will er. Prügel kann er beziehen, die gibt's gratis!»

Karl Schasler atmete tief durch, als er vor dem Revier stand. Hinter ihm hatte sich der Schutzmann aufgebaut, der ihn in Gewahrsam genommen hatte. «Dort rüber», er zeigte nach Osten. «Dort geht's lang, ein bißchen Beeilung. Ich möchte nicht lange bitten.»

Ohne Buch und Barschaft machte sich der Schuster auf den Weg, immer wieder den Gedanken verfluchend, nach Berlin getippelt zu sein. Selbst die Erinnerungen an die wilden Reden bei Hippel konnten ihn nicht überzeugen, noch länger hier zu bleiben.

Er würde Berlin meiden.

Genauso wie Hagen.

3. Kapitel

Ischia, Frühjahr 1866

Er hatte jegliches Zeitgefühl verloren. Dunkelarrest. Wann stellte ihm der weißhaarige Wärter den Krug mit Wasser in die Zelle? Wann hörte er die Zikaden zirpen? Wann war die Ratte zwischen seinen Beinen herumgekrochen?

Er machte keinen Versuch, sich auszumalen, was die Soldaten mit ihm vorhatten. Er wußte, daß auf seine Taten die Todesstrafe stand. Die Italiener machten kurzen Prozeß. Ohne Verhandlung. Von anderen Mitgliedern der Brüderschaft hatte er gehört, daß die Militärs die Aufrührer gleich am Ort erschossen. Die Leichen mußten die Bauern unter die Erde bringen. Bei seiner Festnahme wurden ihm die Augen verbunden. Er rechnete jeden Moment mit einem Genickschuß. Erst als der Friseur sein rötliches Haar von der Kopfhaut schabte, begann er wieder zu hoffen. Er konnte sich nicht vorstellen, wie er mit Glatze aussah.

In der Zelle nahm man ihm die Augenbinde ab. Wann war das gewesen? Der Krug mit Wasser, die letzte Verbindung zur Welt außerhalb der Zelle.

Die Deutschen mit ihrer bodenlosen Gewissenhaftigkeit, sie waren nie zu einem wirklichen Aufstand fähig. Ganz gleich, wo er agitierte, wo er mit anderen zusammensaß und einen Aufruhr anzetteln wollte, die Deutschen waren träge und bequem. Sie waren zu brav für die Aktion. Ganz anders die Italiener.

Nach langer Wanderschaft war Schasler in die Nähe von Neapel gekommen, wo er sich der Brüderschaft anschloß. Eine geheime Gesellschaft von Aufrührern, die er bei den Deutschen so vermißte. Hier wurde nicht nur geredet. Wenn ein Trupp zusammen war, zogen sie in die Berge und befreiten die Dörfler. Überall gab es Unzufriedene. Die Bauern hatten eine Mißernte, die Arbeiter keine Arbeit. Voran die rote und die schwarze Fahne.

Einmal kamen sie ins Dorf Letino. Der Priester wollte zuerst davonlaufen. Aber Schasler hielt ihn am Kragen: «Wir bringen nur das neue Evangelium, wir tun keinem etwas Böses.»

Der Priester beruhigte seine ängstliche Gemeinde, beschwichtigte die schreienden Frauen: Zwar sei die Banda bewaffnet, aber keine Räuberhorde. Dann zogen sie zum Rathaus und verhafteten den Bürgermeister. Auf der Piazza wurde ein Scheiterhaufen errichtet, sie verbrannten alle Akten, Karteikarten, Urkunden, Hypothekenbriefe, Trauscheine. Auch ein Bild des Königs ging in Flammen auf. Einer der Brüder hielt eine Ansprache. «Zahlt keine Steuern mehr, auch die verhaßte Mahlsteuer braucht euch nicht mehr zu drücken, wir haben die Taxlisten verbrannt. Ihr seid frei. Es gibt kein Grundbuch mehr. Ihr seid eure eigene Regierung.» Schasler sah die Bauern, die mit offenen Mündern auf der Piazza standen. Wie sie in der feierlichen Stunde ihre Mütze vom Kopf holten, einer nach dem anderen. Wie die Frauen die Kinder auf dem Arm hielten und vor Freude weinten. Als alles in Unordnung war, verjagten die Bauern den Bürgermeister. Der Priester segnete die Banditi, bevor sie zum nächsten Dorf zogen. Manchmal schlossen sich ihnen ein paar Unzufriedene an.

«Du brauchst keine Angst haben, Carlo, wir holen dich hier heraus.» Jemand sprach ihn auf deutsch an. Schasler fuhr zusammen. Woher kam diese Stimme? Er rührte sich aus seiner Kauerstellung. Antwortete nicht.

Am Abend sangen sie Lieder, reinigten die Waffen und tauschten Erfahrungen aus. Die meisten waren Italiener, nur ein Franzose und ein Holländer waren bei dem Trupp. Schasler sagte, er komme aus der Schweiz, wollte seine deutsche Herkunft nicht preisgeben. Sie hätten ihn für einen Spitzel gehalten. Und immer kreisten die Gespräche um Michele, wie sie ihn hier nannten, der sich irgendwo in ihrer Nähe befinden sollte. Es gab tausend Gerüchte. Bisher hatte Schasler ihn noch nicht zu Gesicht bekommen. Il russo, il gigante, il genio. Einer erzählte, wie er in die geheime Brüderschaft aufgenommen wurde, wie er einen Eid auf den Dolch schwören mußte, dann ein Papier mit einer Nummer erhielt und zwanzig Franken zahlen mußte. Giorgio war stolz, dazuzugehören. Ein anderer berichtete, wie er Michele und Dolfi in Florenz zwischen den mittelalterlichen Palästen und Türmen spazieren sah. Der florentinische Bäcker stand dem Russen weder an Wuchs noch an Schulterbreite nach. Die beiden seien eine wandelnde Barrikade gewesen, wie man sie bei jedem Aufstand benötige.

«Carlo, hörst du mich? Gib ein Zeichen, schnell.» Die Stimme kam von unten, soviel konnte Schasler feststellen. Er stampfte auf den Boden. Sagte nichts.

«Wir Brüder halten zusammen, Carlo, keine Sorge.» Italienischer Akzent, eine klare Aussprache.

«Wer bist du?» fragte Schasler, der sich auf den Zellenboden legte.

«Ein Bruder», kam es prompt zurück. «Ich melde mich, wenn es soweit ist.»

«In welchem Trupp warst du?»

«Später.»

Der Schuster wollte nicht, daß diese Stimme verstummte, fragte nach der Uhrzeit und dem Tag, aber bekam keine Antwort mehr. Er kroch über den kalten Steinboden zu dem Wasserkrug und nahm einen Schluck.

Eines hatte Schasler nicht in Erfahrung bringen können: Wer hatte sie verraten? Waren es Giorgio oder Pietro, die meinten, man müsse losschlagen? Nur einer unter ihnen war zögerlich gewesen, man dürfe den zweiten Monat nicht für den neunten einer Schwangerschaft halten, die Zeit sei noch nicht reif. Aber seine Warnungen wurden außer acht gelassen. Solange sie triumphierten. Das Militär kam überraschend. Sie verließen Gallo und wollten über einen Hügel ins nächste Dorf ziehen, als eine berittene Einheit sie hinter einer Weggabelung erwartete. Keiner konnte fliehen. Sie wurden eingekesselt. Schasler gelang es, seine Papiere wegzuwerfen. Dann schlugen sie ihn zu Boden und legten ihm die Augenbinde an. Wann war das geschehen? Wie gerne hätte er den Helden von Dresden, wie die Brüder Michele nannten, selbst in die Arme geschlossen! Wie gerne hätte er dem Russen gedankt für all die klaren Gedanken! Er mußte sich mit den Erinnerungen an die nächtlichen Gespräche begnügen.

Sie würden ihn hinausführen. Ein Kommando. Dann zwanzig Schüsse.

Schasler glaubte nicht daran, daß die Brüder ihn aus diesem Verlies befreien konnten. Auch wenn die Stimme dies versprach. Nur daß Michele geheiratet hatte, kam manchen von den Brüdern quer. Er hatte sich sogar mit seiner kleinen Polin in einer Kirche trauen lassen. Wie paßte das zu einem Anarchisten? Es war bestimmt kein Gerücht.

«Carlo, hast du von Lionello gehört? Weißt du, wo er ist?»

«Ich weiß nichts von ihm», erwiderte Schasler, froh, daß endlich der Kontakt wieder hergestellt war.

«War er mit euch Brüdern in Neapel?»

«Nein, gewiß nicht. Ich habe ihn das letzte Mal in Sorrento gesehen. Da haben sich unsere Wege getrennt.»

Schasler entspannte sich. Lag auf dem Boden und fuhr mit der Hand über den gestutzten Schopf. Die ersten Stoppeln sprossen.

«Bakunin läßt dir sagen, daß es etwas dauern wird, bis wir das Gefängnis sprengen können, aber er läßt dich hier nicht umkommen.»

«Kennst du Bakunin?» fragte der Schuster erregt.

Die Stimme kannte Michele.

«Ja, sicher. Ich war erst vor ein paar Tagen auf Ischia bei ihm. Er lebt bei der Fürstin Obolenskaja, der Frau des früheren Moskauer Zivilgouverneurs. Ich habe deine Sache dort vorgetragen.»

«Was ist aus Pietro geworden? Und aus Giorgio?»

«Sind tot», sagte die Stimme.

«Erschossen?»

«Ja. Schluß, es kommt jemand.»

Karl Schasler brach in Tränen aus. Seine liebsten Brüder waren ermordet worden. Er weinte, sein ganzer Körper zuckte auf. Pietro, der immer Geduld gehabt hatte, wenn Karl nicht das richtige italienische Wort fand, der ihm beigebracht hatte, wie man richtig fluchte. Giorgio, den Bakunin selbst in die Brüderschaft aufnahm. Warum sollte man ihn verschonen? Warum sollten sie zulassen, daß gerade ein deutscher Schuster aus dem Gefängnis befreit werden konnte? Bakunin läßt dir sagen... Er weinte noch heftiger. Diesmal aus

Freude. Also wußte der Held von Dresden von seinem Schicksal. Dennoch wollte sich keine Hoffnung einstellen. Wie konnte der von seiner Insel...

Die Tür wurde aufgerissen.

Zwei Carabinieri kamen auf ihn zu, legten ihm eine Augenbinde an.

«Avanti, avanti», schrie einer. Der andere stieß ihm mit dem Gewehrkolben in den Rücken.

Schasler rief: «Es lebe die Anarchie!»

Wieder erfolgte ein Schlag.

Er stürzte zu Boden, wurde hochgerissen, mitgeschleift. Die nackten Füße aufgekratzt.

Schasler atmete frische Luft. Es mußte Morgen sein. So hatte es gerochen, als sie das Dorf Letino stürmten. Früher Morgen. Er versuchte, wieder auf die Füße zu kommen, war aber zu geschwächt, um sich aufzurappeln. Die beiden Carabinieri hielten nicht inne. Mit festem Griff hatten sie ihn untergehakt. «Viva l'anarchia!» rief Schasler. Wieder und wieder. Die letzten Bilder. Der prügelnde Vater, der Katechet, dessen dicker Bauch bequem ausreichte, um darauf das Notenbüchlein zu legen, der allzu brave Stirner, der unentwegt rauchte.

Sie zogen ihn hoch und drückten ihn gegen die Mauer.

Schasler reckte sich auf. Die Füße schmerzten höllisch.

Der Kopf benommen von den Kolbenschlägen.

Das Kommando kam schnell.

Ein letztes Mal rief Schasler.

Dann klickten die Gewehre. Er hörte, wie die Kugeln einschlugen, zischten.

«Carlo, bist du da?»

Die Stimme unter ihm.

«Bist du da? Gib ein Zeichen, schnell! Mach schon.»

Schasler konnte sich nicht bewegen. Sein Körper ein einziger Schmerz. Die Füße aufgequollen. Rücken und Kopf mit Blut verklebt. Er wagte nicht, die Hand zu heben, weil er die Stiche im Leib fürchtete.

«Carlo, es wird nicht mehr lange dauern. Halt durch, Carlo! Noch ein paar Tage. Bakunin läßt dich grüßen, die besten Wünsche. Er hat mir bei einer Exkursion in Casamicciola erzählt, daß er große Dinge mit dir vorhat. Du sollst einen eigenen Trupp zusammenstellen. Du sollst deine eigenen Leute wählen dürfen. Verstehst du, Carlo, was das heißt?»

Schasler versuchte, den Kopf zu drehen. Aber es gelang ihm nicht. Schon bei der kleinsten Bewegung fuhr es wie heißes Eisen durch ihn hindurch.

«Carlo, hörst du mich?»

Er hob das linke Bein und ließ es auf den Steinboden fallen. Einmal, zweimal. Mehr Kraft besaß er nicht.

«Die haben dich zum Schein erschossen, Carlo. Das machen die hier mit jedem. Sie wollen sehen, wie ihr euch in die Hosen scheißt. Aber du läßt dich nicht weichkochen. Du bist ein Deutscher, nicht wahr?»

«Ja», entfuhr es Karl Schasler.

«Woher kommst du?»

«Aus der Schweiz», antwortete der Schuster.

«Aber da bist du nicht geboren!»

«Nein. Geboren bin ich in Regensburg.»

Mit einem Mal verspürte Schasler heftigen Hunger. Wann hatte er das letzte Mal gegessen? Hatten sie ihm überhaupt etwas zu essen gegeben? Der Wasserkrug war unendlich weit entfernt. Er konnte ihn nicht erreichen.

«Warst du mit Grün zusammen?»

«Wer ist das?»

«Karl Grün, auch ein Deutscher wie du.» Die Stimme war sehr nah. Fast erschien es Schasler, als sei sie direkt neben seinem Ohr.

«Ich kenne ihn nicht.»

«Und Grigorij?»

«Was ist mit ihm?»

«Das wollte ich von dir wissen, Bruder.»

Schasler überlegte. War Grigorij nicht der Mann, der ihn in Neapel in Empfang genommen hatte? Micheles Stellvertreter, wie er sich nannte. Hatte Grigorij ihm nicht eine Schlafstelle für die ersten Nächte besorgt?

«Ich weiß nicht, was mit Grigorij ist. Hab ihn lange nicht gesehen.»

«Ich melde mich wieder.»

Ein paar Stunden später wurde Karl Schasler verlegt. In eine helle Zelle. Man verband seine Füße, legte ein Pflaster auf den schmerzenden Rücken und ein Leinentuch um seinen Kopf. Ein Wärter mit grober Hakennase fütterte Gemüsesuppe in ihn hinein. Jedesmal, wenn er schluckte, bäumte sich sein ganzer Körper auf.

Es dauerte Tage, bis die Schmerzen geringer wurden.

Dann führte man einen Mann in die Zelle, der nicht sprechen konnte. Er stammelte bloß. Sie hatten ihm die Zunge abgeschnitten. Wieder und wieder zeigte er auf die hellrote Stelle in seinem Mund.

Eines Nachts hörte er die Stimme wieder. Sie kam aus der Zelle rechts oben.

«Gibt es etwas Schöneres als die Freiheit, Carlo?»

«Ich habe immer dafür gekämpft. Wie heißt du?»

«Ich bin Luigi Beppone, mein Kampfname ist Leone, der Löwe!»

«Dann nenn ich dich Leone.»

Während Schasler sich mit der Stimme unterhielt, ließ er seinen Mithäftling nicht aus den Augen. Er kauerte auf seiner Pritsche und hielt den Kopf starr zum Fenster gerichtet.

«Bakunin macht uns Sorgen, Carlo. Wir wissen nicht, was in ihn gefahren ist. Er sitzt auf dieser Insel, schwadroniert mit seiner Fürstin, veranstaltet Promenaden und Picknicks, erteilt Lektionen und geriert sich wie ein adliger Großfürst.»

«Wann holt er mich hier raus, Leone?»

«Es wird noch dauern. Aber wir lassen dich nicht im Stich.»

Verstand der Zungenlose Deutsch? Waren seine Ohren die Ohren der Obrigkeit? Hatten sie ihn mit Bedacht in seine Zelle gesteckt?? Schasler bemühte sich, seine Stimme noch weiter zu dämpfen.

«Kannst du mir sagen, warum sie mich so behandeln? Ich verstehe nicht, daß die anderen erschossen sind und ich noch lebe.»

«Sie bereiten einen Prozeß vor. Du sollst angeklagt werden. Du bist der Hochverräter. Sie wollen einen Deutschen dafür, damit sie sagen können, der Aufruhr kam vom Ausland. Deswegen auch die bevorzugte Behandlung.»

«Wann wird das sein?»

«Vorher werden wir dich rausholen, Carlo. Du mußt uns nur vertrauen. Du bist noch jung. Du hast noch viele Kämpfe vor dir.»

«Wo wart ihr eingesetzt, Leone?»

«Wir saßen fest in der Toskana. Nicht viel zu holen. Die Höfe liegen weit auseinander. Einzelne Bauern, die ihre

Knechte zu Tode prügeln. Erst als wir unter Rom waren, konnte unser Trupp sich einmischen.»

«Waren andere Deutsche dabei?»

«Schluß. Kommt jemand.»

Karl Schasler ging auf den Zungenlosen zu, schüttelte ihn an den Schultern.

«Hast du verstanden?» fragte er auf deutsch. Dann wiederholte er die Frage in Italienisch.

Der Mann drehte langsam den Kopf, die Augen halb geschlossen. Er stammelte und brachte spitze Töne hervor.

«Laß gut sein. Auch wenn du mich verstehst, du kannst mich nicht verraten.»

Die nächsten Tage waren wunderbar. Wie wohltuend der Wechsel zwischen Licht und Dunkel. Das Essen, auch wenn es stets die gleiche Minestrone gab. Die rötlichen Haare waren schon ein paar Zentimeter lang. Ein Prozeß wegen Hochverrats war eine besondere Gelegenheit, öffentlich für die Anarchie einzutreten. Vor aller Ohren ein Zeugnis abzulegen gegen die Unterdrücker, die Großgrundbesitzer und die Regierenden.

Aber die Befreiung zog er vor. Wenn er einen eigenen Trupp anführen konnte. Wenn dieses Überlandziehen weitergehen könnte. Dieses wilde Leben mit den Brüdern. Nur was Leone über Bakunin gesagt hatte, kam ihm seltsam vor. Der Held von Dresden, der für seinen Kampf zehn Jahre Kerker abbrummen mußte, dem diese waghalsige Flucht von Sibirien nach Japan und in die Vereinigten Staaten gelang, wie konnte il russo sich zur Ruhe setzen? War er nicht mehr einer von ihnen? Karl Schasler wollte Leone nach ihm fragen.

Zwei Tage später holten sie den Zungenlosen ab. Sie nickten sich zu. Schasler war allein in der geräumigen Zelle. Sie brachten ihm sogar eine Matratze.

«Carlo, bist du da? Klopf dreimal an die Wand, wir brauchen eine Parole.»

Der Schuster hämmerte an die Zellenwand.

«Die Vorbereitungen sind in vollem Gange. Es kann schon nächste Woche sein, daß wir dich holen.»

Schasler wußte vor Freude nicht, was er erwidern sollte. Nächste Woche, nächste Woche. Die beiden Worte multiplizierten sich in seinem Kopf.

«Ich werde dir die Stunde bekanntgeben, Carlo. Kennst du den Giuseppe?»

«Ja. Ja. Was ist mit ihm?»

«Giuseppe soll dein erster Verbindungsmann sein. Du mußt dich nach Neapel durchschlagen. Hast du verstanden?»

«Giuseppe ist in Neapel?»

«Ja, er erwartet dich dort.»

Karl Schasler fragte, ob der ihn zu Bakunin bringe.

«Das müssen wir noch beschließen. Ich sage dir Bescheid.»

«Ist il russo immer noch auf Ischia?»

«Keine Neuigkeiten. Es sieht so aus, als ob die Verbindung abgerissen ist. Wir sind ganz kopflos. Ein Bote kam zurück und sagte: Bakunin ist fischen gegangen. Mehr weiß ich auch nicht.»

Karl Schasler stellte sich Leone vor, mit dem er sprach. War er wie Pietro oder glich er eher Giorgio? Ein sanfter Bauer oder ein heftiger Schneider?

«Ich will ihn einmal sehen, Leone.»

«Wen?»

«Bakunin.»

«Keine Sorge, wir bringen dich zu ihm. Schluß jetzt. Beim nächsten Mal die Parole nicht vergessen.»

Karl Schasler ließen die Worte seines Bruders nicht los. Bakunin ist fischen gegangen. War er behäbig geworden wie diese deutschen Schmerbäuche? Wie diese redetollen Gestalten in Hippels Weinstube, die vom Kampf sprachen und doch nur Wolken hervorbrachten. Wer hatte gesagt, daß die besten Elemente aller Nationen in Gefängnissen und Zuchthäusern verkamen? Die Leute, die die entsetzlichen Fesseln des Eigentumsunrechts, das ihnen den Atem abschnürte, zerbrachen. Nur die Spießer nannten sie Verbrecher, dabei gebührte ihnen Dank. Sie zeigten, was das Eigentum wirklich war.

«Man schickt mich zu Ihnen, Signore Schasler, weil ich Sie vor Gericht verteidigen soll. Mein Name ist Sansone.»

Schasler war erstaunt, daß dieser schmächtige Herr ihn verteidigen wollte. Sein dünnlippiger Mund, die wenigen Haare zu Strähnen um den Kopf gelegt, große, fleischige Ohren.

«Herr Sansone, ich brauche keine Verteidigung. Ich nehme meine Sache selbst in die Hand.»

«Es ist Gesetz, Signore Schasler.»

«Ich pfeife aufs Gesetz. Ich bin mein eigenes Gesetz. Verstehen Sie? Ich brauche niemand, der mich unter die Knute von Gesetzen stellt.»

Der Verteidiger zog wütend ab. Kaum war die Zellentür geschlossen, hörte Schasler die Parole.

Er klopfte dreimal an die Wand.

«Bakunin ist impotent, Carlo.»

«Was hast du gesagt, Leone?»

«Bakunin ist impotent. Wir wissen es aus sicherer Quelle. Das ist der Grund, warum er sich so gern mit vielen Männern umgibt, warum soviel Trubel um ihn herum sein muß. Die Polin hat es einem der Unsrigen gesagt, daß die Kinder nicht von Michele seien, sondern von verschiedenen Vätern. Sie nimmt es ihm nicht übel.»

«Ich auch nicht, Leone. Und du?»

«Er ist kein richtiger Mann. Er kann nicht anführen. Mir kommen seine Befehle wie kastrierte Katzen vor, sie maunzen zwar, aber es steckt nichts dahinter.»

«Wann komm ich frei?»

Karl Schasler hatte in die Zellenwand die päpstliche Tiara geritzt, die von Blitzen zerschmettert wird.

«Es verzögert sich ein wenig, aber keine Sorge. Der Plan steht fest. Ich selbst nehme dich in Empfang. Was sagt der Herr Verteidiger?»

«Ich hab ihn abgewiesen.»

«Schluß.»

Der Schuster wußte nicht, was er davon halten sollte. Wollten ihn die Brüder hinhalten? Warum verzögerte sich nun die Befreiung?

Er dachte an die nächtlichen Gespräche. Wie sie sich gegenseitige Treue geschworen hatten! Gegenseitige Unterstützung. Wie jeder für den anderen einstehen, ja sterben wollte. Sie hatten sich gestritten über die Frage, ob die Anarchisten jemals an die Macht kommen sollten. Schasler war der Meinung, daß er niemand beherrschen wolle, aber auch keinen Herrscher über sich dulde. Die anderen sagten, nur die Anarchisten seien in der Lage, für eine begrenzte Zeit Garanten der freien Assoziationen zu sein. Einig waren sie sich alle, daß als erstes die Polizei abgeschafft werden müsse. Danach Gesetzbücher und Banken. Schließung der Gerichte, Beendigung der Knechtschaft. Wie hatte Bakunin in seinem «Katechismus» geschrieben: *«Es ist nicht wahr, daß die Freiheit eines Individuums durch die Freiheit aller begrenzt wird. Der Mensch ist nur in dem Grade wirklich frei, in welchem seine von dem freien Gewissen aller andern frei anerkannte und von ihm wie aus einem*

Spiegel zurückstrahlende Freiheit in der Freiheit der anderen Bestätigung und Ausdehnung ins Unendliche hin findet.» Schasler hätte diesen Satz gern in Italienisch an die Wand geschrieben, als Hinterlassenschaft für spätere Gefangene. Aber dazu reichten seine Sprachkenntnisse nicht.

Er konnte auch die Anklageschrift nicht verstehen, die er tags darauf erhielt. Die Sprache war verklausuliert und bürokratisch. Was kam es auf dieses nutzlose Papierchen an?

Es dauerte eine ganze Weile, bis sich Leone meldete.

«Übermorgen nacht, Carlo. Bist du bereit?»

«Ich bin bereit, Leone.»

«Wir haben beschlossen, daß du direkt nach Ischia gebracht wirst.»

«Zu Bakunin?»

«So ist es, Carlo. Du wirst ihn kennenlernen. Vielleicht anders als du erwartet hast.»

«Il russo, il genio.»

«Es gibt ein Zeichen, wann die Aktion startet. Du siehst einen rötlichen Lichtschein zweimal aufflackern.»

Schasler dachte an die Farbe seiner Haare, die sich schon wieder kräuselten.

«Die Gefängnismauer ist gewaltig hoch. Du hast nur wenig Zeit. Bist du bei Kräften?»

«Ich springe wie ein junger Gott.»

Der Schuster zählte fortan die Stunden, lauschte jedem Glockenschlag.

Sie hatten kaum geschlafen in jenen Nächten, als sie von Dorf zu Dorf zogen, bedurften keines Schlafes. Immer auf der Hut. Denn nachts fürchteten sie einen Angriff der Polizei oder des Militärs. Es gab noch einen anderen Meinungsstreit zwischen ihnen. Brauchen Anarchisten überhaupt eine Organisation? Schasler hielt mal zu dieser, mal zu jener Seite. Die einen sagten, wenn man keine Organisation habe, dann kämpfe man in verschiedene Richtungen. Die anderen sagten, jede Organisation sei von Übel, weil immer Hierarchie entstehe, immer wieder Kampf untereinander. Das Prinzip der freien Assoziation der Freien müsse gewahrt bleiben. Sobald Autorität entstehe, müsse sie wieder verschwinden. Die einen beharrten darauf, wenn Organisation stets von unten aufgebaut werde und auch von unten kontrolliert, dann könne nur die Autorität des gemeinschaftlichen Zweckes entstehen, und die brauche man schließlich. Wie sonst sollten Assoziationen miteinander in Verbindung treten? Der Schuster hatte nie über diese Frage nachgedacht. Mit Bakunin wollte er darüber sprechen.

Eine dumpfe Explosion.

Das Flammenzeichen war gut sichtbar. Die Gitterstäbe flogen auseinander. Mit einem Sprung stand Schasler auf dem Tisch, wuchtete sich durch die schmale Öffnung, dann erst erblickte er die Höhe. Es half nichts. Er drückte sich ab und ließ sich fallen. Nur leicht prellte er sich den linken Arm.

Er sah Leone. Sie umarmten sich.

«Komm, wir haben keine Zeit zu verlieren.»

Unterwegs sprachen sie kaum. Schasler erfuhr, woher der Italiener so gut deutsch sprechen konnte, seit wann er in der Brüderschaft war, und auch, wie es gelang, unbemerkt ins Gefängnis hinein und wieder hinaus zu gelangen. «Ich habe einen Onkel, der ist Aufseher. Der sympathisiert mit unseren Ideen. Ganz nützlich, dieser Kerl.»

Gegen Morgengrauen erreichten die beiden Neapel. Leone war untersetzt, Norditaliener mit schwarzen Augen und gelocktem, langem Haar, kein Bruder, den man in die vorderste Reihe stellen konnte. Sein eckiger Kopf war voll alter Narben.

«Giuseppe wird dich nach Ischia begleiten, Carlo! Ich hab andere Aufgaben hier zu erledigen.»

Via Punzo, Nummer zehn. Dort war das Haus von Giuseppe, vor dem sich Schasler von der Stimme verabschieden mußte. «Es lebe die Anarchie!» sagten beide und umarmten sich erneut.

Dann erschien Giuseppe, der Schasler in den Hausflur zog. Er sah aus wie ein alter Baum, dessen Zweige wild wuchsen. Er befahl Leone, zu bleiben.

«Giuseppe sagt, daß ihr gleich nach Ischia aufbrechen müßt. Das Boot ist schon im Hafen. Dort warten unsere Brüder.»

Schasler nickte. Ganz erregt. Nach der langen Wartezeit im Kerker ging es wieder zur politischen Tat. Ihm gefiel diese Geschwindigkeit, dieses Unverzagte.

«Du wirst Bakunin umbringen, Carlo.»

Schasler zuckte zusammen.

«Wir haben es so beschlossen. Du bist dafür ausgesucht worden.»

«Was soll ich?»

Giuseppe legte seine schwere Hand auf Schaslers Schulter. Er drückte ihn nieder. Schasler mußte sich aufbäumen, sonst wäre er gestürzt.

«Giuseppe sagt, es gibt keinen anderen Weg. Aus sicherer Quelle wissen wir, daß Bakunin alle Operationen der Brüderschaft verraten hat. Er ist ein Spion. Ein Verräter. Er hat auch Pietro und Giorgio auf dem Gewissen. Er hat euch hinter Gallo in diese Falle geschickt, Carlo.»

Karl Schasler wußte nicht, wohin er schauen sollte. Leone, dem er so vertraute. Wie konnte er so etwas von ihm verlangen? Und dieser Giuseppe war ihm gleich nicht ganz geheuer.

Sie nahmen ihn in die Mitte.

Gingen die breiten Straßen hinunter zum Hafen.

In Schaslers Kopf tobte ein Sturm. Er wagte kaum, Passanten anzublicken. Jeder mußte ihm ansehen, daß er zum Attentäter werden sollte.

Erst als sie auf dem Boot waren, ließ er seinen Fragen freien Lauf.

«Wieso hast du mir nichts gesagt, als ich noch im Gefängnis saß, Leone? Woher kommen die Informationen über Bakunin? Wer hat beschlossen, daß er sterben soll?»

Leone blieb gelassen, hatte jede Antwort parat. Giuseppe stand am Ruder und unterhielt sich mit den Bootsleuten.

«Man hat Bakunin umgedreht, als er in Haft in Rußland war. Es gibt von ihm sogar eine Adresse an den Zaren, in der er seine Taten bereut und um Vergebung bittet. Nun gründet er geheime Gesellschaften überall, stellt Mitgliedschaften aus, um die Anarchisten ins Verderben zu stürzen. Er soll die Flöte spielen, nach deren Melodie wir tanzen.»

Karl Schasler sah das Meer, das in ruhigen Wellen an den Strand spülte. Die strahlende Sonne, die er so gerne genossen hätte. Die Möwen, die ihr Boot umkreisten. Er konnte nur daran denken, daß er in einigen Stunden einen Mord verüben sollte, einen Mord an Michele.

«Wir haben es selbst nicht geglaubt, Carlo. Das ist die Wahrheit. Wir waren entsetzt, entrüstet, als die ersten Berichte kamen. Wir dachten an ein falsches Spiel, aber dann wurde das Netz immer dichter, in dem sich dieser verräterische Russe fing.»

Giuseppe bot Schasler eine Zigarre an.

Es dauerte fast den ganzen Tag, bis sie Ischia erreichten. Das sei eine Vorsichtsmaßnahme, sagte Leone, sie müßten im

Dunkeln an Land gehen, weil man nie wissen könne, wo sich die Carabinieri versteckt hielten.

«Und wenn ich nicht bereit bin, Michele zu töten?» fragte Schasler, dessen Erregung ihn stets wieder einholte.

«Willst du nicht Rache nehmen für Pietro und Giorgio und all die anderen Brüder, die dieser Russe unseren Feinden geopfert hat? Du wärst doch selbst hingerichtet worden, wenn es zum Prozeß gegen dich gekommen wäre. Denk daran, daß wir dich befreit haben.»

Wie ruhig Leone das sagte, wie mißtrauisch Giuseppe ihn ansah. Auch die beiden anderen Brüder ließen Schasler nicht aus den Augen.

Kurz nach Einbruch der Dunkelheit erreichten sie die Anlegestelle. Giuseppe ging als erster von Bord, gab Schasler die Hand und half ihm an Land.

In schnellem Schritt marschierten sie den Hügel hinauf. Sie sprachen kein Wort. Wieder wurde Schasler eskortiert. Dahinter in einiger Entfernung die beiden Bootsleute.

Dann sah er die Villa.

Es war ein gewaltiger Eindruck. Überall Kerzen, Tüllvorhänge. Aus dem Innern drang Musik. Eine helle Stimme sang.

«Du gehst hin und fragst nach dem Russen, verstanden?»

Giuseppe drückte Schasler die Pistole in die Hand.

«Du gehst auf ihn zu und rufst: Im Namen der Anarchie! Dann schießt du das ganze Magazin leer. Hast du verstanden?»

Der Schuster nickte.

«Wird er denn anwesend sein?»

«Er hält sich dort seit Wochen auf.»

«Und wenn er doch nicht da ist, vorübergehend...»

«Keine Ausflüchte, Carlo, denk an unsere toten Brüder, die er auf dem Gewissen hat.»

Karl Schasler glaubte, daß ihn das Gewicht der Pistole zu Boden ziehen würde.

Er ging los. Ohne sich noch einmal umzusehen. Er suchte Deckung, kroch auf der trockenen Erde.

Schasler blickte zu den hohen Fenstern, von denen eines offenstand. Ob ihn die Brüder in der Dunkelheit noch ausmachen konnten? Er mußte es riskieren.

Er klopfte an die reichgeschnitzte Eingangspforte und verschwand zur anderen Seite der Villa.

Sobald die Tür geöffnet wurde, ein schmaler Lichtschein trat heraus, schoß Schasler mehrmals in die Luft. Das ganze Magazin.

Die Schüsse peitschten.

Im Haus gab es Tumult.

Wildes Schreien.

Russische Laute. Frauenstimmen.

Schasler nutzte die Aufregung, warf sich über die Brüstung und rannte den Hügel hinunter. Die Pistole hielt er immer noch in der Hand, als er die kleine Bucht erreichte.

Er brauchte einen Plan, die Insel zu verlassen.

4. Kapitel

Paris, April 1871

Im Stadthaus herrschte Hochbetrieb. Proklamationen des Wohlfahrtsausschusses. Verwundete Schützen und Kanoniere. Pamphlete gegen den Verrat. Von ferne wie ein ständiges Gewitter Kanonendonner der Versailler Angreifer. Gerüchte über Gerüchte. Fort Vanves ist gefallen. Fort Vanves kann sich halten. Schwüre der Föderierten. Zerrissene Fahnen und Transparente.

«Wir möchten zu Bürger Courbet vorgelassen werden», sagte Pierre mit fester Stimme.

«Sie tagen», kam die prompte Antwort eines Wachmannes, der vor dem Portal des Sitzungssaales stand.

«Ich kenne Courbet persönlich. Wir haben zusammen in der Saintonge gemalt.»

«Das ist hier kein Atelier, Bürger, sondern die Commune. Wir malen unsere Tage mit Blut.»

«Es ist dringend», mahnte Pierre.

«Alles ist dringend, Bürger. Wie heißt du?»

Pierre Gambon hielt seine Papiere hin.

«Und der da?» fragte der Wachmann, ohne auf die gestempelten Zettel zu sehen.

«Das ist Charles, ein guter Freund.»

«Hat er auch Papiere?»

In diesem Moment dröhnte ein dumpfer Schlag durch die Halle. Ein Granateneinschlag, kaum ein paar Straßen entfernt.

«Ihr hört, Bürger, wir haben anderes zu tun. Die Verteidigung geht vor. Aber ich sehe, was ich für euch tun kann. Wen wolltet ihr sprechen?»

«Bürger Courbet», sagte Pierre Gambon knapp.

«Wartet draußen auf dem Vorplatz! Ich werde euch rufen lassen. Wir müssen den Raum hier freihalten.»

Gambon und Schasler zogen ab.

«Glaubst du, daß Courbet den Plan unterstützen wird?»

Als Karl Schasler von den Ereignissen im Pariser März gehört hatte, überschritt er illegal die Grenze nach Frankreich und zog mit einigen Anarchisten ins Herz des Sturms. Sein Ohrläppchen juckte, ein Zeichen der Vorfreude. Sie malten sich aus, wie es sein könnte, wenn die Herrschaft davongefegt war, ein andauerndes Fest, berauschende Tage, Liebe und Freiheit und Glück. Immer wieder sangen sie die Marseillaise. Vielstimmig, in verschiedenen Sprachen. Karl Schasler nannte sich Charles.

«Du mußt Courbet einmal singen hören. Dann gibst du mir recht.»

«Ich dachte, er sei Maler.»

«Wenn er singt, kommt seine ganze Wut heraus.»

Schasler lernte Gambon in einem Haus in Issy kennen. Ein alter Kämpe. Die Wände voller Pamphlete, kein Fleck Tapete mehr frei.

GEGEN DEN KLERIKALEN DESPOTISMUS – SETZT KEINEN FUSS MEHR IN IHRE BUDEN. STREIK DER FREIEN DENKER. GEHT NICHT MEHR ZUM STEUEREINNEHMER, ALLGEMEINER STREIK DER BESTEUERTEN! VERWEIGERT DEN WAFFENDIENST – LASST DIE TYRANNEN SICH GEGENSEITIG UMBRINGEN!

Noch in der Nacht der Ankunft meldete Schasler sich bei den Föderierten, um gegen die Versailler Bourgeoisie zu kämpfen. Als Nationalität gab er wiederum Schweizer an.

Die Tage in den Schützengräben. Die Nächte als Tanz.

«Einmal hat Gustave sich von einem Priester eine Soutane geliehen und einen Esel in den oberen Stock geschleppt. Damals malte er die ‹Heimkehr von der Konferenz›. Ein einzigartiges Bild. Voller Spott. Proudhon hat es gemocht, sehr gemocht sogar.»

«Proudhon interessierte sich für Malerei?»

Gambon geriet ins Schwärmen.

«Gustave zeigt die Priester, ganz ohne Ehrfurcht. Auf einer Straße in der Umgebung von Ornans, vor grauen Kalkfelsen und steilen Hügeln, torkeln drei besoffene Priester an einer Bucht mit einem Muttergottesbild vorbei. In der Mitte, auf einem Esel, ein besonders fetter Pope mit gedunsenem, blaurotem Gesicht, die anderen müssen ihn stützen, und dabei schwanken sie selbst. Einer schlägt blindwütig mit einem Schirm um sich. Auf dem Feld ein Bauernpaar, der Mann, auf seine Hacke gelehnt, hält sich den Bauch vor Lachen.»

Auch Pierre Gambon begann zu kichern, seine Stimme überschlug sich. «Als ich das Bild zum ersten Mal gesehen hab, im Rathaus von Saintes, gab es einen Riesenskandal. Der Bürgermeister wollte es sofort entfernen. Dann ging es nach Paris zum Salon, aber die Jury lehnte ab, das Bild sei ein Angriff auf die Religion ...»

«Kann man es sehen?» fragte Schasler, der in seiner Schulzeit im Lehrbuch der biblischen Geschichte Jesus und seinen Jüngern lange Bärte gemalt hatte und auch mal ein blaues Auge.

«Damals hing das Bild in Courbets Atelier und wurde von

vielen bestaunt, Scharen von Neugierigen kamen. Ein amerikanischer Unternehmer hat das Bild gekauft und wollte es in allen europäischen Hauptstädten ausstellen. Es war Courbets erster Schlag gegen die Heuchelei.»

«Und deswegen, glaubst du, wird er uns unterstützen?» fragte Schasler, dem nicht wohl bei dem Gedanken war, den gemeinsamen Plan zu verraten.

«Ich bin ganz sicher, Charles. Glaub mir, Gustave ist einer von uns.»

«Aber jetzt hat er zu bestimmen. Er ist Mitglied der Commune, und die sind die Regierung!»

«Gustave gehört zur Minderheit, sie haben sogar gegen die Bildung eines Komitees für öffentliche Sicherheit gestimmt.»

«Aber sie haben die Abstimmung verloren.»

Pierre Gambon musterte den Schuster. «Du hast immer nur Bedenken, Charles.»

Schasler ließ nicht nach, er habe in manchen Ländern im Gefängnis gesessen. «Warum soll ich nicht auch die Bekanntschaft mit einem französischen Kerker machen?»

«Du weißt nicht, wovon du redest», antwortete Gambon.

Auf der Straße rückte ein Trupp Verwundeter heran. Blutverkrustet die Bandagen. Humpelnde Gestalten. Dazwischen eine Bahre. Der Föderierte schrie nach einem Arzt. Zwei Soldaten begleiteten den Zug, als ginge es in die Schlacht und nicht ins Hospital.

«Gustave hat im vorigen Jahr den Orden der Ehrenlegion abgelehnt, weil es ihm sein Bürgerstolz verbot. Er hat öffentlich erklärt, daß er mit seinen fünfzig Jahren immer in Freiheit gelebt habe und er sein freies Dasein zu Ende führen möchte. Er hat dem Minister geschrieben: ‹Wenn ich tot bin, soll es von mir heißen, dieser Mann hat nie einer Schule, nie einer Kirche, nie einer Akademie angehört, und niemals war er Anhänger irgendeiner Regierungsform, wenn es nicht die der Freiheit war› ...»

«Jetzt gehört dein Malerfreund zu den Mächtigen, Pierre! Warum willst du das nicht einsehen? Er ist Minister.»

Gambon wurde laut. «Wir brauchen seine Zustimmung. Meinst du, wir sind allein in der Lage, soviel Dynamit zu besorgen?»

Schasler schwieg. Er wußte, daß der siebzigjährige Franzose im Recht war. Für ihn gab es keinen anderen Grund, ihren Plan kundzutun. Es ging um das Sprengmaterial. In den Tagen der Commune wurden die Fabriken gut bewacht. Schasler hatte sich schon bei der Patronenfabrik in der Avenue Rapp umgesehen.

«Gustave hat in Frankfurt im Kreise von dreihundert Konkurrenten ein Wetttrinken ausgetragen, das vier Tage dauerte, und er blieb Sieger.»

«Großartig, das gefällt mir», lenkte Schasler ein. Courbet begann ihn zu interessieren.

Jemand, der Bilder malte, wie konnte der ein Anarchist sein? Und wie konnte ein Anarchist in der Regierung sitzen, auch wenn es eine kommunalistische war?

Lange hatte er mit den französischen Freunden darüber gestritten, ob die Pariser Commune tatsächlich das Paradies werden könne, wie manche behaupteten. Gambon war fest davon überzeugt. Schasler sagte, in der Hauptstadt sei der Staat immer verhaßt, die Bürger sähen ihn am klarsten und brauchten ihn am wenigsten, der Staat räche sich für die Mißachtung mit starker Unterdrückung. «Und gerade deswegen kann man nicht den Apparat einfach ersetzen und die Gewalten des Staates übernehmen – daraus entsteht keinerlei freie

Föderation!» Die Freunde hatten ihn verlacht, auch Gambon nahm ihn zum Ziel des Spottes. Er sei mitten in einer Revolution und würde es nicht bemerken.

«Du bist so abweisend, weil ihr Deutschen nie eine Revolution vollbracht habt.»

Die ivresse patriotique, die Schasler karikierend als französischen Nationalsuff abtat, erfaßte den Schuster nur ein einziges Mal. Als sie in einer Nacht den Plan ausheckten, die Vendôme-Säule zu sprengen.

Sie wollten eine Tat des Volkes, der Bürger, den Jubelgesang der Straße, damit auch das Stadthaus spürte, daß sich die lokalen Leidenschaften erhoben, das spontane Leben erwachte, daß die Revolution lebendig war und nicht nur im Abwehrkampf gegen die Versailler gefangen. Es sollte ein Schock für die Bourgeoisie werden. Die bronzene Säule zeigte Napoleon I. in Cäsars Gewändern. Zwar hatte die Commune am 12. April 1871 beschlossen, daß dies Standbild der Reaktion abgerissen werden solle, aber es geschah nichts. Im Dekret hieß es: «Diese imperiale Säule auf der Place Vendôme ist ein Monument der Barbarei, ein Symbol nackter Gewalt und falschen Ruhms, ein Lob des Militarismus, eine stetige Beleidigung der Unterdrückten durch die Sieger. Die Säule soll entfernt werden.»

Schasler und seine Freunde wußten von dem Streit, ob die Bronze der Statue besser für Kanonen oder für die staatliche Münze genutzt werden könne, aber für sie zählte nur die Aktion. Immer noch stand die Säule und ridikülisierte die Revolutionäre.

«Ihr müßt euch noch ein wenig gedulden. Courbet läßt dir ausrichten, Bürger Gambon, daß du ihn auf jeden Fall erwarten sollst.» Der Wachmann reichte dem Franzosen die Papiere zurück.

«Was hab ich dir gesagt, Charles. Er will mich sehen.» Gambon strahlte. Die wenigen Haare, die ihm auf dem Kopf geblieben waren, standen ab.

Karl Schasler verspürte Hunger, aber er wollte mit Gambon vor dem Stadthaus ausharren. Vielleicht hatte er sich ja wirklich getäuscht.

«Gustave hat einmal mit seinem Großvater gewettet, der war ein Sansculotte, und '48 zählte er schon dreiundachtzig Jahre. Gustave meinte, sie hätten damals die Republik erreicht. Aber sein Großvater sagte: Ich wette, ihr werdet sie nicht lange behalten. Nun ist der Großvater tot, und Gustave hat seine Wette gewonnen. Wir haben die Republik und geben sie nicht mehr her.»

Pierre Gambon war einer von jenen Aktivisten, die Schasler liebte. Sie neigten in auswegloser Lage zum Optimismus, sahen jeden Silberstreif und redeten über Niederlagen so lange, bis daraus Erfolge wurden. Einmal hatte der Schuster den französischen Berufsrevolutionär gefragt, warum er niemals aufgebe. «Dafür hab ich Zeit, wenn ich tot bin, Charles!»

«Die Stellung von Issy ist gefallen! Zweitausend Mann verloren!» Die Zeitungsjungen rannten mit den druckfrischen Exemplaren durch die Stadt. Gambon ließ sich ein Exemplar des *Officiel* geben. Die Nachrichten waren deprimierend.

«Um so mehr brauchen wir heute nacht dieses Signal, Pierre. Wir müssen zeigen, daß wir zum Kampf bereit sind. Wenn die Versailler morgen früh erfahren, daß ihr Symbol zerfetzt ist, werden sie uns wieder fürchten.»

Gambon studierte die Erklärung der Minorität. Er übersetzte Schasler ein paar Zeilen. «Die Commune hat ihre Macht in die Hände einer Diktatur niedergelegt, der sie den Namen Wohlfahrtsausschuß gegeben hat... Was uns betrifft, so fordern wir allein für unsere Taten einzustehen, ohne uns hinter eine höchste Diktatur zu verschanzen. Wir ziehen uns in unsere Arrondissements zurück. In der Überzeugung, daß die Kriegsfrage über alle anderen geht, werden wir die Zeit, die uns unsere munizipalen Funktionen übriglassen, inmitten unserer Brüder von der Nationalgarde verbringen.» Gambon zeigte auf die Liste der Unterschreiber. «Siehst du, hier steht auch Gustave Courbet.»

Karl Schasler überzeugte sich. Er rief erregt: «Haben sie wirklich eine Diktatur errichtet? Wenn das so ist, dann müssen wir das Stadthaus sprengen und nicht bloß die Vendôme-Säule.»

Fast eine Stunde dauerte es noch, bis der Bürger Gustave Courbet erschien. Eine Pfeife im breiten Mund, seine ungeheuren Arme ruderten, in Hemdsärmeln, ohne Krawatte.

«Pierre, gut, daß du gewartet hast!» Er schlang seine Arme um Gambon, als wolle er ihm die Luft abdrücken. Schasler sah den Stiernacken und die Augen, die denen eines Ochsen glichen. Das spöttische Lächeln eines Bauern.

«Wer ist der da?» fragte Courbet und zeigte auf Schasler, die fleischige Hand ausgestreckt.

Gambon erklärte dem Maler, daß Charles ein Anarchist sei, der seit Tagen in der vordersten Front die Commune verteidige.

«Und was macht er dann hier?» donnerte Courbet.

«Er hat, wir haben einen Plan.»

«Kommt mit, wir gehen zu Laveur, da gibt es Essen und Trinken. Ich habe den ganzen Tag nur gesessen, nur geredet. Abstimmungen. Es gibt Menschen, die können so lange auf ihrem Hintern sitzen und debattieren, bis die ganze Welt untergegangen ist.»

Während sie mit schnellen Schritten durch die Straßen eilten, gab Courbet eine Parodie auf die Mitglieder der Commune, diesen als Zauderer verspottend, jenen als blaßgesichtigen Klügler, Delescluze als asthmatischen Schwachkopf, Vermorel als kraftlosen Versager. «Wenn du hörst, wie die vor der französischen Sprache kapitulieren, Pierre, dann weißt du schon, daß die Versailler alle Trümpfe in der Hand haben.» Von Zeit zu Zeit übersetzte Gambon, was der Maler an höhnischen Bemerkungen von sich gab. Schasler gefiel dieser Koloß. «Es ist ein Rat der Schwäche! Das Stadthaus flößt niemandem Schrecken ein. Aus unserem Geschrei muß man die Unfähigkeit heraushören. Das kann zum Debakel werden.»

Gambon kannte viele der Commune-Mitglieder persönlich, fragte nach Einschätzungen, Charakterzügen. Darunter seien auch Winkeladvokaten, wie er sie nannte, die sich in den Rat geschlichen hatten. Courbet war erst später hinzugewählt worden, wußte nicht von jedem zu berichten. «Ist mit dem Wohlfahrtsausschuß wirklich eine Diktatur eingerichtet, wie es im *Officiel* stand?» fragte Schasler.

«Laß das unsere Sorge sein, wir werden schon mit ihnen fertig», antwortete Courbet barsch. Schasler verstand, bevor ihm Gambon die Antwort übersetzte.

Die Pension Laveur war ein verstecktes Haus mitten im Marais. Im oberen Geschoß das Atelier Courbets, in dem die Besitzerin an einer langen Tafel Brot, Käse und Wild sowie eine Batterie geöffneter Rotweinflaschen aufgestellt hatte. Courbet griff nach der ersten und setzte sie an. Unter dem Beifall der beiden Besucher leerte er sie vollends.

«So, nun fühle ich mich wieder», sagte er, «über dem ganzen Gequassel könnte man vergessen, daß wir in Hochstimmung sind.»

Karl Schasler zeigte auf ein Bild, das umgekehrt auf der Staffelei stand. «Ist das Proudhon?»

Courbet nickte. Er half dem Deutschen das große Ölgemälde umzudrehen. Der Schuster stand lange davor. Er kannte einige von Proudhons Schriften, hätte gerne erfahren, auf welcher Seite er in der Commune gestanden hätte.

Das Bild erschreckte ihn.

Ermattet saß Proudhon auf einer Treppenstufe, den Kopf auf die linke Hand gestützt, unter ihm die aufgeschlagenen Bücher, die noch lebloser aussahen als er selbst. Seine Miene versteinert, die Augen ohne Feuer. Im Hintergrund Kinder, die sorglos spielten und lasen – sie waren lebendig, hatten Kraft.

«Gefällt es ihm?» fragte Courbet.

Karl Schasler schüttelte den Kopf, machte aus seiner Meinung keinen Hehl. «Er findet es zu kraftlos», übersetzte Gambon.

Gustave Courbet sprang auf. «Zu kraftlos, was, zu kraftlos! Ich hatte ein Porträt von ihm begonnen, aber Joseph starb, bevor es fertig war. Ich zeichnete ihn auf dem Totenbett. Doch das genügte nicht. Ich brauchte Photographien, am besten wär gewesen, sie hätten mir den Kopf in einer Blechkiste geschickt. Der Deutsche hat recht, Proudhon ist tot – auf meinem Bild. Hier, trink, wir nehmen einen auf Joseph.»

Die drei Männer prosteten sich zu.

Courbet stopfte sich das Essen in den Mund und sprach, während er kaute. In seinem Mahlwerk große Stücke Fleisch und Käse, dazwischen Brotrinde.

«Ich sollte malen, Pierre, nur malen. Was soll dieser Rat? Wir reden, reden, fechten Spiegelkämpfe aus. Wenn ich nicht die Museen hätte, den Louvre und die Bilder, die es zu sichern gilt, wenn ich nicht meine Leute um mich versammelte, mit denen ich Galerien eröffne, Ausstellungen auf die Beine bringe. Wir haben große Dinge vor. Ein Museum des Handwerks soll entstehen.»

Karl Schasler sah die eingetrockneten Farben, die hingeworfenen Paletten, die zusammengerollten Leinwände. So dürfte es bei keinem Schuster aussehen, schon gar nicht in einer deutschen Schuhmacherei. Das gäbe Rausschmiß oder Abzug. Ein Bauer, der malte, dachte Schasler, zu brav für sein Empfinden.

«Sag ihm, daß ich in Frankreich sehr berühmt bin, aber auch in seinem Deutschland, ich war in Frank-Furt, Minchen, das kennt er doch, oder?»

Gambon übersetzte.

«Ich habe dort bei Direktor Kaulbach Schüler unterrichtet, wie man Landschaften und Mägde zeichnet, wie man die Farben mit dem Messer bearbeitet. Und einmal gelang es mir, zwei meiner Kopien von Frans Hals und Rembrandt vierundzwanzig Stunden im Museum an die Stelle der Originale zu hängen, ohne daß es auch nur ein Besucher gemerkt hat. Iß was, Charles, du siehst so aus, als könntest du was vertragen.»

Karl Schasler griff zu. Der Bauernkäse war scharf und würzig, das Brot aus Roggenkorn gebacken.

«Charles würde gerne mal das Priester-Bild sehen!» sagte Gambon.

«Es ist zerstört», erwiderte Courbet leise.

«Wieso?»

«Ein frommer Katholik hat es gekauft, um es zu zerstören. Ich habe das Bild nie wiedergesehen.»

«Hast du verstanden, Charles? Sie haben das Bild von den besoffenen Priestern nicht ausgehalten.»

Gambon sagte dies, als sei ein Triumph errungen, als wäre dies der endliche Beweis, daß der Maler Courbet zu ihnen gehörte.

«Ich habe meinen deutschen Malerfreunden öffentliche Briefe geschrieben: Wir haben Gelübde abgelegt, für die Freiheit der Kunst und des Volkes gemeinsam zu kämpfen. Wir wollten, daß die Krupp-Kanonen genauso wie die französischen Mitrailleusen eingeschmolzen werden, als Zeichen unserer Verbrüderung. Die Deutschen haben nie geantwortet, Charles.»

Schasler nickte. Er kannte den Eifer, mit dem die Deutschen zur Fahne rannten, als es hieß, es gehe gegen Frankreich. Auch wenn die Schlacht gewonnen war, gesiegt hatten die Falschen.

Die Tür flog auf, und herein kam eine Horde von johlenden und bezechten Soldaten, die sofort über die Weinflaschen herfielen. Courbet stand mitten unter ihnen und dirigierte den Nachschub. «Mehr Wein», schrie er von Zeit zu Zeit. Die Wirtin kam mit einem großen Korb.

«Wie findest du Gustave?» fragte Gambon, als er neben Schasler stand.

«Ein echter Kämpfer, keine Frage. Aber wir sollten ihm nichts von unserem Plan verraten, Pierre. Es wäre auch nicht der richtige Moment.»

«Genau das Gegenteil ist richtig. Es wird ihm Spaß machen, jetzt seinem Rat zu zeigen, daß die Commune nicht hilflos ist.»

«Versprich mir eins, Pierre, bei unserer Freundschaft, laß uns mit Gustave erst reden, wenn die Soldaten weg sind, sonst stecken wir in Eisen, bevor wir noch das erste Dynamit gepflanzt haben.»

«Die verschwinden, wenn der Wein zu Ende geht.»

Mit einem Mal begann Courbet zu singen.

Er stand ans Fenster gelehnt. Eine rauhe, tiefe Stimme. Es waren Lieder mit dem Geruch von reifem Weizen, von Sonnenhitze und halbdunklen Nächten. Manchmal stimmten die Soldaten in den Refrain ein.

Die Vorräte gingen erst in der Morgenstunde gegen drei zur Neige.

Schasler wollte mit den Soldaten ziehen, aber Gambon hielt ihn zurück.

Courbet hatte eine Pfütze Rotwein aufs Tischtuch gegossen und malte damit, ein Messer in der Hand, Bahnen von weißen Streifen, die sich zu einem Gesicht vereinten, dann wieder zu einem hohen Felsen. Er löschte alles mit der Hand aus und begann von neuem. Ein Baum, ein Esel. Das gedunsene Gesicht eines Priesters. Karl Schasler beobachtete lange, wie Courbet versonnen malte. Ein Kind mit unbändiger Kraft.

Gambon konnte sich kaum noch auf den Beinen halten. Als der letzte Soldat die Treppe hinunterwankte, begann der Franzose mit großen Gesten von ihrem Plan zu berichten.

Courbet hörte zu, während er weiterzeichnete.

«Wir sind Experten», warf Karl Schasler ein, «ich weiß mit Dynamit umzugehen. Und außerdem braucht die gegenwärtige Situation einen großen Schlag. Damit wir aus der Defensive kommen.»

«Werden dabei Menschen verletzt?» fragte der Maler.

«Wenn wir vorsichtig zu Werke gehen und kurz vor der Explosion die Leute warnen, wird nichts passieren», versicherte der Schuster.

Schon einmal hatte er die gute Wirkung des Dynamits gespürt, als sie in einem italienischen Dorf den Tresor des Bürgermeisters, der sich nur mit einem Patentschlüssel öffnen ließ, sprengten. Der Geldregen war enorm. Das Eigentum, das der Bürgermeister seinen Bauern gestohlen hatte, verteilten sie wieder.

«Ich bin nicht dazu da, Kunstwerke zu zerstören...» begann Courbet. Er hatte das Messer zur Seite gelegt.

«Das ist kein Kunstwerk, Gustave, das ist ein Affront! Und du hast es selbst mehrmals so gesagt. Die Commune hat einen Beschluß...»

«Ich will etwas anderes», fuhr Courbet dazwischen.

«Das Kunstwerk», rief Schasler laut, «das elende Kunstwerk wird stehen, bis die Commune die letzte Schlacht verloren hat.»

Courbet ließ sich den Satz übersetzen. Dann erhob er sich. Seine Körpergröße überraschte stets aufs neue.

«Ich habe Kunstwerke zu retten, zu sichern. Ich will, daß die Platten abgeschraubt werden, ins Museum kommen, der Rest kann meiner Meinung nach zu Boden stürzen. Aber niemals eine nächtliche Aktion, niemals.»

Karl Schasler sah Gambon an. Voller Verzweiflung. Nun war der Plan verraten. Wenn sie dennoch zur Tat schritten, dann würden sie für Jahre in den Kerker gesteckt. Auch wenn der Maler ein Freund war.

Pierre Gambon gab nicht auf. «Gustave, du weißt genau, wenn die Commune nicht kämpft, wird sie geschlagen. Wir hätten gleich nach Versailles ziehen müssen, als Thiers noch ohne Unterstützung war. Wir sind doch keine Feiglinge.»

«Ich bin kein Feigling, Pierre. Das kannst du mir nicht unterstellen, mir nicht. Mit gleichem Recht könntet ihr verlangen, daß wir den Arc de Triomphe zerschmettern oder, wie mein Feind Vallès verlangt, daß allen Statuen die Nasen abgebrochen werden. Das hat nichts mit Feigheit zu tun. Nur weil ihr meint, die Kunst sei zu gar nichts nütze, muß man sie nicht zerstören.»

Karl Schasler forderte Gambon auf, nun zu gehen. Es sei schon genug gesagt. Er glaube doch nicht ernsthaft, daß dieser Mann ihnen Dynamit besorgen werde.

«Ich 'ab dich schon verstande, Charles. Du willst die symbolisch Tat, aber warum denn in die Nacht? Die Tat muß in die Öffentlichkeit sein. Die Commune muß sehen könne.»

Mit einem Mal sprach Courbet die Sprache des Schusters.

«Dann sprengen wir morgen mittag. Ich bin bereit, Gustave.»

Der Maler kam auf Schasler zu.

«Du 'ast recht, du weißt, was du kannst. Aber wir Franzosen wissen auch, wie man so was macht. Wart ein paar Tag, dann wirst du sehen, was geschieht.»

Als sie die Pension Laveur verließen, mit schwankenden Schritten, der Rotwein brauste in ihren Köpfen, sagte der Schuster: «Meinst du, er wird zu seinem Wort stehen?»

Pierre Gambon lallte: «So wahr ich nüchtern bin.»

Zehn Tage später war es soweit. Karl Schasler, der beim Einsatz gegen die Versailler an der Schulter verwundet wurde, stand am Rand der Place Vendôme. Unter den Wartenden erblickte er den Maler, zusammen mit Gambon und einigen Freunden. Courbet rauchte Pfeife.

Um zwei Uhr wogte eine zahllose Menge in allen benachbarten Straßen in unruhiger Erwartung, wie die Operation ausfallen werde. Die Reaktionäre sagten alle möglichen Katastrophen vorher; der Ingenieur behauptete im Gegentheil, es werde gar keinen

Stoß geben, die Säule werde in der Luft zerbrechen. Er hatte sie ein wenig oberhalb des Sockels durchgesägt. Ein schräger Einschnitt sollte den Aufprall auf ein breites Bett von Reisig, Sand und Mist, das in der Mitte der Rue de la Paix aufgehäuft war, erleichtern.

Ein an die Spitze der Säule geknüpftes Tau rollt sich um eine Winde, die am Eingang der Straße befestigt ist. Der Platz ist von Nationalgardisten erfüllt, die Fenster, die Dächer sind von Neugierigen besetzt. Die Kapellen spielen die Marseillaise, die Winde dreht sich, die Scheibe zerbricht. Ein Mensch wird verwundet. Schon spricht man von Verrath, aber eine zweite Winde ist in Bälde hergestellt. Um 5 ¼ Uhr erscheint ein Offizier an der Balustrade, schwenkt eine dreifarbige Fahne und befestigt sie am Gitter. Um 5 ½ Uhr dreht sich die Winde aufs neue. Einige Minuten später bewegt sich die Säulenspitze langsam. Der Schaft neigt sich allmälig, zerbricht plötzlich in der Luft in blitzähnlichem Zickzack und fällt mit dumpfem Dröhnen. Der Kopf Bonapartes rollt

auf den Boden, sein verruchter Arm liegt vom Rumpf abgelöst da. Ein ungeheures Jauchzen wie aus dem Munde eines befreiten Volks steigt aus tausend Kehlen auf. Man erklettert die Trümmer, und von begeisterten Zurufen begrüßt, flattert die rothe Fahne auf dem gereinigten Sockel.

Karl Schasler hatte sich im Laufe der Aktion durch die Menge geschoben, wollte bei seinem Freund Gambon sein.

Den Sturz bejubelte er, zusammen mit der vielköpfigen Menge, und doch kam ihm die Sache vor wie ein letztes Aufbäumen, ein letztes Fanal. Schon waren die ersten Barrikaden gegen die Versailler verlassen, manche Arrondissements verloren.

Der Sturz der Säule war nur ein hohler Klang.

Als er Courbet erreichte, der mit dem Strohhut auf dem Kopf und einem kleinen Stöckchen in der Hand einem Herrn auf Landpartie glich, hörte er ihn sagen: «En tombant, elle m'écrasera.» (Ihr Sturz hat mich zerschmettert!) Es klang verzagt.

5. Kapitel

Bern, Frühjahr 1876

Franz Weissenbach raffte den Rock seines Priesterkleides. Er hatte sich vergewissert, daß kein Fremder seine sonntägliche Messe besuchte, war durch den Mittelgang geschritten, um jedem ins Gesicht zu sehen. Schon einmal hatte sich eine Laus in seinen Pelz gesetzt. Langsam stieg er auf die Kanzel seiner Bergkirche im Berner Oberland. Mit jedem Schritt bedachte er die Worte, die er zu den Gläubigen sprechen wollte. Es sollte eine Predigt ganz besonderer Art sein. Vor fünf Jahren war in Paris die Commune ausgerufen worden.

«Liebe Schwestern und Brüder! Sind wir Menschen geboren, um niedergedrückt zu werden? Ich sage: nein. Sind wir denn gezeugt, um anderen die Stiefel zu lecken? Ich sage wiederum: nein. Wir sind freie Kreaturen, jeder ist dem anderen gleichgestellt, keiner ein Besserer, ein Wertvollerer. Wir steigen manchmal an schönen Tagen hinauf zu den Gipfeln, wir lassen den Blick frei schweifen, wir spüren die klaren Lüfte – dann, ja dann empfinden wir, daß wir immer frei sein müßten. Nicht nur an schönen Tagen. Nicht nur an Sonntagen, wenn uns die Herren nicht schikanieren.»

Franz Weissenbach sah in die Runde seiner Gemeinde. Manche hatten die Augen während der Predigt geschlossen. Sie träumten von dem weiten Blick, der keine Beschränkung kannte. Zwei Männer hielten sich fest umschlungen.

«Es gibt keinen Grund anzunehmen, daß Unterdrückung

natürlich sei, daß Hierarchie gegeben oder Bestrafung Besserung bringt. Es gibt keinen Anlaß, den uns die Natur aufweist, das Rückgrat zu beugen. Und doch – ein jeder an seinem Platz – muß täglich erfahren, daß andere vorschreiben, vorbeten, bestimmen und herrschen, schikanieren und füsilieren, daß andere sich aufschwingen zur Macht und wir – ein jeder an seinem Platz – darunter zu leiden haben. Wer hat dieses Regiment errichtet? Wer hat die Gewalt, den Druck, den Zwang in unser Leben gestellt? Es gibt keine Gründe, dies als ewig und gewollt zu akzeptieren.»

Franz Weissenbach liebte die rhetorischen Wiederholungen, das Aufsteigen der Rede, die Ausschweifung im Wort. Die Kanzel beflügelte ihn, nicht weil er höher stand als seine kleine Berggemeinde, er genoß dies Gefühl, daß ihm Gedanken zuflogen, ihn forttrugen, die er so noch nie gedacht hatte. In der ersten Reihe saß, wie stets, die alte Guillaume, die während seiner Predigt fleißig strickte. Sie hatte neunzehn Enkelkinder zu versorgen.

«Wie sieht sie aus, die Gemeinde, die wir anstreben? Wie könnten wir uns frei vereinen, ohne die anderen zu unterdrükken? Zunächst und zuerst bräuchten wir Vertrauen. Seht eine Spinne, die läßt sich an ihrem Faden mehr als manchen Meter hinabbaumeln, ohne zu wissen, ob sie tatsächlich einen Boden findet für ihr Netz! Ein solches Vertrauen brauchen wir zueinander, daß wir uns ein paar hundert Meter am Seil in einen Gletscher wagen, wenn ein Freund uns hält. Nach dem Vertrauen käme die Sorge um den Nächsten. So wie eine Elefantenherde füreinander sorgt. Jeder wendet sich dem Nachbarn zu. Und dabei werden die Alten und Schwachen, die Verwachsenen und die Krüppel einbedacht. Nicht staatliche Fürsorge, die ein paar Almosen gibt, nein, ich meine die Sorge, die wir füreinander hegen. Und nach der Sorge käme die gemeinsame Freude, das Spiel und das Glück, von denen wir im Überfluß hätten. Ich rede nicht von Häusern, Speise, täglicher Notdurft, für die ist gesorgt, denn alles ist gemeinschaftlich, und jeder kann aus dem vollen schöpfen. Solange sich nicht einige im Übermaß bedienen, solange sich nicht einige Schlösser bauen, werden wir keinen Mangel leiden müssen. Es wäre das Leben unter Freien, unter freiem Himmel, es wäre das Leben!»

Franz Weissenbach machte, wie immer in seinen Predigten, eine kleine Pause, damit die Gedanken in den Köpfen seiner Zuhörer weiterwuchsen. Nun träumten alle. Manche mit verklärtem Blick, andere ganz fröhlich, ihren Priester anlächelnd. Die beiden Männer küßten sich. So vergingen Minuten der radikalen Andacht.

Dann sprach Franz Weissenbach davon, daß es niemand gelingen könne, die Träume zu verbieten: «Auch wenn die Berner Blaumäntel uns kräftig mit dem Knüppel schlagen!» Niemand könne untersagen, Hoffnungen zu hegen: «Auch wenn die Stadtverwaltung glaubt, sie müsse uns den Realismus lehren!» Niemand sei berechtigt, Visionen zu zerstören.

Die Gemeinde erhob sich.

«So spreche ich den Segen aus für diesen Tag, der nicht auf einen Heiligen zurückgeht oder einen Kirchenfürsten, sondern auf die Commune in Paris. Zum Abschluß singen wir gemeinsam die Marseillaise.»

Franz Weissenbach verließ die Kanzel und stellte sich in die Mitte der Gemeinde. Sie faßten sich an den Händen, als sie sangen. Manche waren zu Tränen gerührt. Nur die alte Guillaume war damit beschäftigt, das Strickzeug zu verstauen. Aber sie sang am lautesten von allen.

Die Kollekte fiel mager aus. Zu wenige Gläubige waren erschienen, aber Franz Weissenbach störte es nicht. Er mußte sich beeilen, um rechtzeitig hinunter nach Bern zu gelangen, dort sollte die große Feier stattfinden. Das Berner *Intelligenzblatt* hatte schon die Stimmung angeheizt: «Wir glauben kaum, daß unter den gediegenen Arbeitern Berns sich viele bereitfinden werden, der anonymen Einladung zu folgen und sich zu Statisten an einer Demonstration herzugeben, welche nur geignet sein kann, auf die hiesige Arbeiterbevölkerung ein schiefes Licht zu werfen.»

In der Sakristei wechselte Weissenbach das Priestergewand gegen einen dunklen Anzug, nahm die Kokarde vom silbernen Teller und ließ sie in der Jackentasche verschwinden. Er trank ein paar Schlucke Meßwein und versorgte sich mit Pfeifentabak. Dann schloß er die Kirche ab. Ihm blieben kaum fünf Stunden für den Fußweg.

Unterwegs memorierte er den Text des Liedes, das sie am Abend intonieren wollten. Franz Weissenbach war Mitglied des anarchistischen Gesangvereins, den es seit elf Monaten in Bern gab. Sie trafen sich einmal in der Woche und konnten sich meist nicht einigen, welche Lieder dargeboten werden sollten. Die meisten Texte waren ihnen zu lasch, zu kraftlos. Es dauerte eine Weile, bis sie die Variation des Liedes von der «Wacht am Rhein» für ausreichend radikal befanden.

Es tönt ein Ruf von Land zu Land
Ihr Armen reichet euch die Hand!
Und ruft ein Halt der Tyrannei,
Und brecht das Sklavenjoch entzwei.

Es wirbelt dumpf das Aufgebot
Es flattert hoch die Fahne rot!
Arbeitend, lebend oder kämpfend den Tod.

Wir haben lange genug geharrt,
Man hat uns lange genug genarrt,
Jetzt greifen wir zu unserem Recht,
Jetzt stellen wir uns zum Gefecht.

Steig an die frische Luft heraus,
Aus niedriger Hütte, dumpfem Haus,
Steig auf das Pflaster, blasse Not,
Und kämpfe für dein täglich Brot.

Es wirbelt dumpf das Aufgebot,
Es flattert hoch die Fahne rot;
Arbeitend, lebend oder kämpfend den Tod.

Gegen sechs Uhr erreichte Franz Weissenbach die Plattform des Berner Münsters. Er war ganz erhitzt, weil er durch die Stadt eilen mußte. Niemand war zu sehen. Nicht eine rote Fahne.

«Können Sie mir sagen, ob heute der 18. März ist?» fragte Weissenbach einen Passanten, der mit seinem Spitz vor dem hohen Gebäude stand.

«Die Demonstration beginnt erst in zwei Stunden. Ich würde Ihnen raten, sich nicht daran zu beteiligen, es wird ein Schlagen geben.»

Franz Weissenbach bedankte sich für die Auskunft. In einem Café nahm er zwei Tassen Kakao und dazu reichlich Kirschwasser. Die Kollekte war schnell in Getränke umgesetzt.

Kurz nach acht Uhr betrat er von neuem den Platz, der nur von zwanzig Fackeln mäßig erleuchtet war. Weissenbach konnte das kleine Grüppchen überschauen. Er nahm die blau-weiß-rote Kokarde aus der Jackentasche und befestigte sie am Revers. Der Zug hatte sich noch nicht gebildet.

«Die Fahne runter!» erscholl es von allen Seiten. Jetzt erst sah Weissenbach, daß außerhalb des Gitters, das den Münstervorplatz einzäunte, zahlreiches Publikum stand. Die Bürgerlichen johlten und pfiffen. «Die Fahnen runter, ihr Anarchisten.»

In der vorderen Reihe stand ein kräftiger Mann, der sich nicht einschüchtern ließ. Die rote Fahne paßte zu seinem rötlichen, gekräuselten Haar. Er hielt das Banner am ausgestreckten rechten Arm. Das schrille Pfeifen wurde lauter.

Dann schlossen die Bürgerlichen das hohe Gittertor und versperrten den Demonstranten den Ausgang.

«Die Fahne runter! Die Fahne runter!» skandierten sie immer wieder.

Franz Weissenbach trat näher an den Fahnenträger heran. Er hatte diesen Mann, der in seinem Alter sein mußte, noch nie gesehen.

«Runter mit der Fahne, sonst bleibt ihr eingesperrt!» schrie ein aufgebrachter Bürger.

«Gibt es denn keinen hinteren Ausgang?» fragte Weissenbach, der sich umsah.

Aber niemand war bereit, einen anderen Ausgang zu nehmen. Sie wollten durch das Haupttor. Von den Berner Polizisten war nichts zu sehen. Weissenbach ging jedoch davon aus, daß sie sich in einiger Entfernung bereithielten.

Dann sah er, wie einige der Anarchisten ihre Fahnen einzogen. Wie sie aufgerollt wurden. Versteckt. Nur ein rotes Banner wehte noch.

Das hohe Gittertor wurde geöffnet.

Der Marsch konnte beginnen.

Hohngelächter der Bürgerlichen.

«Und ihr wollt Anarchisten sein!» rief eine Frau im blauen Kostüm.

Kaum hatte der Fahnenträger den Vorplatz verlassen, stürzten sich kräftige Burschen auf ihn, entrissen ihm das Banner und schleppten die Beute fort. Weissenbach sah, wie sie die Trophäe zerrissen und verteilten. Umringt und bedrängt von der Menge, setzte sich der Zug in Bewegung, um sofort in vollständige Deroute zu geraten. Manche Arbeiter warfen die Fackeln weg und machten sich davon.

Nur der Fahnenträger blieb gelassen. Er knöpfte sein Hemd auf und wickelte ein rotes Tuch von seinem Leib. Aus dem rechten Hosenbein zog er einen Stock und band das Tuch daran fest.

Die Demonstranten lachten.

Am unteren Ende der Gerechtigkeitsgasse kam es zum nächsten Zusammenstoß. Diesmal waren die Blaumäntel daran beteiligt. Sie hielten die Demonstranten zurück, die dem Fahnenträger helfen wollten, sein Banner zu verteidigen. Es dauerte nur wenige Minuten, bis er überwältigt war.

Triumphgeheul.

Franz Weissenbach gelang es, sich zu dem am Boden Liegenden durchzudrängeln.

Er half ihm auf die Beine.

Sie standen sich gegenüber.

Ängstliche Schreie.

Hilferufe.

Dr. Ducroque, Mitglied der Internationale, war in den Stadtbach gedrängt worden. Ergrimmte Bürger tauchten seinen Kopf unter Wasser. «Laßt ihn los», schrie Weissenbach, aber die Angriffe gegen den Freund, der im Baß des Chores sang, wurden um so heftiger.

Der Fahnenträger schwang sich über die Brüstung und schubste zwei der Bürgerlichen in den Bach. Die anderen traten den Rückzug an. Dr. Ducroque tauchte nicht wieder auf.

«Kannst du singen?» fragte Weissenbach den mutigen Fahnenträger.

«Ich habe eine Stimme wie ein Blecheimer, aber sie ist sehr kräftig.»

«Hättest du Lust, in unserem Chor...»

«Dafür wird es nicht reichen», erwiderte der Mann, der nun sein linkes Hosenbein aufkrempelte und erneut ein rotes Banner hervorzog.

«Die häng ich aufs Rathaus, damit alle sehen, daß wir heute etwas zu feiern haben.»

«Du bist nicht bei Trost. Sie werden dich abschießen.»

«Nichts gewinnt so das Volk wie Mut», erwiderte der Fahnenträger. «Ich komme später zum Mattenhof. Vielleicht singe ich ja noch mit.»

Franz Weissenbach konnte sehen, wie der Mann das rote Tuch unter die Achsel klemmte, dann verlor er ihn aus den Augen.

Einzelne Grüppchen zogen durch die Stadt. Kein Laut war zu hören...

Als sie auf unterschiedlichen Wegen das Restaurant Mattenhof erreicht hatten, stellten sie fest, daß mehr als zweihundert ihrem Aufruf zur Communefeier gefolgt waren.

«Als Redner für den heutigen Abend konnten wir Adhémar

Schwitzguébel aus dem St.-Imier-Tal gewinnen. Dann singt der Chor, danach lassen wir den Beutel herumgehen, denn unsere Kasse ist durch die Propaganda für die heutige Feier vollständig geleert. Adhémar, bitte.»

Die Zuhörer scharrten mit den Füßen. Viele von ihnen waren Uhrmacher aus Le Locle, die mit selbständiger Arbeit ihr Geld verdienten. Spezialisierte Handwerker, die meist zu Hause arbeiteten und mehr verdienten als die Arbeiter in den großen Fabriken. Schwitzguébel war einer ihrer Sprecher.

«Unser Ziel ist die Schaffung einer menschlichen Gesellschaft, die auf die Arbeit und die Wissenschaft, auf die Freiheit, die Gleichheit und die Solidarität aller menschlichen Wesen gegründet ist.

Das absolute Dogma, ganz gleich, auf welchem Gebiet, kann nur eine absurde Verirrung des menschlichen Stolzes sein. Die Naturwissenschaften und die Geschichte der Menschheit beweisen, daß es nichts Absolutes gibt, daß sich alles durch die unermüdliche Tätigkeit der Kräfte der Natur und in der Menschheit kraft der Entwicklung der menschlichen Gesellschaft ändert. Gott – die Quelle des Absoluten, Produkt der verwirrten Einbildungskraft von Menschen und sträflicher Spekulationen von Despoten – ist gerichtet; die Religionen – die Folge der Gottesidee – sind dem Tode verfallen; die Theologie, die Religionsethik, die philosophischen Systeme, ob deistische, metaphysische oder eklektische, besitzen keine Existenzgrundlage mehr. Die alte Welt der Moral stirbt dahin.»

Franz Weissenbach, der mit seinen Chorbrüdern auf der Bühne saß, stellte fest, daß er den Text der letzten Strophe vergessen hatte. Er führte das auf den reichlichen Genuß des Kirschwassers zurück. Trotz allen Bemühens konnte er im Publikum nicht den mutigen Fahnenträger ausmachen. Er hoffte, daß er der Polizei entgangen war. Schwitzguébel sprach in eindringlichen Worten, seine Diktion sehr melodiös.

«Der autoritäre Sozialismus kann sich keine andere politische Form als den allmächtigen, zentralisierten und von gewählten Machthabern regierten Staat vorstellen. Er hofft, die Revolution unter der Herrschaft des Eigentums dadurch verwirklichen zu können, daß er die Macht im Staate an sich reißt, um den gegenwärtigen Staat in einen kommunistischen Staat zu verwandeln.

Wir können diese Auffassung nicht teilen. Die ökonomische Revolution, die die Sozialisten wollen, ist eine zu tiefgreifende Revolution, als daß sie sich nach den Befehlen einer Zentralgewalt, wie groß auch immer deren Macht und ihr Revolutionseifer sein mögen, durchführen ließe. Nur als Dekret wird sie toter Buchstabe bleiben, wenn sie nicht vom Volk selbst an allen Orten des Landes durchgeführt wird. Und selbst wenn der kommunistische Staat auch einen Augenblick lang existieren könnte, würde er doch zwangsläufig die Keime der Auflösung in sich tragen, weil er nur einen Teil des sozialen Problems gelöst hätte, nämlich die Wirtschaftsreform.»

Franz Weissenbach geriet ins Träumen, fast so, wie er am Morgen in seiner Predigt zum Träumen aufgefordert hatte. Zugleich verspürte er den Wunsch, Schwitzguébel einmal in seine Bergkirche einzuladen. Wenn er einen solchen Redner vorweisen konnte, würde der Zulauf aus den Nachbargemeinden größer werden.

«Die absoluten Könige und die konstitutionellen Monarchen werden von der republikanischen Kritik verurteilt. Wir unsererseits

erheben uns im Namen der menschlichen Freiheit gegen jede Regierung, die sich republikanisch nennt. Die Republik ist als Regierungsform nicht mehr wert als die absolute Monarchie oder das konstitutionelle Königtum. Ihr bestreitet einem einzigen das Recht zu beherrschen, und ihr würdet es mehreren gewähren? Die Regierung der demokratischen Republik ist im Namen der Mehrheit gebildet worden; aber wenn ein einzelner nicht das Recht zu regieren hat, können es auch mehrere nicht haben – ob sie nun eine Minderheit oder eine Mehrheit sind. Die Menschen wurden nie danach gefragt, ob sie auf ihre Freiheit verzichten wollen. Sie erdulden die Regierungen, weil diese ein Produkt der Geschichte sind. Da das Autoritätsprinzip immer einen Teil des Geschichtsunterrichts gebildet hat, wurden die Völker ganz natürlich darin erzogen. **Das Prinzip der Autorität** *selbst wurde nie in Frage gestellt.»*

Mehr als anderthalb Stunden sprach Schwitzguébel, ohne daß er vom Publikum unterbrochen wurde. So blieb nicht genug Zeit, das Lied vorzutragen. Die Uhrmacher hatten einen weiten Heimweg. Weissenbach war traurig, gern hätte er einen öffentlichen Auftritt mit dem anarchistischen Gesangverein gehabt. Aber die Sammlung für die Propaganda hatte Vorrang.

«Die rote Fahne weht auf dem Rathaus», rief eine Männerstimme in den verräucherten Saal, als die ersten Zuhörer den Mattenhof schon verließen.

Weissenbach wußte, wem sie dies zu verdanken hatten.

Ein großer Jubel setzte ein. Beifallklatschen, Johlen, Pfiffe. Nun trat der Chor zusammen, und ohne auf den Dirigenten zu warten, intonierten sie ihre Version von der «Wacht am Rhein». Manche sangen noch die alte Zeile: «Es braust ein Ruf wie Donnerhall.»

Kurz vor Mitternacht trat Weissenbach den Heimweg an.

Belebt, im ganzen aufgerichtet. Er würde seiner Gemeinde von dieser Zusammenkunft berichten. In goldenen Farben.

Kaum hatte er die Stadtgrenze Berns überschritten, hörte er hinter sich eine Stimme.

«Nicht umdrehen, ich bin es!»

Der Fahnenträger.

«Ich bin dir gefolgt. Kannst du mir für ein paar Tage Unterschlupf gewähren?»

Franz Weissenbach wartete eine Weile, bevor er antwortete: «Dir steht eine ganze Kirche zur Verfügung und natürlich mein Haus auch.»

«Ach, du bist ein Pfaffe», hörte er den Fahnenträger sagen, etwas pikiert. Weissenbach drehte sich um. Er sah in ein blutverschmiertes Gesicht, eilte zu dem Verletzten.

«Was ist geschehen?»

«Ich hab Glück gehabt.»

Wie schön wäre es gewesen, hätte er die Geschichte im Mattenhof selbst zum besten geben können.

«Zwei Männer sind mir auf den Fersen geblieben. Ich kenne mich in Bern nicht so sehr aus, weiß aber, wie man Haken schlägt, um Verfolger abzuschütteln. Ich lief anfangs ganz schnell, so daß sie Mühe hatten nachzukommen, dann wechselte ich mehrfach die Bürgersteige und verschwand in einem Hauseingang. Die beiden liefen glatt vorbei. Nach zehn Minuten verließ ich das Versteck, ganz sicher, nun meinen Plan ausführen zu können. Die rote Fahne hielt ich unter meinem Hemd verborgen. Ich lief den Blauen geradewegs in die Arme. Was sollte ich tun? Zuerst torkelte ich und mimte Trunkenheit, als das nichts half, spielte ich ihnen die Komödie vor von einem, der ein Rendezvous verpaßt hat. Sie hatten ein Einsehen und wiesen mir den Weg zum Rathaus, wo das

Rendezvous stattfinden sollte. Ich hatte schon vor ein paar Tagen ausgekundschaftet, wie das Gebäude zu ersteigen ist. Die rechte Seite liegt im Dunkeln und hat Skulpturen, an denen ich mich hochziehen konnte. Das gelang, ganz ohne Schwierigkeiten. Doch kaum, daß ich die Fahne dort gehißt hatte, seh ich die beiden Blauen unten auf dem Platz. Erst wollte ich den gleichen Weg nehmen, den ich gekommen war, aber sie hatten schnell heraus, wie ich vom Gebäude absteigen wollte. Ich wechselte die Seite, aber sie folgten mir. So mußte ich den Sprung wagen, hinein ins Dunkle, in den rückwärtigen Garten. Ich landete in einem Rosenstrauch. Na ja, meine Hände sind zerkratzt und das Gesicht auch ein wenig. Aber die rote Fahne hängt.»

Franz Weissenbach sagte, wenn er wirklich vorhabe, mit ihm nach Hause zu gehen, dann müsse er noch fünf Stunden bergauf steigen.

«Um so besser. Ich muß aus Bern raus, denn morgen, bei Tageslicht, werden sie mich suchen. Verfolger kennen einen stets genau.» Sie stellten sich einander vor.

«Karl Schasler», sagte der Fahnenträger, «ich komme aus Regensburg. Was macht denn ein Priester bei den Anarchisten?»

Franz Weissenbach blieb stehen. «In meinem Dorf hab ich meine Freiheit. Was will ein Anarchist mehr?»

Karl Schasler ließ es dabei nicht bewenden. «Die Kirche, Franz, die Kirche ist ein großer Schwindel und eine strenge Hierarchie.»

«Stimmt schon», antwortete der Priester, «aber nicht in meinem Dorf. Es trägt den Namen Himmelreich.»

Sie gingen eine Weile nebeneinander her, ohne zu sprechen.

Franz Weissenbach kannte unterwegs einige Freunde, bei denen Schasler seine Wunden verbinden lassen konnte, andere, die ihnen Stärkung für den Weg mitgaben, und wieder andere, die ihnen ein Bett für die Nacht anboten.

Aber die beiden Anarchisten wollten den Aufstieg noch schaffen.

Es dämmerte schon, als sie das kleine Bergdorf erreichten.

Die Luft war frisch, der Blick ging weit hinaus. Die Gipfel glühten rötlich.

«Und dich hat noch niemand hier entdeckt, in deinem Wolkenkuckucksheim?»

Weissenbach berichtete, daß einmal ein Polizeispitzel in seinem Gottesdienst gesessen habe. Der eifrig alles notierte. Glücklicherweise habe er während der Predigt gemerkt, welche Laus in seinem Pelz saß. Er wechselte das Thema, las aus der Bibel vor und deklarierte seinen Eingang als ironische Bemerkungen der Spötter Christi.

«Anarchismus, Karl, ist, wie ich lebe. Verstehst du? Ich lebe frei, brauche niemanden zu fürchten. Die Kirchenoberen sind zu faul, mich hier aufzusuchen. Ich könnte ihnen gar nichts bieten außer sauren Trauben und ein wenig Ziegenkäse. Was sollten sie wohl hier? So lassen sie mich in Frieden. Und die Gemeinde, die steht hinter mir. Die lieben meine Träume.»

Karl Schasler konnte sich in den nächsten Wochen davon überzeugen, wie dieser Anarchist in Himmelreich wirkte. Nur sonntags legte er Ornat an. Die Woche über war er Bauer, half allen, wo er konnte, beriet und packte an, saß mit den Burschen in der Stube, wenn's zum Schafkopfen ging, und streckte der alten Guillaume die Hände hin, wenn sie Wolle aufwickeln wollte.

Auch ein Liebchen hatte Weissenbach in seiner Gemeinde. Ganz ungeniert, ohne daß es jemand störte. Er besuchte sie in ihrem Haus, gleich neben dem Gemeindebüro, oder sie kam zu ihm in die Pfarrei.

Zum ersten Mal in seinem Leben spürte Schasler eine Ruhe in sich, wie er sie bisher nie gekannt hatte.

Wieder und wieder verlängerte er seinen Aufenthalt.

Franz Weissenbach stellte den deutschen Schuster an. Schuhe gab es wenig zu reparieren, aber Dächer, die unter der Last des Schnees eingebrochen waren, Brunnen, bei denen die Winden gerissen, und Fenster, die vom Sturm zerstört waren. Schasler bekam seine Kost mal von diesem, mal von jenem Bauer. Und abends, wenn er mit Weissenbach zusammensaß, ließ dieser ihn an seinen Träumen teilhaben.

«Verstehst du, Karl, ich habe mich zurückgezogen! In Bern würde ich es nicht aushalten. Die ganzen Aufgeblasenheiten, das Getue von diesen Bürokraten, die nichts bewerkstelligen, ihre Hände immer fein manikürt. Oder diese Parlamentarier in der ältesten Demokratie der Welt! Ein nichtsnutziger Haufen von Beutelschneidern, die an ihren eigenen Geldsack denken und sich laufend Vorteile verschaffen. Was soll ein Priester dort? Den Segen geben für die ganze vermaledeite Heuchelei? Die Stelle in Himmelreich kam gerade recht. Ich habe mich in dieses Dorf verliebt. Gleich bei dem ersten Besuch. Fernab von dem Moloch Bern, der hinter den Fassaden blutige Taten duldet.»

Es war an einem Dienstag, als Karl Schasler die berittene Polizei herankommen sah. Mit wenigen Handgriffen packte er sein Bündel, rief Weissenbach ein paar Worte zu.

«Bleib, Karl. Mit denen will hier niemand was zu schaffen haben.»

«Aber es kennt mich jeder. Und auch noch mit richtigem Namen. Ich verziehe mich besser in die Berge.»

«Du hast nichts zu befürchten. Geh in die Sakristei und verhalt dich ruhig.»

Schon klopften die Berittenen an das Gemeindebüro.

Franz Weissenbach öffnete die Tür.

«Man hat uns gesagt, daß sich ein Deutscher hier versteckt hält, der in Bern ganz dringend gesucht wird. Kennt Ihr den?»

Der Blaurock zog ein Papier hervor, das eine gute Zeichnung von Karl Schasler zeigte. Darunter stand: «Dies ist der Frevler, der am 18. März die rote Fahne gehißt hat. Zwanzig Franken sind auf seinen Kopf ausgesetzt. Wer kennt den Namen und weiß, wo er sich aufhält?»

Franz Weissenbach studierte den Steckbrief genau, gab ihn den beiden Polizisten zurück.

«Hierher kommt kein Deutscher! Das ist denen zu mühselig, die sind alle unten am See oder in der Stadt.»

Der Ältere der beiden drohte: «Wenn Ihr uns angelogen habt, Herr Weissenbach, in Ihrer Akte stehen ein paar böse Dinge. Wir werden es dem Bischof melden!»

Der Priester verabschiedete sich, ohne servil zu werden.

Vom Fenster des oberen Stockwerks konnte er den Weg der Blaumäntel verfolgen. Wie sie jedem den Steckbrief zeigten. Das Kopfschütteln der Bäuerinnen. Wie sie alle drangsalierten. Die abweisenden Gesten der Bauern. Wie sie die alte Guillaume angingen. Sie spuckte ihnen vor die Füße.

«Du kannst dich wieder blicken lassen, Karl. Sie sind verschwunden.»

Weissenbach holte den Schuster aus der Sakristei. Sie konnten die Hufschläge der Pferde noch lange hören.

«Ich hab es dir gleich gesagt. Wenn du geflohen wärst, hättest du wenig Chancen gehabt. Himmelreich hat andere Gesetze.»

«Aber zwanzig Franken, das ist so viel, wie mancher hier sein ganzes Jahr nicht einnimmt.»

Am Abend wurde der Held von Bern gefeiert.

Weissenbach holte die letzte Reserve vom Meßwein hervor, die Bauern spendierten ihren selbstgebrannten Obstler, dazu gab es trockenen Schinken, harte Wurst und milden Ziegenkäse.

Wieder und wieder mußte Schasler erzählen, wie es in jener Nacht zugegangen war. Daß jemand die Courage hatte, das Rathaus zu ersteigen, war den meisten unverständlich. Immerhin zahlten sie dorthin Steuern.

«Und als ich dann die beiden Blauen sah», berichtete Schasler mit hochrotem Kopf, «dachte ich, nun ist es aus. Ich saß in einer Falle. Denn sie konnten ja Verstärkung holen, dann wär ich verloren gewesen. Deswegen mußte ich schnell handeln. Wer nicht schnell ist, kann umkommen.»

Zu vorgerückter Stunde erzählte er von seiner Flucht aus dem Gefängnis bei Neapel. Nur von dem gemeinen Ansinnen, daß er Bakunin umbringen sollte, schwieg er.

Als er kaum noch auf den Beinen stehen konnte, hob er sein Glas: «Ich trinke auf das Himmelreich und seine lieben Menschen, die mich nicht verraten haben. Zum Wohle!»

In dieser Nacht starb Franz Weissenbach. Herzschlag. Der schnelle Tod.

Seine letzten Worte waren: «Mach du den Priester, Karl.» Dann verdrehte er die Augen.

Die Beerdigung fand drei Tage später statt. Noch nie hatte Schasler ein ganzes Dorf weinen sehen. Die alte Guillaume trat an das Grab und sagte mit erstickter Stimme: «Du bist der erste Mann, zu dem ich aufgeschaut hab. Ich danke dir dafür.» Und auch das Liebchen warf Blumen auf sein Grab und rief: «Es gab keinen besseren Kerl für mich.»

Karl Schasler stand ein wenig abseits. Sollte er den Priester spielen? Irgendwann würde seine Rolle auffliegen. Auch wenn die Gemeinde zu ihm hielt.

Sie zimmerten ein Holzkreuz, in das jeder seinen Namen ritzte.

«Franz Weissenbach zum Angedenken, den uns der Himmel schickte.»

Im Gemeinderat wurde beschlossen, daß sie keinen neuen Priester anfordern wollten. Der Tod von Weissenbach sollte nicht bekannt werden.

Sonntags trafen sie sich wie gewohnt in der Bergkirche und hielten gemeinsam die Messe, im Gedenken an den großen Träumer, sie beteten und sangen und brauchten keinen, der ihnen predigte.

Nur manchmal sagte einer von ihnen ein paar Worte zu diesem hohen Festtag.

An einem Mittwoch, als Schasler gerade mit Weissenbachs Liebchen anzubandeln versuchte, kam der Gemeindeälteste aufgeregt hinzu. «Karl, sie kommen wieder. Ein ganzer Trupp, und auch zwei Zivile sind dabei.»

Schasler sah aus dem Kirchenfenster, das an der Orgelseite lag. Auf die Entfernung konnte er seine Verfolger ausmachen. Die Berner gaben keine Ruhe.

Der Gemeindeälteste drängte zum Aufbruch.

«Du nimmst die Sachen vom Franz, zieh das Priesterkleid an. Ich hab hier seine Papiere. Und eine kleine Erbschaft kann ich dir auch auszahlen.»

Schasler studierte den kaum benutzten Ausweis. Wenigstens das Alter stimmte. Profession: Priester, kath.

«Ich werd das Holzkreuz aus dem Friedhof ziehen, solang die hier spitzeln. Dann sagen wir, der Franz ist für ein paar Tage zu seinem Bruder nach Freiburg.»

Schasler gab dem Liebchen einen flüchtigen Kuß auf die Wange. Er flüsterte ihr zu: «Ich komm wieder.»

Der Gemeindeälteste kam mit einer Schatulle, in der hundertfünfzig Franken steckten.

«Du nimmst das Maultier vom Rützenbacher...»

«Das kann ich nicht. Es ist doch der einzige Esel, den ihr hier noch habt!»

«Keine Widerrede. Du kennst das Wegkreuz mit dem durchlöcherten Jesus, da geht's hinauf, auf der linken Seite kommt ein Pfad, den werden sie sich nicht mit den Pferden trauen. Er ist abschüssig, gefährlich, aber du liebst ja das Risiko.» Er lachte.

Schasler konnte die Blaumäntel schon zählen, so nah waren sie gekommen. «Wir werden dich nicht vergessen, nicht den Helden von Bern. Du hast ganz gut zu uns gepaßt. Bleib einige Zeit weg, Karl! Die Schweiz bietet keinen Schutz in diesen Tagen.»

Karl Schasler streifte die Soutane über, setzte das vierhörnige Birett auf.

Es blieb ihm nicht viel Zeit für die Verwandlung in Franz Weissenbach.

Der Polizeitrupp rückte näher.

6. Kapitel

Bremerhaven – New York, Herbst 1877

«May I introduce myself, my name is Jeremiah D. Fowler. I am pastor of the Freedom Tabernacle Bible Church.»

«Ich spreche kein Englisch», erwiderte Weissenbach, der nur ungern bei der Lektüre eines Marlitt-Romans gestört wurde.

«So haben wir alle angefangen, aber Sie sollten es bald lernen. Gestatten, Fowler, Pastor bei der Freedom Tabernacle Bible Church. Ich möchte Ihnen einen kleinen Deal vorschlagen.»

Franz Weissenbach wollte mit dem Treck der Auswanderer nach Amerika ziehen. Ein Maurer hatte ihm dazu geraten: «Dort bist du dein eigener Herr. Mein Bruder ist schon in New York. Der schreibt von der unbegrenzten Freiheit.» Den Maulesel hatte er günstig verkauft und sich die Bahnfahrt von Frankfurt nach Hannoversch-Münden, von dort das Schiff nach Bremen geleistet. Die Reise dauerte fast eine ganze Woche. Er buchte auf dem Dampfschiff «Hansa» des Norddeutschen Lloyd eine Passage auf dem Zwischendeck. Sein Geld hätte für den Anfang in Amerika gereicht, wenn er in Bremen nicht einem Betrüger in die Hände gefallen wäre, der ihm ein Vielfaches an Mietzins abnahm. An Bord erfuhr er, wie billig er im Auswandererheim hätte unterkommen können. Aber die Soutane half ihm überall. Beim Zoll ließ man ihn vor. In einer Stuttgarter Amtsstube hatte er Proviant für die lange Reise nach Norden bekommen. Auf dem Weserschiff gab man ihm den besten Platz. Nur daß unvermutet fremde Menschen vor ihm niederknieten, um seine Hand zu küssen, daran mußte er sich gewöhnen. Die Einschiffung auf der «Hansa» dauerte Stunden. Zunächst die billigen Passagiere, die «steerage» fuhren, mit Kisten und Koffern hineindrängten in den Bauch des Schiffes. Für fünfhundert Menschen zehn Bullaugen. Dann die Kajütenpassagiere für das Oberdeck. Eine Welt, die Weissenbach noch nie erlebt hatte. Da rauschte Seide, die Bügelfalten messerscharf, da blitzten Juwelen. Zylinder von enormem Aufbau. Zuletzt der Kapitän mit ein paar Herrschaften, von denen man sich zuraunte, es seien gekrönte Häupter. Das stellte sich bald als Gerücht heraus. Eine Kaffeefamilie überquerte mit der «Hansa» den Ozean. Im Zwischendeck stank es schon nach zwei Tagen erbärmlich, Kinder schrieen ohne Unterlaß, Kranke brauchten ärztliche Versorgung. Kleinkriminelle, die versuchten, die Mitreisenden um die letzte Barschaft zu bringen. Weissenbach bereute ein wenig den Entschluß, nach Amerika auszuwandern.

«Was ist ein Deal?» fragte er und legte den Marlitt-Schmöker zur Seite.

Fowler schmunzelte. «Du mußt wirklich die Sprache lernen, sonst bist du verloren. Auch als Katholik. Amerika mag keine Verlierer!»

Fowler trug einen vornehmen Anzug mit zweireihig geknöpfter Weste, an beiden Händen goldene Ringe. Er glich einem der feinen Pinkel, die zum Schluß das Dampfschiff betreten hatten.

«Ein Deal ist ein Geschäft, Mister!»

«So. Und was für ein Geschäft soll es sein?» fragte Weissenbach. Zur Demonstration seiner finanziellen Situation zog er das Futter der linken Hosentasche heraus. «Ich kann nichts kaufen.»

«Du sollst etwas verdienen, Bruder!»

Franz Weissenbach wußte nicht, was er von diesem Pastor aus einer ihm unbekannten Kirche zu halten hatte. Schon mehrfach war ihm zu Ohren gekommen, wie Auswanderer mit Verdiensten gelockt wurden.

«Wie heißt du?»

Fowler streckte ihm die Hand hin. Weissenbach erwiderte den Gruß und nannte leise seinen Namen, an den er sich inzwischen gewöhnt hatte. Ein Kampfname ganz besonderer Art.

«Also, it's pretty simple. Da oben», Fowler zeigte mit dem Daumen zum Oberdeck, «gibt es ein Pärchen, das hat sich entschlossen zu heiraten. Ich würde sie ja gerne trauen, aber sie bestehen darauf, daß sie von einem katholischen Priester getraut werden. Es sind sehr reiche Leute.»

«Und wo liegt nun der Verdienst?» Weissenbach wurde das Gefühl nicht los, daß dies ein besonders fauler Trick war.

«Hochzeit ist doch Erntezeit für uns. Da fallen die Dollars nur so von den Bäumen. Die lassen etwas springen. Alle sind bester Laune. Nur – es fehlt eben ein katholischer Priester. Ich würde sagen: fünfundzwanzig Prozent.»

«Wie bitte?»

«Twentyfive percent, o. k.?»

«Wovon?»

Weissenbach überlegte, worin der Trick bestehen könnte. Sollte er um seine Soutane gebracht werden, um die letzte Habe? Und wieso fünfundzwanzig Prozent?

Fowler hielt ihm die ausgestreckte Hand hin. «Ist das zuviel? Sagen wir zwanzig. Einverstanden?»

«Fünfzehn», erwiderte Weissenbach. Ganz gleich, worum es ging, er wollte wissen, was dieser Bibelmann tatsächlich vorhatte.

«Einigen wir uns auf die Mitte: siebzehn und ein halb!»

«Was muß ich tun?» fragte Weissenbach, ohne sein Einverständnis zu geben.

«Du kommst mit, wirst der Familie vorgestellt und traust die beiden. Das ist alles. Hast du Gerätschaften dabei?»

Weissenbach schüttelte den Kopf.

«Die kann ich dir leihen. Ich bin auf solche Fälle immer vorbereitet. Es ist nicht die erste Fahrt, die ich mitmache. Aber dann möchte ich doch zwanzig Prozent von deinen Einkünften haben.»

«Wie hoch werden die denn sein?»

«Das kann man nie wissen. Es ist eine reiche Familie, und ich hab dir den Job vermittelt.»

Weissenbach willigte ein.

Erst als er sein Priesterkleid anlegte, fiel ihm ein, daß er bisher keine Trauung vollzogen hatte. Was waren die Worte, die er sprechen mußte? Ein bißchen Latein hatte er von Franz gehört. Aber es war zu spät, um den Deal rückgängig zu machen. Fowler ließ ihn nicht aus den Augen.

«Du bist Schweizer, aren't you?»

Weissenbach spürte, wie sein Puls sich beschleunigte.

«Und du?» fragte er, um ein wenig Zeit zu gewinnen.

«Ich habe eine deutsche Mutter und einen irischen Vater. Ich bin in Milwaukee geboren. Seit zehn Jahren habe ich eine eigene Kirche, that's very good business.»

«Business?»

«Du mußt schnell Englisch lernen. Die Geschäfte gehen gut.»

Dann stiegen sie die Treppe zum nächsten Deck hinauf, dann noch eine, und wieder eine. Sie wurden immer komfortabler. Die letzte Treppe bewachten zwei Offiziere mit weißen Handschuhen.

Fowler zeigte sein Ticket und besprach mit den Offizieren ihr Vorhaben. Sie durften passieren.

Das Oberdeck war für Weissenbach eine Überraschung.

Der Kuppelsaal, den sie durchquerten, beherbergte ein Salonorchester, eine Bibliothek und Hunderte von weißgedeckten Tischen. Die Glaskuppel ließ vielfarbiges Licht herein. An den holzgetäfelten Wänden hingen gestickte Seidenteppiche mit maritimen Motiven. Auf einem Bild liebten sich zwei Meerjungfrauen.

Sie standen an der Reling. Weissenbach genoß den Fahrtwind. «Wie schön das Meer ist!» rief er immer wieder aus.

«Der Atlantik kann sehr gefährlich sein», erwiderte Fowler, der zum Aufbruch drängte. Weissenbach kam sich im Ornat lächerlich vor.

Das sollte sich ändern, als Senator Smidt auf ihn zutrat. «Sie helfen uns aus einer wahren Verlegenheit, Father. Ich weiß nicht, was in die Kinder gefahren ist, aber sie wollen partout auf dem Schiff heiraten. Also, ich verstehe das nicht. Als ob sie nicht abwarten könnten, bis wir in Amerika sind. Im Waldorf ist alles schon bestellt, jetzt haben wir also zwei Zeremonien.»

Fowler fand, daß das eine ganz ausgezeichnete Idee sei. «That's right, man heiratet nur einmal im Leben, warum soll man nicht zweimal das Vergnügen haben.»

«Wann soll die Zeremonie beginnen?» fragte Weissenbach, der langsam Gefallen an der Rolle fand.

«Nach dem Dinner!» bestimmte Senator Smidt. «Wenn

alle in fröhlicher Stimmung sind. Der Kapitän erweist uns die Ehre seiner Anwesenheit. Die Kapelle hat den Hochzeitsmarsch eingeübt. Welche Gesänge schlagen Sie vor?»

«Die werde ich noch aussuchen», sagte Weissenbach. Ein Gesangbuch hatte sich in der Habe seines Vorgängers befunden.

Fowler machte den Einwand, daß es doch wunderschön wäre, wenn man um Mitternacht die Trauung vollziehen könnte.

Senator Smidt war nicht besonders begeistert von der Idee.

«Ein Spektakel wünsche ich nicht, meine Herren.»

«Aber es ist sehr romantisch», gab Fowler von sich und zwinkerte mit dem rechten Auge.

Der Senator lud Weissenbach ein, den Nachmittag mit ihm zu verbringen.

«Wissen Sie was, Sie holen Ihr Gepäck herauf. Es gibt noch eine freie Suite, die ich Ihnen zur Verfügung stellen werde. Warten Sie, ich schicke jemand hinunter, der Ihre Sachen holt. Einverstanden?»

Weissenbach war sprachlos.

«Einen Priester kann man immer brauchen. Nicht nur für die letzte Ölung.» Senator Smidt lachte, seine Zähne sahen ganz gelb aus.

Fowler führte Weissenbach durch den Speisesaal, der noch imposanter war als der Kuppelsaal. Überall Kandelaber, auf den Tischen Blumenbouquets, die Sessel weiß oder blau gepostert. Die Teller mit Goldrand, das Besteck aus Ebenholz und blankpoliertem Silber. Und wie wenig er hier oben von der Bewegung des Schiffes spürte!

Die Suite war für einen Freund des Senators vorgesehen gewesen, der in letzter Minute die Atlantiküberquerung absagen mußte. Aus geschäftlichen Gründen.

Als die beiden Kirchenmänner in dem geräumigen Ankleidezimmer standen, sagte Fowler: «Den Termin um Mitternacht habe ich nur ins Spiel gebracht, weil die Herrschaften dann in Spendierlaune sind. Zwanzig Prozent, nicht vergessen.»

Weissenbach erinnerte daran, daß Fowler die Gerätschaften bringen wollte.

Dann ließ er sich auf das Bett fallen und lachte.

Und dann nahm er eine Dusche. Er sah die riesigen Handtücher, von denen er eins seiner geringen Habe hinzufügen wollte. Weiße, wollene Handtücher, die den Namen des Schiffes in hohen Buchstaben trugen.

Ein Steward brachte sein Gepäck und eine Karte, die als Ausweis galt.

«Willkommen auf dem Oberdeck, Mr. Weissenbach. Haben Sie einen Wunsch?»

Der Steward verbeugte sich.

«Ich würde gerne Wein haben. Den brauche ich für die Trauung.»

«Ich werde dem Zimmerkellner Bescheid sagen. Wäre Ihnen ein Mosel recht?»

Franz Weissenbach nickte.

Als er allein war, blätterte er im Gesangbuch. Welche Gesänge schlagen Sie vor? Wie der Senator diesen Satz betont hatte!

Franz Weissenbach war verblüfft, als er die eingebauten Schränke entdeckte. Kaum von der Tapete zu unterscheiden. Seine Garderobe füllte nicht einmal die Hälfte eines Schrankes.

Der Mosel war süß, genau wie Weissenbach ihn gerne trank. Zunächst wollte er mit dem Brautpaar und den Eltern die heilige Kommunion feiern. Die hatte er häufig bei Franz gesehen. Dieser Teil der Zeremonie würde keine Schwierigkeiten bereiten. Für die Trauung mußte er sich etwas ausdenken. Wie gut, daß noch einige Stunden Zeit waren. Der Wein beflügelte seine Gedanken.

Fowler kam mit Meßkelch und Altarkreuz, einem Sakramentshäuschen sowie einem silbernen Teller für Oblaten. Auch die gab es reichlich.

Weissenbach bot ihm einen Schluck Wein an.

«Was ist das für eine Kirche, zu der du gehörst?»

«Freedom Tabernacle Bible Church ist die Kirche der Zukunft. Wir haben schon expandiert. Nächstes Jahr erreichen wir New York. Wir werden in der Zweiundvierzigsten ein Gotteshaus bauen. Die Investitionen liegen bereit.»

«Eine christliche Kirche?» Weissenbach sah, daß der Rest in der Flasche für die Trauung kaum reichen würde. Er zog die Klingelschnur. Kurz darauf erschien der Zimmerkellner, der die Bestellung entgegennahm.

«Wir haben die richtigen Ideen, die richtigen Leute. Der Zulauf ist mit mehr als dreißig Prozent jährlich der beste aller Gemeinden in Milwaukee.»

«Und was machen die Katholiken in Milwaukee?»

«Deren Geschäfte stagnieren», erwiderte Fowler. Er tat so, als habe er in eine unreife Pflaume gebissen.

«Warte, bis ich komme», lächelte Weissenbach.

Fowler war ein drahtiger Mann, dessen Haar sauber in der Mitte gescheitelt zur Seite fiel. Er nippte nur an seinem Wein.

«Wir glauben, daß die Zehn Gebote eine Fälschung sind. Unsere Religion sagt: Alles ist erlaubt, es gibt keine Beschränkungen. Wir haben die Sünde abgeschafft, das ist ein Fortschritt. Die Zehn Gebote behindern nur.»

«Ihr seid Anarchisten!» sagte Weissenbach.

«So würde ich es nicht nennen. Nein, wir sind alles gottesfürchtige Geschäftsleute, die nach dem Grundsatz leben: Alles ist erlaubt, was Profit bringt.»

Die zweite Flasche Mosel schmeckte auch nicht schlechter als die erste.

«Du wirst dich betrinken. Das macht keinen guten Eindruck. In Amerika trinkt man nicht.»

«Ich traue doch Deutsche.»

«Ich würde dir raten, nüchtern zu bleiben. Du wirst es am Trinkgeld merken...»

«Und daran bist du mit zwanzig Prozent beteiligt, ich verstehe», Weissenbach stellte das geschliffene Weinglas weg. «Ich muß mich jetzt sammeln, laß mich bitte allein.»

«We'll meet again!»

Jeremiah D. Fowler verließ die Schiffskabine.

Am Abend gab es ein siebengängiges Dinner, das Weissenbach an der Seite von Senator Smidt einnahm.

«Wie gefällt Ihnen die Suite?»

«Ich bin überwältigt.»

«Werden Sie von Ihren Oberen so kurz gehalten, daß Sie nur im Zwischendeck fahren dürfen?»

Weissenbach erfand die Geschichte, daß man ihn auf eine besondere Mission nach Amerika geschickt habe, es gehe um die Expansion der katholischen Gemeinden, die ja gerade in Milwaukee ins Stocken geraten sei.

«Ja, expandieren müssen wir alle», warf Senator Smidt ein, «was glauben Sie, welche Anstrengungen wir unternehmen, um die guten Geschäfte nicht an Bremen vorbeiziehen zu lassen? Die Hamburger versuchen mit allen Tricks, uns das Auswanderergeschäft aus der Hand zu nehmen. Was haben Sie für Ihre Passage gezahlt?»

«Dreißig Taler.»

«Da können Sie sehen, wie geschäftstüchtig wir sind. Der Preis liegt um fünf Taler unter dem Hamburger Preis. Die Zeiten sind schlechter geworden, vor ein paar Jahren hätten Sie doppelt soviel bezahlen müssen.»

Dann stellte der Senator das Hochzeitspaar vor. Die Braut war keine zwanzig Jahre alt, der Bräutigam weit über fünfzig. Sie sah aus, als hätte sie die Höhere Töchterschule gerade erst hinter sich. Wie beschrieb Marlitt diese frischen Mädchen: Sie sind junge Apfelblüten, die mit ihrer gesunden Farbe die Bienen anlocken. Er hatte erfolgreich ein Bataillon im Deutsch-Französischen Krieg geführt. Am Frack baumelten ein paar Orden, die Weissenbach erschreckten.

«Nun erzählen Sie von sich», bat das junge Fräulein, das ihre Hand auf Weissenbachs Arm legte.

«Ich bin Schweizer, aus der deutschsprachigen Schweiz. Ich komme aus einer kleinen Gemeinde, die heißt Himmelreich...»

Er konnte den Satz nicht beenden, weil ein Gejuchze einsetzte. Jeder am großen Tisch wiederholte das Wort. Es sprang auf die anderen Tische über.

Aus einer Ecke des riesigen Saales ertönte eine Baßstimme.

«I drink to Mr. Himmelreich.»

Einige der Leute erhoben sich.

Auch Weissenbach mußte aufstehen und den Toast entgegennehmen.

«Sie sind ja ein idealer Reisebegleiter», sagte Senator

Smidt, der glücklich über seinen Fang war, «bis jetzt habe ich noch keinen Priester gekannt, der witzig war...»

«Ja, bei uns in Bremen», seufzte das junge Fräulein.

Nach dem Essen kam der Ball. Nach dem Ball ein Treffen an der Kapitänsbar.

In der letzten Stunde vor Mitternacht ergriff Weissenbach eine ziemliche Nervosität. Am liebsten hätte er die Zeremonie abgesagt und sich im Zwischendeck verkrochen. Wie diese Kapitalisten miteinander umgingen, so frech, so direkt, nur selten fand er, daß sie Scham zeigten. Aber er saß in der Zwickmühle. Gerne hätte er den ganzen Schwindel aufgedeckt und sich lachend zurückgezogen. Außerdem stand zu befürchten, daß man sein Spiel durchschaute.

Die Trauung fand in einer Kapelle statt, in der Weissenbach eine silbern bestickte Stola fand, die er für die Zeremonie anlegte.

Ohne Schwierigkeiten brachte er die Kommunion hinter sich. Er beobachtete die kleine Gemeinde, die keineswegs nüchtern war. Das würde zu seinem Vorteil sein. Dann bat er das ungleiche Brautpaar nach vorne, ließ sie auf den Samtkissen niederknien.

Franz Weissenbach schwenkte den silbernen Weihrauchkessel. «In nomine patrus et filius et spiritus. Amen. Wir sind heute hier zusammengekommen, um die Trauung der Eheleute Smidt und Schankwitz zu begehen. Das ist ein schöner Tag für alle, die die Freude haben, daran teilzunehmen. Sicut erat in principus et nunc et semper in saeculus saeculissimus. Amen. Halleluja.»

Die Gemeinde antwortete mit einem kräftigen «Halleluja». Weissenbach beobachtete den Senator, der glückselig neben seiner Frau stand. Die Augen halb geschlossen.

«Ich bitte das Brautpaar, sich zu erheben. Küßt euch, ganz fest.»

Das junge Fräulein und der ältere Herr waren verwirrt, folgten aber der Aufforderung.

Weissenbach schloß seine Arme um das Paar.

«Dominus, adiuva me, Gloria Patrius et Filius et Spiritus.»

«Amen», rief die Gemeinde.

«Die Ringe», flüsterte das Fräulein.

Schankwitz holte sie aus der Westentasche hervor. Weissenbach legte die fein ziselierten Goldringe auf den Oblatenteller und sprach ein Segensgebet.

«Nun verbindet euch, liebes Brautpaar.»

Während die Jungvermählten sich gegenseitig die Ringe ansteckten, sagte Weissenbach: «Die Ehe ist ein Geheimnis. Wir fügen zusammen und wissen doch nicht, ob es zusammen paßt. Wir schließen den Bund der Ehe und können doch nicht sagen, ob er hält. Das Geheimnis ist die Liebe. Wir wünschen euch soviel Liebe, wie es auf der Welt gibt, und wie ihr zu geben bereit seid. Denn nur wo die Liebe ist, kann auch eine Ehe sein. Halleluja.»

Die Gemeinde wiederholte folgsam den Ausruf.

«So bitte ich euch, dreimal um den Altar zu schreiten, und euch dabei nicht aus dem Blick zu verlieren.»

Weissenbach bemerkte, wie Unruhe unter den Festgästen entstand. Wenn man ihn fragte, was dies für eine merkwürdige Zeremonie sei, hatte er eine Antwort parat.

Die Brautleute schritten um den Altar.

Weissenbach sang dazu:

«Ecce benedictus dominus, omnes servus dominus. Qui status in domo dominus per noctes.»

Senator Smidt liefen Tränen übers Gesicht.

Als das Brautpaar die letzte Runde vollendet hatte, nahm Weissenbach den Schleier und bedeckte damit die Häupter der Brautleute, so daß die beiden unter einem gemeinsamen Dach standen.

«Wollt ihr euch heiraten? So antwortet: ja.»

Nacheinander antworteten Fräulein Smidt und Herr von Schankwitz.

«Ihr müßt wissen, daß euch nun die Liebe verbindet. Soviel Liebe ihr bereit seid zu verschenken, soviel Liebe werdet ihr empfangen. Nun seid ihr Mann und Frau und könnt eure Hochzeit feiern. Requiescat in pace. Amen.»

«Amen», wiederholte die Gemeinde irritiert.

Gemeinsam sangen sie «Gott, der nach seinem Bilde aus Staub den Menschen gemacht». Weissenbach übertönte alle wackligen Kantonisten. Das hatte er Franz abgeschaut, der zum Ende der Messe stets mit seinem lauten Gesang die Gemeinde erweckte.

«Das war die schönste Hochzeit, die ich je erlebt habe», sagte Senator Smidt, der sich nicht fassen konnte. Sein seidenbesticktes Taschentuch war durchnäßt.

Seine Gattin war ganz und gar nicht seiner Meinung. Sie sagte spitz und hansestädtisch, es hätten doch wesentliche Teile der Hochzeitsliturgie gefehlt.

«Ich darf Ihnen sagen, Frau Senatorin», begann Weissenbach, «daß wir in der Schweiz einen anderen Ritus haben. Und im Himmelreich sollten wir es wissen, nicht?»

Die Gäste und das Brautpaar begannen zu kichern.

Senator Smidt griff in die Hosentasche, zog ein Bündel Scheine hervor und steckte es Weissenbach zu. «Für die Unkosten. Und seien Sie bitte weiterhin unser Gast.»

«Aber dieses ‹Requiescat-in-Pacem› sagen Sie wirklich am

Ende der Trauung? Das kennen wir nur von der Beerdigung!» zischte die Senatorin.

«In Bremen vielleicht», fügte das junge Fräulein an.

In diesem Augenblick gab es einen heftigen Stoß. Das Dampfschiff «Hansa» neigte sich zur Seite.

«Was war das?» fragte Senator Smidt.

«Wir sind bestimmt über eine Bodenwelle gefahren», meinte einer.

«Ein Eisberg», schlug ein anderer vor.

Eine Dame sagte: «Das war der liebe Herrgott persönlich, der den beiden seinen Segen gibt.»

Weissenbach versuchte, ruhig zu bleiben. «Wir wollen das Brautpaar jetzt alleine lassen. So ist es Sitte.»

Der Senator lud wieder an die Kapitänsbar ein. Die Abwesenheit des Kapitäns bemerkten sie erst in diesem Augenblick.

«Wenn Sie sich umziehen wollen ... ich erwarte Sie in zehn Minuten», Senator Smidt schüttelte dem Priester die Hand.

Kaum war Weissenbach in seiner Suite angelangt, spürte er, wie das Schiff in schweren Seegang geriet. Das Bullauge tauchte unter Wasser. Die Wellen schlugen bis ans Oberdeck. Der Rumpf ragte steil in den Himmel, um dann mit lautem Klatschen aufzuschlagen. Nur mit Mühe gelang es Weissenbach, den Ornat abzulegen. Die Stola verfing sich im Kerzenleuchter, der plötzlich über ihm auftauchte.

Jemand pochte heftig an die Kabinentür.

Weissenbach stand in der Unterwäsche. Er glaubte, Fowler komme, um seinen Anteil zu kassieren. Schnell versteckte er das Geld unterm Kopfkissen.

«Herein», rief er gegen das Tosen des Ozeans.

Es war ein Herr, den er nicht kannte.

«Sie sind doch Priester? Ich möchte beichten. Es ist eine Stunde der Not, bitte hören Sie meine Beichte an!»

Weissenbach bat, sich zuerst etwas überziehen zu dürfen.

Die «Hansa» schlingerte so heftig, daß die Sessel ins Rutschen gerieten. Der Schrank öffnete die beiden Türen und warf die Garderobe ins Zimmer. Weissenbach entschied sich, das Priesterkleid wieder anzulegen. «Im Namen des Vaters und des Sohnes und des Heiligen Geistes. Amen.»

Der Herr, mit Monokel im linken Auge und akkuratem Schnurrbart, begann seine Beichte.

«Ich bereue, daß ich eine Todsünde begangen habe. Ich bereue es zutiefst, ich muß um Verzeihung bitten.»

Wieder hob sich die «Hansa» steil aus dem Wasser. Als sie zurücksank, schoß der Beichtende, der auf dem Boden kniete, an Weissenbach vorbei.

«Ich habe meine Mutter umgebracht. Ich habe getötet. Verstehen Sie meine Verzweiflung?»

Der Herr ließ das Monokel fallen und sah Weissenbach an. Ein bleiches Gesicht mit blutunterlaufenen Augen.

Er flehte: «Erteilen Sie mir die Absolution.»

Weissenbach mußte sich festklammern, bevor er sprechen konnte. Sein Magen revoltierte. Beinahe hätte er sich übergeben.

«Bitte», rief der Herr erneut, der mitsamt dem Teppich durch die Suite rutschte.

«Ich vergebe Ihnen», sagte Weissenbach und half dem Beichtenden aufzustehen.

«Es soll Ihr Schade nicht sein.»

Der Herr zückte seine Brieftasche und, kurz bevor er wieder aus dem Gleichgewicht gebracht wurde, überreichte er dem Priester zwei Hundertdollarnoten.

«Danke», sagte er, «jetzt ist mir wohler.»

Kaum hatte der Monokelträger die Suite verlassen, kam ein Mann, der an den Hochzeitsfeierlichkeiten teilgenommen hatte.

«Ich möchte beichten, Vater. Bitte schenken Sie mir eine Minute.»

«Ich», mehr bekam Weissenbach nicht heraus. Er mußte das Badezimmer aufsuchen, erbrach das siebengängige Menü ins Spülbecken.

Die «Hansa» war in einen Orkan geraten, der das schwere Schiff wie ein Jo-Jo tanzen ließ.

Der Mann, der sich als John D. Wertenbaecker vorstellte, klemmte seine Füße unter das angeschraubte Bett. So konnte er sich auf den Knien halten.

«Ich habe unkeusch gelebt, Vater. Meine Gedanken waren unkeusch, meine Handlungen waren unkeusch. Ich habe Hand an mich gelegt, wann immer ich Lust verspürte. Ich habe mit der Frau meines Bruders Verkehr gehabt und mit seinem Hund. Ich habe zwei Bedienstete des Ratskellers geschwängert, ohne je Alimente zu zahlen. Ich habe mich dem sexuellen Rausch hingegeben. Ich bitte um Verzeihung, ich bereue meine Sünden.»

Franz Weissenbach war so blaß im Gesicht, daß er erschrak, als er sich im auf- und zuklappenden Spiegel sah. Am liebsten hätte er den Mann gefragt, warum er jetzt noch die Absolution haben wolle, aber er sagte: «Ich vergebe Ihnen.»

Als er die Türe öffnete, um den reuigen Sünder hinauszulassen, sah er die Warteschlange. In feiner Garderobe, mit verrutschten Dekolletés, geöffneten Hemdkragen, mit hochroten Gesichtern, alle verlangten sie nach der Beichte. Alle hielten sich an den goldenen Handläufen fest, um nicht auf den

Boden zu stürzen. Weissenbach hätte sich gerne seiner Angst hingegeben, ihm war entsetzlich übel. Er mußte sich anhören, wer wen übers Ohr gehauen hatte, wer Schuld am Ableben einer Erbtante auf sich geladen hatte und dies nun bereute, warum ein Oldenburger seine gesamte Familie belog, als er ihnen sagte, er reise ein paar Wochen nach Frankreich, tatsächlich aber beschlossen hatte, für immer in Amerika zu bleiben. Eine ältliche Dame flüsterte, daß sie einen Liebhaber habe, mit dem sie in Gedanken schon tausendmal Unzucht getrieben hätte. Ein Ehepaar legte gemeinsam die Beichte ab, wobei sie gegenseitig erfuhren, welche Seitensprünge sie sich bisher verschwiegen. Und alle zahlten.

So hatte Weissenbach die Beichte in Himmelreich nicht kennengelernt. Er stritt mit seinem Namensgeber darum, daß die Beichte ein entwürdigendes Mittel sei, die Menschen zu knechten. Für einen Anarchisten komme ein solches Mittel niemals in Frage. Sein Freund antwortete, manche der Gemeindemitglieder beständen darauf, andere hätten schon ein Einsehen gehabt und von der Beichte gelassen.

«Ich habe schwere Verfehlungen begangen, Vater», sagte ein junges Mädchen, «ich habe alle Marlitt-Romane gelesen. Unser Priester hat es mir streng verboten.»

«Ich lese sie selbst», erwiderte Weissenbach, «das ist keine Sünde, die du beichten mußt.»

Langsam beruhigte sich die See. Der Orkan ließ nach.

Noch zwei Bittgänger standen vor seiner Tür, die erst abzogen, als Weissenbach ihnen mitteilte, daß die Gefahr wohl vorüber sei.

Zehn Minuten später war John D. Fowler, ohne anzuklopfen, in die Suite getreten. Er fand Weissenbach auf dem Bett liegend, eine Eiskompresse auf dem Kopf.

«Na, hast du nicht mehr an die Auferstehung geglaubt, Bruder?» Er lachte unverschämt.

«Laß mich in Ruhe, bitte. Mir ist schlecht.» Weissenbach versuchte, ihn loszuwerden.

«Oh, ich gehe gleich wieder, all right? Aber vorher müssen wir abrechnen. Du hattest ja Hochbetrieb hier. Und ich bin mit zwanzig Prozent beteiligt.»

Weissenbach schwieg. Er starrte an die Kabinendecke.

«Ich habe mitgezählt. Du hattest sechzehn Hilfesuchende. Jeder hat bestimmt zwanzig Dollar dagelassen, macht 320 Dollar, plus die Hochzeit, die ich mit 500 Dollar veranschlage, macht 820 Dollar, davon zwanzig Prozent sind 164, sagen wir, großzügig 170 Dollar. Die krieg ich jetzt!»

Er streckte die Hand aus.

«Morgen», sagte Weissenbach, «ich kann jetzt nicht rechnen.»

Fowler wollte sich nicht darauf einlassen, aber Weissenbach machte keine Anstalten, seinen Kollegen auszuzahlen.

«Dann morgen», sagte Fowler, «you can't get off the boat.»

«No», erwiderte Weissenbach, dem alle Glieder weh taten. Warum war er nur auf diese Idee mit der Auswanderung verfallen?

Er schlief ein.

Immer noch ganz blaß setzte er sich am nächsten Morgen an den Frühstückstisch. Senator Smidt war bester Laune.

«Schade, daß Sie gestern nicht gekommen sind, wir haben ein Untergangsfest und danach eine Überlebenssause gefeiert. Ich habe schon gehört, daß Sie sehr beschäftigt waren. Da hätten sich einige lieber die Zunge abgebissen. Die würden das gerne rückgängig machen, was sie Ihnen gestern gesagt haben, stimmt's?»

Seine gelben Zähne blinkten.

«Ich kam gar nicht dazu, Angst zu haben», erwiderte Weissenbach, dem das Frühstück erneut Übelkeit bescherte.

Bevor er sich rasierte, hatte er in seiner Kabine die Scheine gezählt. Es war ein Geldregen wie damals in Italien, als sie den Tresor sprengten.

Genau 1156 Dollar.

Er würde Fowler davon fünfzig geben. Aber erst, wenn sie in New York an Land gingen. Sollte der geschäftstüchtige Bruder ein wenig auf seine Einnahme warten.

«Müssen Sie auf schnellstem Wege nach Milwaukee, oder leisten Sie uns ein paar Tage Gesellschaft? Sie wissen ja, im Waldorf wird die Hochzeit noch mal gefeiert.» Senator Smidt spreizte den kleinen Finger ab, als er die elegante Kaffeetasse ansetzte.

«Ich kann es einrichten», antwortete Weissenbach, dem die Einladung recht war.

«Gut, dann will ich Ihnen ein kleines Geheimnis verraten, das aber wirklich unter uns bleiben muß. Mein lieber Schwiegersohn, Herr von Schankwitz, hat im Feld seine Ehre gelassen. Verstehen Sie, seine Mannesehre.»

Senator Smidt verzog den Mund, ganz schmal, die Lippen gekräuselt.

«Er wird meiner Tochter nicht zu nahetreten. Und wir können den Adelstitel gut für die Geschäfte gebrauchen. Amerika liebt alte Titel.»

Jetzt lachte er, wenig standesgemäß.

Seine Frau sah ihn mißbilligend an.

7. Kapitel

Amerika, Herbst 1877

Das Büfett war zweihundert Meter lang, überfüllt mit erlesenen Speisen. Rotbefrackte Ober mit gestreifter Hemdbrust servierten französischen Champagner, spanischen Portwein und irischen Whiskey. So waren die Festgäste mit der alten Welt verbunden. Senator Smidt hatte Franz Weissenbach eine Einladung zu diesem Galadinner von American Steel besorgt. «Damit Sie einmal erleben, wie unsere amerikanischen Geschäftspartner zu feiern verstehen. Man sagt ja immer, sie hätten keine Manieren.»

Die Trauung der Senatorentochter war eher bescheiden ausgefallen. Nur die kleine Schiffsgemeinde war anwesend und ein paar Angestellte aus verschiedenen Firmen, mit denen Senator Smidt in Verbindung stand. Weissenbach durfte dem amerikanischen Priester als Ministrant dienen und sah, wie eine katholische Hochzeit zu zelebrieren war. Die junge Braut gab ihm zu verstehen, daß ihr seine Zeremonie besser gefallen hatte.

Wie hatte New York ihn überwältigt, in den Griff genommen, in einen Taumel versetzt. Der Broadway mit seinen eleganten Pferdekutschen. Das Postgebäude war größer als ein französisches Schloß. Die Tramwagen, die auf Schienen gezogen wurden. Die Bowery, auf der Tausende Handel trieben. Pell Street in Chinatown, fremde Gerüche und fremde Schriftzeichen. Die Hester Street mit den orthodoxen Juden. Grand

Central Station in der 42. Street war schöner als ein römisches Hotel. Little Italy hätte Bakunin gefallen. Coney Island, wo man im November schwimmen konnte. Gesichter in allen Schattierungen. Die Sprachen, die sich kreuzten. Die Stile vermischt. Als hätte sich Europa verdoppelt zu einem Stelldichein auf einem Fleck.

Manchmal lief Weissenbach tagelang durch die Straßen, ließ sich anstecken von dem Treiben, und erst wenn seine Füße geschwollen waren, kehrte er ins Waldorf Astoria zurück. Zimmerpreis: 14 Dollar die Nacht. Wenn Senator Smidt das Hotel verließ, wollte er am gleichen Tag ausziehen. So lange ließ er sich aushalten. Seine Barschaft versteckte er hinter dem reich verzierten Badezimmerspiegel. Er mußte Fowler seinen ganzen Anteil auszahlen, sonst hätte der ihn in Castle Gardens verpfiffen. Der Kollege von der expandierenden Kirche drohte ihm unverhohlen. «Wenn ich denen sage, daß du ein Betrüger bist, kommst du sofort in Arrest und wirst auf eigene Kosten mit dem nächsten Schiff zurückgeschickt. Und du bekommst alles abgenommen!» Weissenbach hatte keine andere Wahl und trennte sich widerwillig von 170 Dollar. Die restliche Summe würde ausreichen, einen eigenen Schuhladen zu eröffnen. Schuhe wurden immer gebraucht. Er hatte sogar schon zwei deutsche Schuhmachereien gesehen, in der First Avenue. Da er als Priester im Gefolge von Senator Smidt war, ließen ihn die Beamten der Einwanderungsbehörde passieren, aber er sah, wie manche ärmlich gekleideten Familien aussortiert wurden. In Castle Gardens herrschte ein schlimmer Kommißton. Das Gebäude glich einem Zirkuszelt. Senator Smidt zeigte ihm die *runner*: Wirte, Geldwechsler, Stellenvermittler, die die Unwissenheit der Neuankömmlinge ausnutzten, dubiose Makler und Agenten, die wertlose Tickets für die Eisenbahn oder Billets für Flußschiffe verkauften, die gar nicht existierten. Die *Commissioners of Emigration* führten einen aussichtslosen Kampf gegen diese Betrüger. Weissenbach war nicht sicher, ob ihm ohne Begleitung die Einwanderung gelungen wäre.

«Sind Sie Bruder Franz?» sagte ein freundlicher Mann mit runder Brille, dessen Backenbart toupiert war.

Weissenbach erschrak. Konnte jemand ihn hier kennen? War er entdeckt worden? Gab es einen Hinterausgang? Es wäre kaum möglich gewesen, durch die Menge der Festgäste zu flüchten.

«Sie müssen es sein. Endlich habe ich Sie gefunden, Bruder Franz.» Der Mann wischte sich die Schweißperlen von der Oberlippe und berichtete, daß Senator Smidt ihm so köstliche Dinge erzählt habe, aber seine Beschreibung sei dürftig gewesen: ein Schweizer mit roten Haaren. Er habe viele Iren angesprochen, und die seien, weiß Gott, nicht immer angenehm.

Senator Smidt habe erzählt, daß er aus Himmelreich komme. «Ist das wirklich wahr?» fragte der Mann ganz ernsthaft.

«Ja, aus einem kleinen Bergdorf im Berner Oberland.»

«Köstlich», er kicherte in ein großgemustertes Taschentuch, «es ist wirklich köstlich.»

Weissenbach fand den Mann ein wenig albern, ließ sich aber nichts anmerken.

«Wären Sie bereit, in meiner Kirche zu sprechen?»

«Sie sind... Priester?»

«Ich habe eine sehr große Gemeinde auf der Fifth Avenue. Ich würde mich außerordentlich glücklich schätzen...» Bevor er weitersprach, reichte er Weissenbach seine Visitenkarte: William D. Frey, geboren in Leipzig.

«Soll ich predigen?»

«Was immer Sie wünschen», gab der Leipziger von sich, ein wenig devot. «Sie können auch eine Rede halten.»

«Und worüber?»

«Sie können sprechen, worüber Sie wollen. Das ist ganz Ihnen überlassen. Sie bestimmen das Thema. Ich kündige Sie an. So haben wir es mit Gästen immer gehalten, Bruder Franz.»

Weissenbach störte diese Anrede, aber er wollte Frey im Glauben lassen, es mit einem katholischen Kollegen zu tun zu haben.

«Es muß doch ein Thema geben, wenn ich in Ihrer Kirche sprechen darf?»

William D. Frey strahlte: «Also, Sie kommen? Wunderbar. Wie gesagt, was das Thema anbelangt, sind Sie frei. Rechnen Sie mit einem vollen Haus. Und Sie werden es ja nicht umsonst tun.» Er rieb den Zeigefinger am Daumen. «Hier braucht niemand etwas umsonst zu tun. Köstlich!»

Sie vereinbarten das Datum: 13. November 6 p. m.

«Morgens um sechs?» fragte Weissenbach.

«Nein, das ist abends, p. m. heißt immer nach zwölf Uhr mittags. Seien Sie pünktlich, wir beginnen stets auf die Minute genau.» Frey verabschiedete sich mit einer devoten Verbeugung. Dann lächelte er. Ohne das Wort zu hören, konnte er das Wort «köstlich» von seinen Lippen ablesen.

Freie Rede, dachte Weissenbach, warum nicht. Oft genug hatte er seinem Namensgeber gelauscht, wenn er zu seinen rhetorischen Höhenflügen ansetzte. Dennoch erstaunte ihn, daß ein Fremder hier frei sprechen durfte.

Mit einem Trompetenstoß wurde der Ehrengast des Galadinners angekündigt. Es war ein Pferd.

Eine arabische Stute, behängt mit vergoldetem Zaumzeug. Auf der Stirnblesse ein großer Saphir, die Trensen mit verschiedenfarbigen Edelsteinen besetzt. Vier Wachmänner postierten sich davor, die Arme leicht angewinkelt. Sie waren schußbereit. Niemand durfte näher als zwei Meter an das unruhige Tier. In weiß- und roséfarbenen Kleidern kamen junge Frauen und verteilten an jeden Gast ein silbernes Hufeisen mit einem kleinen Diamanten. American Steel bedankte sich für die gute Kooperation in den letzten Jahren und wünschte weiterhin erfolgreiche Zusammenarbeit in der Zukunft. Kaum einer der Festgäste wußte, wohin er das schwere Hufeisen während des Essens stecken sollte. Manche hingen es in die Hosentasche, andere in die Hosenträger, wieder andere versuchten, es sich um den Hals zu zwängen.

Weissenbach konnte sich nicht satt sehen an den Kostümierungen der Damen, große Mengen Tüll und Seide, die Schultern waren ausnahmlos frei, die Brüste von Korsettagen nach oben gepreßt. Viele Kleider waren mit echten Rosen oder Nelken verziert.

Dann kamen die Redner. Keiner sprach länger als fünf Minuten. Als erster betrat ein Schmächtiger das Pult, der fast gänzlich hinter dem Aufbau verschwand, aber donnernden Applaus erhielt.

Die Freude über den Boom, den großen Aufschwung. Die Reden schienen witzig zu sein, denn das Publikum lachte unaufhörlich. Jeder Satz eine Pointe. Weissenbach verstand kaum einen Scherz.

Nach und nach traten die Männer, die American Steel leiteten, ans Rednerpult und nahmen die Ovationen entgegen.

Einmal wieherte das Pferd. Was mit großem Gelächter quittiert wurde.

Weissenbach gelang es, Senator Smidt in dem Gewühl ausfindig zu machen.

Nun spielten die Kapellen, die in allen vier Ecken des riesigen Empfangssaales Aufstellung genommen hatten, so laut, als wollten sie sich gegenseitig übertönen.

Von der Decke schwebte das gewaltige Modell einer Union-Pacific-Lokomotive herab. Die Gäste machten Platz.

Senator Smidt erklärte, daß American Steel in die Eisenbahngesellschaft investiert habe, sie besäßen einen großen Share. Man feiere sozusagen Hochzeit. «Nicht im katholischen Sinne, lieber Herr Pfarrer, versteht sich.»

Die Lokomotive qualmte, stieß weißlichen Rauch aus, kleine Feuerzungen züngelten. Auf dem angehängten Tender lag richtige Kohle. «Das können die Amerikaner, finden Sie nicht?» Senator Smidt zückte sein Taschentuch. Er war von der Inszenierung gerührt.

«Wir werden morgen abreisen. Es geht in den Süden, ein bißchen Wärme genießen. Wir fahren zurück von New Orleans. Kommen Sie doch mit. Sie sind so ein amüsanter Reisegesellschafter, Herr Weissenbach.» Senator Smidt reichte ihm die Hand. «Ich lasse Sie nur ungern hier zurück. Geben Sie Ihrem Herzen einen Stoß.»

Auch die frisch vermählte Frau von Schankwitz drängte ihn. «Sie kommen noch rechtzeitig zu Ihren Aufgaben, begleiten Sie uns. Wann kann ein Priester schon mal an einer Hochzeitsreise teilnehmen?» Sie lächelte, ganz verwegen.

Die Senatorin machte keinen Versuch, ihn zur weiteren Reise zu bewegen. Sie traute dem Schweizer nicht, der so kuriose Hochzeitsriten einzuführen gedachte.

«Hat Sie Herr Frey erreicht?» fragte Smidt, als die Kapellen für einen Moment eine Pause einlegten.

Weissenbach nickte.

«Er war ganz aus dem Häuschen, als ich sagte, woher Sie kommen.»

«Ich werde ihn wiedersehen», antwortete Weissenbach, ohne etwas von ihrer Vereinbarung preiszugeben.

Senator Smidt überreichte ihm eine Visitenkarte.

«Wenn Sie nach Bremen kommen und mein Haus nicht aufsuchen, wäre ich Ihnen sehr böse.»

Er machte ein ernstes Gesicht, dann lächelte er. «Brauchen Sie noch etwas Geld? Amerika ist teuer.»

Weissenbach ließ die Frage unbeantwortet, bedankte sich knapp für die wunderbare Einladung.

«Ich muß nach Milwaukee, dort wartet meine Aufgabe! Ich bin hier schon ein paar Tage zu lange. Auch ich werde morgen abreisen.» Endlich war ihm wieder eingefallen, welche Geschichte er Senator Smidt über seine Tätigkeit in Amerika aufgetischt hatte: Milwaukee, katholische Gemeinde, die nicht genügend expandierte. Zudem war damit seine plötzliche Abreise aus dem Waldorf Astoria begründet. Er war beim Lügen ein wenig aus der Übung gekommen, auch wenn er jetzt unter falschem Namen auftrat. Seit jenen Tagen im Berner Oberland brauchte er nicht mehr Versteck zu spielen, was ihn alle Jahre viel Kraft gekostet hatte. Weissenbach log gerne und aus Gewohnheit, nicht nur, wenn er in der Patsche saß.

Am nächsten Morgen fiel die Verabschiedung im Frühstücksraum des traditionsreichen Hotels sehr kühl aus.

«Schade», wiederholte sich Frau von Schankwitz.

Ihr Gatte bedankte sich erneut für die schöne Schiffstrauung. «Auch wenn meine Erinnerung daran von den Turbulenzen überlagert ist.»

Senator Smidt zuckte mit den Schultern. «Ich hatte Sie eingeladen.» Er war ein wenig indigniert.

Die Senatorin ließ sich die Hand küssen. Abweisend.

Franz Weissenbach war froh, es hinter sich zu haben. Aber er konnte nicht leugnen, daß die reiche Welt Eindruck auf ihn machte.

An der Rezeption gab er seinen Zimmerschlüssel ab.

Wenige Seitenstraßen weiter fand er eine Pension, die zu einem Bruchteil des Waldorf-Preises vermietete. Für eine Woche anderthalb Dollar.

Der 13. November rückte heran.

Weissenbach fand kein Thema für seine Rede. Er wollte seinen Kollegen aufsuchen und ihm von der bevorstehenden Reise nach Milwaukee berichten, aber dann fiel ihm ein, daß dies zu Komplikationen führen könnte. Schließlich würde ein katholischer Geistlicher etwas über Milwaukee wissen.

Als er kurz vor 6 p.m. vor der Fassade der St.-Patricks-Kathedrale stand, erblickte er als erstes ein Plakat.

«DIRECT FROM HIMMELREICH – SPEAKER: MR. WEISSENBACH. COME AND LISTEN.»

Frey begrüßte ihn wie einen alten Freund, stellte ihn einigen hochgestellten Gemeindemitgliedern vor.

«Ich spreche auf deutsch», versicherte er sich.

«Natürlich, wir verstehen alle deutsch.»

Das Kirchenschiff war fast so lang wie das Büfett von American Steel.

Frey geleitete den Redner durch den Mittelgang.

Der amerikanische Priester nannte Namen und Herkunft des Gastes, dann setzte er sich auf einen reservierten Stuhl.

Franz Weissenbach erklomm die Kanzel. Um sich zu fassen, zählte er die vierzehn weißen Marmorstufen.

Der Blick über die riesige Gemeinde erschreckte ihn. Sie saßen dichtgedrängt, in schweren Mänteln, viele trugen Wollmützen, manche auch gebürstete Zylinder.

William D. Frey gab das Zeichen, daß Weissenbach beginnen solle. Aber so sehr er auch gestikulierte, sein Amtsbruder blieb stumm.

«Bruder Franz, ich denke, wir sollten anfangen», rief Frey hinauf.

Weissenbach war wie erstarrt.

Blickte geradeaus.

Die Mundwinkel nach unten gezogen.

Er klammerte sich an der Brüstung fest. Vor sich die aufgeschlagene Bibel.

«Bruder Franz», kam die neuerliche Mahnung von unten.

Im weiten Kirchenraum blieb alles ruhig. Niemand muckste sich. Als würde der stumme Priester die versammelte Gemeinde in Bann schlagen. Alle warteten auf das erste Wort.

«Franz Weissenbach», William D. Frey konnte die Spannung nicht mehr ertragen, er stand auf und trat unter die Kanzel, «ich fordere dich auf, mit deiner Rede zu beginnen.»

Die Gemeinde zischte und trampelte.

Frey drehte sich um.

Die wütenden Pfiffe galten ihm.

Er bekam einen roten Kopf und setzte sich schnell auf seinen Platz.

Von alledem bekam Franz Weissenbach wenig mit. Er war wie in Trance. Verloren. Seine Gedanken begannen sich aufzulösen. Als schwebe er auf der Kanzel.

Er versuchte, an seinen Namensgeber zu denken. Die Stille überwältigte ihn.

Dann begann er.

Verhalten.

So leise, daß zunächst nur die ersten Reihen etwas verstehen konnten. «Man hat gesagt, wir seien blind. Aber sehen wir nicht? Man hat gesagt, wir seien stumm. Aber sprechen wir nicht? Man hat gesagt, wir seien taub. Aber hören wir nicht? Man hat gesagt, wir spüren nichts. Aber schreien wir nicht auf, wenn man uns schlägt? Dort, wo ich herkomme, habe ich die Knute gespürt, den Haß der Obrigkeiten auf die kleinen Leute, dort habe ich die Angst gespürt, die man uns abspricht, die Sorge, die Not, die traumlosen Nächte, wenn man im Kerker liegt und auf den schnellen Tod hofft. Hier, liebe Brüder und Schwestern, hier ist die Freiheit, das Licht, die freie Rede, der Traum vom neuen Menschen.»

Franz Weissenbach nahm die Gemeinde jetzt wahr. Wie sie sich regten, anstießen, angestoßen von der intensiver werdenden Stimme, von seinem Timbre, seiner Art zu sprechen. Wie Getier unter einem Stein, der fortgezogen wurde.

«Ich habe dort gelebt, in Frankreich, in Italien, in der Schweiz, am schlimmsten war's in Deutschland, wo die Freiheit aus den Knechten herausgeprügelt wird, wo Zucht herrscht bis zum letzten Atemzug, wo preußische Ordnung alles zertrampelt, was aufmüpfig ist. Und selbst in meinem Himmelreich, dort, wo ich die letzten Jahre ruhig verbrachte, selbst dorthin kamen die Häscher, um ein paar Widerborstige zu fangen. Europa versinkt in Unfreiheit, Europa muß erst lernen, seine fortschrittlichen Gedanken auch zu Taten werden zu lassen. Europa ist um Jahrzehnte zurück!»

Franz Weissenbach verschwieg, wen die Häscher in Himmelreich suchten, und er verschwieg auch seine deutsche Herkunft. Sollten sie glauben, er sei Schweizer. Je öfter er die Lüge wiederholte, desto wahrer schien sie ihm.

Ein paar Besucher klatschten Beifall.

Ganz ungewöhnlich in dem Kirchenrund. Selbst bei seinem Namensgeber hatte niemand je eine Hand gerührt.

«Wir brauchen diese Luft zum Atmen, diesen Raum zum Schreiten, diesen Weg und diese Weite, wir dulden keine Herren über uns und wollen keine Herren sein. Wir haben viele Ketten gesprengt und werden keine neuen mehr ertragen. Ich hätte mir in Himmelreich nicht träumen lassen, daß es so ein Land gibt, in dem die Freiheit aufblüht. Ich danke euch für eure Aufmerksamkeit.»

Kaum eine Viertelstunde hatte Weissenbach gesprochen. Der Beifall, der nun einsetzte, dauerte fast ebenso lang.

William D. Frey kam keuchend auf die Kanzel und umarmte seinen Glaubensbruder. Immer wieder. Hob seine Rechte, zum Zeichen eines gewonnenen Kampfes. Die Gemeinde stand auf. Sie sangen, ohne daß jemand ein Zeichen gab, die Nationalhymne. Die Männer legten ihre rechte Hand aufs Herz. Danach setzte wieder Beifall ein.

Kaum hatte Franz Weissenbach die Kanzel verlassen, war er umringt von Bewunderern. William D. Frey drückte ihm einen Bleistift in die Hand, denn viele der Besucher wollten sich ein Autogramm geben lassen.

Jetzt sah Weissenbach die Eintrittskarten. Große gelbliche Papiere, auf denen der gleiche Text wie auf dem Plakat stand. Und rechts unten war ganz klein vermerkt: Admission fee: five cents.

Bereitwillig schrieb er seinen Namen auf die Rückseiten der gelblichen Billets.

«Sie meinen doch die Freiheit, etwas zu unternehmen, oder?» sagte ein mickriger Mann, dessen Gesicht kleiner als sein Bowler war.

«Ich meine jede Freiheit», erwiderte Weissenbach, «jede Freiheit.» Eine Frau fragte ihn, ob er länger in New York sei, sie würde ihn gerne zum Tee in ihren Salon einladen, ihre Freundinnen müßten ihn unbedingt kennenlernen. «Wie schade, daß ich sie nicht gleich mitgebracht habe. Aber ich weiß schon, daß Sie im Astoria logieren, da werde ich nochmals vorsprechen. Wir treffen uns, wann immer Sie Zeit erübrigen können.»

Es dauerte mehr als eine Stunde, bis Frey und Weissenbach allein in der Sakristei saßen. Jeder hatte ein Glas Wasser vor sich stehen.

«Ich habe beinah alles verpatzt, als du so lange still warst, Bruder Franz, entschuldige! Ich wußte nicht, was für eine heilige Wirkung dein Schweigen hat. Vergib mir.»

Weissenbach war ganz benommen von dem Erfolg. Was hatte er gesagt? Worüber hatte er gesprochen? Er konnte sich kaum erinnern. Er hatte auf die europäischen Despoten geschimpft, soviel war in seinem Gedächtnis haften geblieben.

Frey schlug seinem redegewandten Bruder ein Geschäft vor. Eine Tournee durch die angrenzenden Staaten.

«Ist das ein Deal?» fragte Weissenbach.

«Das ist ein Deal, Bruder Franz», erwiderte Frey. Die Summe, die er abgezählt aushändigte, reichte aus, um einige Wochen in New York gut zu leben.

Frey überreichte ihm einige Tage später einen Vertrag. Ein Wunderwerk an juristischer Kunst. Alle zwei Tage sollte er reden, jedesmal in einer anderen Stadt. Nur zehn Prozent wollte Frey dafür kassieren, daß er Verbindungen zu den reichen Gemeinden herstellte, Fahrt und Logis würden die Veranstalter tragen, Verpflegung werde von Fall zu Fall geregelt, in Klammern war angefügt, daß die meisten Veranstalter es als große Ehre ansehen würden, wenn sie den Redner im eigenen Hause bewirten dürften. Weissenbach mußte sich bereit erklären, die Reise allein zu unternehmen und eine Tour durch vierzehn Städte durchzuhalten. Die Abrechnung sollte am Ende erfolgen. Frey hatte nicht genügend Zeit, seinen schweizerischen Kollegen zu begleiten. «So gerne ich das unternommen hätte», fügte er hinzu, «auch mir hat Ihre Rede sehr viel bedeutet. Ich habe noch lange darüber sinniert.»

Sie unterzeichneten den Vertrag. Zur Feier des Deals hatte Frey einen ausgezeichneten Sherry mitgebracht, von dem sie ein Gläschen probierten. «Natürlich werden jede Menge weitere Einladungen kommen, Bruder Franz, aber das überlegen wir nach dieser Rundreise. Wichtig sind zwei Dinge: immer freundlich mit der Presse, die machen kostenlose Werbung für uns, und immer zuvorkommend bei den Gastgebern, schließlich sollen die uns wieder einladen. Aber bei Ihnen habe ich keinerlei Bedenken, Sie haben soviel Charme aus Europa mitgebracht, daß ich glaube, schon dafür wird man Sie lieben und verehren. Köstlich!»

Was hatte sich Weissenbach während der Überfahrt auf der «Hansa» nicht alles ausgemalt, wie er sich in der Neuen Welt durchschlagen wollte. Im Gepäck trug er kurz vor der Ausreise in Bremen gekauftes Handwerkszeug mit sich, er wollte sich eine Stelle als Schuster suchen, keinen Rabatz um Lohn und Arbeitszeit machen, wollte stillhalten während der Zeit der Gewöhnung, wollte sich umsehen, wollte ein Leben in Ruhe, so wie es das letzte Jahr im Berner Oberland gewesen war. Sein Namensgeber hatte ihn beeindruckt. Oder er dachte daran, ganz andere Arbeit zu finden. Was angeboten wurde. Eisenbahnbau, da würde man ständig neue Gegenden sehen, hatte man ihm gesagt; Goldwäscher, da konnte einer über

Nacht reich werden; es sollte die erstaunlichsten Karrieren geben. Die Gerüchte wurden auf dem Zwischendeck ausführlich gehandelt.

Nun sollte er Redner sein. Einer, dem der Erfolg voranlief, schon buchstabierte man seinen Namen.

«Es wäre günstig, wenn Sie so bald wie möglich Englisch lernen würden», gab ihm Frey mit auf den Weg. Er hatte eine Grammatik und Wörterbücher besorgt. «Für die Reise.»

Zwei Zeitungsberichte erschienen über den erstaunlichen Mr. Himmelreich. In beiden wurde hervorgehoben, daß ein Schweizer ein besserer Amerikaner sein könne, wie man an diesem Pfarrer Weissenbach sehe, als viele der Landsleute, die sich in Jammern und Klagen über ihre Lebenssituation erschöpften. «Es war eine Lehrstunde in Patriotismus», schrieb ein Journalist, «selten habe ich erfahren, wie hoch unsere Werte wie freier Markt und freies Unternehmertum zu schätzen sind.» In der anderen Zeitung war sogar eine kleine Handzeichnung, ein feines Porträt des stimmgewaltigen Mannes, der mit wenigen Worten soviel Sinniges ausgedrückt habe. «Er ist keiner von denen, die viel Wind um ihre Person machen, die es aus lauter Eitelkeit brauchen, Aufmerksamkeit zu erzeugen, ihm geht es um die Sache. Wir werden noch einiges von diesem Mann zu hören bekommen.»

Frey übersetzte seinem Amtsbruder beide Artikel Wort für Wort und fügte an, daß man sie ausgezeichnet für die Rundreise verwenden könne. Dann gab er Weissenbach einen Vorschuß. «Damit Sie unterwegs auf nichts verzichten müssen.»

Als sich die beiden Kollegen am Grand Central Station verabschiedeten, waren sie Freunde geworden.

«Gute Reise, Bruder Franz. Du wirst die Schönheiten deiner neuen Heimat kennenlernen. Begeistere die Menschen, so wie du uns begeistert hast. Gott sei mit dir.»

Weissenbach winkte lange aus dem Zugfenster, obwohl er Frey schon nicht mehr sehen konnte.

Wohin er auch kam, man wußte schon über ihn Bescheid. Die Telegrafenstationen verbreiteten seinen Ruhm. Manchmal stand sogar ein kleiner Trupp von Menschen am Bahnhof, um ihn zu begrüßen.

Mr. Himmelreich war zu seinem Markenzeichen geworden. Jeder nannte ihn so. Augenzwinkernd. «Wenn ich so sagen darf, Sir!» In den kleineren Städten wurde die Ehrfurcht größer, das Ansehen wuchs. Ein Redner, der in New York Erfolg hatte, zählte etwas im Land.

Franz Weissenbach begann, sich während der Fahrt Notizen zu machen. Welche Sätze gut ankamen, welche keine besondere Wirkung erzielten, welcher Gedanke ausgebaut werden konnte und welcher ihm zu flach erschien. Er stellte eine Rangfolge der Themen auf, eine Abfolge der Sentenzen und Thesen, baute hier und da eine lustige Bemerkung ein. Das Publikum dankte es ihm. Nur eines behielt er immer bei: das Schweigen zu Beginn.

Die Reise ging nach Süden. In den Staat Pennsylvania, wo er die letzten drei Tage sprechen sollte.

Der Mann, der ihn am Bahnhof von Lancaster abholte, hatte fast die gleiche Statur wie er. Sein schwarzer Anzug war an manchen Stellen fleckig, die Krawatte hing herunter.

«Willkomm in Pennsylvaani», sagte er und zog den Hut. Sein Name war Milton P. Banter.

Franz Weissenbach erwiderte den Gruß.

Sie stiegen in eine schwarze Pferdekutsche.

«Die Leit, as in Pennsylvaani wuhne, sin schier gaar all Bauersleit. Sie schaffe uf ihre Bauereie wie Ieme. Deel Bauer hen groosse Bauereie un viel Acker, un deel hen yuscht gleene. Selli, wu viel Acker hen, mache's menscht Geld. Awwer all schafft hart alle Daag.»

Weissenbach mußte sich an die ungewöhnliche Aussprache seines Gastgebers gewöhnen. Aber nach einiger Zeit gelang es ihm, Pennsylvania-Deitsch zu verstehen.

Sie fuhren über das Ackerland, vorbei an weit auseinanderliegenden Höfen. Bird-in-Hand, Intercourse und sogar Paradise gab es hier als Ortsnamen.

«Der Bauer faahrt ee Daag mit zwee Geil un me Wagge voll Mischt an seim Nochber verbei. Der Nochber schteckt sei Kopp aus'm Fenschder un saagt: ‹Was duscht mit sellem Wagge voll Mischt?› – ‹Ich duh's uf mei Aerbeere›, saagt der aerscht Bauer. ‹Sell iss awwer g'schpassisch›, saagt der zwett, ‹mir duhne Zucker un Raahm uf unsere Aerbeere!›»

Banter lachte so laut, daß Weissenbach mitlachen mußte, obwohl ihm die Pointe der Geschichte erst später aufging. Als Beruf gab Banter an, daß er in Süßigkeiten mache: Candysticks, Zuckerklumpen, Leckereien für Kinder. «Awwers G'schaeft is bitter.»

Weissenbach fragte ihn, ob er am Abend einen Übersetzer brauche, wenn die Leute hier «Deitsch» sprächen. Banter beruhigte ihn, sie verstünden alles, nur kein richtiges Englisch.

In der Eisenbahn hatte Weissenbach stets Gespräche angefangen. In der neuen Sprache. Hatte Sätze gebildet mit Hunderten von Fehlern. Hatte sich nicht einschüchtern lassen. Die Grammatik kam ihm einfach vor. Er bildete ebenso einfache Sätze. Und von Mal zu Mal verstand er seine Gesprächspartner besser. Einige hatten sogar schon von dem legendären Mr. Himmelreich gehört und waren entzückt, ihm die Hand drücken zu können.

«Im Moi, do kumme
Die Bledder un Blumme
Wass iss es doch immer im Moi so schee!
Siss alles do freehlich,
mer fiehlt sich so seelich,
es macht eem en Freed far naus zu geh.»

Banter sang das Gedicht mit all seinen Strophen über die Monate des Jahres. «Desch iss vum John Birmelin, een Daadi vuull Neegschdelieb.»

Weissenbach hätte diesem Süßholzraspler stundenlang zuhören können. Er steckte voller Geschichten und wußte über jedes Dorf, durch das sie kamen, etwas zu sagen.

Sein Auftritt war in einen historischen Ort verlegt worden. Ephrata Cloister. Die Festhalle sei schon geschmückt, berichtete Banter. Das Kloster war von einem deutschen Pietisten, Konrad Beissel, 1732 gegründet, dort wohnten bis zu dreihundert Männer und Frauen in strengem Zölibat. Sie lebten die seelische Reinigung, den spirituellen Umgang miteinander, streng und sehr orthodox. Sie versorgten sich aus den eigenen Ländereien und unterhielten eine Buchdruckerpresse. Sie stellten die 1200 Seiten starken Martyrs Mirrors her. Beissel und seine Brüder schrieben und sangen Hymnen über das geistige Zusammensein. Wer im Klosterchor mitsingen wollte, mußte strengste Diätregeln einhalten, um seine Stimme zu reinigen. Sie sangen in einem ungewöhnlichen Falsett.

Jetzt gehöre das Anwesen der Seventh Day German Baptist Church, schloß Banter seine Ausführungen. «Mir hawwe geen annere Saal funde.»

Das Gelände war riesig. Die Holzgebäude höher als alle anderen in dieser Gegend. Leider hatten sie keine Zeit, die verschiedenen Räume zu besuchen, aber Banter ließ es sich nicht nehmen, seinem Gast aus New York das Grab von Beissel zu zeigen. Er blieb für ein kurzes Gebet dort stehen.

«Wir kommen zu spät», drängte Weissenbach.

«Erscht wenn mir kumme, faengt's oa!» erwiderte Banter.

Der Saal war bis auf den letzten Platz gefüllt. Weissenbach ließ sich von Banter vorstellen, dann trat er an das schlichte Rednerpult. Die Leute saßen auf Holzbänken, ein paar kleine Bäume waren als Schmuck aufgebracht. Die Kerzen flackerten beim leisen Windhauch.

Weissenbach schwieg.

Er sah die Zuhörer an.

Genoß ihre Verstörung, ließ sie warten und Einkehr halten.

Er rückte seinen Kragen zurecht.

An welchen Gott er glaube, rief eine Stimme aus der Mitte des Saales.

Weissenbach ließ die Frage unbeantwortet.

Wartete.

Sprach kein Wort.

Ob er ein Katholischer sei oder ein Baptist, wollte eine weibliche Stimme wissen.

Banter stand auf und versuchte, um Ruhe zu bitten. Der Redner werde gleich beginnen.

Warum er kein Gebet zu Anfang spreche, das sei in Pennsylvaani so üblich. Wieder eine andere, spitze Stimme.

Weissenbach wollte sich nicht treiben lassen von diesen

Zwischenrufern, aber er spürte, wie ihm die Worte versagten, wie ihm die ersten Gedanken, die er schon so oft vorgetragen hatte, aus dem Gedächtnis verblaßten. Ob er einer von diesen neumodischen Aufrührern sei, wollte jemand wissen, einer von denen, die aus Europa irgendwelche Fortschrittsideen einführten, so wie diese Räuber der Commune.

Weissenbach wurde schwarz vor Augen. Alles drehte sich in seinem Kopf. War es die stundenlange Fahrt durch das Land? Die merkwürdige Sprache seines Gastgebers? Wie kamen die Zuschauer dazu, ihn zu attackieren, noch bevor er begonnen hatte?

Er nahm seine Kraft zusammen und begann. Diesmal mit lauter Stimme. «Was kommt es darauf an, zu welchem Gott wir beten? Sind wir nicht alle Brüder und Schwestern? Was kommt es darauf an, ob ich ein Katholischer bin oder, wie mancher in diesem Saal, ein Baptist? Macht das aus mir einen schlechteren Menschen? Steht nicht in der Verfassung dieses Landes, daß alle Religionen gleich sind? Nur die tumben Gläubiger, die spießigen Frömmler legen Wert auf Unterscheidung, machen Abstriche, wenn's um einen anderen Glauben geht.»

Als hätte Weissenbach ein Zeichen zum Sturm gegeben, erhoben sich wild gestikulierend Stimmen aus dem Publikum.

Frechheit.

Unverschämt.

Niedertracht.

Die Stimmen schrien gegeneinander, dann setzte es die ersten Fausthiebe. Banter sprang auf: «Liwwe Leit, liwwe Leit...» Weiter kam er nicht, jemand stieß ihn zu Boden.

Weissenbach duckte sich hinter dem Rednerpult. Aber niemand griff ihn an. Er blieb gänzlich unbehelligt.

Die ersten verließen verängstigt den Saal. Die Frauen drückten sich an die Holzwand, während die Männer aufeinander einprügelten. Ein kräftiges Weib mit dicken Armen hieb derb auf andere ein.

Banter führte seinen Gast hinaus.

Es war stockdunkel.

Sie hörten die Schreie, das Wehklagen aus dem Holzhaus. Weissenbach konnte es nicht fassen.

«Ich habe den Leuten doch nichts getan, oder?»

Banter wußte eine Erklärung: «Die sin sich spinnefeynd.»

«Was sollen wir jetzt tun?» fragte Weissenbach. Er hatte noch nie eine solche Rauferei erlebt.

Banter riet, im Dunkel abzuwarten. Er werde ein paar seiner Freunde bitten, sich am späteren Abend bei ihm zu Hause einzufinden. Dort könne er seine Rede halten. Der Ort der Veranstaltung sei wohl etwas unglücklich gewählt gewesen.

Als sie zwei Stunden später im kleinen Salon des Banterschen Hauses saßen, gab es kein anderes Thema als den Wutausbruch einiger Gemeindemitglieder. Es seien keine Amish dagewesen, bemerkte einer, denn die wären dazwischengegangen und hätten Frieden gehalten.

Banter beklagte, daß er dem Baptisten-Kollegen ein anständiges Geld für die Anmietung des Saales gegeben habe.

«Aber sie waren in der Überzahl», erwiderte einer. «Sie wollten nicht, daß ein Katholischer hier zu Wort kommt.»

Weissenbach hielt sich aus der Diskussion heraus. Als sie begannen, einzelne Namen von kräftigen Gemeindemitgliedern zu diskutieren, die man vielleicht als Ordner hätte gewinnen müssen, fragte er: «Steht denn in den anderen Städten kein katholisches Gotteshaus zur Verfügung? Wenn nicht, breche ich meine Reise lieber ab.»

Die Anwesenden bemerkten, daß sie sich die ganze Zeit nicht um den Redner gekümmert hatten, und forderten ihn auf, doch jetzt mit seinem Vortrag zu beginnen.

Weissenbach lehnte ab.

Er sei zu müde.

Erst nach längerem Bitten äußerte er ein paar seiner Thesen: Über die Schönheit der Freiheit, das Prinzip der Herrschaftslosigkeit, das Ende der Unterdrückung. «In allen frühen Religionen gab es keine Hierarchien, kein Machtgebäude, keine Unterdrückungen der einfachen Gläubigen. Vor dem Glauben sind wir alle gleich. Nur die Heuchler wollen uns lehren, daß sie bessere Vertreter unserer Religion seien.»

Es begann ein neuerlicher Streit. Ob er denn nicht glaube, daß die Armen eine Führung brauchten? Ob er denn die Mächtigen im Land vergraulen wolle? Was er denn für einen Staat wolle?

«Am besten keinen», antwortete Weissenbach und gähnte.

Ein Tumult setzte ein, der diesmal nicht mit Fäusten, sondern mit Worten ausgetragen wurde.

Und irgendwann fiel das Wort: «Anarchist!»

Weissenbach widersprach nicht.

Nach Mitternacht verließen die Gäste kopfschüttelnd das Bantersche Haus. Mit so einem wollten sie nichts zu tun haben. Am besten sei es, er würde den Zug nach New York nehmen. Dort fänden Verbrecher wie er vielleicht Zuhörer. «Net bi us in Pennsylvaani!»

Der Candybäcker war verärgert über seine engstirnigen Freunde. Am nächsten Morgen fuhr Banter Weissenbach in seinem schwarzen Pferdewagen zurück nach Lancaster Station.

«Deel Parre hen's im Gebrauch, mit der Fauscht hart uf die

Kansel zu schlagge. Sie meene, sell daet ihre Sach grefdicher mache», begann Banter, als sie, fast eine halbe Stunde unterwegs, kaum ein Wort miteinander gesprochen hatten. «In re gewisse Kaerrich in Pennsylvaani hat der Parre allfahrt so hart uf die Kansel g'hemmert, dos en paar yunge Buwe em en Drick schpiele wolt. Sie hen Schpelle in die Kansel g'schteckt. 's neggscht Mol hot der Parre iwwer die Aerschaffing vun der Welt gebreddicht. Un wie er iss recht eifrich waerre, do saagt er laut: ‹Waer hot die Welt aerschafft?› un schlaggt hart uf die Kansel. Nadierlich hot er die Schpelle gedroffe un sich wehgeduh. Do sagt er: ‹Des hen schur die nichsnutzische Buwe geduh!› Darrich des hot's en Schprichwart in sellre Gegend gewwe, ass die nichsnutzische Buwe die Welt gemacht hette.»

Während sie auf den Zug warteten, sagte Banter, er wisse nicht, wie lange er noch in Pennsylvaani bleiben wolle, das Geschäft mit seinen Süßigkeiten gehe so schlecht, die Leute hätten für so etwas kein Geld. Und manche Religionen, wie die Amish, lehnten sein Geschäft rundweg ab.

Franz Weissenbach verließ den *bible belt* mit gemischten Gefühlen. Die Entscheidung, die letzten beiden Abende ausfallen zu lassen, mußte er teuer bezahlen.

In New York bekam er von seinem Amtsbruder Frey zu hören, daß er den Vertrag gebrochen habe. «Wir hatten hohe Ausfälle. Die Berichte, die von deinem unglücklichen Erscheinen in Ephrata zu uns gelangten, haben manchen hier verschreckt.» Weissenbach verteidigte sich, nicht er habe den Streit angefangen, sondern die Baptisten. Frey sah ihn streng an: «Franz, bist du wirklich ein Anarchist?»

Weissenbach warf den Kopf nach hinten.

«Ist das verboten?»

«Raus, raus», schrie Frey, «wie haben wir uns nur so täuschen lassen können. Niemals werde ich einen Anarchisten unterstützen. Verschwinde hier, sofort...»

«Und mein Geld?» fragte Weissenbach mit fester Stimme. Wenn er schon wegen seiner Gesinnung abgelehnt werde, wolle er wenigstens sein Honorar erhalten. Immerhin sei er fast einen Monat unterwegs gewesen.

«Ich zahle kein Geld an Anarchisten aus. Nicht einen Cent. Raus hier, bevor ich die Polizei hole. Raus, endgültig.»

Frey öffnete die Tür des Dienstboteneingangs. Er ruderte mit den Armen.

Weissenbach hatte wenig Lust, sich mit diesem Kirchenfürsten einzulassen, er würde der Polizei ein Schauermärchen erfinden, um ihn hinter Gitter zu bringen.

Als er auf der Fifth Avenue stand, vor der hohen Fassade der St.-Patricks-Kathedrale, mußte er an Milton P. Banter denken, der hatte zum Abschied am Bahnhof gesagt: «Wu Schmook iss, iss aa Feier.»

8. Kapitel

Chicago, Frühjahr 1885

«Soll ich die Peitsche links oder rechts vom Frühstück aufhängen?» Ettys Stimme aus dem Nebenraum.

«Links, auf jeden Fall links, Etty... und danke!» gab Florine Starkweather leise von sich.

Sie saß ermattet auf einem Stuhl in der hinteren Ecke des großen Galerieraumes. Wollte für sich sein. Ruhe haben. Die Anstrengungen der letzten Tage hatten alle Kraft gekostet. Manchmal stand sie fünfzehn Stunden an der Staffelei. Danach war sie so erschöpft, daß sie kaum Schlaf fand. Nun kamen die Ängste wieder. Die Wunden brachen auf.

«Rechts vom Frühstück hängt dann der Colt, richtig?» Etty kicherte, so wie sie immer kicherte, wenn sie von diesem Bild sprach.

«Stimmt», erwiderte Florine.

Am liebsten hätte sie die Vernissage abgesagt, sich versteckt, alle ihre Malereien genommen und auf dem Dachboden nur für sich eine Ausstellung arrangiert. Nur für sich und ihre Freunde. Aber gerade die waren es, die sie immer wieder bedrängten, nun endlich ihre Arbeiten öffentlich zu zeigen. «Du wirst sehen, die Chicagoer sind nicht so störrisch, wie du glaubst», hatte Don behauptet.

Seit ihre Familie aus Maryland in den Norden gezogen war, Florine erlebte den Umzug als Siebenjährige, wohnten sie an der Lake Shore des Michigansees in einem großzügigen

Haus. Ihr Vater, der sein Geld mit Viehzucht verdient hatte, war schon mehr als zwanzig Jahre tot. Er kam bei einem Streit im Schlachthaus um. Ein Pole rammte ihm ein Fleischmesser zwischen die Rippen. Florines Mutter hielt das Geld zusammen und zog die beiden Töchter groß. Etty wollte Tänzerin werden und Florine Malerin. Die Mutter war zu schwach, ihnen ihre Ideen auszureden. Weder Etty noch Florine besuchten je das Grab ihres Vaters.

Florine Starkweather schrieb sich als Achtzehnjährige bei der Academy of Fine Arts ein. Wegen ihres Aussehens bat man sie, Modell zu sitzen. Ihr hochgewachsener, biegsamer Körper, die grazilen Arme und Fesseln faszinierten ihre Lehrer.

Die Studenten feierten ihre Schönheit. Es gab eine ganze Sammlung von Aktzeichnungen. Während des stundenlangen Sitzens prägten sich ihr Bilder ein, die sie nachts malen mußte. Geile Gesichter. Fratzen. Feuchte Zungenspitzen. Sie malte nachts, wie sie tagsüber angestarrt wurde. Wie manchem die Hand zitterte. Ganz und gar Objekt der Begierde. Sie zeichnete die männlichen Zeichner. Gefräßige Künstler.

«Du brauchst dich um nichts zu kümmern, Flori», Etty kam aus dem Nebenraum, um ein weiteres Bild zu holen. «Bleib du da sitzen. Du hast deine Arbeit getan.» Sie streichelte kurz über Florines Kopf.

Ihr Pagenschnitt verstrubbelt, die schwarzen Haare hingen in Strähnen herunter, ungewaschen, die Hände mit Farbe beschmiert. Woher sollte sie die Energie nehmen, das alles durchzustehen? Zu oft war ihr gesagt worden, die Bilder seien ganz nett gemalt, daß sie jedoch von einer Frau stammten, gehe nicht an. Als sie ein einziges Mal ihrem Vater gegenüber erwähnte, daß sie die feste Absicht habe, Malerin zu werden, hatte er geantwortet: «Lieber sähe ich dich tot.»

Die Jahre auf der Akademie fielen ihr schwer. Florine haßte es, die alten Meister zu kopieren. Das Einüben von Techniken, Fertigkeiten. Malen sei ein purer Akt des Fleißes, repetierte einer ihrer Professoren, Malen sei Ordnung, Mathematik, gerade im Kopieren könne sie lernen, Lichter zu setzen, Perspektive zu wählen und den eigenen Ausdruck zu verdichten. Sie mußte sich zu dieser Fleißarbeit antreiben. Meist war sie so unzufrieden mit sich, daß sie die Leinwände zerschnitt und die Papierbögen in Flammen aufgehen ließ. Nie wieder würde sie Porträts malen. Bloß keine Menschen. Keine Fratzen, wie Florine sie nannte.

Sie malte Stilleben. Ruhige Lagen, geordnete Arrangements, Gegenstände im Gleichgewicht. Dabei liebte sie es, die Betrachter zu täuschen, sie bevorzugte polierte Oberflächen und den vermeintlichen Glanz der Dinge.

«Die Bilder, die wir gesehen haben, sind sündig, weil sie ohne Inhalt sind. Die Bilder haben keine Aussage und sind daher wertlos. Unsere Seele wird durch diese Stilleben einer Mrs. Starkweather nicht erhoben, nicht erlöst. Sie malt Unbelebtes, Totes. Sie stellt Teller und Tassen zusammen, malt Pfeifen und Geigen, ganz ohne Geist, ganz ohne tiefes Gefühl. Der weibliche Blick muß erst noch geschärft werden.» So lauteten die vernichtenden Zeilen eines renommierten Kunstkritikers über einige Bilder, die in der Akademie-Ausstellung «Meisterschüler» zu sehen waren. Sie hoffte, daß dieser Kritiker nicht zu ihrer Vernissage erschien. Florine hatte den Angriff nie vergessen, obwohl er schon sieben Jahre zurücklag. Sie hob den Ausschnitt aus der *Chicago Press* in ihrer Schmuckschatulle auf.

Die Malerin atmete schnell. Beide Hände preßte sie gegen die Schläfen. Wollte den Kopf in einen Schraubstock zwingen. Sich festklammern. Innehalten. Den Wirbel zum Stillstand bringen. Nur gut, daß die Eröffnung erst in drei Tagen war.

Etty hatte es übernommen, die Galerieräume herzurichten. Dem üblichen Weiß der Wände war ein Zitronengelb beigemischt, so daß die dunklen Holzrahmen sich klarer gegen den Untergrund absetzten. Derweil stellte Florine das letzte Bild fertig. Ein Stilleben, vor dem sie sich fürchtete. Ein Beistelltisch auf schwarzen, geschnörkelten Füßen, mit einer gestickten Tischdecke belegt, darauf ein Totenkopf und drei herbstliche Birnen. Der Totenkopf lächelt. Die Birnen so gestochen gemalt, daß ein Hungriger nach ihnen greifen würde.

Florine mochte dieses Bild nicht, mußte es aber vollenden. Danach war ihre Kraft zu Ende gegangen. Ihre Mutter schüttelte sich, als sie das fertige Bild sah. Sie sagte nichts, wußte, wie verletzlich ihre Tochter war. Insgeheim hatte die Malerin gehofft, das Bild nicht rechtzeitig zur Ausstellung fertigstellen zu können. Jetzt mußte sie es vorzeigen.

«Ein schöner Zeitvertreib», hatte ihr Onkel Charles gespottet, als sie ihn einmal in ihr Atelier führte, «damit verschreckst du jeden Mann. Du mußt die Bilder gut verstecken, Flori, bis nach der Hochzeit. Hast du verstanden?»

Sie hatte Onkel Charles nie wieder ein Stilleben gezeigt.

Die Freunde, die im Hause Starkweather verkehrten, waren begeistert. Jedes neue Bild wurde heftig diskutiert. Florine hielt sich mit Erklärungen zurück, ließ die Freunde ihre Bilder interpretieren. Sie wollte nicht versuchen, mit Worten auszudrücken, was sie darstellen sollten. Don war ein besonders eifriger Interpret.

«Das Bild mit der Peitsche ist wirklich exorbitant. Ist es ein Ochsenziemer oder eine Eselsklatsche, Flori? Und die vielen

Pfeifen daneben, der abgenutzte Pfeifenständer. Du hast die Rauchkolben so gemalt, als seien sie gerade erst ausgegangen. Das Bild ist beunruhigend, findet ihr nicht? Wird sich jemand so etwas in den Salon hängen?»

Die Peitsche. Wie lange hatte sie gesucht, bis sie die richtige Peitsche gefunden hatte? In wie vielen Geschäften und Trödelläden war sie gewesen, in wie vielen Häusern hatte sie gefragt, ob in der Abstellkammer nicht noch eine Peitsche sei? Wenn jemand von ihr Auskunft verlangte, was es für eine Peitsche sein sollte, hielt sie sich zurück. Eine Reitpeitsche vielleicht. Eine Hundepeitsche.

Dabei erinnerte sie sich genau an die Erzählung ihres Vaters. «Wir hatten in der Nacht das Boot verpaßt und mußten zurück in die Taverne reiten. Mein Gott, war das eine Nacht. Es regnete wie besessen. Mit mir war der Constable, dessen Gaul lahmte. Wir kamen nicht schnell voran. Und plötzlich hören wir Musik. Da tanzen zwanzig, dreißig Nigger in 'nem Schuppen. Ich hab mir ein paar Männer zusammengeholt und ihnen eine Abreibung verpaßt. Einen nach dem anderen haben wir an den Zaun geknüpft und ausgepeitscht. Männer und Frauen. Jeder kriegte genau zehn Hiebe. Das ist Gesetz in Maryland. Wenn ein Constable eine Niggerparty sieht, dann hat er das Recht, sie auseinanderzubringen. Er kriegt acht Dollar im Jahr zusätzlich für diese Pflicht. Wir hätten ihnen auch neunundzwanzig Schläge verpassen können, so steht es im Gesetz. Nicht weniger als neun und nicht mehr als neunundzwanzig Schläge. Und wenn sie Widerstand leisten, darf man sie so lange peitschen, wie man will. Aber sie haben keinen Widerstand geleistet. ‹Mr. Starkweather›, hat der Nigger neben mir gesagt, ‹Sie können mit mir anfangen, dann hab ich's hinter mir.› Die wußten ja, daß sie im Unrecht waren.» Wenn ihr Vater die Geschichte erzählte, holte er die Peitsche aus geflochtenem Leder von der Wand und knallte ein paarmal damit. Irgendwann fand Florine ein Gegenstück, das sie für ihr Bild «Leisure Pleasures» verwandte.

Sie erhob sich von dem Holzschemel und dehnte ihren Rükken. Wie gerne wäre sie geflohen, weit weg von Chicago, der Stadt, die ihr Angst einflößte. Im Nebenraum hatte Etty alle Bilder schon gehängt.

«Und wie findest du es?» fragte sie ein wenig verlegen.

«Wunderbar. So wollte ich es haben. Vielleicht wäre es doch besser, wenn der Colt nicht neben dem Frühstück hängt.»

Sie nahm das Bild von der Wand und tauschte es gegen die Melonenscheiben aus.

Dann verwarf sie die Umstellung wieder.

«So bleibt es», bestimmte sie. «Laß uns morgen den Rest machen. Ich bin zu müde heute.»

«Morgen wird es nicht gehen, Flori, morgen kommen die Cassats an, und nachmittags die Stettheimers. Da haben wir andere Verpflichtungen!»

«Die Ausstellung geht vor», bestimmte Florine, «dafür werden sie Verständnis haben.»

Etty trug einen langen weißen Rock mit bauschiger Bluse, sie war einen Kopf kleiner als ihre jüngere Schwester. Ihr Haar fiel lang, in weichen Wellen. Das Gesicht genauso schmal wie Florines. Sie hatte ihre Ambition, Tänzerin zu werden, aufgeben müssen, weil sie nach einem Unfall das linke Bein nicht mehr voll belasten konnte. Ein Pferdewagen hatte sie angefahren. Das Bein war geschient worden und gut verheilt. Etty brauchte schon nach ein paar Monaten keinen Stock mehr, sie humpelte auch nicht. Aber sie konnte die

Übungen an der Ballettstange nicht mehr durchstehen. Immer wieder hatten Freunde ihr den Hof gemacht, ihr zu verstehen gegeben, daß sie die hübschere Schwester sei, Florine wäre zu streng, zu bestimmt, aber Etty hatte sich nicht einfangen lassen. «Wozu einen Mann», sagte sie, «wenn man deren viele haben kann.» Die Mutter gab es auf, sie zu diesem oder jenem Verehrer überreden zu wollen. Florine hatte während ihres Paris-Aufenthaltes im Jahre 1874 einen Mann geliebt, von dem sie manchmal schwärmte.

«Magst du es immer noch?» fragte sie Etty und zeigte auf das Bild mit dem Colt.

Etty kicherte.

Ein alter Colt an einer verwitterten Holztür, der gehämmerte Lauf mit rostigen Flecken, die Trommel verkratzt, der elfenbeinerne Griff aufgeplatzt, der Lauf gespannt. Die hölzerne Tür, dunkelbraun gestrichen, zeigt Einschußlöcher, einige Splitter. Drei rostige Nägel sind eingeschlagen. An einem hängt ein roséfarbenes Strumpfband. Plüschig, verspielt, mit einem kleinen tiefroten Herz. «The Faithful Companion» lautete der Titel.

Florine war entschlossen, dieses Bild nicht zum Kauf freizugeben. Dazu mochte sie es zu sehr. «Komm, laß uns wenigstens noch ein paar Leinwände hängen, Flori. Sonst schaffen wir es nie.»

Zwei Jahre war es her, daß ihre erste Ausstellung hätte stattfinden können. In Philadelphia. Was ihr besonders lieb gewesen wäre. In einer fremden Stadt. Ein Freund hatte eins ihrer Bilder hinter ihrem Rücken bei einem Wettbewerb eingereicht. Florine verachtete Wettbewerbe, fand sie höfisch, feudal. Sie lehnte den Preis, dreihundert Dollar, ab und schrieb an die Pennsylvania Academy: «Ich wußte nichts davon, daß jemand ein Bild von mir bei einem Wettbewerb eingereicht hat. Dies geht gegen meine Prinzipien. Freiheit ist das Wichtigste auf dieser Welt, und man muß auch der Tyrannei einer Jury entgehen. Deswegen lehne ich den Preis ab, so sehr ich mich geehrt fühle.» Die Academy schrieb wutentbrannt zurück, daß damit die geplante Ausstellung entfalle. Florine zerriß den Brief.

«Das Frühstück hängen wir in den großen Raum. Wenn die Besucher hereinkommen, sollen sie es sehen. Ein guter Auftakt.»

Sie ging in den Nebenraum, nahm das große Bild von der Wand und schleppte es zurück. Ihre Arme konnten gerade den Rahmen umspannen.

Die beiden Schwestern nannten es das Frühstück, sein Titel war jedoch: «The Morning Saint». Fein säuberlich aufgereiht die Früchte, das Brot, Butter und Orangenmarmelade, das Ei im Eierbecher makellos weiß.

Messer und Gabel akkurat neben dem mit klassischen Ornamenten verzierten Teller. Benutzt. Die Gabel mit Spuren von Spinat, das Messer mit Striemen von Blut.

Die Besucher mußten nahe herangehen, um die kleinen Unregelmäßigkeiten wahrzunehmen. Dem schnellen Betrachter zeigte das Bild einen perfekt gedeckten Frühstückstisch.

Florine Starkweather liebte diese Art der Irritation, die kleinen Schocks, die plötzliche Wendung.

Etty schlug den Nagel ein und half Florine, das große Bild aufzuhängen. Sie waren beide glücklich über diesen Platz. Nacheinander traten sie durch die Vordertür, um den Eindruck zu prüfen. Er war grandios.

Nur schwer konnte Florine sich von einem Bild trennen.

Auch wenn Freunde sie bestürmten, sich gegenseitig überboten in ihren Beträgen. Sie zögerte lange, bis sie ein Bild herausgab. Ihre Gefühle, wie konnte sie die verkaufen? Für die Ausstellung hatte sie sich alle Bilder besorgt, die in Chicago zu leihen waren. Die Besitzer waren damit einverstanden. Das steigerte den Marktwert. Die erste Ausstellung der Florine Starkweather würde sicher ein Erfolg werden. Von einem Bild hätte Florine zwanzig Kopien machen können. «The Prostitute» lautete der Titel. Mit einer Reißzwecke eine Fünfdollarnote an eine Holzwand gepinnt. Am oberen Rand zwei kleine Risse, am unteren Rand die Ecke abgerissen. Das Gesicht im ovalen Fenster zeigt eine Frau mit Stehkragen, schwarzer Fliege und Frack, ihre Miene freundlich, gelassen. Die Dollarnote in gelb-orange gehalten, der Untergrund ein dunkles Sienabraun.

Als die Freunde das Bild sahen, wollte jeder es besitzen. Entgegen ihren Gewohnheiten malte Florine für sich ein zweites Exemplar, bevor sie das Original verkaufte.

«Ich glaube, so kommen wir nicht weiter, Etty. Wir müssen noch mal von vorne anfangen.»

Ohne die Antwort ihrer Schwester abzuwarten, nahm Florine alle Bilder ab und stellte sie umgekehrt gegen die Wand. Nur das Frühstück ließ sie hängen.

Etty wurde ärgerlich.

«Das ist deine dumme Unentschlossenheit. Du willst diese Ausstellung gar nicht, deswegen nimmst du jetzt die Bilder wieder runter. Ich fand, der zweite Raum war schon perfekt.»

Sie entschlossen sich, die Arbeit einzustellen. Noch waren drei Tage Zeit. Sollten sich die Gäste mit ihrer Mutter begnügen.

Auf dem Nachhauseweg spürte Florine, wie sehr die Vernissage sie ängstigte. Sie würde den Beistand aller Freunde brauchen, um die Stunden zu überstehen. Und auch Ettys Hand würde sie festhalten.

«Ich stelle mir Vaters Gesicht vor, wenn er am Sonntag in die Galerie käme. Den würde der Schlag treffen, Flori.» Etty blieb unvermittelt stehen.

«Laß ihn ruhn, der hat seine Strafe bekommen», antwortete Florine.

Sie hakte sich bei Etty ein.

Franz Weissenbach hatte die überaus freundliche Art gefallen, wie Mr. Goldworths versuchte, den Deal zu seinen Gunsten zu verbessern. Der weißhaarige Mann, aus dessen Ohrläppchen biblische Haarströme wuchsen, verstand sein Geschäft. Weissenbach mußte hart bleiben, da seine Barschaft limitiert war.

Seit seinem schmählichen Abgang als Kirchenredner hatte er viele Versuche unternommen, in seinem alten Beruf unterzukommen. Zunächst gründete er eine eigene Schuhmacherei, die allerdings nicht richtig florierte, da sein Angebot für die ärmeren Kunden unerschwinglich und für die reicheren Kunden zu wenig modisch war. Die Verluste waren erheblich. Dann verdingte er sich als Schuster bei einem schwäbischen Auswanderer. Die Arbeitszeiten waren so ausgedehnt, daß Weissenbach oft noch in der Nacht Schuhe besohlen mußte, um sein Pensum zu erledigen. Mehr und mehr mißfiel ihm New York. In dieser Stadt wurden die Arbeitskräfte von Monat zu Monat billiger. Die Bezahlung ließ auf sich warten, manchmal blieb sie völlig aus. Weissenbach mußte seine preiswerte Pension kündigen und schlief wie tausend andere Arbeiter an den Docks. Dann erwischte er ein billiges Ticket nach Chicago. Zum halben Preis. Er genoß die Fahrt mit der Eisenbahn, vierzig Stunden. Sie erinnerte ihn an die Schiffspassage. Weissenbach geriet ins Träumen. Eine neue Stadt. Ein neuer Start. Er überlegte sogar, ob er sich wieder Schasler nennen sollte.

Chicago stank. Die ganze Stadt ein tosendes Fabrikgemenge, hohe Schlote, verfaultes Fleisch, hektisches Getriebe. Die Prachtstraßen und Hochhäuser wie sauber gebleichte Wäsche, der man den Schmutz nicht ansehen sollte.

In einer Kirche wärmte sich Weissenbach auf, schlief bei der Tauffeierlichkeit ein. Als er erwachte, stand der Priester vor ihm, bot eine Mehlsuppe und ein Stück schwarzes Brot an. Weissenbach stellte sich als Bruder vor. Aus der Schweiz. Da mußte er berichten, denn der alte Priester hatte nur noch einen sehnlichen Wunsch, die Alpen mit eigenen Augen zu sehen. Weissenbach erhielt die Stelle des Sakristans. Und erfand sich eine neue Biografie.

Sein Amtsbruder ließ sich Abend für Abend erzählen, wie es Weissenbach in der Schweiz ergangen war. Sie tranken heimisches Bier, das etwas säuerlich schmeckte. «Und dann kam ich nach Bern. Dort war die Feier für die Pariser Commune im Gange. Du kannst dir nicht vorstellen, was für ein Gedränge auf dem Domplatz war. Tausende, nein, Zehntausende strömten unter der roten Fahne zusammen und sangen die Marseillaise. Es war ein gewaltiges Fest. So beliebt war in der Schweiz die Commune.» Und die Berner Polizei habe das alles geschehen lassen, fragte der alte Priester. «Was sollten sie dagegen tun? Die Commune-Begeisterten waren in der Mehrzahl. Du kannst dir nicht vorstellen, wie die Bürger gezittert haben. Jeder dachte an diesem Abend, daß die Regierung zurücktreten muß, weil in Bern eine Commune errichtet wird.

Jemand hat sogar auf dem Dach des Rathauses eine rote Fahne gehißt. Die sollte das Symbol sein.» Ob man diesen Mann nicht gleich verhaftet habe, wandte der alte Priester ein, der sei doch eine Gefahr für die öffentliche Ordnung gewesen. «Sie haben ihn nie erwischt. Am nächsten Tag war wieder Ruhe in Bern.»

Gegen halb neun schlief der Priester meist auf seinem grünen Plüschsofa ein, so daß sich Weissenbach empfehlen konnte und auf eigene Faust die Stadt erkundete.

Chicago zeigte nachts ein anderes Gesicht. Es gab Gegenden, die waren voller Anmut, dort flanierten Paare wie in Italien, andere Gegenden, in denen polnische Fleischhauer auf den Straßen tanzten und sich betranken, wieder andere Gegenden, in denen jedes Geschäft deutsch war.

«Ich habe ein schönes Angebot», sagte der alte Priester eines Tages zu Weissenbach. «Es gibt in Chicago einen Laden für religiöse Kunst. Mr. Goldworths führt es. Er ist tatterig geworden, möchte verkaufen, aber nur an einen ehrenwerten Mann. Franz, das ist deine Chance! Kennst du dich mit Heiligen aus?»

Weissenbach stutzte.

«Weißt du, wer Ludmilla von Böhmen ist? Oder Katharina von Siena?»

Weissenbach gab zu, daß er beide Namen noch nie gehört habe. Sein Amtsbruder nahm es ihm nicht übel.

«Du wirst sie kennenlernen. Wichtig ist, daß du bei den Verhandlungen die Soutane trägst. Natürlich würde es dir mehr gefallen, wenn du nach meinem Hinscheiden diese Gemeinde erben könntest, und ich würde sie dir auch gerne überlassen... aber dies Geschäft ist eine große Möglichkeit. Du bist ja nicht mehr der Jüngste.»

Heiligenbildchen verkaufen, dachte Weissenbach, dem dies kein richtiger Beruf erschien.

Mr. Goldworths war begeistert. Er habe gar nicht damit rechnen dürfen, daß ein Kirchenmann seinen Laden übernehme, das sei wirklich eine große Ehre. Auch wenn es ein Katholischer sei. Mr. Goldworths rechnete sich zur Central Baptist Church. Erschreckt von seinen Erlebnissen in Ephrata, wich Weissenbach zurück, er werde selbstverständlich alle Religionen bedienen, schließlich komme er aus der toleranten Schweiz. Das sei Bedingung, gab ihm Mr. Goldworths zu verstehen.

Dann begann die Feilscherei um den Preis.

Auf einer Liste hatte der Besitzer sämtliche Bilder aufgeführt. Es waren mehr als siebenhundert Stück. Er multiplizierte sie mit zweieinviertel Dollar und errechnete so den Preis der Ware. Dann kamen die Rahmen dazu, schließlich das Haus, in dem Laden und Werkstatt untergebracht waren, und darüber, im zweiten Stock, die Wohnung. Mr. Goldworths wollte nach Westen ziehen. Seine letzten Tage in der Sonne Kaliforniens genießen.

«Sie wissen, wer Andreas Avellino ist und wer Theresia von Lisieux? Die Motive werden in der letzten Zeit sehr häufig verlangt. Sie sind in Mode gekommen.»

Weissenbach nickte stumm.

Mr. Goldworths glaubte der Soutane.

Er bezog die meisten Gemälde aus der Dresdener Malerei. Ein Dollar das Stück.

«Wieso muß ich denn zweieinhalb Dollar bezahlen?»

«Mein lieber junger Freund, ich möchte auch einen kleinen Profit davontragen. Schließlich werden Sie die Bilder für fünf Dollar das Stück losschlagen können.»

Dann entdeckte Weissenbach die Drucke, die Goldworths einfach zu den Originalen gerechnet hatte.

Der Preis sank.

Auch das Haus hatte Goldworths zu hoch angesetzt. Weissenbach erkundigte sich bei einem Estate Agent. Der schlug ihm vor, das Haus zum Schein kaufen zu wollen und den Preis erheblich zu drücken. Er wollte zehn Prozent von dem Deal.

Der alte Priester sagte ihm eine Anleihe von dreitausend Dollar zu. «Die zahlst du so zurück, wie du sie erübrigen kannst.»

Sie einigten sich.

Mr. Goldworths war etwas unwirsch, daß er fast dreißig Prozent seiner geforderten Summe nachlassen mußte.

Als sie auseinandergingen, ließ Goldworths sich segnen.

Für Franz Weissenbach begann eine neue Zeit. Es ist deine Chance, hatte sein Amtsbruder gesagt.

Die Kundschaft war entzückt über den Nachfolger. Nur einige Käufer blieben weg, weil ein Katholischer den Laden übernommen hatte.

An einem Abend, als sie beim säuerlichen Bier saßen, gab der alte Priester zum besten, warum er Weissenbach derart bedrängt hatte, das Geschäft zu übernehmen. «Wir wollten es in unsere Hände bekommen, Franz. Das verstehst du, oder? Wenn das die Baptisten gekriegt hätten, dann wären nach und nach unsere guten Heiligen verschwunden, und die hätten daraus ein Bibelzentrum nach ihrer Art gemacht. Du mußtest für unsere Mutter Kirche einspringen. Und das Geschäft läuft doch ausgezeichnet.»

Weissenbach legte Listen an. Aus welchem Land welche Heiligen kamen. Woher welche Maria stammte? Es gab fünfzig, sechzig verschiedene Marias. In jedem Land sah sie anders aus. So wie er für sich eine neue Biografie erfunden hatte, erfand er Legenden für die Heiligen, die er nicht zuordnen konnte.

Der heilige Propulus steht auf seinem Felsen und lehrt die Gemeinde das Himmelreich schauen. Ein Jüngling im grünen Gewand, von einer Aureole umgeben, die Hände zum Segen erhoben, Basaltfelsen tragen ihn, zu seinen Füßen die andächtigen Jünger. Der heilige Propulus, so berichtete Weissenbach den erstaunten Kunden, habe die Fähigkeit besessen, auf Felsen Bäume wachsen zu lassen. Das Bild ging für sechs Dollar fünfzig weg. Es wurde mehrfach verlangt. Wer auf Stein etwas wachsen lassen konnte, war in der Neuen Welt sehr angesehen.

Manche der Heiligen gefielen Weissenbach nicht. So änderte er ihre Legenden kurzerhand. Andere wieder waren ihm freundlich gesonnen, und während der Wartezeit in seinem Laden sprach er mit ihnen.

Am liebsten unterhielt er sich mit Hildegard von Bingen, der großen Mystikerin, Naturwissenschaftlerin, Dichterin und Ärztin, die nicht vor den Mächtigen der Kirche und auch nicht vor Kaiser Friedrich Barbarossa in die Knie ging, und ihm böse und glühende Briefe schrieb. Weissenbach stritt sich mit ihr über die Sittenstrenge und die geforderte Bußbereitschaft.

Er mußte lernen, seine Kunden so schnell wie möglich einzuschätzen. Zu wem paßte welcher Heilige? Wer glaubte an welches Wunder? Zu welchem Anlaß sollte das Bild passen? Wohin würde es gehängt werden? Welche Hoffnungen sollten mit dem Bild beschworen werden?

Weissenbach erfand den Trick, die Kunden zu überraschen. Sobald er sich einen Eindruck von ihren Wünschen gemacht hatte, ging er in seinen Schuppen, wählte sorgsam ein Gemälde aus und ließ die Kunden eine gute Weile warten. Wenn er zurückkam, erzählte er die passende Legende, erfand Helden- und Wundertaten in blumigen Ausschmückungen. Und erst dann drehte er geschwind das ausgewählte Werk herum. So sah es der Kunde mit den Augen des Verkäufers.

Schon nach sechs Monaten konnte Weissenbach zwei Gesellen einstellen, die ihm beim Rahmen halfen.

Nach und nach ließ er die billigeren Drucke verschwinden und spezialisierte sich auf Originale. Das Geschäft lohnte mehr.

Manchmal fuhr er über Land. Mit einer kleinen Auswahl seines Angebotes. Überzeugte die Priester, bot ihnen eine kleine Beteiligung an und nahm Bestellungen auf. In Illinois war er bekannt. Der Mann mit der gewaltigen Stimme, der seine Bilder wie Märchen anpries, der aber nicht mehr auf die Kanzel steigen wollte.

Es bedurfte keiner großen Überredungskunst, die Amtsbrüder dafür zu gewinnen, kleine Ölgemälde als Geschenke zu hohen Festen zu bestellen. Die Preise waren durchaus moderat. Und langsam entwickelte sich auch eine Art von Mund-zu-Mund-Propaganda, ohne daß Weissenbach in den Zeitungen annoncieren mußte. Wenn eine Landgemeinde mit seinen Lieferungen zufrieden war, sprach sich das schnell herum. Auch über die Staatsgrenze hinaus.

Zwei Jahre später hatte Weissenbach den kirchlichen Kredit zurückgezahlt und begann, sein Geschäft zu erweitern. Er plante eine Filiale in New York, scheute sich jedoch, seinen angenommenen Namen zu verwenden. Es konnte sein, daß William D. Frey ihm nachstellte. Das mußte auf jeden Fall vermieden werden. Er suchte jemand, der seine Geschäfte in der quirligen Metropole führen konnte. In New York würde dieses Geschäft eine Goldgrube sein.

An diesem Maisonntag spazierte Franz Weissenbach durch die sommerliche Stadt. Eine Zeitlang ging er am See entlang, dann bog er auf der Höhe der Madison Street stadteinwärts ab.

Er plante eine Reise nach Europa. Wollte sich bei der Dresdener Malerei sehen lassen, vielleicht einige neue Geschäftspartner gewinnen und auch ein wenig von der Stimmung mitbekommen. Die Auswanderer erzählten die schlimmsten Geschichten aus ihren Ländern. Weissenbach glaubte ihnen nicht alles.

«TODAY! AT FOUR P.M.: FIRST EXHIBITION OF FLORINE STARKWEATHER – COME IN PLEASE!»

Weissenbach blickte durch die kleinen Glasscheiben ins Innere der Galerie, konnte kaum etwas von den Bildern entdekken. Ein paar Besucher standen in den zwei Räumen.

Er öffnete die Tür und wurde sofort von der Besitzerin der Galerie gefragt, ob er etwas zu kaufen gedenke.

«Vorher sollte ich die Bilder doch wohl sehen», erwiderte Weissenbach.

Stilleben, langweilig, dachte er und wollte schon wieder gehen, als sein Blick an dem blutigen Messer hängenblieb. Ein sauber gepflegter Frühstückstisch und eine blutige Klinge. Wie paßte das zusammen? Der Künstler hatte einen ausdrucksvollen Malstil, sehr akkurat, sehr detailreich. Vielleicht konnte er ihn bitten, für sein Geschäft ein paar Aufträge zu übernehmen.

Dann sah er die Dollarnote mit dem weiblichen Gesicht.

«Was soll dieses Bild kosten?» fragte er die Besitzerin. Sie kam sofort zu ihm. Leider sei es eine Leihgabe, aber die anderen wären schon verkäuflich.

«Ich finde es degoutant, was sich meinen Augen da bietet», rief ein untersetzter Mann, der mit einem geschnitzten Krückstock auf die Melonenscheiben zeigte, die in stiller Eintracht mit Hackbeil und spitzer Schere auf einem Fleischblock lagen, «das ist keine Kunst, das ist die Verhöhnung von Kunst. Wer so etwas malt, gehört hinter Gitter, oder zumindest in eine Heilanstalt.»

Wütend schaute sich der Mann um. Er fuchtelte wild mit seinem Stock.

Fast hätte er eins der Bilder getroffen.

«Ich weiß nicht, warum Sie sich so erregen», mischte sich Weissenbach ein, «hier malt ein Künstler...»

«Eine Künstlerin», unterbrach ihn die Galeriebesitzerin, «Florine Starkweather ist eine Künstlerin.»

«Also gut, hier malt eine Künstlerin», fuhr Weissenbach fort, «die nichts so stehenläßt, wie wir es kennen, die uns neu sehen lehrt. Mir gefallen die Bilder ausnehmend gut.»

Der Herr echauffierte sich. «Das ist alles billiger Schrott, der gehört nicht in eine vornehme Galerie. Ich protestiere.»

«Dann protestieren Sie gegen mich», sagte eine junge Frau, die in der Tür zum Nebenraum stand. «Ich bin Florine Starkweather. Wollen Sie sich mit mir duellieren?»

«Ich denke ja nicht daran, mich mit einer Frau zu duellieren», sagte der Mann, der seinen Krückstock in ihre Richtung hielt. Die Malerin ergriff das Ende des Stocks und zog den Mann näher zu sich heran. «Es soll keinen Schußwechsel geben, aber einen Austausch der Meinungen. Der Herr dort ist mein Sekundant.»

Sie winkte Weissenbach heran.

«Was sind Ihre Argumente, mein Herr? Weswegen mißfallen Ihnen meine Bilder?»

Etty versuchte, ihre Schwester zurückzuhalten: «Der kommt zu jeder Vernissage und regt sich nur auf, um selbst im Mittelpunkt zu stehen.»

«Ich will es aber von ihm selbst hören», insistierte Florine.

Die Besitzerin trat hinzu.

Auch die anderen Besucher bildeten einen Kreis.

Weissenbach wußte nicht recht, was er tun sollte.

Der Mann, an dessen Uhrkette ein Familienwappen baumelte, entzog Florine den Krückstock.

«Sie haben nichts zu sagen und können auch nicht malen. Ich sehe nicht ein einziges Gesicht, kein Porträt, keine Menschen. Das, was Sie malen, kann jedes Schulkind kopieren. Die Bilder sind tot. Wahrscheinlich sind Sie selbst schon tot, ohne es zu wissen ...»

«Jetzt reicht es.» Weissenbach nahm den Mann bei den Schultern. «Sie sind ein ungehobelter Mensch.»

«Lassen Sie ihn, bitte», warf Florine ein, «wenn ich meine Bilder ausstelle, muß ich mir anhören, was das Publikum von ihnen denkt. Und auch eine infame Kritik ...» Weiter kam sie nicht. Mitten im Satz versagte ihre Stimme.

Weissenbach ließ sich nicht abhalten. Er schob den untersetzten Mann durch den Raum, versetzte ihm einen Stoß, als er die Ladentür geöffnet hatte.

Der Mann drehte sich um.

Sein Kopf ein roter Ballon.

«Vergreifen Sie sich nicht an mir, sonst hole ich die Polizei.» Er hieb mit seinem Krückstock durch die Luft.

Dann zog er ab.

Weissenbach kehrte in die Galerie zurück. Er wischte seine Hände am dunklen Anzug ab.

«Schönen Dank», sagte Etty, «das war wirklich sehr freundlich. Ich glaube, meiner Schwester hat es auch gefallen.»

Franz Weissenbach reckte sich zu voller Größe. «Nicht der Rede wert.»

Florine Starkweather hatte sich einen Holzschemel bringen lassen. Sie stützte das Gesicht auf die Hände.

Sie trug ein violettes Kleid, das mit farbigen Bändern verziert war, und einen strengen Hut, der ihr schmales Gesicht noch weiter verlängerte.

Zwei Freunde kamen herein, versuchten sie aufzumuntern.

Die Galeriebesitzerin schenkte ein kleines Glas Sherry aus. Sie pries die Bilder an, echte Occasionen.

Weissenbach wagte es nicht, der Malerin das Angebot zu machen, für ihn Heiligenbilder zu malen. Er wollte sich keine Abfuhr einhandeln.

Laut sagte er: «Ich würde gern ein Bild kaufen, am liebsten das mit der Dollarnote, aber wenn es schon nicht mehr zu haben ist, dann auch ein anderes.»

Florine Starkweather sah zu ihm auf.

«Sie wollen wirklich eins meiner Bilder haben?» fragte sie, beinah ungläubig. Es war das erste Mal, daß ein ihr Unbekannter ein Bild erstehen wollte.

«Ich nehme das Bild mit der Peitsche, das erinnert mich an meinen Vater. Was soll es kosten?»

Etty sah ihre Schwester an, Florine starrte auf das Bild. Die Galeriebesitzerin nannte den Preis. Weissenbach zahlte zehn Dollar an, er habe nicht mehr Geld dabei.

«Würden Sie mir erlauben, mich nach Ihrem Namen zu erkundigen?»

«Franz Weissenbach, ich bin katholischer Priester im Ruhestand...» Er sagte das so, daß alle es hören konnten.

Erst begannen einige zu kichern, dann pflanzte sich das Lachen fort. Die Freunde stimmten ein.

«Und woher kommen Sie?»

«Aus der Schweiz.»

Die Galeriebesitzerin schenkte Sherry nach.

«Und Sie wollen wirklich dieses Bild besitzen?» fragte Florine Starkweather, immer noch zögerlich.

«Ich werde es in meinem Schlafzimmer aufhängen. Dann stehe ich morgens noch mal so gerne auf. Die Peitsche wird mich schon aus dem Bett treiben.»

«Sammeln Sie Bilder?» wollte Etty wissen.

Weissenbach erwiderte: «Das ist mein erstes.»

Er prostete dem Bild zu.

Nach einer guten Stunde waren alle Besucher gegangen, und nur die Schwestern Starkweather blieben mit Weissenbach und der Besitzerin zurück.

«In Paris habe ich Courbet kennengelernt, eine imposante Gestalt, der Mann, wenn auch ein bißchen ängstlich, wenn's drauf ankommt.»

«Sie kennen Gustave Courbet persönlich?» fragte Florine erregt.

«Ja. Ich war dort, als es auf die Barrikaden ging. Leider wurde die Bataille verloren.»

Weissenbach mußte von Courbet berichten, den Florine als einen ihrer Lehrmeister ansah. Sie wollte wissen, wie er sprach, wie er im Umgang mit Menschen war, ob er tatsächlich so brillant gewesen sei.

«Er ist ein sehr braver Maler, allzu brav. Die Bilder, die ich sah, waren keineswegs so aufrührerisch wie er selbst. Das Porträt von Proudhon hat mir überhaupt nicht zugesagt.»

«Sie haben wenig Ahnung von der Kunst, mein Herr, das muß ich schon sagen. Courbet hat die Malerei revolutioniert! Er ist ein Vorreiter der künstlerischen Aufklärung, des Realismus.» Florine Starkweather wandte sich von ihm ab.

Weissenbach fühlte sich beleidigt. Mußte sich der einzige Käufer, der bei der Vernissage ein Bild von ihr erworben hatte, das gefallen lassen? Die Malerin drehte sich um und rief: «Was Sie über Courbet sagen, zeigt deutlich, daß Sie ein Kunstverächter sind.»

«Genauso wie der Mann, den ich an die Luft gesetzt habe?»

«Genauso», beharrte Florine.

Franz Weissenbach kniff die Lippen zusammen.

Dann lachte er die Malerin an.

«Ganz schön mutig, Miss Starkweather, ganz schön mutig.»

Die Galeriebesitzerin erbleichte.

Etty sagte, Florine sei in den Tagen vorher kaum zum Ausruhen gekommen. Die letzten Handgriffe, die Ausstellung, die Beleidigung, das sei vielleicht alles ein bißchen zuviel für sie.

«Nichts da», warf Florine ein, «ich nehme nichts von dem zurück, was ich gesagt habe.»

9. Kapitel

Chicago, Mai 1885

In der folgenden Woche mußte Weissenbach immer wieder an die Malerin denken. Ihr strenges Gesicht. Wie sie um ihre Bilder kämpfte. Die bösen Worte. Wie sie sich der Attacke des Krückstocks stellte. Die heftigen Reaktionen, als er seine Meinung über Courbet äußerte. Hatte er wirklich ein Bild erstanden, auf dem ein paar Tabakpfeifen abgemalt waren? Er wollte sie bitten, ihm eine Kopie der weiblichen Dollarnote zu fertigen.

Ein Platz in seinem Laden war schon dafür gefunden. Gleich neben der Eingangstür.

Am Mittwoch nachmittag suchte er die Galerie auf, um nach der Adresse der Malerin zu fragen. Die Besitzerin schien mit seinem Besuch gerechnet zu haben. «Ich kann Sie verstehen, daß Sie nach dem Streit nun das Bild nicht mehr besitzen wollen», empfing sie ihn.

«Keineswegs», erwiderte Weissenbach, «ich will mir sogar noch ein weiteres von ihr malen lassen.»

Erleichtert gab ihm die Galeriebesitzerin die Adresse der Starkweathers. «Und sagen Sie Florine, daß es eine wirklich gute Nachricht gibt.»

Am Freitag vormittag überreichte Franz Weissenbach seine frisch gedruckte Visitenkarte.

«Ah, der Ignorant», begrüßte ihn Florine, «Sie wollen sich gewiß entschuldigen für Ihre dummen Bemerkungen.»

Sie stand auf der geschwungenen Holztreppe und wedelte mit einem fleckigen Tuch. Im Malerkittel glich sie einem seiner Gesellen. Ihre Haare unter einem Kopftuch versteckt.

«Wenn ich wüßte, wie man sich förmlich entschuldigt, würde ich es sicher tun.»

Sie führte ihn in die Bibliothek. Ein sechseckiger, heller Raum, in dessen Mitte ein kleiner Tisch und drei braune Ledersessel standen.

«Ich hätte nicht wenig Lust, Ihnen den Kauf meines Bildes abzuschlagen», begann Florine Starkweather, «ich möchte nicht, daß meine Bilder von Menschen in Besitz genommen werden, die so gänzlich der Kunst abgewandt sind.»

Franz Weissenbach amüsierte ihre Redeweise. Er spürte, wie sie sich hinter ihren geschnörkelten Sätzen verbarg. Gerade das reizte ihn.

«Ich liebe die Kunst», erwiderte er, als er in einem der tiefen Sessel Platz genommen hatte, «ich verkaufe sie sogar.»

«Das beweist nichts.»

Florine Starkweather gab ihm die Visitenkarte zurück.

Am Morgen hatte er sich einige Sätze zurechtgelegt, mit denen er sie für den kommenden Sonntag einladen wollte. Er wußte sogar ein schönes Ausflugsprogramm.

«Einen Tee werden Sie nicht trinken, aber ich kann uns einen Whiskey besorgen. Den hatte mein Vater schon immer in der Bibliothek, und so halten wir es auch.»

Sie zog ein paar Bände einer Enzyklopädie heraus, griff in den Hohlraum dahinter und praktizierte eine fast volle Flasche hervor. Die Gläser nahm sie aus der niedrigen Anrichte.

Nachdem sie getrunken hatten, fragte die Malerin nach dem Grund seines Besuches.

Franz Weissenbach berichtete von seinem Geschäft, von

seinen Heiligen und kam dann auf sein Anliegen zu sprechen: «Ich suche ein paar Maler, die für mich die Bilder ausführen. Vielleicht könnten Sie...»

Ihr Lachen war impertinent.

Sie kippte den Rest des Whiskeys und lachte erneut.

«Wie käme ich dazu, Heilige zu malen? Haben Sie denn gar nichts von meinen Bildern begriffen, Sie Weisenheimer?»

Ihm gefiel, daß sie so auf sein Angebot reagierte, und deshalb spielte er noch ein wenig den naiven Händler.

«Ich kann zwar nicht soviel zahlen, wie Sie für Ihre Bilder erhalten, aber als kleiner Nebenverdienst für Anfänger. Außerdem trainiert das Kopieren, gleich um welchen Gegenstand es sich handelt, nicht wahr?!»

Florine blieb am Fenster stehen.

«Was zahlen Sie denn so?»

Weissenbach sah auf die goldgeprägten Bücherrücken, die teuren Luxusausgaben. Er verdoppelte den Preis.

«Vielleicht kann ich Ihnen behilflich sein», sagte Florine Starkweather, «ich kenne eine Reihe von Studentinnen der Akademie, die einen solchen Nebenerwerb gebrauchen könnten.»

Mit diesem Ergebnis war Weissenbach sehr zufrieden.

«Ich will ehrlich sein, Miss Starkweather», er erhob sich aus dem breiten Sessel, «das war nur ein Vorwand, Sie wiederzusehen. Ich wollte...»

Die Malerin blickte ihn an.

«Sie besitzen gar kein Geschäft für Heilige, was? Alles Lügen, die Sie auftischen? Ich mag Lügner, sehr sogar. Manche Lügen liebe ich geradezu. Ihre gehören allerdings nicht dazu.»

Weissenbach sah auf das Seeufer. Kaum eine leichte Welle.

Wasser, so weit das Auge reichte. Manche Chicagoer mochten die Küste nicht, weil dort kein Gras und keine Bäume wuchsen, weil das Ufer verlassen und wild war.

«Ich wollte Sie am Sonntag ausführen», gestand Weissenbach, «oder müssen Sie in der Galerie Wache halten?»

Die Malerin schenkte einen zweiten Whiskey ein.

«Ich betrete die Galerie erst wieder, wenn ich mit Etty die Ausstellung abbaue. Mr. Weissenbach, warum führen Sie nicht Etty aus? Sie ist die Hübschere von uns beiden.»

«Wann darf ich kommen?» fragte er, ohne auf ihren Vorschlag einzugehen.

«Ich bin mir nicht sicher, ob ich mit einem Priester im Ruhestand flanieren will. Müssen Sie nicht das Zölibat beachten?»

Weissenbach lächelte. Die Frage hatte ihm sein Namensgeber schon ausreichend beantwortet. «Zölibat heißt ja nur Ehelosigkeit. Es verbietet keineswegs den Umgang mit dem anderen Geschlecht.»

Florine wandte den Kopf, als wolle sie ihr Lachen für sich behalten. «Und was schlagen Sie vor?»

Franz Weissenbach hatte zwar schon viele Jahre in Chicago zugebracht, aber noch nie einen Platz gesucht, wohin er eine Frau ausführen konnte. Bei seinen Freunden hatte er gefragt, welches Amüsement an einem Sonntagnachmittag angeboten würde. Dancing Hall, Beer Garden in der Evanston Street oder eine Kahnpartie im Lincoln Park. Er nannte den Ausflug ins Grüne.

«Ach, das finden Sie romantisch? Kommen Sie zum Mittagessen, dann werden wir sehen, was wir anstellen.»

Sie gab ihm die Hand, auf der rote und grüne Farbsprenkel waren. Weissenbach verbeugte sich. Förmlich.

«Lassen Sie das Scharwenzeln», sagte sie streng, «ich kann hündische Männer nicht ausstehen.»

Als er vor der Villa stand, hatte er vergessen, der Malerin die gute Nachricht mitzuteilen. Und außerdem war die Sprache nicht auf das Duplikat der weiblichen Dollarnote gekommen. Er wollte beides am Sonntag nachholen.

Etty Starkweather kam aus dem Haus und stieg in eine Kutsche.

«Florine läßt Ihnen sagen, daß sie nicht allzuviel Zeit hat am Sonntag, aber Sie sollen trotzdem erscheinen.» Sie winkte ihm zu und fuhr los.

Weissenbach schlenderte am Wasser entlang zurück. Wie gut, daß er nicht rudern mußte.

Er malte sich aus, wie das Essen verlaufen würde. Kaum sagte er etwas, widersprach ihm Florine. Etty versuchte dann einzulenken.

Als er kurz nach zwölf am Sonntag die Villa Lakeview betrat, empfing ihn die Mutter der Malerin. Eine feine Dame, die gerade so groß war, um ohne Mühe ein Pony zu besteigen. Ihr Gesicht war von hundert Fältchen durchzogen, was ihrem Ausdruck Heiterkeit verlieh.

«Schön, daß Sie gekommen sind. Meine Töchter werden auch bald erscheinen. Der Tisch ist schon vorbereitet.»

Sie führte ihn ins Speisezimmer. Unter einem kristallenen Kronleuchter stand ein runder Eichentisch, an dem zehn Personen Platz nehmen konnten.

«Wir essen sonntags immer nur bescheiden», entschuldigte sich die Mutter, «weil wir meistens zu einem frühen Dinner eingeladen sind. Aber heute machen wir eine Ausnahme.»

Sie erkundigte sich nach dem Beruf des Gastes, nach seiner Herkunft, war überrascht, daß sein Englisch akzentfrei klang.

Sie verriet ihm, daß in ihrem Haus in Maryland auch ein paar Heiligenbilder hingen. Schon in ihrer Kinderzeit hatte sie besonders die Gute-Nacht-Engel gemocht, die mit ihren weißen Schleiern die Träume herbeiholten. «Aber meine Flori würde es nicht aushalten, wenn ich auch nur eins von diesen Bildern in unserem Haus aufhängen würde. Das müssen Sie verstehen!»

Weissenbach wies darauf hin, daß sein Laden nur eine Art des Broterwerbes sei, mehr aber nicht. Nicht alle der Heiligen, die er anzupreisen habe, würden ihm zusagen.

«Und warum haben Sie keine Gemeinde?» überraschte ihn die alte Dame, die mit ihrer dreifachen Perlenkette spielte.

«Ich war so lange Priester in der Schweiz, daß ich etwas anderes beginnen wollte», log er.

Sie war mit seiner Antwort nicht einverstanden. Das Schönste für einen Priester sei doch das Leben in seiner Gemeinde.

«Wenn Sie es für sich behalten, mein Mann und ich waren955 strenggläubig. Manchmal schleiche ich mich davon, um in unseren Tempel zu gehen, aber meine Töchter nennen das alles Humbug, sie halten überhaupt nichts von Religion. Das müssen Sie wissen, mein Herr!»

Weissenbach sah sich in einer Zwickmühle. Vielleicht würde er der Malerin seine wahre Identität entdecken müssen, wenn er sie häufiger sehen wollte.

Immerhin liebte sie Lügen.

Das war ein Vorteil.

Eine halbe Stunde später kamen die beiden Schwestern herein. Etty hatte sich herausgeputzt, sie wollte zu einem privaten Tanzvergnügen gehen. Florine war schlicht gekleidet, ihr Haar mit einem bunten Stirnband zusammengehalten.

Sie trug ein langes, weißes Kleid, das am Rocksaum mit einer goldenen Bordüre versehen war.

«Kommen Sie», rief sie Weissenbach zu, «heute nachmittag spricht Parsons, das wollen wir nicht versäumen.»

Sie zog ihn hoch.

«Essen können wir nachher. Ma, wir müssen uns auf den Weg machen.»

Die alte Dame nickte.

Unterwegs erzählte Florine von Albert Parsons, dem Herausgeber der Zeitung *Alarm*. Sie lobte seine rhetorischen Fähigkeiten, seine radikalen Reden und seine sanfte Tenorstimme.

Die Malerin trieb ihn an, schneller zu gehen.

Franz Weissenbach hatte sich den gemeinsamen Nachmittag anders vorgestellt, aber die Aussicht, auf diese Weise einen der bekanntesten Anarchisten zu hören, lockte ihn ebenso. Er verfolgte ihre Aktivitäten in der Zeitung.

Der Amerikaner stand auf einem Holzkarren. Eine schmale, hohe Stirn, ein schwarzer Schnurrbart, der bei seiner Rede wippte. Die Zuhörer hingen an seinen Lippen. Über tausend waren erschienen, nicht einmal drei Blocks vom Michigan Boulevard entfernt, dem Viertel der Allerreichsten Chicagos.

«Ihr Arbeitsleute macht die Kutschen», rief Parsons über die Köpfe hinweg, «und die Fettsäcke fahren darin. Ihr zimmert die großen Paläste, und diese Drohnen wohnen darin. In der ganzen Welt seid ihr damit beschäftigt, Delikatessen für die Reichen zu produzieren: In China mästet man Hunde für sie, Goldfische auf Kuba. Im eisigen Norden gehen Trapper mit blaugefrorenen Händen auf Pelzjagd, damit diese nichtsnutzigen Faulenzer in Fellen promenieren können. Im sonnenheißen Florida schuften die Arbeiter, um köstliche Früchte zu kultivieren. Eure Kinder sind hungrig und halbnackt im eiskalten Winter, während diese Monster fünfzigtausend Dollar bei einem Dinnerempfang verprassen. Sie haben speziell Leute angestellt, die ihren Hunden die brillantbesetzten Halsbänder anlegen.»

Franz Weissenbach beobachtete die Malerin, die jede Bemerkung von Parsons mit einem Kopfnicken quittierte. Ihm kamen diese Worte kaum neu vor, wie oft hatte er sie in der Alten Welt gehört, manche sogar selbst ausgesprochen. Aber jetzt erschienen sie ihm fremd, entlegen.

«Langsam gewinnt die Menschheit Oberhand über die Natur. Fortschritt nennt sich diese Entwicklung. Alles und jedes wird profitabel. Die neueste Kraft, die Elektrizität, ist ein schönes Exempel. Erst kamen die Theoretiker, manche so arm, daß sie Hungers starben, dann die Erfinder, auch sie kleine Hanswurste, sie entdeckten die Gesetze der Elektrizität – und dann kommen die Kröten, die mittels Raub und Betrug und Gewalt sich die Wohltaten aneignen und sich bereichern. Wer hat je von einem Arbeitsmann gehört, der in seinem Leben eine Million Dollar verdient hätte? Jetzt gibt es die Rockefellers und andere, die haben Vermögen von Hunderten von Millionen. Wie sind sie daran gekommen? Ich sage es euch: Sie haben fremde Ideen gestohlen, sie betrügen und bestehlen die Arbeitsleute.»

Immer wieder wurde Parsons von Beifall unterbrochen. Er reagierte nicht.

Seine Stimme war voller Zorn.

Florine applaudierte heftig. Sie stieß Weissenbach an. Zögernd folgte er ihrem Beispiel.

Als der nächste Redner den Holzkarren bestieg, sagte die

Malerin, daß sie sich verabschieden müsse, sie habe noch eine weitere Verabredung. «Aber kommen Sie wieder, Mr. Weissenbach! Ich glaube, Sie könnten mir gefallen.»

Er war so überrascht von diesem plötzlichen Abschied, daß er kaum ein paar Worte herausbekam.

«Mit wem sind Sie verabredet, wenn ich fragen darf?» stotterte er.

«Das dürfen Sie nicht», erwiderte Florine barsch.

Dann verschwand sie in der Menge.

Zwei Straßen weiter bestieg sie eine Droschke und ließ sich zur Galerie bringen.

Dieser Schweizer war kein Priester, soviel stand für sie fest. Irgend etwas stimmte nicht an seiner Geschichte. Sie wollte ihn in seinem Laden aufsuchen. Nicht einmal machte er eine Bemerkung über Gott, Religion oder Glauben. Ihr gefiel, daß er ihr widersprach. Die Ansichten über Courbet wollte sie ihm austreiben.

Die Galeriebesitzerin war äußerst aufgeregt.

Sie flüsterte mit Florine.

«Er will sie alle kaufen. Du glaubst mir wohl nicht? Frag ihn selbst. Er ist völlig verrückt.»

«Wie heißt er?» fragte Florine.

«Banter. Seltsamer Name, klingt nicht nach jemand aus der Gegend hier.»

«Wann kommt er?»

Die Galeriebesitzerin zeigte auf den Nebenraum. «Er wartet schon.»

Florine Starkweather strich ihr Kleid glatt, richtete das Stirnband. Auf keinen Fall wollte sie sich von allen Bildern auf einmal trennen. Aber ein paar zu verkaufen, das wäre ein großer Erfolg.

Der Mann, der sich ihr vorstellte, war ein Industrieller. «Wenn die Arbeiter nicht zur Schokolade kommen, dann kommt die Schokolade zu den Arbeitern.» Das war sein Wahlspruch, den er im Laufe des Nachmittags mehrfach wiederholte. So stolz war er darauf. «Ich kom zufällisch hier vorbi», seine Aussprache war nicht so südlich wie in Maryland, aber gelegentlich glaubte sie, ihren Vater sprechen zu hören. Der Mann versuchte, den Akzent zu verbergen. Die Galeriebesitzerin bat Mr. Banter, wieder Platz zu nehmen. Sie servierte einen Sherry.

«Hobe Sie kein Schockelschtiehl?» fragte Banter.

Die beiden Frauen sahen sich an.

Banter war etwas verlegen.

«Schaukelstuhl. Ich liebe Schaukelstühle.»

Florine Starkweather mußte sich zurückhalten, um den Kunden nicht zu verprellen. Hoffentlich hatte ihre Freundin die Preise hoch genug angesetzt.

«Als ich g'seh hob, was Sie male, da denk ich bei mi, das ist die Kunscht, auf die ich mein Leben lang gewart hob. Und ich liebe die Kunscht, das könn Sie mir glauwwen.»

Dann zählte er die Namen aller Künstler auf, mit denen er persönlich bekannt sei. Die Liste war so lang, daß selbst Florine in Verlegenheit kam.

«... William M. Harnett, Adolphe Braun, John Frederick Peto, Alexander Pope, John Haberle, Richard LaBarre Goodwin, George W. Platt ...»

«Alles Männer», unterbrach ihn die Besitzerin, «alles Männer.»

«Das, meine Frauen, is ja des Eigentihmliche. Nun sehe ich Ihre Bildnisse und bin ganz versesse, sie nebe die meine zu hange.»

«Sammeln Sie denn privat oder kaufen Sie für ein Museum ein?» fragte die Malerin, der ein wenig schwindelig wurde. Sie kannte ein paar der genannten Kollegen, und von einigen hätte sie durchaus etwas für ihre Stilleben lernen können.

«Ich mein es aernscht, ich find ihre Aerwet wunnerbaar.»

Florine fragte, wie lange er schon in Chicago sei und wann er seine Heimat verlassen habe.

Der Mann wurde rot wie ein kleiner Junge. Das Geschäft sei so bitter gewesen, daß er vor fünf Jahren Pennsylvaani verlassen mußte.

«Die erscht Million hob ich grad verdient.»

«Mit Candies?» fragte die Galeriebesitzerin entgeistert.

«Mit Candies und mit Schokolad.»

Banter, dessen steifer Sonntagsanzug mit goldener Uhrkette und hochgestelltem weißem Kragen seinen Wohlstand auswies, war in seinem Element. Er habe entdeckt, daß mit richtiger Milch die Karamelbonbons doppelt so gut seien, die richtige Temperatur, die richtige Mischung mit Zucker, überhaupt, wenn man nur alles richtig zusammenfüge, dann würde daraus ein süßes Meisterwerk.

Aus seiner Westentasche holte er zwei eingewickelte Bonbons. «Auf der Zung zergeh losse», riet er.

Während die beiden Frauen sein Produkt probierten, bat er Florine, sie möge ihn in sein Haus begleiten, um sich seine Bildersammlung anzusehen. Damit sie wisse, wohin ihre Bilder gelangten. «Die Kunscht braucht guede Nochbern.»

Vor der Tür stand sein Zweispänner, mit einem Kutscher auf dem Bock.

Als Florine sich von ihrer Freundin verabschiedete, raunte sie ihr die Summe zu, die Banter für alle Bilder geboten hatte. Miss Starkweather wurde bleich.

Auf der Fahrt durch die breiten Straßen Chicagos schwärmte Milton P. Banter von seiner wunderbaren Idee, eine Fabrik in Illinois aufzuziehen. Er erfinde jeden Tag eine neue Süßigkeit. Und wenn die Konkurrenz ein Produkt auf den Markt bringe, dann probiere er so lange, bis er das Rezept herausgefunden habe, und mache sich sogleich daran, die Mischung zu verbessern. Das Wichtigste sei die Reklame, dann komme der Verkauf, aber über allem müsse die gute Ware stehen.

Florine Starkweather fragte nach den Löhnen, die er seinen Arbeitern zahle.

Zu diesem Zeitpunkt erlebte Franz Weissenbach einen Einsatz der Polizei, den er nie vergessen sollte.

Unter der Führung von Captain Bonfield wurde die Versammlung der Arbeiter eingekesselt. Manchen gelang es, sich durch die Reihen der Polizei zu schmuggeln. Bonfield hatte einen Schlagstock in der Hand. Noch während ein polnischer Redner sprach, stampfte er mit dem schweren Stock auf das Pflaster, dann verlor er seine Selbstkontrolle und prügelte den Polen vom Holzkarren, erst in den Magen, dann mit einem gezielten Schlag auf die Nieren. Noch einmal hob der Pole seinen Kopf, worauf Bonfield ihm wild auf den Nacken schlug.

Das Kesseltreiben begann.

Franz Weissenbach verspürte wenig Lust, sich verprügeln zu lassen. Deswegen drückte er sich an eine Hauswand, um Deckung zu gewinnen. Die Polizisten knüppelten sich durch die Menge.

Die Besucher rannten in Panik davon.

Versuchten zu entkommen.

Männer und Frauen wurden wahllos zusammengeschlagen.

Franz Weissenbach spürte die Wut, spürte, wie sein Blut zu sieden begann, aber er war ohne Waffe. Sich in dieses Getümmel zu stürzen hieß nur, eine oder mehrere Verletzungen zu kassieren.

Dann sah er, wie ein Polizist auf einen Jungen einschlug, der kaum älter als fünfzehn Jahre sein konnte.

Weissenbach ging dazwischen, griff den Arm des Polizisten, der erneut zuschlagen wollte. Nach einigen Sekunden konnte er ihm den Schlagstock entwinden.

Der Polizist schrie ihn an: «Dreckiger Einwanderer, dich packen wir auch noch.»

Der Junge war schnell davongerannt.

Als Weissenbach eine Chance sah, am Kessel vorbei das Weite zu suchen, rannte er los.

Später hörte er, daß fünfunddreißig Arbeiter ins Krankenhaus gebracht werden mußten, alle schwerverletzt. Zwei schwebten in Lebensgefahr. Kein Polizist hatte etwas abbekommen.

Auf Umwegen gelangte er nach Hause. Nahm ein Bad und sprach mit den Heiligen.

Maria im Dornbusch riet ihm, barmherzig zu sein, nicht Gleiches mit Gleichem vergelten zu wollen.

St. Georg versprach ihm seine Lanze, denn ohne Waffe könne man die Unterdrücker nicht besiegen.

Christina von Bolsena wies ihn auf die schweren Mißhandlungen, die sie ohne Klagen ertragen habe. Ihr Vater ließ sie, auf einer Basaltplatte angekettet, ins Meer stoßen.

Franz Weissenbach wiederholte immer wieder: «Sie haben doch nichts getan, sie haben doch nichts getan.»

Stimmengewirr. Die Heiligen stritten miteinander. Aufstand, Friede, Leiden, Wut, Demut, Sorge, Buße, Streit.

Hildegard von Bingen hielt eine lange Rede, niemand dürfe sich dem Zwang der Herren beugen. Sie verwies ihn auf das biblische Buch Jesus Sirach, eine apokryphe Schrift, die er studieren solle. Irgendwann nickte Weissenbach ein, ermüdet von den vielen Ratschlägen und gutgemeinten Worten. Er hatte gehofft, in der Neuen Welt ein ruhigeres Leben führen zu können. Ihm fiel der Ausspruch eines Schweizer Genossen ein: «Der Mensch denkt, die Polizeischurkerei lenkt!»

Die Bantersche Villa lag in Hyde Park-Kenwood, dem ersten Vorort Chicagos in ländlichen Gefilden, umgeben von riesigen Gärten. Jonathan Kennicott war der Architekt, der dem Schoko-König ein kleines Schloß erbauen ließ. Der Eingang mit dorischen Säulen in blendendem Weiß, die Fenster in hellem Blau gefaßt, das Dach mit roten Ziegeln geschmückt. Florine Starkweather dachte an Parsons' Rede. Von diesen, die in solch einem Gebäude wohnten, hatte der Agitator gesprochen.

Milton P. Banter ließ den Wagenschlag öffnen und bat die Malerin auszusteigen.

Er wolle sie nicht mit seiner Sammlung südamerikanischer Schmetterlinge langweilen, sondern gleich zur Kunscht voranschreiten.

Unterwegs hatte er auf amüsante Weise die Geheimnisse der Süßigkeiten erklärt. Es komme nicht darauf an, sagte er mit schnalzender Zunge, möglichst viel Zucker zu verwenden, sondern dem Genuß etwas Pikantes hinzuzufügen. «Derentwegen lieb ich auch die Bildnisse von Ihnen so seehr, sie howwe alls ein Eckchen drin, ein Spitzchen, ein versteckertes

Messerchen. Die Bildnisse mache mich glickselig.» Florine fühlte sich geschmeichelt, obwohl sie nie die Nähe ihrer Malerei zur Zuckerbäckerei gesehen hatte. Banter sprach so ohne Affektiertheit, ohne eitles Kunstgeschwätz, daß sie glaubte, er müsse selbst ein Artist sein.

Die Sammlung war sehr eigentümlich.

In einer längsgestreckten Halle, die blau, rot und weiß gestrichen war, hingen über vierzig Porträts von Milton P. Banter. Er hatte sich von allen Künstlern malen lassen.

Mal als ernster, gottesfürchtiger Mann, der fast verlegen ein Zuckerstück in der rechten Hand hält, mal als komischer Kauz, der einen Candy kaut, dann wieder als Patriarch vor der Kulisse seiner neuen Fabrik oder als junger Haudegen, der mit Reagenzglas und Glaskolben eine süße Erfindung macht.

Einige Stellen an der Wand waren noch frei.

«Und wo sind die Bilder?» fragte Florine.

«Die Bildnisse schenk ich an öffentlich-nützige Heiser. Ich hob an grosses Haerz.»

Die Idee gefiel der Malerin. Nun wußte sie, was der Preis für den Ankauf ihrer Bilder war.

Banter stellte sich neben ein besonders kleines Porträt. Ein Künstler hatte ihn als pausbäckigen Jüngling dargestellt, der verschmitzt, mit Schokolade beschmiert, den Betrachter anlächelt.

«Es ischt ganz Ihne überlosse, ganz allfort Ihne.»

Florine Starkweather ging langsam die Reihe der Porträts ab. Die meisten der Kollegen konnten gar nicht richtig malen. Dann waren bekannte Namen darunter, die sich einen Jux erlaubt hatten. Sie gingen wohl davon aus, daß ihre Porträts nie öffentlich gezeigt werden würden. Aber wenn sie jede Freiheit hatte...

«Am Awend hob ich ein paar Freinde gelade, ich waer freelich, wenn Sie bleiwwe könnt.»

Die Malerin willigte ein.

«Sie haben meine Frage vorhin nicht beantwortet: ‹Was zahlen Sie denn Ihren Arbeitern?›»

Milton P. Banter richtete sich auf, knöpfte seine Weste zu. Er sagte bedächtig, er habe nur Spezialisten in der Fabrik angestellt, nur solche, die wirklich auf Qualität achten würden. Es seien ausgesprochene Könner, die im rechten Augenblick die siedendheiße Zuckermasse vom Feuer nehmen könnten. Wenn sie den Zeitpunkt verpaßten, sei eine ganze Partie verdorben.

Florine gab sich damit nicht zufrieden: «Und was bekommen sie in der Woche?»

Banter antwortete: «Ganz unnerschiedlich. Die eine siwwezeh, die annere zwansisch Dollars. Das isch genug!»

Der Unternehmer sah sie triumphierend an.

Die Malerin war beeindruckt. Die Löhne waren sehr viel höher als diejenigen, von denen sie gehört hatte. Fleischhauer verdienten kaum mehr als acht Dollar die Woche.

«Mit wem warn Sie zu Mittag hin, wenn ich froge derf?» Banter trat auf sie zu.

«Sie dürfen nicht», erwiderte Florine, die sich wunderte, woher der Zuckerbäcker wußte, daß sie eine Verabredung zum Mittagessen hatte. Schade, daß sie diesen merkwürdigen Priester nicht mitgenommen hatte. Zu gern hätte sie die beiden Männer im Gespräch erlebt. Der stolze Millionär und der schweizerische Kunstverächter.

Kurz vor Einbruch der Dunkelheit betraten die ersten Gäste das Haus. Eine Truppe von farbigen Musikern spielte zum Tanz auf. Die Tafel war reich gedeckt, zwischendrin silberne

Schalen mit Banters Produkten. McGinties, die wie braune Bohnen aussahen, Jim Cracks und Roly Polies, etwas härter zum längeren Genuß, Lotus, aus Zucker, Kornsirup und Rahm gemacht, Hobson Kisses, schwarze Massa Kisses, Uniques und Empires, die teuersten, eingepackt in glänzendes Goldpapier.

Florine amüsierte sich mit Banter, der ein ausgezeichneter Tänzer war, sich elegant im Rhythmus der Musik bewegte und viele ausgefallene Tanzschritte kannte. Irgendwann bat er um einen Augenblick Pause.

«Eegelob schtinkt, saaagt man, awwer ich möcht mich looben. Derf ich vorstelle, Miss Florine Starkweather, die größt Malerin in ganz Schikago. Ein Beifall, bittschön.»

Tatsächlich applaudierten die Gäste, was Florine sehr irritierte.

«Sie werd een schoens Bildnis von mir male und ihr gonse Ausstelling vermach ich heit dem Blackstone House und sine Freinde, damit alle Leit kostefrey die Bildniss der Miss Starkweather bewunnere könn.»

Die Malerin wollte protestieren, weil sie noch gar nicht zugesagt hatte, Banter zu porträtieren.

Nun gab es kein Zurück mehr. Und wenn es eine Karikatur auf einen Neureichen und ihr Porträt so bitter wie die Worte Parsons' werden würde. Ganz gleich, es reizte sie, diesen Zukkerbäcker zu malen.

10. Kapitel

Chicago, 1. Mai 1886

Come! sing me a song!
that's sterling and strong
No more of your mamby pamby verses,
Let dynamite down with the thing that is wrong.
No blessing be given to evil – but curses.
Come! sing me a song!
that tells me of hate
And scorn for wrong where'er it be lurking
Who'd live off the fruits of his neighbor's working,
Of death to the loafer, the thief the same fate.
Send out! send out!
An electric shout
And shock, my every honest neighbor,
That shall powder the bones
And stifle the drones
Of them who pays a dollar a day for labor.

Die Gesänge der achtzigtausend Demonstranten hallten durch die windigen Straßen Chicagos. Die große Parade, das Achtstunden-Fieber, ein weißer Tag, sonnendurchflutet, Frühlingsfieber. Dynamitwetter.

1. Mai 1886.

Die Fahnen gegen den Wind, gegen die Gewehre, gegen die Pinkertons, die auf den Hausdächern Stellung bezogen.

Die Bürgervereine in Alarm, die Stadt vor dem Kommunismus zu retten.

1. Mai 1886.

Die Michigan Avenue geteilt.

Die Straßendemonstranten, das Pack, die bitteren Mienen, die unverhohlene Wut.

Hinter den Gardinen die ängstlichen Blicke, die Wohlanständigkeit, der Zorn auf den Mob.

Gesänge ohne Refrain, Gelächter ohne Applaus.

Achtzigtausend auf dem Marsch.

Die *Chicago Mail* hatte die Feinde schon ins Visier genommen:

«Zwei Raufbolde laufen frei in unserer Stadt herum, zwei rüpelhafte Feiglinge, die Unruhe stiften wollen. Einer trägt den Namen Parsons. Der andere nennt sich Spies. Sollte es Ärger geben, werden sie die ersten sein, die sich davonstehlen, die ersten, die ihre wertlosen Gerippe in Sicherheit bringen, die ersten, die jede Verantwortung ablehnen. Diese beiden Freundchen haben in den letzten zehn Jahren Unruhe geschürt. Sie hätten längst aus der Stadt vertrieben werden müssen. In keiner anderen Gemeinschaft auf der Welt würden sie geduldet werden. Parsons und Spies haben die letzten sechs Monate dazu benutzt, für heute den Krawall zu inszenieren, den Aufstand. Sie nutzen den Kampf um den Achtstundentag, um Streiks zu schüren, dem Kapital Schaden zuzufügen in jeglicher Weise. Diese Früchtchen wollen Krieg und Plünderung. Paßt auf sie auf heute! Seid wachsam! Macht sie persönlich verantwortlich für alles, was geschieht! Statuiert ein Exempel, wenn es geschieht!»

Holzhacker, Schauerleute, Faßschläger, Brauer, Packer, Fleischhauer, Zimmerer, Polsterer, Schneider, Händler und Bäcker, Angestellte und Angelernte.

Kein Rauch aus den hohen Schornsteinen.

Kein Gestank in Chicago.

Wie Sabbat.

Nur die Gesänge in den Straßen. Auf bunten Leinenfetzen gestickte Parolen: in englisch, polnisch und deutsch, manche in tschechisch.

Jede Seite erwartete einen Vorfall. Die Anarchisten warteten auf das Signal für die Insurrektion. Die Autoritäten darauf, ein für alle Mal die radikale Bewegung auszumerzen.

Der Ausbruch stand bevor.

Strategien des Blutbades.

Taktik, Angriff, Sieg.

Sheriffs wurden angeheuert, Militär mobilisiert.

Gerüchte über Truppen im Anmarsch auf Chicago.

Der Tumult.

Feiglinge nach hinten.

Mutige nach vorn.

Der Tiger hebt seine Pranke.

Jetzt oder nie.

Franz Weissenbach blieb auf Distanz.

Ging nicht zu den Versammlungen der Lehr- und Wehrvereine, die ihre Mitglieder an Waffen schulte, ging nicht zu den hitzigen Diskussionen in Greifs oder Zepfs Sälen, die Abend für Abend neue Schlachtpläne hervorbrachten: Besetzung von Polizeistationen, Erstürmung des Rathauses, bewaffneter Kampf gegen die Pinks.

Franz Weissenbach kaufte ein. Jede Kleinigkeit in einem

anderen Laden. Manche viele Blocks entfernt von seinem eigenen Bezirk im Norden der Stadt.

Nachts hämmerte er die Halbkugeln aus Blei, die er später zusammenlöten wollte.

Er bereitete sich vor.

Hatte nicht in den Zeitungen gestanden, man solle ihnen Blei als Mahlzeit geben?

Den Tramps?

Der Polizeischurkerei!

Franz Weissenbach hielt sie im Auge. Die Polizisten in Zivil, die trotz des warmen Maitages lange, staubgraue Mäntel trugen. Die Hände tief in den Taschen vergraben. Die Krägen hochgestellt.

Franz Weissenbach war an diesem Tag noch unbewaffnet. Hatte seine Arbeit nicht vollendet.

Dieser erste Mai kam für ihn zu früh.

Er stand an der Lake Front, im Schatten einer großen Kastanie. Versteckt mit freier Sicht.

Die Gesichter der Ausgebeuteten, Bedrückten, Abhängigen. Die Feiertagsmienen. Diese Fröhlichkeit. Wie konnten sie auflachen. Tanzen. Fröhlich sein, wenn die Fron sie morgen wieder packte.

Er sah hinauf zu den Gebäuden, wo die Winchester-Gewehre das Sonnenlicht reflektierten.

Es konnte jeden Augenblick beginnen.

Wer legte Feuer an die Lunte?

Seit jenem Sonntag, als er sah, wie Bonfield den Polen mit dem Holzknüppel vertrimmte, seit jenem Sonntag, als ein Blutbad angerichtet wurde, war er verändert. Hatte die neue Haut Risse bekommen. Sprach Karl Schasler wütend mit den Heiligen.

Die Gewalt war in der Stadt.

Jeden Tag in jenem April gab es Zusammenstöße. Zehn Verletzte, meist schwer, zwei Tote. Die Bürger im Krieg mit dem Staat. Die Polizei züchtigte die Arbeiter, die für ihre Rechte eintraten. Es waren die Deutschen und die Polen, die für den Krawall verantwortlich gemacht wurden, die Fremden, die gegen den amerikanischen Traum verstießen, gegen Yankee-Doodle und Star-spangled-banner.

Seit jenem Sonntag haßte er Chicago.

Die Schornsteine waren zu Kreuzen geworden, der Gestank zum Leichengeruch, das Treiben zur Hetzjagd.

Franz Weissenbach häutete sich.

Ruppige Worte, wenn Kunden seines Heiligengeschäfts nicht wußten, was sie kaufen wollten. Die Gesellen, die nicht anstellig genug waren. Einer von beiden, Martin Halter, aus einer hessischen Familie, bekam es meistens zu spüren, daß Weissenbach die Geduld verlor. Er erwischte ihn beim Faulenzen, beim Müßiggang, beim falschen Handhaben des Winkeleisens. Schon zweimal wollte Weissenbach ihm kündigen. Doch brauchte er ihn für die Erledigung der Arbeiten, fand keinen geeigneten anderen Handwerker.

Auf dem See zündete er einen Sprengsatz. War von der Wirkung angetan. Die Detonation hatte niemand mitbekommen. Nur der Seegang war etwas hochgegangen und hatte Wasser in sein Boot getragen.

Am Sonntag, dem 25. April, waren es fünfundzwanzigtausend Demonstranten, die für den Achtstundentag marschierten. Friedlich. Schon wurde den ersten die verringerte Arbeitszeit gewährt. Einige Fabrikanten brachen aus der Front des Kapitals aus.

ARBEITER BEWAFFNET EUCH! NIEDER MIT THRON, ALTAR UND GELDSÄCKEN!
PRIVATES KAPITAL IST GERAUBTE ARBEITSKRAFT!

Franz Weissenbach kannte seit langem die grimmigen Gesichter der Anarchisten Spies und Engel, Parsons und Schwab, die wetterten, sich ereiferten, den Herren Paroli boten. Zu gerne hätte er sich an ihre Seite gestellt. Doch wollte er die neu gewonnene Haut nicht gleich zu Markte tragen. Es juckte ihn, mit Fischer, Neebe, Fielden nächtelang zu reden, Pläne zu entwickeln, Parolen zu schmieden, zu agitieren und in vorderster Front mitzulaufen. Und doch zögerte er. Konnte er unerkannt nicht viel eher von Nutzen sein?

Against tyrants all means are justified,
Yes, tremble, ye canaille,
Ye bloodsuckers, ye ravishers of maiden,
Ye murderers and hangmen.
The day of reckoning is near.
REVENGE! REVENGE!
Fight has begun at picket line,
Girdle of dynamite encircles the world,
Bloody band of tyrants dancing,
On the surface of a volcano,
Hot on the day of action.
REVENGE! REVENGE!

Florine Starkweather öffnete beide Fensterflügel ihres Ateliers, um den Gesängen der Straße zu lauschen.

Die Leinwand war vorbereitet, die Grundierung mit Deckweiß getrocknet. Sie begann mit der ersten Farbe. Ein dunkles Oliv.

Die Arbeit am Porträt des Schoko-Königs war schnell vorangegangen. Sie brauchte wenige Sitzungen, um ihn einzufangen, wandte alte Kenntnisse von der Akademie an, Handwerk, kaum Inspiration.

Sie stellte ihn als lebendes Zuckergebäck dar, ein lachender Genuß, ein strahlend-süßer Sieger. Gekleidet in ein goldenes Einwickelpapier mit der Aufschrift «First Class», stand Milton P. Banter im Rampenlicht.

Bei den Sitzungen hatte sie sich in ihn verliebt: seine wunderbare Art zu sprechen, die hundert Einfälle, die er während einiger Stunden hatte, die lustigen Ausflüge, die er mit ihr unternahm.

Ihm schien das Porträt nicht zu gefallen. Er bestellte ein zweites. Aber das lehnte Florine Starkweather ab. Zuviel der Ehre, schließlich male sie überhaupt keine Porträts, schon gar keine im Auftrag, wiederholte sie mehrfach, sie habe nur eine Ausnahme gemacht, weil er ihre Bilder für das Blackstone House erworben habe.

Sie mußte darum kämpfen, daß Franz Weissenbach sein bereits angezahltes Bild mit der Peitsche und den Pfeifen auch erwerben durfte. Banter wollte sie alle. Wollte sogar einen Kontrakt auf die nächsten zehn Bilder. Den präsentierte er bei der letzten Sitzung.

Wiederum lehnte die Malerin ab.

Sie sei keine Hofschranze, keine Angestellte. Sie brauche die Freiheit, nur so könne sie produzieren.

Banter verkündete, daß er sie und ihre Malerei nicht aus den Augen lassen würde. Manchmal war er ihr ein wenig lästig, sosehr sie seine Späße mochte und sich von ihm die Zeit vertreiben ließ.

Etty betrat das Atelier.

«Was, du willst malen heute?» fragte sie stürmisch. «Da draußen ist ein riesiger Umzug, den sollten wir uns ansehen. Du versteckst dich hier in deinem Nest.»

«Ich sehe ihn mir an», erwiderte Florine, «auf meine Weise.»

Etty trug ein hellblaues Sommerkleid mit roten und grünen Streifen, sie wollte zum Versammlungsort gehen, traute sich aber nicht alleine.

Die Zeitung hatte die Bürger gewarnt.

TRUTHAHN UND CHAMPAGNER AUF DEN TISCHEN UNSERER KAPITALISTEN SEHR BILLIG

WIR HABEN SIE BEZAHLT!

OGLESBY HAT DREI ARBEITER ERMORDET!

SOLLEN WIR UNSEREN HERREN FÜR ELEND, MANGEL UND ARMUT DANKEN?

CARTER HARRISON LIESS UNSERE BRÜDER BEIM CARMENSTREIK VERPRÜGELN!!

Florine Starkweather überdeckte das dunkle Oliv mit einem hellen Gelb, zog rote Bahnen wie ein Gitter über die ganze Leinwand.

Bei manchen der Gesänge summte sie mit. Die Lieder der Streikenden waren sehr populär. Sie schaute auf die Lake Front, wo sich die Mai-Parade voranwälzte. Immer wieder skandierten die Demonstranten die Namen ihrer Toten.

Die Malerin hatte mehrfach versucht, den Schweizer Priester auf die Probe zu stellen. Hatte er Courbet wirklich gekannt? Wie kam ein Priester zur Pariser Commune? Wenn Franz auch immer wieder behauptete, er habe die meiste Zeit seines Lebens in der Schweiz verbracht, sie glaubte ihm nicht. Besonders wenn sie ihn nach Glaubensdingen fragte, wich er aus und gab dem Gespräch stets eine ironische Wendung. Manche seiner Ansichten teilte sie.

Nur der Heiligenkitsch in seinem Laden war ein Affront. Wie habe er sich bloß einbilden können, fragte sie ihn, daß sie solche abstoßenden Bilder fertige. Sie würde jeder Akademiestudentin abraten, sich damit ein Zubrot zu verdienen. Das könne sich kein ernsthafter Künstler antun. Verrat an der Kunst. Weissenbach ließ sie schimpfen, fluchen, sich erregen, bis er einwandte, die Kunden würden so etwas gerne kaufen, manche Motive habe er schon fünfzigmal abgesetzt. Ob er damit eine künstlerische Aussage machen wolle, höhnte sie?

Meist stritten sie sich, ausdauernd.

Weissenbach ließ nicht nach, wenn die Malerin ihn einen schnöden Mammonjäger nannte. Und sie schreckte nicht zurück, wenn er sie eine arrogante Künstlerin titulierte.

Sie rannte zum Fenster.

War es ein Schuß?

Dem Knall folgte ein deutliches Echo im Atelier.

Sie konnte nichts entdecken.

Die Demonstranten blieben ruhig.

Auch auf ihrer Villa wollten sich Pinkertons postieren, aber das hatte ihre Mutter resolut abgelehnt. «Wir möchten nicht in eine Schießerei verwickelt werden», hatte die Mutter gesagt, sie seien drei Frauen im Haus, die sich nicht wehren könnten. Die Pinkertons waren abgezogen, unter bösen Worten.

NIEDER MIT ALLEN GESETZEN!

UNSERE KAPITALISTEN KÖNNEN DEM SCHÖPFER DANKEN, IHRE OPFER HABEN SIE NOCH NICHT AUFGEKNÜPFT!!

OHNE GESETZE SIND ALLE MENSCHEN FREI!

Wie hatte Weissenbach sie angegriffen, als sie das Porträt des Schoko-Königs malte. Sie würde sich genauso verkaufen wie andere Maler. Er habe angenommen, sie hätte sich ein freies Künstlertum bewahrt. Er zog sie auf mit diesen Sitzungen. Ob Banter so süß sei wie seine Schokolade? Ob sie nicht wisse, daß er ebenso ein Fabrikherr sei wie die Bosse der Fleischfabriken? Daß er den Schoko-König aus Pennsylvaani kannte, und daß er damals seine deftigen Reden in Deitsch sehr mochte, verschwieg er.

Florine Starkweather verteidigte sich nicht.

Sie griff an.

Im Laden standen sie sich gegenüber. Er solle diesen religiösen Kitsch lieber verbrennen. Ob das eines Mannes Lebensaufgabe sein könne, alten Damen Seelenbalsam zu bieten? Ob er sich nicht klar sei, daß die meisten seiner Bilder pure Lügen enthielten? Franz Weissenbach war mehr als einmal versucht, sie in seine wahre Lebensgeschichte einzuweihen. Ihr von Italien zu erzählen, den Monaten im Zuchthaus, von der Tippelei in Deutschland und diesem zahmgewordenen Philosophen Stirner.

Je länger er darüber nachdachte, desto deutlicher wurde ihm, daß er nun manches mit diesem Berliner Stubenhocker gemein hatte.

Er zögerte, wollte den rechten Augenblick abwarten.

Florine Starkweather sah das Ende des Demonstrationszuges. Zwei Reihen Polizisten folgten der bunten Schar. Gewehre geschultert.

Sie konzentrierte sich auf ihre Leinwand.

Sie malte eine Tischdecke, deren Muster auf heimliche Weise in Unordnung geraten war. Den Titel für das Bild hatte sie schon seit Tagen gefunden: «Disobedience». Am unteren Eck sollte ein kleines Spruchband auftauchen. Sie hatte sich einige der Parolen notiert, war aber noch nicht entschlossen, welche sie auswählen sollte.

The slave that has no other weapon
But the dagger, or dynamite,
Is justified in using both
To snap the chain that binds him tight.
At last a toast to sience,
To dynamite in May,
The force in our own hands,
The world gets better day by day.

Vierzig Porträts sahen ihn an. Manche bewunderten ihn, andere verehrten seine Genialität, wieder andere mokierten sich über ihn.

Das Porträt von Miss Starkweather gefiel ihm besonders gut. Die Idee, ihn als Zuckerstück zu malen, mit einem freundlichen Aussehen, war superb. Diese Frau paßte zu ihm.

Er hatte ihr gesagt, das Bild gefalle ihm nicht, damit sie sich angespornt fühlte, ein zweites zu malen, und so in seiner Nähe blieb.

Milton P. Banter hatte sich in seiner Galerie eingeschlossen. Die Tür verrammelt, denn in seinem kleinen Schloß war ein großes Durcheinander. Hochzeitsvorbereitungen für seine

Tochter Beverly, die in drei Tagen vor den Traualtar der St.-Josephs-Kathedrale treten sollte.

Was aber die Unordnung vollkommen machte, war seine Frau, die seit vorgestern jede freie Minute dazu nutzte, von ihm zu verlangen, daß er seine Fabrik wieder in das ruhige Pennsylvaani verlegen solle. Chicago sei ein Höllenpfuhl, Chicago sei eine Wilderness, Chicago sei eine Mördergrube.

Als sie damals zusammen die blühende Stadt besuchten, fand sie soviel Gefallen an ihr, daß sie ihren Mann für seinen Entschluß lobte, die Schokolade zu den Arbeitern zu bringen. Aber das war vor dem großen Feuer. Jetzt könne er es sich doch leisten, seine Fabrik dort aufzubauen, wo es friedlich zugehe. Sie war jedesmal den Tränen nahe. «Deheem iss besser als wie ebbes schunscht in der ganse Welt, gell net?» sagte sie aufgelöst.

Milton P. Banter hoffte auf ihre Abreise. Er hatte andere Pläne, die er ihr verschwieg, um sie nicht noch mehr aufzuregen.

Der Schoko-König wollte eine eigene kleine Stadt. Eine Zuckerstadt. Mit Straßennamen wie Walnut Avenue, Cocoa Drive, Chestnut Grove, Sugarland oder Milky Way. Er wollte Heime bauen für seine Arbeiter, für ihre Familien, Schulen für die Kinder, die später wiederum in seinen Fabriken arbeiten sollten. Er wollte Banter-Schokolade zur Weltmarke machen. Schon kamen die ersten Schecks für gelieferte Ware aus einigen europäischen Ländern.

Banter hatte ein Gelände gepachtet, auf dem Reißbrett war schon die Fabrikanlage zu erkennen.

Wie ein Feldherr stand er über dem Plan, den er auf dem Boden der Galerie ausgerollt hatte. Im Süden Chicagos sollte eine Stadt entstehen, die seinen Namen trug. Der Schoko-König war mit Bürgermeister Harrison im Gespräch über eine Finanzierung für die Erschließung des Geländes.

Milton P. Banter hatte seinen Arbeitern den Achtstundentag gewährt. Dazu brauchte er nicht den Anstoß des Bürgermeisters, der ebenfalls der Kampagne für die verkürzte Arbeitszeit zustimmte. Banter hatte immer ein paar Cents am Tag mehr gezahlt, immer bessere Bedingungen geboten als die anderen Fabrikherren, immer versucht, die Wünsche einzelner Mitarbeiter einzuplanen. Auch die Anfrage, ob sie am 1. Mai demonstrieren dürften, hatte er positiv beschieden. Er wußte, daß seine Männer am zweiten Mai wieder antraten. Ohne Murren.

Milton P. Banter mußte dafür herbe Kritik von seinen Fabrikantenfreunden einstecken.

Er war dabei, eine Liste von Verhaltensanweisungen für seine Verkäufer zusammenzustellen. Die Männer brauchten Schulung, ihr Auftreten war ungehobelt. Schließlich mußten sie in Bäckereien und Magazinen, Märkten und Verkaufsbuden die Ware ordentlich präsentieren. Ohne dieses Vertriebsnetz war kein Gewinn zu erzielen.

Die Liste trug den Titel «Verboten».

1. Es ist verboten, mit dem Finger auf den Kunden zu zeigen.
2. Es ist verboten, sich rüpelhaft hinzusetzen.
3. Es ist verboten, die Füße auf den Tisch zu legen.
4. Es ist verboten, langweilige Witze zu erzählen.
5. Es ist verboten, dem Kunden aufs Knie zu hauen oder ihn mit dem Finger anzustoßen.
6. Es ist verboten, Kaugummi zu kauen oder zu rauchen.
7. Es ist verboten, zu schnell zu sprechen.

Immer, wenn zehn neue Männer für den Verkauf angeworben waren, ließ Banter sie aufmarschieren, prüfte ihre Kleidung, korrigierte den Knoten der schokoladenfarbenen Krawatten und spielte selbst den widerspenstigen Kunden, einen Bäcker mit Südstaaten-Akzent, der auf keinen Fall bereit war, die fremde Ware in sein Angebot aufzunehmen.

Er führte stets ein Notizbuch mit sich, in dem alle Termine des Tages notiert waren. Er strich sie sorgsam ab, wenn die Arbeit erledigt oder auf ein anderes Datum verschoben war. Daneben führte er ein Büchlein mit Ideen und eins für die Reise, in dem alle Dinge aufgelistet waren, die er unterwegs erledigen wollte. Dazu ein geheimes Büchlein, in dem er seine Träume notierte. Er träumte meist heftig. War gehetzt von Furien. Verfolgt von Teufeln. Gejagt. Wenn es seine Zeit erlaubte, machte er sich Notizen über die nächtliche Jagerei. Davon erzählte er seiner Frau nichts. Vielleicht würde er mit Miss Starkweather einmal darüber sprechen. Sie könnte seine Träume malen. Banter notierte sich diese Idee sofort.

«Sie kummen, sie kummen, schnell, Milton, sie kummen.» Seine Frau hämmerte an die Galerietür.

Nur widerwillig öffnete Banter.

Seine Frau war außer sich, das großflächige Gesicht stark gerötet, ihre feine Kleidung derangiert.

Banter folgte ihr über die breit ausladende Treppe zum Vordereingang. Vom Seitenfenster aus sah er einige Arbeiter vorbeiziehen. «Dos sind die wilde Kerls, Milton. Sie wern uns henke, gell? Jetz simmer dran.»

Sie echauffierte sich so heftig, daß Beverly kalte Tücher bringen mußte, um ihrer Mutter Gesicht und Puls zu kühlen.

Banter versuchte, sie zu beruhigen. Erzählte ihr, daß seine

Arbeiter nicht dabei seien. Die da draußen, die seien auf dem Nachhauseweg. Keine Sorge.

Aber seine Frau wollte nichts davon wissen.

«Noch der Hochzit fahre mir nach deheem, Milton, das hoscht du mir versproche.» Ihre Augen waren feucht. Der Schoko-König reichte ihr sein Taschentuch.

Mit ruhiger Stimme wies er sie ab. Er denke nicht daran, nach Pennsylvaani zu fahren, er werde hier gebraucht, jeden Tag. Und dann verriet er sich. Die neue Stadt, die neue Fabrik, der neue Start. Jetzt war es ihm gleich, wie seine Frau es aufnahm. Er forderte sie auf, sich um die Hochzeitsvorbereitungen zu kümmern.

Und außerdem wünsche er, daß Beverly noch in dieser Nacht ihren künftigen Gatten herbeizitiere. Er müsse einiges mit ihm besprechen.

Die rundliche Beverly wehrte sich gegen dieses Ansinnen. Draußen sei es heute nacht bestimmt zu gefährlich.

«Dann fahr ich selbst», sagte Banter. «Und laß dir eins gesagt sein, solange du in Chicago bist, sprich wie die Leute von Chicago. Dein Deitsch paßt nicht hierher.» Seine Frau war entsetzt. In Chicago würde jeder eine andere Sprache sprechen, warum nicht Pennsylvaanisch, wollte sie wissen. «Weil man damit keine Geschäfte machen kann», antwortete Banter.

Er ließ die Kutsche anspannen. Und verschwand in der Dunkelheit.

Am 1. Mai 1886 blieb entgegen allen Erwartungen die Lage ruhig. Es kam zu keinem Krawall.

Das sollte sich drei Tage später ändern.

11. Kapitel

Chicago, 4. Mai 1886

Kurz nach zehn Uhr abends verließ ein Spitzel die Versammlung auf dem Haymarket und rannte hinüber zur Desplaines Street. Das Polizeirevier war ein grober Backsteinbau, drei Stockwerke hoch, dessen Eingang an der schmalen Seite von einer Gaslaterne erhellt wurde.

«Er hat es gesagt!» schrie er in den Flur.

«Was hat er gesagt? Wer?» Inspector Bonfield sprang auf.

«Er hat es gesagt. Gleich geht es los!»

«Was denn zum Teufel, Jack, was hat er gesagt? Raus damit!»

Auf diesen Augenblick hatte Bonfield lange gewartet. Nachdem der Bürgermeister voreilig Entwarnung gegeben und sich dann entfernt hatte, konnte er handeln. Endlich. Er traute diesem Harrison nicht, diesem obersten Taktierer, der keine Ahnung besaß, wie man mit Anarchisten fertig wurde. Dieser Bürgermeister war ja nicht mal in der Lage, die Versammlung auf dem Haymarket zu verbieten, obwohl auf dem Zirkular stand: «Arbeiter, bewaffnet Euch!» Er war wieder zu nachsichtig. Damit würde jetzt Schluß sein.

Der Spitzel rief: «Er will das Gesetz erwürgen, mit seinen eigenen Händen!»

«Wer?»

«Dieser Fielden.»

«All right», erwiderte Bonfield gelassen. Dann brüllte er in den kahlen Raum, in dem seine Männer warteten: «Abmarsch in dreißig Sekunden!» Inspector Bonfield hatte sich in Chicago einen Namen gemacht. Die Polizeiführung bekam nicht nur anonyme Briefe über sein unerträgliches Benehmen. Er ließ eine polnische Arbeiterin achtundvierzig Stunden in einer eiskalten Zelle warten. Sie mußte stehen. Aber es gab auch Chicagoer, die ihn verehrten, Mitglieder der wohlhabenden Bürgergesellschaft, von denen er Gelder nahm, um Anarchisten zu jagen.

Den einhundertsechsundsiebzig Polizisten blieb keine Zeit, in Reih und Glied anzutreten. Sofortiger Aufbruch.

Sie kamen im Laufschritt, von Bürgersteig zu Bürgersteig pendelnd, formierten sich in der Randolph Street.

«Wir haben keine andere Wahl, wir können nicht bestimmen, was unsere Arbeit wert ist! Derjenige, der dem Willen eines anderen gehorchen muß, ist ein Sklave. Die Sozialisten werden nicht den Krieg erklären, aber ich sage Euch, uns wurde der Krieg schon erklärt. Und ich sage Euch, tut etwas, diesem Hinschlachten Einhalt zu gebieten. Unsere Brüder sind erschossen worden. Männer, Frauen und Kinder werden von den Kapitalisten erdrückt. Sie haben keine Gnade für uns – und Ihr solltet sie auch nicht haben.»

Parsons unterbrach Fieldens Rede und fragte die Demonstranten, ob man nicht besser die Versammlung in Zepfs Halle, die nur einen Block entfernt war, fortsetzen solle. Jemand antwortete, Zepf sei schon von den Holzarbeitern besetzt, die dort ein Gewerkschaftstreffen abhielten. Fielden versprach, er wolle seine Rede schnell beenden, dann könnten alle nach Hause. Der Regen wurde noch heftiger.

Albert Parsons sagte zu seiner Frau Lucy, sie sollten zusammen zu Zepf's gehen, die Kinder frören. Sie gähnten schon lange. «Die Sache ist sowieso gleich zu Ende.» Parsons hakte sich bei seiner Frau ein. Zu viert verließen sie den Haymarket.

«Ihr seid aufgerufen, Euch selbst zu verteidigen, Euer Leben, Eure Zukunft. Was macht es für einen Unterschied, ob Ihr Euch mit Arbeit umbringt, um ein wenig besser zu leben, oder wenn Ihr auf dem Schlachtfeld sterbt, um Euren Feinden zu widerstehen? Was sollte das für ein Unterschied sein? Jedes Tier, so klein es auch ist, widersteht, wenn man es tritt. Sind wir weniger als Schlangen und Würmer? Ich spüre den Widerstand in mir. Und ich weiß, daß Ihr ihn auch besitzt. Man hat Euch bestohlen und Ihr werdet ausgehungert in noch viel schlimmeren Zuständen...»

Franz Weissenbach stand im Schatten des Fabrikgebäudes der Crane Brothers. Er wollte das Ende der Versammlung abwarten und sich dann nach Hause trollen. Die Auseinandersetzung war ausgeblieben. Kaum mehr als ein paar hundert friedliche Demonstranten warteten, daß Fielden seine Rede beendete. Weissenbach würde seinen Heiligen alles erklären. Auch Judas mußte Verständnis haben, daß er nicht eingeschritten war.

Als er sich gerade abwenden wollte, sah er die Polizisten.

Gezogene Knüppel.

Laufschritt.

Hunderte.

Die Gewehre im Anschlag, als gelte es eine Attacke zu führen. Sie rannten quer über die Straße, besetzten alle Fluchtwege. Weissenbach bückte sich, lockerte die Schnüre an seinem rechten Unterschenkel.

«Im Namen des Staates Illinois», befahl Captain Ward, «lösen Sie die Versammlung auf!»

Samuel Fielden war zu perplex, um antworten zu können. «Was will er?» rief August Spies hinter ihm.

«Lösen Sie die Versammlung auf! Ich rechne auf Ihre Unterstützung.» Die Menge erstarrte. Wieso kamen die Polizisten in dem Moment, als sie nach Hause wollten?

Captain Ward wurde von allen angestarrt.

«Aber wir sind friedlich», versuchte Fielden einzulenken.

Inspector Bonfield schob seine Männer näher heran.

Einen Augenblick standen sich Polizei und Demonstranten gegenüber.

«Ich rechne mit Ihrer Unterstützung», wiederholte Captain Ward seine Drohung.

«Also gut, wir weichen», gab Fielden nach. «Wir folgen dem Befehl.» Ohne seine Rede zu beenden, stiegen er und August Spies vom Fuhrwerk.

Immer mehr Polizisten drängten heran, die Holzknüppel erhoben.

Sie begannen zu prügeln.

Franz Weissenbach konnte sehen, wie die ersten Demonstranten zu Boden gingen.

Er warf die Bombe.

In die Reihen der Polizisten.

Die Detonation war gewaltig.

Fensterscheiben barsten. Noch einige Blocks entfernt.

Polizisten knickten ein, fielen zur Seite. Einige Officers waren schwer verwundet. Es hatte die zweite und dritte Reihe getroffen. Für mehrere Sekunden blieb alles ruhig.

Frostige Stille, plötzliches Entsetzen.

Zu dieser Zeit saß Albert Parsons schon mit Adolph Fischer

in Zepf's Hall. Sie tranken Bier. Die Kinder wärmten sich auf.

Der Widerschein der Bombe erleuchtete den rauchigen Saal.

«Was war das?» fragte Lulu, die ältere Tochter Parsons'.

«Keine Ahnung», erwiderte ihr Vater, «vielleicht haben sie die Gatling-Kanone gezündet. Das Illinois-Regiment hat sie aufstellen lassen.»

Die ersten schreienden Leute kamen hereingestürmt. Manche blutüberströmt. Sie rannten durch den langen Raum, die hinteren Türen wurden verrammelt. Völlige Dunkelheit im Hinterzimmer, in dem sich verängstigte Menschen zusammendrängten.

Auf dem Haymarket liefen die Polizisten Amok.

Schossen in die Menge.

Schreie.

Schüsse.

Sie ballerten wild um sich. «Feuert! Bringt sie alle um!» schrie Lieutenant James Bowler. Er leerte die Trommel seines Revolvers, lud nach und schoß in die Menge. Inspector Bonfield riß einem verwundeten Polizisten die Waffe aus der Hand und schoß beidhändig.

Bleiregen.

Wildes Gemetzel.

«O Gott, ich bin getroffen.»

Flüche.

Schmerzensschreie.

«Bring mich raus hier, schnell.»

Flüchtende.

Übereinander. Stolpernde. Fluchende.

«Bring mich ins Krankenhaus, bitte, bitte...»

Eine Füsillade.

Die Menge zerplatzte in alle Richtungen. Ein Schlachtfeld zwischen steinernen Wänden.

Stöhnen.

Hilferufe.

Die Demonstranten krochen auf Händen und Füßen, suchten Zuflucht in Drugstores und Saloons. Die Polizisten setzten nach. Manche wurden in den Rücken getroffen.

Einigen gelang es, Schutz in Eingängen, hinter Wänden oder leeren Fässern zu finden.

Der Bürgermeister hatte gerade sein Haus in der Ashland Avenue erreicht und wollte zu Bett gehen, als er den Knall der Explosion vernahm. Zuerst dachte er, es sei ein Donner, da sich den ganzen Abend ein Gewitter angekündigt hatte. Er öffnete das Fenster und hörte die Pistolenschüsse. Sie kamen aus Richtung Haymarket. Er verließ das Haus und ritt zum Versammlungsort zurück.

August Spies mißdeutete die Explosion, auch er glaubte, die Gatling-Kanone sei abgefeuert worden. Er fragte seinen Bruder Henry, dem es gelang, einem Polizisten die Waffe zu entwenden, als dieser sie auf Spies abfeuern wollte. Henry wurde von einer Kugel in den Magen getroffen.

Franz Weissenbach war erstarrt.

Gefesselt von den Bildern, die sich ihm boten.

Er konnte kaum atmen. Griff sich an die Kehle.

Die Straßen voller Verwundeter, Zivilisten und Sheriffs.

Die Sirene der Desplaines Station schrillte.

Aufruhr.

Alarm.

Von allen Seiten kamen Polizeipatrouillen an. Über tausend Männer, die in den Seitenstraßen gewartet hatten.

Sie prügelten auf alle ein, die noch standen.

Es war ein ohrenbetäubender Lärm.

Ganz anders als die trockene Detonation, die Weissenbach auf dem Michigansee erzeugte.

Er bewegte sich nicht, während die Menschen in Panik davonrannten. Als hielte ihn jemand fest.

Er sah die Vertiefung, das Loch, das die Bombe in die Straße gerissen hatte, daneben Verletzte, Männer, Frauen, Teile von Menschen, Arme, Beine, kaum zwei Meter von ihm entfernt, Stücke rohen Fleisches, das unaufhörlich blutete. Ein Fuß.

Weissenbach war nahe daran, das Bewußtsein zu verlieren.

«Verschwinden Sie hier, sonst setzt es was!» schrie ihn jemand an.

Erst jetzt wurde Weissenbach klar, in welcher Gefahr er sich befand. Sein Priesterkragen schien ihn zu schützen, Ehrfurcht vor dem Klerus. Er war nicht einmal in Deckung gegangen, als er die Bombe warf.

Nach wenigen Minuten endete die Schießerei. Kaum drei, vier Minuten waren es gewesen, die aus einer friedlichen Versammlung ein vollständiges Chaos werden ließen.

Samuel Fielden wurde ins Knie geschossen. Die Kugel jagte seinen Oberschenkelknochen hoch und trat am Hintern wieder aus. Er schaffte es bis zur Straßenecke Randolph und Desplaines. Den Schmerz spürte er erst, als er zu laufen aufhörte.

Franz Weissenbach gelang es, über Crane Alley die Jefferson Street zu erreichen und sich danach in Richtung Norden abzusetzen. Immer wieder blieb er stehen.

Mußte Luft holen.

Nach und nach gewann er seine Sicherheit wieder, sein Gleichgewicht. Er hatte sich getäuscht, geglaubt, die Versammlung würde in Ruhe zu Ende gehen. Er hatte es sogar gehofft. Dann hätte er die Bombe nicht werfen müssen...

«Ist es wahr, daß auf dem Haymarket das Blut knietief schwappt», rief ihm einer der Passanten zu.

Weissenbach antwortete nicht.

In seinem Kopf das Lied: «Wir sind des Geyers schwarzer Haufen, he ja, hoho...»

Nun mußte Judas ihn loben, und auch Hildegard von Bingen würde ihm zustimmen: Er hatte den Polizeiübergriffen Einhalt geboten.

Der Blutzoll war hoch.

Jetzt waren sie gewarnt.

Würden sich überlegen, ob sie nochmals mit Pistolen und Knüppeln gegen die Menge vorgehen durften.

Je länger er marschierte, desto ruhiger wurde er.

Schon bildete er sich ein, daß er erst die Bombe warf, als die Schüsse in die Menge peitschten.

Den letzten Kilometer bis zu seinem Haus war er übermütig, rannte ein paar Schritte, schlug mit seinem Holzstöckchen auf Tonnen und gegen Fensterscheiben.

Sang das wilde Lied mit lauter Stimme.

«Grölen Sie hier nicht», rief eine Frau aus dem zweiten Stock.

Franz Weissenbach ließ sich nicht beeindrucken.

Er war der Held des Haymarket.

Die Tat war es, die zählte.

Nicht der Plan.

Franz Weissenbach wollte gerade seinen Priesterkragen aufknöpfen, als es an der Ladentür schellte. Er verspürte we-

nig Lust, nach unten zu gehen, aber das Klingeln hörte nicht auf.

Er öffnete das Fenster im zweiten Stock.

Es war Florine.

«Hast du etwas zu trinken für eine durstige Kehle?» rief sie vergnügt hinauf.

«Gebt jenen zu trinken, denen nach mir dürstet», antwortete er und schloß das Fenster.

Wo bin ich in den letzten Stunden gewesen? Was weiß ich

vom Haymarket? Hab ich schon etwas gehört? Die Beerdigung von Mueller. Wird mir Florine das abnehmen? In seinem Kopf entstanden immer neue Fragen. Langsam ging er die Wendeltreppe hinunter.

Wenigstens gab es in der Werkstatt keinerlei Spuren.

Er ließ sie durch die Vordertür eintreten.

«Willkommen im Reich der Heiligen...»

«Und Sündigen», ergänzte sie.

Ihre hellviolette Tunika hatte ein paar Falten bekommen, die Haare außer Fasson.

«Du wirst nicht glauben, Franz, was ich erlebt habe. Wo ist der heilige Geist?»

Weissenbach holte die Whisky-Flasche und schenkte zwei Gläser ein.

Sie umarmte und küßte ihn immer wieder. So stürmisch hatte er sie noch nicht erlebt.

«Milton ist aus der Haut gefahren. Das hättest du hören müssen, wie er geschimpft hat, in seinem heimischen Deitsch. Beverly hat angefangen zu heulen, ihr Ehemann wollte mich verprügeln und die Mutter schlug die Hände zusammen. Sie sin der Deiwel, hat sie immer wieder gerufen, sie sin der Deiwel.»

Florine trank den Whisky in einem Zug. Hielt ihm das Glas hin.

Weissenbach war froh, daß die Malerin nicht interessierte, was er in den letzten Stunden erlebt hatte. Sie sprudelte ihren Auftritt bei der Hochzeit des Schoko-Königs hervor. Euphorisch, erregt.

«Ich habe gewartet, nur gewartet. Suchte den richtigen Zeitpunkt, den Siedepunkt, wie Milton sagt. Darauf kommt es an. Wann ist der Siedepunkt, damit die Partie auch gelingt?

Die Trauung, das Formale, das Gerüst, mein Gott, das zog sich hin, das Mittagessen zum Einschlafen, lauter gute, langweilige Sachen. Am Nachmittag eine Fahrt zu seinem neuen Fabrikgelände. Nach Banterville oder Bantertown, er weiß noch nicht genau, wie er seine Stadt nennen will, vielleicht heißt sie auch nur Banter. Das war schon lustiger, aber ich mußte mich gedulden, am frühen Abend glaubte ich schon, die Chance sei verpaßt. Es gab schon wieder Essen, dann doch...» Sie unterbrach sich.

Franz schenkte großzügig nach. «Ich trinke auf deine Heiligen, mit denen du mehr sprichst als mit deiner Kundschaft. Prost!»

Weissenbach wollte sie fragen, wer sie zu seinem Haus gefahren hatte, aber er kam nicht dazu.

«Der Tanz, das war's, alle wollten tanzen, es war bis dahin keine Hoch-Zeit, sondern nur eine verlorene Zeit, nicht ausgelassen, nicht einmal fröhlich. Die jungen Leute warteten darauf, daß endlich das Fest beginnen möge. Da hab ich um Ruhe gebeten und meine Petition vorgetragen. An Bürgermeister Harrison...»

«War der nicht da?» fragte Weissenbach, obwohl er wußte, wo der Bürgermeister sich zu diesem Zeitpunkt aufhielt.

«Er ist nicht erschienen, was Milton sehr bedauerte. Die beiden sind gut befreundet. Also, ich lese meine Petition, daß nun das Schießen aufhören muß, daß der Polizei Einhalt geboten werden muß, daß jedermann in diesem Land für seine Rechte auf die Straße gehen darf, daß die Toten bei McCormick eine letzte Mahnung seien... da setzt ein Gejohle ein, ein Pfeifen, ein Schwall von bösen Flüchen. Beverly kreischte auf, ob ich ihr den schönsten Tag in ihrem Leben mißgönne? Dabei war nichts Schönes an dem Tag. Ihr Ehemann legte die

Frackjacke ab und krempelte die Ärmel hoch, wollte den Preisboxer geben, um mich zu verprügeln. Und Milton, der grinste erst ein bißchen, dann wurde es auch ihm zuviel, er rief noch ganz spaßig: ‹Aufhören, aufhören!› Aber ich hörte nicht auf. Ich forderte seine Unterschrift unter meiner Petition. Ich ging zu jedem hin, von Platz zu Platz, fragte mit lauter Stimme, ob er für die Freiheit in Chicago eintrete oder dem Knüppelregime der Polizei beipflichte. Da brach der Damm. Beverlys Ehemann versetzte mir einen Stoß, Milton verlor seine Contenance, seine Frau schrie: ‹Deiwel, raus mit dem Deiwel, raus mit der Rotzerin.›»

Franz Weissenbach konnte sich kaum halten vor Lachen. Florine spielte die ganze Szene vor. Sie mimte die entsetzten Gesichter, die wütenden Festgäste, das beleidigte Brautpaar. Daß der Schoko-König in Rage geraten war, gefiel ihm ganz besonders.

«Ein paar Unterschriften hab ich bekommen», sagte sie etwas leiser und hielt ihm das zerknickte Schreiben hin. «Du unterschreibst doch auch, oder?» Franz nahm einen Bleistift von der Theke und setzte seinen Namen auf das Papier. Er zählte die Unterschriften. Es waren nur fünf.

«Bist du deswegen hergekommen?» fragte er, ein wenig verhalten.

«Nein», sagte Florine, «ich will die Nacht bei dir bleiben.»

«Hier sehen alle Heiligen zu», wandte Franz zaghaft ein.

«Die sollen auch ihr Vergnügen haben. Meinst du, die hätten ihr Leben lang keusch gelebt?»

Weissenbach löschte das Licht. «Sie werden uns gewiß nicht verraten.»

Florine entkleidete Franz, und er half ihr aus der Tunika.

«Ist dieser Priesterkragen nicht ein wenig eng?» sagte sie und zupfte an den beiden Knöpfen, mit denen er befestigt war. «Warum trägst du den überhaupt?»

Weissenbach erfand die Geschichte, daß er manchmal am Abend noch Krankenbesuche mache, denn einige seiner Kunden hätten mehr Vertrauen zu ihm als zu ihrem Pfarrer. «Und außerdem war ich heute bei der Beerdigung von Mueller...»

«Komm», unterbrach ihn Florine, «ich will dich spüren. Nachher können wir darüber reden, was du heute getan hast.»

Es war Stille zwischen ihnen.

Als hätte ein Luftzug die Gespräche mit sich genommen.

Und Weissenbach verscheuchte die Bilder aus seinem Kopf, das Chaos, die Leichenteile, die ungeheure Detonation.

Er hörte die Heiligen tuscheln. Santa Barbara mit den grünblauen Augen unterhielt sich mit dem heiligen Josef über die Schönheit der Unzucht. Josef sagte, er habe zu seiner Zeit leider zu viele Gelegenheiten verstreichen lassen. Santa Barbara war ganz anderer Meinung. Franz von Assisi bat um Ruhe, die beiden Liebenden dürften nicht gestört werden.

Lange blieb sie auf ihm liegen.

«Du solltest mir verraten, was du wirklich früher gemacht hast. In Europa, bei den Communarden in Paris oder in der Schweiz. Ich glaube, ich könnte jetzt ein bißchen Wahrheit vertragen», sagte Florine und biß Franz ins rechte Ohrläppchen.

Weissenbach fand dies nun gerade den schlechtesten Zeitpunkt.

«Mein Vater hatte sieben Kinder», begann er, «wir waren

sehr arm. Deswegen hat er mich in die Obhut der Kirche gegeben. Ich habe alle Stufen durchlaufen, vom kleinen Ministranten über den Vikar, später nach der Priesterweihe bekam ich dann eine eigene Gemeinde . . .»

«In der Schweiz?»

«Genau, in der Schweiz. Ich war lange dort.»

Weissenbach machte es Spaß, seine erfundene Biografie zu erzählen. Nach den Vorfällen der Nacht war es um so dringlicher, diese Lügen aufrechtzuerhalten.

«Aber warum hast du das alles aufgegeben? Die Einwanderer, die nach Amerika kommen, haben einen Grund, die konnten keine Arbeit finden, die waren unterdrückt, die haben viel gelitten, kaum einer, außer ein paar Geschäftsleuten, kommt freiwillig hierher.»

Weissenbach ließ Florine vorsichtig zur Seite gleiten, hielt sie dabei fest umschlungen.

«Wieso glaubst du mir nicht?» Er küßte sie, daß sie keine Antwort geben konnte.

«Ich liebe Lügner», sagte sie, als sie wieder Luft bekam, «und ich dachte, ich hätte einen erwischt. Franz, du bist ein wunderbarer Erzähler, kein gewöhnlicher Spießer, und niemals ein Priester, nie-mals.»

Er lachte wie ein kleiner Junge.

«Gib es zu, du machst das für dein Geschäft! Da verkauft sich die Ware besser, das paßt zu der Frömmelei der Kundinnen, die wollen doch betrogen sein. Hab ich recht?» Weissenbach verzog keine Miene. Nun mußte er die Rolle weiterspielen.

«Du bist ein genialer Betrüger, Franz. Deswegen liebe ich dich.»

«Mehr als Milton?» fragte er.

«Das geht dich nichts an. Das ist ausschließlich meine Sache.»

«Weiß denn seine Frau etwas von eurem Techtelmechtel?»

Florine Starkweather setzte sich auf.

«Wenn ich etwas nicht leiden kann, dann sind es Schnüffeleien. Das ist mir zuwider.»

Sie zog ihr Kleid heran und wickelte es um sich.

Franz konnte ihr Gesicht sehen.

«Ich will es gar nicht wissen...»

«Doch, nichts interessiert dich mehr! Du würdest das gerne wissen und mir dann Vorwürfe machen, nicht wahr?»

Sie sah ihn an, ihr Gesicht im Dunkel, das zerwühlte Haar leuchtete in den ersten Lichtstrahlen.

«Weiß Milton denn von unserer Liebschaft?»

«Das geht ihn nichts an», erwiderte Florine, «ihr seid zwei Männer, die nichts miteinander zu tun haben. Getrennte Geschichten.»

«Wir lieben beide die gleiche Frau. Liebt Milton dich denn noch nach deinem Auftritt gestern abend?»

Die Malerin schwieg.

Sie holte sich Weissenbachs rechte Hand und führte sie zwischen ihre Schenkel.

Sie kamen zusammen. Heftiger. Gewalttätiger. Als müßten sie miteinander kämpfen. Erreichten einen schnellen Höhepunkt und fielen auseinander.

Während er sie über die Wendeltreppe hinauf in sein Schlafzimmer trug, döste sie. Auf dem Bett fiel Florine sofort in tiefen Schlaf.

Sorgsam verwischte Franz die Spuren im Laden. Nur der heilige Bernhard war wachgeblieben. Der göttliche Strahl, der ihn erleuchtete, ließ ihn niemals zur Ruhe kommen.

Zu Hildegard von Bingen sagte Weissenbach, als er ein paar Stunden später sein Geschäft öffnete: «Wer Pech anrührt, der besudelt sich damit.»

Die Heilige schwieg.

12. Kapitel

5. Mai 1886: «Hängt sie auf – und stellt sie dann vor Gericht!»

Officer Mathias J. Degan war das erste Opfer unter den Polizisten. Ihn traf ein Bombensplitter, verletzte die Hauptschlagader im linken Oberschenkel. Man brachte ihn im Laufschritt zur Desplaines Street Station, wo er wenige Minuten später starb. Blutverlust. Die Polizei zählte in ihren Reihen siebenundvierzig Verletzte, von denen im Verlauf der nächsten Wochen weitere sechs starben.

Die Anarchisten zählten ihre Toten nicht. Auch die Presse interessierte sich nicht dafür. Die Schätzungen reichten von sechs bis zu sechzig Ermordeten. Darunter der Schuster Emil Lutz, der Arbeiter Carl Kister und der Schneider Charles Schumacher.

Die medizinischen Untersuchungen ergaben, daß bis auf Officer Degan alle Polizisten an Verletzungen durch Pistolenschüsse starben. Die meisten Kugeln waren durch den Rükken eingedrungen.

Noch in der gleichen Nacht begruben die Anarchisten heimlich einige der ermordeten Brüder. Niemand von ihren Verletzten wurde in einem Krankenhaus behandelt.

Inspector Bonfield erklärte in einem offiziellen Protokoll, daß er das Feuer einstellen ließ, weil in der Dunkelheit die Gefahr bestand, daß seine Männer sich gegenseitig umbrachten. Einen Telegrafenmast, in dem eine Menge Kugeln steckten, ließ er am nächsten Morgen entfernen.

Wie viele der Anarchisten bewaffnet waren, wurde nie geklärt. August Spies hatte seinen Revolver abgelegt, bevor er zum Haymarket ging, weil die Waffe ihm zu unhandlich war. Bürgermeister Harrison sagte später aus, daß er nicht einen Waffenträger in der Menge habe ausmachen können.

In der *Chicago Tribune* fand sich am 5. Mai ein Bericht, der anders als alle späteren Berichte ein Stimmungsbild wiedergab:

«Von Furien gehetzt, war die Polizei in einer Verfassung, die keinerlei Widerstand ertrug, und, fast so gefährlich wie der Mob selbst, war sie blind vor Wut, unfähig zu unterscheiden zwischen friedlichen Bürgern und nihilistischen Mördern. Noch einige Blocks vom Desplaines-Revier entfernt räumten Einheiten die Straßen und prügelten auf jeden ein, der sich ihren Befehlen widersetzen wollte.»

Am gleichen Tag erschien die republikanische *Inter-Ocean*. Ihr Bericht gab den Tenor an, in dem zukünftig über die Vorgänge in jener Nacht berichtet werden sollte.

JETZT IST ES BLUT!

Die Anarchisten von Chicago errichteten letzte Nacht das Regime der Gesetzlosigkeit, das sie seit Jahren angedroht und angefacht haben. Sie warfen eine Bombe mitten in eine Kolonne von 200 Polizeiofficers, sie explodierte mit schrecklichen Folgen und mähte die Männer wie Schlachtvieh um. Noch bevor das Todesgeschoß explodierte, hatten die Anarchisten ein mörderisches Revolverfeuer auf die Polizeimacht eröffnet. Ihre Aktionen waren von langer Hand geplant und die Polizisten wurden von allen Seiten umzingelt, so daß in ihren Reihen ein Blutbad angerichtet wurde.

Der Zusammenstoß zwischen Polizei und Anarchisten wurde von ihren Führern August Spies, Sam Fielden und Albert Parsons angestachelt, denen es gelang, eine Massenveranstaltung zu Aufruhr und Blutvergießen anzutreiben.

«Es war eine Falle», schrie Bonfield, «eine verdammte Falle.»

Die Officers nickten.

«Sie haben uns in eine verdammte Falle gelockt. Das riecht nach Konspiration.»

Jeder Raum in der Desplaines Street Station war belegt. Verletzte, blutende Polizisten, viele mit offenen Wunden. Überall Stöhnen, Schreie, Wimmern.

Kaum hatte sich die Nachricht von dem Geschehen verbreitet, kamen die Verwandten zum Revier, Frauen, Töchter, Freunde. Die Schwerverletzten wurden ins Cook County Hospital gebracht, andere an Ort und Stelle verbunden. Bonfield brüstete sich damit, daß er recht behalten habe. «Ich habe gestern nachmittag auf der Sitzung gesagt, wir sind in einem Bürgerkrieg, aber niemand hat zugehört. Wie immer muckten die Feiglinge: abwarten, abwarten. Wenn ich das höre ... Man könnte verrückt werden.»

«Aber die Veranstaltung auf dem Haymarket war doch fast zu Ende», rief ein Arzt, der sich um einen Polizisten mit einem Steckschuß in der Schulter kümmerte, «ich hab es selbst gesehen. Etwas später wären sie auseinandergegangen.»

«So, das haben Sie gesehen. Wunderbar. Dann wissen Sie wohl auch, was dieser Mob danach anstellen wollte, ja?»

Der Arzt versuchte, mit einer Pinzette die Kugel zu entfernen. Er sah nicht zu dem wütenden Bonfield auf.

«Die wollten unser Revier in die Luft sprengen! Wir haben unsere Informationen.»

Der Arzt erwiderte, er habe gehört, daß Spies sagte, die Leute sollten lieber ruhig bleiben und nach Hause gehen, als darüber zu reden, jemanden zu hängen, zu diesem Zweck seien sie nicht zusammengekommen.

«Wenn wir Sie hier nicht dringend brauchten, Mann, würde ich Sie eigenhändig vor die Tür setzen.»

Der Inspector verließ den Raum.

Fünf Uhr morgens. Captain Schaack betrat das Revier.

«Das war das Signal, John», flüsterte er Bonfield zu, «jetzt geht der Tanz erst richtig los. Diese Bombe war nichts gegen das, was jetzt geschieht. Die sind gerüstet, diese Monster. Die haben Hunderte von Bomben.»

«Und wir?»

«Jetzt wird Ebersold und Harrison die Puste ausgehen, jetzt sind sie dran. Ich hab gehört, daß unser werter Bürgermeister schon eine Verfügung angekündigt hat, daß alle Aufmärsche und Zusammenrottungen verboten werden sollen...»

«Endlich», unterbrach Bonfield den Captain. Michael J. Schaack war ein Mann von feister Statur, mit einem enormen Schädel, buschigem Schnäuzer und leicht schielenden, schwarzen Augen. Er trug eine blaue Kappe mit der goldenen Aufschrift: Captain. Wenn er sprach, stützte er beide Fäuste in die Hüften.

«Die haben die Bombe geworfen, weil sie endlich einen Erfolg brauchen. Das Ganze sollte schon bei McCormick losgehen, aber da haben wir sie im Griff gehabt. Hast du gesehen, was in der *Arbeiter-Zeitung* stand?»

«Ich lese diesen Mist nicht», erwiderte Bonfield.

Captain Schaack holte das Exemplar aus der Tasche und zeigte auf die Seite 2. Im «Briefkasten» stand handschriftlich das Wort «Ruhe».

«Weißt du, was das bedeutet?»

Bonfield schüttelte den Kopf.

«Das war das verabredete Zeichen. Als Fielden sagte: Wir sind doch friedlich, wir geben Ruhe, da ist die Bombe geflogen. Jeder von dieser Brut wußte, daß es eine Explosion geben wird. Nur wir haben es zu spät erfahren.»

Captain Schaack öffnete ein Fenster. Er konnte den Gestank der Verletzten, die Ausdünstungen der Angst nicht länger ertragen.

«Aber warum haben die nicht mehr Bomben geworfen?» fragte Bonfield. «Wenn sie schon so viele hatten. Es ist nur eine geflogen!»

«Meinst du, die verschießen ihr Pulver so leicht. Die wollen herausfinden, wie wir reagieren.»

Schaack war dem Vizechef der Chicagoer Polizei überlegen. Er war ein Stratege, während Bonfield nur ein Bündel von Rachegedanken war.

Schon im Eisenbahnerstreik 1885 war er in die Schlagzeilen geraten. Er hatte einen fünfundsechzig Jahre alten Mann namens Patrick Conley so heftig geschlagen, daß dieser in Myers Drugstore behandelt werden mußte. Seit dieser Zeit trug Bonfield den Beinamen «Blackjack, der Totschläger».

Captain Schaack stammte aus Luxemburg, sprach deutsch und englisch. Er hatte seine Informanten in der Anarchistenszene plaziert.

«Ich sag dir eins, John, die wollen die Polizei ausradieren, die wollen öffentliche Gebäude in die Luft jagen, die Geschäfte plündern und die Warenhäuser. Es gibt eine Verschwörung gegen die ganze Stadt. Die Bombe war das Signal, daß diese Bastarde die Macht ergreifen wollen. Wir müssen hart zurückschlagen...»

«Wenn Harrison uns läßt», warf Bonfield ein, «bis jetzt hat er alle Aktionen verhindert. Abwarten, hat er gesagt, abwarten. Bis wir alle im Sarg liegen, was?»

«Pullman und McCormick werden Harrison schon zur Räson bringen», sagte Schaack lächelnd, «machen wir uns an die Arbeit.»

Als der spätere Präsident Theodore Roosevelt von den Ereignissen auf dem Haymarket erfuhr, sagte er auf seiner Ranch in Dakota gegenüber der Presse:

«Meine Männer arbeiten hart, viele arbeiten länger und für weniger Lohn als die Streikenden in Chicago, aber sie sind echte Amerikaner. Ich glaube, sie hätten kein größeres Vergnügen, als sich diesem Mob mit dem Gewehr in den Weg zu stellen. Ich würde sie mitbringen und es würde einen Kampf gegen die zehnfache Anzahl der Aufrührer geben. Meine Männer schießen gut und haben keine Furcht.»

Milton P. Banter stellte fest, daß nicht genügend Fortschritt erzielt war. Nach seinen Berechnungen mußte die Konstruktion schon höher sein.

«Ich sollte mich bei Ihnen melden, Sir», sagte ein Mann im dicken Kutschermantel.

«Ja, Bill, gut, daß du kommst. Sag mal, wohin hast du die Lady letzte Nacht gefahren?»

«Sir, das war im Norden. Es war dunkel. Die Straße kann ich nicht sagen.»

Banter faßte ihn an der Schulter.

«Willst du es nicht sagen? Hat die Lady dir das verboten? Oder...»

«Nein, nein», beeilte sich der Kutscher, «ich weiß es nicht. Sie hat mir nichts dergleichen aufgetragen.»

«Aber es war nicht die Lake Front, was? Nicht ihre Villa am See?»

Der Kutscher zögerte. «Es war im Norden, bei den Deutschen.»

«O. k., Bill, du nimmst dir den Tag frei und fährst die Strecke noch einmal. Erinnere dich, und dann komm wieder her und sag mir, in welches Haus sie gegangen ist.»

«Verstanden, Sir.»

Mit einem Bückling entfernte sich der Kutscher.

Ohne einen Moment zu warten, schritt Banter auf die Baustelle seines Verwaltungsgebäudes zu. Es sollte das höchste Haus in Chicago werden. Achtzehn Stockwerke. Das Stahlskelett ragte bedrohlich in die Höhe. Das hatte es noch nicht gegeben. Ein Wahrzeichen für seine Schokolade.

Der Bauunternehmer Henry Hobson glich einem Seelöwen, zwei kugelrunde Glupschaugen und ein struppiger Kinnbart.

«Was ist los, Henry? Warum geht es nicht voran?» Banter sah in sein Notizbüchlein. «Wir müßten schon höher sein ...»

Der Bauunternehmer versuchte, einen Blick in die Aufzeichnungen von Banter zu werfen, aber der ließ es nicht dazu kommen. Das Notizbuch verschwand in der Westentasche.

«Wird gestreikt?»

Henry Hobson lachte.

«Streik? Nie das Wort gehört. Wir kommen so schnell voran, wie es nur geht.»

«Nicht schnell genug, Henry. Jeden Tag verlieren wir eine Unsumme. Solange das Gebäude nicht steht, können wir es nicht nutzen. Kannst du nicht mehr Maurer aufbringen?»

«Nein», antwortete der Unternehmer, «geht nicht. Die holen die Stahlbauer ein, bevor die Konstruktion fertig ist.»

«O. k., laß uns mit den Stahlbauern reden.»

Er ließ Hobson stehen und bestieg die erste Leiter, die in den dritten Stock hinaufreichte. Von da an ging es über Innengerüste. Obwohl sein Körpergewicht fast zweihundert Pfund war, schwang er sich höher und höher. Hobson hatte Mühe, ihm zu folgen.

Banter sprach den Contractor an, der das Stahlskelett aufstellte.

«Ihr müßt euch beeilen, Tom, die Maurer sind hinter euch her. Die haben euch fast eingeholt.»

«Die Maurer», der Contractor grinste, «die kriegen uns nie.»

«Wetten», schlug Banter vor. «Machen wir ein Wettrennen, was?»

Jetzt erst erreichte Hobson den elften Stock. Er war völlig außer Atem.

«Das Rennen geht Tag und Nacht», bestimmte Banter.

«Halt», widersprach ihm der Contractor, «nachts gibt's keinen Stahl. Das ist zu gefährlich.»

«Wieso?» Banter schaute drein, als habe ihm jemand sein Spielzeug weggenommen.

«Die Männer treten nachts auf Schatten. Wir wollen niemand zu Tode stürzen sehen.»

«Schick mir Reeves», befahl Banter. «Schnell.»

«Was soll Reeves dabei?» fragte der Contractor, «der hat nichts mit uns zu tun.»

Die Bauarbeiter-Gewerkschaft hatte dafür gesorgt, daß auf Banters Baustelle nur Männer arbeiteten, die das Mitgliedsbuch besaßen. Da gab es keine Ausnahme. Die Stahlarbeiter bildeten eine noch engere Kaste. Es hatte Unfälle gegeben, Warnzeichen. Sie kannten kein Pardon.

Reeves brauchte fünf Minuten. Entschuldigte sich, daß er es nicht früher geschafft habe.

«Wieviel Licht kannst du hier machen, Reeves?»

«Zehn, zwölf von den großen Lampen schaff ich her.»

«So daß es keine Schatten gibt?»

«Keine Schatten, Sir», erwiderte der Hilfsarbeiter.

Banter sah den Contractor an.

«Wenn es keine Schatten gibt, arbeiten wir auch nachts. Mit Zulage allerdings.»

«Zulagen gibt es keine. Hol mehr Leute ran.»

«Fünf Cents», der Contractor blieb gelassen, «und nachts etwas zu essen.»

«Etwas zu essen, in Ordnung, aber keine fünf Cents, Tom!»

«Wir müssen uns besprechen», sagte der Contractor, «mal sehen.»

Der Bauunternehmer warf ein, wenn auch nachts gebaut werde, dann brauche er mehr Maurer.

«Mach ihnen Beine, Henry. Die arbeiten verdammt langsam, ich glaube, du hast ein paar dabei, die schlafen mit der Kelle in der Hand ein. Die haben einfach keinen Ehrgeiz.»

Banter wandte sich wieder dem Contractor zu. «Und?»

«Ein Essen und am Wochenende eine Ladung Süßigkeiten für die Familien.»

«Einverstanden», sagte Banter.

Sie schlugen ein, wie auf dem Pferdemarkt. Milton P. Banter warf einen kurzen Blick über seine neuen Fabrikanlagen, rannte von einer Seite zur anderen.

Dann stieg er wieder hinab.

Als er unten angekommen war, notierte er in seinem Büchlein: «Fertigstellung des V-Gebäudes drei Tage früher.»

In seinem Zweispänner ließ er sich in die Stadt bringen. Unterwegs las er Zeitung. Die Ereignisse am Haymarket interessierten ihn nur mäßig. Eine Bombe. Das war zu erwarten. Immer wieder hieß es, irgendwann fliege Dynamit durch die Luft. Nun war es geschehen. Die Zeitungen hatten etwas zu schreiben. Wie gut, daß seine neue Fabrik weit außerhalb lag.

Da kam der Bazillus des Anarchismus nicht hin. Sonst würde er persönlich dazwischengehen.

Er dachte daran, wen er zur Einweihung des Hochhauses einladen wollte. Diesmal durfte Harrison nicht fehlen. In schneller Folge notierte er die Namen. Es war die Creme der Society Chicagos. Sie würden blaß werden. Es gab ein Transportproblem, alle Gäste rechtzeitig heranzuschaffen.

Er mußte mit der Kutschervereinigung sprechen und alle fahrbereiten Droschken zugleich mieten. Auch das notierte er.

Es waren die Einfälle, die vielen Ideen und die Fähigkeit, vorauszuplanen, Probleme zu erkennen, die erst in ein paar Wochen auftraten, Phantasien zu entwickeln, was im schlimmsten Falle geschehen konnte. Er nutzte jede freie Minute, sich über den Ablauf der nächsten Tage ein Bild zu verschaffen.

Die Stimmung im neuerbauten Board-of-Trade-Gebäude war angespannt.

Panik.

Die Männer waren so erregt, daß auch die Ordnungsrufe von verschiedenen Industrieführern nichts nutzten.

«Rote Rüpel!»

«Blutmonster!»

«Mörder!»

McCormick läutete die Glocke.

Banter legte den Bleistift weg. Er wußte nicht, warum sich diese Leute so ereiferten. Sie schienen nichts Besseres zu tun zu haben. Der Schoko-König dachte an seine vier Verabredungen, die er noch vor dem Mittagessen zu erledigen gedachte.

«Pestbande!»

«Deutsche Bluthunde!»

«Polnische Ratten!»

George M. Pullman schrie in den Saal: «RUHE! RUHE!»

Nach und nach verstummten die Rufe.

Die Sitzung war eröffnet. Die dunklen, langgezogenen Tische, die rotgepolsterten Stühle und die schweren goldenen Lüster gaben dem Raum das Flair eines Casinos.

Über zweihundert Mitglieder der Bürgergesellschaft hatten sich eingefunden. Sie diskutierten Maßnahmen. William Pinkerton machte Vorschläge, die er mit Captain Ebersold, dem Chef der Chicagoer Polizei, im Laufe des Tages koordinieren wollte.

«Meine Herren, es ist höchste Zeit, die ausländische Brut auszumerzen. Wir wissen genau, daß es keine Amerikaner sind, die uns das Leben schwer machen, sondern Böhmen, Deutsche, Polen! Immer wieder die gleichen Aufrührer, die den Klassenkampf im Gepäck aus Europa mitgebracht haben.»

«Ich beschäftige überhaupt keine Fremden», rief einer der Männer.

Manche murmelten zustimmend, andere blieben still.

Banter rechnete. Wenn es ihm gelang, das Verwaltungsgebäude wirklich drei Tage früher in Betrieb zu nehmen, war es erforderlich, daß er sich um neue Schreibkräfte bemühte.

Dies war eines der schwierigsten Probleme. Da mußte seine Frau helfen. In Pennsylvaani gab es genug bibelfeste Mädchen, die lesen und schreiben gelernt hatten. Vielleicht sollte er ein Wohngebäude für seine Sekretärinnen bauen.

Während Pinkerton über die Effizienz seiner Arbeit sprach und damit prahlte, wie sie die Polizei übertrumpften, unterbrach Pullman die Sitzung.

«Was wir brauchen, ist Geld, meine Herren! Wir müssen Dollars einsetzen, um das anarchistische Feuer zu löschen.»

Die Mitglieder der Bürgergesellschaft signalisierten Zustimmung.

Dunkle, gurgelnde Laute kamen von allen Seiten.

«Wir brauchen Geld für die Familien der Polizisten, für die Polizeiarbeit, für Pinkerton, der uns die Probleme vom Hals schaffen kann, wenn er mehr Männer einstellt, und natürlich für das Gericht. Ich habe von Ebersold gehört, daß sie alle Anarchisten einfangen wollen...»

«... und aufknüpfen. Am besten noch heute.»

«Auf dem Haymarket.»

Banter meldete sich zu Wort.

«Meine Herren, auch wenn ich kein geborener Chicagoer bin und erst seit ein paar Jahren zu dieser ehrenwerten Bürgergesellschaft gehöre, lassen sie mich zwei Dinge zu bedenken geben: Erstens, wir kommen gar nicht ohne Einwanderer aus. Wenn ich alle Arbeiter entlasse, die aus Deutschland oder Polen hergekommen sind, kann ich meine Fabrik schließen; zweitens, und das ist wichtiger, wir müssen härter verhandeln, klarer zusammenstehen und nicht nachgiebig sein. Das war unser größter Fehler.»

«Und Sie, Mr. Banter, Sie haben doch Ihren Arbeitern den Achtstundentag geschenkt, oder irre ich mich da?»

«Ich bin nicht der einzige», erwiderte Banter scharf, «hier sitzen viele, die das für richtig halten. Dafür gibt's bei mir keine Streiks und keine Ausfälle. Wenn Sie zusammenrechnen, Mr. Richardson, was Sie an Arbeitsstunden in Ihrer Fabrik verloren haben...»

Banter unterbrach sich, weil ein Bediensteter des Handelshauses mit einer Meldung hereinstürmte.

McCormick erhob sich und las den Text. Es war die Anordnung des Bürgermeisters, daß ab sofort alle Demonstrationen und Aufmärsche in Chicago verboten seien.

Großer Beifall erfüllte den Sitzungssaal des Board of Trade. Dann zeigte McCormick auf den Schoko-König.

«Ich muß sagen, daß Sie noch nicht begriffen haben, wie ernst unsere Situation ist. Die Bombe war ein Startzeichen, jetzt wird der Funke überspringen, die Anarchisten haben Blut geleckt. Es ist der Abschaum der Gesellschaft, der Beelzebub vom Rhein, die Teufel von der Donau und der Elbe, das sind die Leute, die Europa ausgespuckt hat. Wir müssen ihnen jetzt Einhalt gebieten. Sie mißbrauchen unsere Gastfreundschaft und machen sich lustig über unsere Autorität. Sie müssen bestraft werden mit Galgen, Kugeln oder Äxten.»

Wieder gaben die Männer ihre Zustimmung.

Banter antwortete nicht. Er zeichnete eine Fünftausend-Dollar-Spende für den Fonds. Das würde allen Kritikern und Neidern das Maul stopfen.

Als die Sitzung zu Ende war, lag Banter um eine halbe Stunde in seinem Zeitplan zurück. Er strich eine Verabredung, ließ dem wartenden Geschäftspartner einen neuen Termin für die Besprechung telegrafieren und begab sich zum Central Post Office. Er mußte klären, warum manche Warenlieferungen sich derart verspäteten.

Die «Knights of Labour» distanzierten sich von den Geschehnissen auf dem Haymarket: *«Wir haben keine Verbindungen, Kontakte, Sympathie oder Respekt für diese feigen Mörder, Halsabschneider und Diebe, bekannt als Anarchisten, die wie mitternächtliche Täter durchs Land streifen, die Gefühle von ignoranten Ausländern in Unruhe versetzen, die rote Fahne der Anarchie hissen, Aufruhr und Blutvergießen verursachen. Sie sind nichts anderes als wilde Tiere. Es gibt keine Gewerkschaft in Amerika, die solche Männer in ihren Reihen duldet, die bei der Zerstörung von Leben und Eigentum beteiligt sind. Die anarchistische Idee ist unamerikanisch und wird in diesem Land keinen Fuß fassen.»*

Das Gebäude der *Arbeiter-Zeitung* lag in der Fifth Avenue. Ein vierstöckiges Haus im klassizistischen Stil, die Fensterbögen geschwungen, eine klare Fassade. Aus früheren Tagen stand noch das Schild «Mechanics Exchange» über der Eingangstür. Dahinter war ein Restaurant.

Spies, der Herausgeber der *Arbeiter-Zeitung*, war nach der Explosion vom Haymarket geflohen. Erst in Zepf's Hall, wohin sich Parsons schon vor Ende der Versammlung zurückgezogen hatte, erfuhr er, daß der ungeheure Knall auf eine Bombendetonation zurückzuführen war. Eine halbe Stunde später ging er nach Hause, um zu sehen, was aus seinem verletzten Bruder Henry geworden war.

Am frühen Morgen des 5. Mai traf er in seinem Büro mit seinem jüngeren Bruder Chris zusammen. Auch Michael Schwab, der zweite Herausgeber der Zeitung, war anwesend. Der Dreiunddreißigjährige kam aus Bayern, arbeitete zunächst als Buchbinder und Bibliothekar. 1872 wurde er Mitglied der Sozialdemokratischen Partei in Deutschland und wanderte sieben Jahre später nach Amerika aus.

«Parsons ist verschwunden», sagte Chris, «er hat sich abgesetzt.»

«Vielleicht besser so», erwiderte August Spies. «Den würden sie durch die Mangel drehen, ist schon lange ein Dorn im Auge der Blutsauger.»

«Glaubst du...» Chris beendete seinen Satz nicht. Er sah Michael Schwab an. Der konnte als einziger ein gutes Alibi vorweisen.

Er war am Abend des 4. Mai nur kurz auf dem Haymarket gewesen, um Spies zu bitten, zur Deering-Reaper-Fabrik im Nordwesten der Stadt zu kommen und zu den Arbeitern zu sprechen.

Aber als Spies nicht pünktlich erschien, ging Schwab los und sprach selbst bei Deering. Hunderte von Arbeitern konnten bestätigen, daß Schwab zur Zeit der Explosion nicht am Ort des Geschehens war.

«Wie kommst du darauf?» fragte August Spies.

«Albert hat die Versammlung verlassen, wir haben ihn nicht gesehen, vielleicht hat er den Moment genutzt...»

«Geh schlafen, Chris, du phantasierst. Albert würde niemals eine Waffe anrühren, der war bei den Konföderierten im Bürgerkrieg. Das Gemetzel hat ihm genügt.»

Schwab sah auf die Bleilettern, die ungeordnet im Setzkasten lagen. Einer der Lehrlinge hatte den letzten Zeitungssatz auf einen Haufen geschüttet.

«Es gibt doch keinen Zweifel, daß die Schurken die Bombe selbst geworfen haben. Das waren die Pinks! Die wollten den Krawall! Da schmeißt ein Provokateur Dynamit in die Menge, damit sie einen Vorwand haben einzuschreiten!»

Schwab begann, die Buchstaben zu sortieren. Seine Finger wurden schwarz von der Druckerfarbe. Spies stimmte ihm zu.

«Bonfield kam mit seiner Knüppelgarde angerannt, Ward forderte uns auf zu gehen, dann flog die Bombe, genau zum richtigen Zeitpunkt – das war abgesprochen, und dann begann die Schießerei. Du hättest die Gesichter sehen müssen, die Gesichter dieser Mörder. Jeder durfte so viele umbringen, wie er wollte. Diese Gesichter werde ich nie vergessen. Waren richtig bei der Sache, einige sogar fröhlich, ohne Anspannung, andere wieder angestrengt, verbissen. Diese Mörder brauchten einen Vorwand, und den haben sie selbst geschaffen. Wir sind in eine Falle geraten.»

Chris Spies war nicht einverstanden. «Aber warum flog die Bombe in die Reihen der Polizisten? Wenn es einer von denen war, dann hätte er sie doch besser direkt auf Fielden und dich geworfen.»

«Er konnte nicht zielen», erwiderte Spies lakonisch, «ein schlechter Werfer.»

Lucy Parsons und Lizzie Holmes betraten die Redaktion der *Arbeiter-Zeitung*.

«Neuigkeiten?» fragte Lucy.

«Ist Albert in Sicherheit?» wollte August Spies wissen.

«Ich denke schon.» Lucy Parsons hatte die ganze Nacht wachgelegen. Noch in Zepfs Halle beschlossen sie, daß Albert besser verschwinden solle. Einige Anarchisten legten Dollars zusammen. Lucy brachte ihren Mann an die Bahn. Beim Abschied sagte er zu seiner Frau: «Küß mich, Lucy, küß mich, keine Ahnung, ob wir uns noch mal wiedersehen.» Er fuhr zunächst nach Geneva.

Auch Lizzie Holmes, eine Freundin der Parsons', die Albert darin bestärkt hatte, sich in Sicherheit zu bringen, war der Überzeugung, daß ein *agent provocateur* die Bombe geworfen hatte. «Ich hab eine Menge von diesen Schweinen gesehen, die sich auffällig wie immer benahmen. Jeder von denen konnte eine Bombe im Mantel versteckt tragen. Kurz bevor es krachte, war eine solche Ruhe auf dem Platz, daß ich dachte, gleich muß etwas passieren.»

Chris Spies hielt dagegen. «Die töten nicht ihre eigenen Leute. Ich hab gesehen, daß zuerst die Officers umkippten.»

«Wie viele unserer Leute sind tot?» fragte Lucy.

«Wir wissen es nicht», antwortete August Spies.

«Aber wir müssen eine Zahl haben! Was sollen wir denn schreiben?»

August Spies schwieg.

Am Tag vor dem Anschlag hatte es eine heftige Auseinandersetzung in der Redaktion gegeben.

Als Spies das Flugblatt sah, das zur Versammlung auf dem Haymarket aufrief, bestand er darauf, daß es geändert werde. Er wollte nicht dort sprechen, wenn auf dem Zirkular stand: «Arbeiter, bewaffnet Euch und erscheint massenhaft!»

Er forderte den Drucker auf, neue Abzüge des Blattes ohne diesen letzten Zusatz zu fertigen. «So eine Zeile stachelt die Leute ohne Sinn auf, und außerdem kriegen die Bluthunde einen Vorwand, die Versammlung entweder zu verbieten oder uns alle zu verprügeln.»

Der Drucker gehorchte Spies' Anweisungen erst nach einem bösen und langen Streit.

«Glaubst du, Bonfield wußte von dieser Bombe?» Chris Spies sah seinen Bruder an.

August zuckte mit den Schultern. «Ganz gleich, ob er von dieser Schweinerei wußte oder nicht, sie kam im rechten Augenblick. Das war genau das, worauf er immer gewartet hat. Kann sein, daß er die Sache so plante. Wer weiß? Aber seine Männer waren bestimmt nicht eingeweiht in diesen teuflischen Plan. Die waren völlig desorientiert. Sie haben in solcher Panik geschossen, daß sie erst stoppten, als die Magazine leer waren. Die Angst hat die Revolvertrommeln geleert.»

«Jetzt wird die Angst unsere Leute ergreifen», sagte Lucy Parsons.

Sie wußte, was es bedeutete, angefeindet und verachtet zu werden. Als sie 1872 in Houston Albert heiratete, mußten sie nach Norden ziehen. Alle seine Freunde ließen ihn im Stich. Lucy war eine Mulattin, die in Mexiko geboren war.

Die Tür wurde aufgestoßen.

Detective James Bonfield, der jüngere Bruder des Inspectors, erschien mit einigen Polizisten.

«Sind Sie Spies?» Er ging auf August zu, die Hand an der Revolvertasche. Ohne die Antwort abzuwarten, begann er ihn zu durchsuchen. Nahm ihm die Schlüssel weg.

«Sie sind verhaftet!» sagte er.

«Haben Sie einen Haftbefehl?» fragte Spies.

«Später», erwiderte Bonfield, «wir haben den Auftrag, Sie zur Hauptwache zu bringen. Wie heißen Sie?»

«Chris Spies.»

«Verhaftet.»

Die Brüder sahen sich an, sagten kein Wort. Sie waren so überrascht von diesem Vorgehen, daß sie nichts herausbrachten.

Lucy Parsons ging dazwischen: «Sie können nicht einfach Leute verhaften, ohne etwas in der Hand zu haben ...»

Detective Bonfield zeigte auf Michael Schwab. «Bringt die Männer raus.» Auch er wurde im Polizeigriff abgeführt.

Kaum hatten die Polizisten das Büro verlassen, begann Bonfield alles einzusammeln, was er vorfand. Papierschnipsel, alte Zeitungen, Notizen. Beweismaterial.

Die ganze Durchsuchung dauerte weniger als eine halbe Stunde.

Lucy Parsons und Lizzie Holmes waren wie betäubt.

«Gut, daß Albert weg ist», sagte Lucy nachher unter Tränen, «der wäre auch dabei.» Die beiden Frauen begannen, die neue Ausgabe vom *Alarm* vorzubereiten. Es sollte eine Kampfschrift werden, mit den neuesten Informationen über die Verhaftungen und die Ereignisse auf dem Haymarket. Mittags wollten sie zur Hauptwache gehen, um nach dem Verbleib der Redakteure zu fragen.

Oscar Neebe erschien. Fragte, was denn los sei. Überall werde er angesprochen.

Zusammen mit seinem Bruder führte Oscar Neebe ein kleines Geschäft, das Hefe vertrieb. Er war Klempner und Metallarbeiter, konnte aber keine Arbeit finden, weil er auf der schwarzen Liste stand. Er wurde 1850 in New York geboren, seine Eltern brachten ihn nach Deutschland. Neebe wuchs in Kassel auf. Als Vierzehnjähriger kam er zurück nach Amerika.

Die beiden Frauen erzählten ihm erregt, was geschehen war. In umgekehrter Reihenfolge. Erst die Festnahmen, dann die Explosion auf dem Haymarket.

«Das waren die selbst», sagte Neebe. «Das haben die angezettelt. Die brauchten ein Blutbad. Was ist mit Albert?»

Bevor Lucy Parsons antworten konnte, wurde die Tür eingedrückt. Über zwanzig Polizisten drängten in den Raum. Bildeten eine Gasse. Bürgermeister Harrison erschien.

Neben ihm Staatsanwalt Grinnell.

«Wer ist hier verantwortlich?» schnarrte Harrison. Er hatte in dieser Nacht keine Stunde geschlafen. Sein breitflächiges Gesicht wies tiefe Ränder unter den Augen auf.

«Um was geht es?» fragte Neebe, der den Bürgermeister persönlich kannte.

«Ich will, daß diese Dinge aufhören. Es darf keine aufrührerischen Reden und Artikel mehr in dieser Zeitung geben. Ist das verstanden worden?»

Neebe sicherte dem Bürgermeister zu, daß er jeden Artikel lesen werde.

«Geben Sie mir Ihr Wort?»

«Mein Wort», erwiderte Neebe.

Harrison sah ihn lange an.

«Abziehen», befahl er.

Nach und nach drängten die Polizisten aus dem Redaktionsbüro.

Oscar Neebe und die beiden Frauen konnten erst auflachen, als die Detectives wieder auf der Straße standen.

«Wir müssen etwas vorsichtiger sein», erwiderte Oscar.

Eine Stunde später erschien eine weitere Abteilung von Officers in der Redaktion. Sie verhafteten alle fünfundzwanzig Mitarbeiter, auch den Setzerjungen.

Oscar Neebe legten sie Handschellen an.

«Die Arbeit ist unverzüglich einzustellen», befahl ein Officer, der seine Männer antrieb, das ganze Haus zu durchsuchen. Schreibtische wurden aufgebrochen, Pulte ausgeräumt, alle Kästen umgestürzt.

Im Büro vom *Alarm* stießen die Detectives auf die beiden Frauen. Ein Officer brüllte sie an.

Als Lucy protestierte, faßte er sie an beiden Schultern: «Halt's Maul, du schwarze Hure, oder ich schlag dich zusammen.»

Beide Frauen wurden zur Hauptwache gebracht.

Die Nachricht von der Haymarket-Bombe gelangte schnell nach Europa. Alfred Nobel erreichte sie in Paris. Von Zeitungsleuten befragt, sagte er: *«Ich bin ein ganz friedfertiger Mensch. Aber wenn ich sehe, was diese Mißgeburten aus meiner Erfindung machen, wissen Sie, was ich dann wünsche? Ich würde die ganze Bande in ein Warenhaus voll mit Dynamit stecken und in die Luft sprengen!»*

Im Laden von Franz Weissenbach gab es an diesem Tag kein anderes Thema als die Explosion auf dem Haymarket.

Die Kundinnen waren entsetzt. Die Bürger erschreckt. Die Polizei in Panik.

Nur der Besitzer des Ladens war unangemessen ruhig.

Der Geselle Martin Halter übertraf die Haßtiraden einiger Kunden noch, glaubte, auf diese Weise seinem Chef gefallen zu können. Man solle die Anarchisten in den Michigansee treiben und sie ans andere Ufer schwimmen lassen. Da würde kaum einer ankommen. Der Geselle lachte derb. Halter war blind vor Wut, er behauptete ohne Zögern, die Anarchisten hätten die Polizei angegriffen. Weissenbach sagte, er solle seine dummen Gedanken für sich behalten.

Gerüchte schwirrten durch das deutsche Viertel im Norden Chicagos. Weitere Tote, noch mehr Verletzte. Razzien. In einer Straße durchsuchten die Polizisten jedes Haus.

Am Abend wollte Weissenbach den Rest Dynamit in einem fremden Garten vergraben. Die Herstellung war so zeitraubend gewesen, daß er die gute Ware nicht wegzuwerfen gedachte.

Am frühen Nachmittag erschien Detective Pikser, in seiner Begleitung zwei Polizeiofficers.

«Uns ist zugetragen worden, daß Ihr Laden gestern geschlossen war? Entspricht das der Wahrheit, Mr. Weissenbach?»

«Ich hatte meinen Laden geschlossen, weil ich zur Beerdigung eines entfernten Verwandten, Georg Mueller, auf dem Waldfriedhof ging.»

Pikser war ein kleiner Mann mit stechenden Augen. Er hielt ein schwarzes Büchlein in der Hand.

«Das werden wir gegebenenfalls nachprüfen, Mr. Weissenbach. Wo waren Sie nach der Beerdigung?»

«Einen trinken, die Haut versaufen, so nennen die Laien es hier.»

«Wo? Wann? Wie lange?»

Weissenbach kannte keine Saloons in der Nähe des Friedhofs, er nannte ein paar Namen im Zentrum der Stadt.

«Und wann waren Sie wieder zu Hause?»

«Gegen acht Uhr abends. Später bekam ich noch Besuch.»

Die Polizeiofficers standen im Laden und sperrten die Münder auf. So viele Heilige schienen sie noch nicht auf einem Fleck gesehen zu haben.

«Name?»

«Es war eine Frau. Ich möchte ihren Namen nicht preisgeben. Es ist eine intime...»

«Lassen Sie sich nicht bitten, Mr. Weissenbach! Hier geht es um vielfachen Mord. Wir werden keine Rücksicht nehmen, auf nichts und niemanden.»

Franz Weissenbach sah durch den Türspalt, daß seine Gesellen sich an dem Blechschrank zu schaffen machten.

Er bat den Detective, sich mit seinen Fragen etwas zu gedulden, damit er seinen Gesellen einige Anweisungen geben könne.

Er sagte in der Werkstatt, daß keine Zeit zum Aufräumen

sei, sie sollten die Bilderrahmen fertigen. Weissenbach schloß den Blechschrank ab, in dessen unterster Schublade das Dynamit lagerte.

Pikser hielt seinen Bleistift bereit. «Den Namen der Frau?»

Weissenbach sagte nach einigem Zögern: «Es handelt sich um eine Malerin. Wenn ich bitten darf, sie nicht unnötig zu belästigen.»

«Das entscheiden ganz alleine wir, Mr. Weissenbach.»

Der Detective hatte etwas Schnippisches in der Stimme, verletzend, unverschämt, so daß Weissenbach sich bemühen mußte, ruhig und höflich zu bleiben. Ein falsches Wort, und dieser Mann würde ihn verhaften. Den Namen gab er nicht preis.

Der Detective stellte weitere Fragen, ob er Anarchisten kenne, von Dynamit wisse, in einer Gewerkschaft organisiert sei, ob er an Treffen der Sozialisten teilgenommen habe.

Es nutzte Weissenbach nichts, darauf zu verweisen, daß er ein Priester aus der Schweiz sei. Pikser notierte alles, blieb mißtrauisch.

Als er den beiden Polizeiofficers befahl, mit ihm das Geschäft zu verlassen, hatte Weissenbach nicht das Gefühl, über jeden Verdacht erhaben zu sein.

«Ich komme wieder», sagte Pikser zum Abschied, «wenn ich mehr über Sie weiß, Mister!» Das klang wie eine Drohung.

Gegen fünf Uhr schloß er den Laden.

Nach soviel haßerfülltem Geschwätz brauchte Weissenbach Zustimmung. Aufmunternde Worte. Er wollte hören, daß sie über den Bombenwerfer sprachen, seinen Mut bewunderten.

Noch vor Einbruch der Dunkelheit verließ er sein Haus und machte sich auf den Weg in die Stadt.

In Florus Hall herrschte kaum Betrieb. Die Gespräche leise. Scheue Blicke. Manche Tische waren leer.

Der beliebte Treffpunkt der Anarchisten, das wilde Zentrum von Chicago, Gespräche über Aufstand, Waffen und Tyrannenmord. Florus Hall war ein hoher Bau, vier Stockwerke, mit Restaurant, Sälen auf der ersten und zweiten Etage, Clubräumen und Zimmervermietung im obersten Geschoß. Hier trafen sich die Mitglieder verschiedener Gruppen der radikalen Gewerkschaften, die Möbel-Arbeiter-Union genauso wie die Gruppe Freiheit, aber auch die Schießgewandten des Lehr- und Wehrvereins. Die Anarchisten pflegten ihre Zusammenkünfte, liebten Picknicks, Paraden und Umzüge, hielten Gesangsabende ab, bei denen in sechs verschiedenen Sprachen Lieder vorgetragen und mitgesungen wurden. Es gab Bälle und Stiftungsfeste, die jährliche Commune-Feier war ein Höhepunkt. Der Raum, in dem Franz Weissenbach saß, war mit roten und weißen Girlanden geschmückt, am Kopfende eine Büste von Lassalle, die vor dem Rednerpult stand. An den Wänden ein gestickter Gruß: «Willkommen, ihr Arbeiter!» und einige Ölbilder aus den Kämpfen. In der Ecke ein eiserner Ofen mit langem Abzugsrohr.

Franz Weissenbach erfuhr von den Verhaftungen, Spies und Schwab im Kerker, Parsons noch flüchtig. Wie gut, daß man ihnen die Tat nicht nachweisen konnte. Weissenbach ging davon aus, daß man sie bald wieder freilassen mußte.

«Wer bist du denn?» fragte eine Stimme.

Franz Weissenbach schreckte hoch. «Ich...» stotterte er.

Der Mann, der vor ihm stand, war Albert Florus, der Besitzer der Halle. «Noch nie gesehen hier, was willst du?»

«Ich will mein Bier trinken.» Weissenbach war so irritiert, daß seine rechte Hand zitterte.

«Kennst du einen hier?» fragte Florus. Er trug einen grobgewebten Anzug, sein Binder war aus hellem Leinen. Am Revers ein rotes Abzeichen aus Emaille.

«Nein», erwiderte Weissenbach.

Der Besitzer wandte sich ab, ohne noch etwas zu sagen.

In Florus Hall hatte Weissenbach Spies und Neebe zum ersten Mal gesehen, als sie in einem Theaterstück auftraten: «Die Nihilisten». Es war im Jahre 1882, bei der Commune-Feier wurde das Stück zum ersten Mal gespielt. Es ging um die Ermordung des russischen Zaren Alexander II. Im ersten Akt diskutieren die Nihilisten die Zukunft nach der Befreiung von der zaristischen Unterdrückung, während sie Pamphlete drucken. Im zweiten Akt der Plan der Polizei zur Unterwerfung der Konspiration. Im dritten werden alle Nihilisten verhaftet, die Druckerpresse zerstört und alles konfisziert. Die Nihilisten nutzen den Prozeß zur Demonstration gegen die soziale Ungerechtigkeit. Im letzten Akt dann die Verurteilung, lebenslängliche Verbannung nach Sibirien. Auf dem Weg dorthin werden sie von bewaffneten Genossen befreit und erfahren, daß der Zar ermordet worden ist. August Spies war kein besonders talentierter Schauspieler, Oscar Neebe spielte seine Rolle besser. Damals war Weissenbach begeistert nach Hause gegangen. Die Feier ließ wunderbare Erinnerungen wach werden. Paris und Bern, die stürmischen Tage.

Eine seiner Kundinnen hatte ohne Umschweife gesagt, man solle die ganze Anarchistenbrut aufhängen. Eine lange Straße am Seeufer. An jeden Laternenpfahl einen. Wie im alten Rom. Zur Abschreckung. Dann würde aus Chicago wieder eine amerikanische Stadt. Als Weissenbach die Dame darauf verwies, daß im alten Rom zur Zeit der Verfolgung Christen aufgeknüpft wurden, wurde sie unwirsch, er verstehe schon, was sie sagen wolle. Das Bild der Rita von Cascia nahm sie trotzdem.

An einem weit entfernten Tisch flüsterten zwei Gäste miteinander. Zu gerne hätte Weissenbach gehört, was sie sprachen. Er stand auf, nahm sein Bierseidel und setzte sich ein wenig näher.

«Was gibt's?» fragte der eine. Sie hatten ihre schwarzen Hüte nicht abgenommen.

Franz Weissenbach nickte ihnen zu. «Es ist zugig da an diesem Platz.»

In Florus Hall sprach man deutsch, wie auch bei Zepfs und Greifs, in Neffs Hallen und den vielen Clubs der Sozialisten und Anarchisten.

«Was willst du?» fragte der andere.

«Nichts», erwiderte Weissenbach, «ich will mein Bier austrinken, aber nicht an einem zugigen Platz.»

Die beiden Männer starrten ihn an.

Er müßte ihnen nur sagen, daß er die ganze Aufregung ausgelöst hatte. Sie würden ihn feiern. Seht her, hier steht der Mutige.

«Verschwinde, wir wollen keinen Lauscher», sagte der erste. Weissenbach wartete einen Moment, dann nahm er sein Seidel und verließ den Raum im zweiten Stock.

Er ging ins Restaurant, wo nur wenige Tische besetzt waren.

«Die Küche ist geschlossen», sagte der Kellner barsch.

«Schenk mir ein neues Bier ein», erwiderte Weissenbach.

Er blickte durch die Gardinen auf die Straße.

Ob die Pinkertons und Schurken von der Polizei schon hier waren?

Albert Florus betrat mit einigen Männern das Restaurant.

«Kennt jemand von euch diesen Kerl?» fragte er mit lauter Stimme.

Die Männer kamen dicht an ihn heran.

Weissenbach stand auf, präsentierte sich in seiner ganzen Größe.

«Nie gesehen.»

«Kenn ich nich.»

«Wer soll das sein?»

Florus nahm das Bierseidel, das noch halb voll war, und drehte es um. Die gelbe Flüssigkeit prasselte auf den Holzboden.

«Feierabend. Wir schenken für Spitzel nicht aus.»

Franz Weissenbach spürte, wie die Wut in ihm aufstieg.

«Nimm das sofort zurück.»

Er hob die Fäuste, wollte austeilen.

«Beweis es, daß du keiner bist», sagte Florus. Die Männer hinter ihm gingen in Boxstellung.

«Ich hasse die Polizeischurken, würde niemals für die arbeiten. Ich bin ein...», er machte eine kleine Pause, um sich zu sammeln, «ein Priester gewesen, jetzt verkaufe ich Bilder, ich hab nichts mit der Polizei zu tun...»

«Auch noch ein Priester. Eine schlechtere Ausrede ist dir wohl nicht eingefallen», höhnte einer der Männer.

Florus gab das Zeichen.

Die Männer packten zu.

Franz Weissenbach hatte keine Chance. Es waren zu viele. Er drehte sich um und rief: «Es lebe...»

Dann hatten sie ihn durch die Drehtür geschoben.

Als er draußen stand, die Nachtluft war sehr frisch, konnte er kaum fassen, was geschehen war.

Verwechselt mit einem Spitzel, einem Pfeifer, einem feisten Intriganten. Franz Weissenbach schnappte nach Luft.

Am liebsten wäre er wieder hineingegangen, hätte ihnen die Leviten gelesen, hätte gesagt, ich bin Karl Schasler und habe mehr anarchistisches Blut in den Adern als ihr alle zusammen. Aber was würde es nützen?

Hinter der Glasscheibe sah er die Männer, die ihn im Auge behielten. Die Arme verschränkt.

Albert Florus öffnete ein Fenster.

«Beim nächsten Mal werden wir dir eine Abreibung verpassen. Laß dich hier nie mehr blicken.»

Die Stadt war seltsam still.

Gelegentlich ein Polizeikommando. Ein Pfiff. Das Rattern einer Straßenbahn. Kaum Droschken.

Mißmutig schlenderte er durch die Straßen.

Eingeklemmt zwischen dem Hochgefühl, nicht nur wie Parsons, Spies und Fielden geredet, sondern gehandelt zu haben, und der Schwierigkeit, sich niemand erkennen geben zu können.

Erst als er wieder zu Hause war, fand er Zustimmung.

Bei Johann Most.

Die ganze Nacht las er in dessen «Revolutionärer Kriegswissenschaft». Das Buch hatte er vorsorglich im Küchenschrank versteckt, um es den Blicken der Autorität zu entziehen.

«Wo man im Kampfe gegen die Eigenthumsbestie und Regierungskanaille mit Spreng- und Brandstoffen nicht speziell an diejenigen heranzukommen vermag, deren Beseitigung für die soziale Revolution von besonderer Wichtigkeit ist, da muß wohl oder übel die Deckung aufgegeben und das Leben eines oder mehrerer Revolu-

tionäre auf das Spiel gesetzt werden. Aber der Schreck der ‹Ordnungslümmel› ist ein hundertfacher, wenn der Thäter unbekannt bleibt. Es wird niemand in Abrede stellen können, daß hundert Mann, ausgestattet mit mehreren solcher einfacher Feuermacher und über eine Stadt vertheilt, im Augenblicke des Aufruhrs mehr ausrichten können, als 20 Batterien regulärer Artillerie. Dabei ist die Sache kinderleicht und spottwohlfeil.»

Franz Weissenbach überlegte, ob er sein Geschäft nicht für ein paar Tage schließen sollte, um nicht ständig vom reaktionären Geschwätz der Kunden belästigt zu werden.

Dann schlief er leicht und zufrieden ein.

13. Kapitel

6. Mai 1886: «Wir hätten dir Strychnin in die Wunde reiben sollen!»

Das Büro in der Chicagoer Hauptwache lag im Halbdunkel, die heruntergezogene Jalousie ließ nur ein paar Streifen Licht durch. Der Raum war stickig, ein feiner Staub in der Luft.

Die beiden Journalisten hatten die Stühle umgedreht und stützten ihre Arme auf die Stuhllehnen. Nachdem die gesamte Journaille in der letzten Nacht die inhaftierten Anarchisten aufgesucht hatte – die Interviews standen in allen Zeitungen – warteten sie darauf, endlich etwas Exklusives zu bekommen. Wenn alle zugleich informiert wurden, konnte kein Vorsprung erreicht werden. Die *Chicago Times* und die *Daily News* mußten ihre Position behaupten. Und, was die Angelegenheit besonders pikant machte, es ging gegen die Konkurrenz, auch wenn die *Arbeiter-Zeitung* nur auf deutsch erschien. Alle Redakteure waren in Haft. Das rote Blatt war verboten. Die beiden Journalisten kannten sich seit Jahren. Sie waren Gegner, hungrig, verbissen. Wenn es einen Weg gegeben hätte, allein mit dem Captain zu reden, hätten sie ihn beide beschritten.

Schaack setzte seine Zigarre in Brand, qualmte dicke Wolken in den Raum. Er verzog die Mundwinkel spöttisch. Er würde diesen beiden Mistkerlen eine Story auftischen, mit der sie stolzgeschwellt in die Redaktion zurückkehren konnten. Schaack mochte die Schmierfinken von der Presse nicht, die kein vaterländisches Gefühl kannten. Die meisten von ihnen waren noch nicht mal Amerikaner. Sie kamen, um ihr schmutziges Geschäft zu betreiben. Für ihn waren auch diese beiden nichts anderes als Abschaum. Aber gelegentlich mußte man durch Dreck waten, um ans Ziel zu kommen. Er hatte sie rufen lassen, weil er einen Coup landen wollte. Ab sofort sollte jeder in der Stadt wissen, wer die Fahndung gegen die anarchistische Mordbande leitete. Polizeichef Ebersold hatte Schaack erst vor ein paar Stunden damit betraut.

«Weitere Verhaftungen?» fragte Evans, der für die *News* schrieb.

«Abwarten.»

Es war ein Fehler gewesen, die Journalisten in die Zellen zu lassen. Das hatte man diesen blassen Detectives zu verdanken, die sich nach den ersten Verhaftungen in einer Bar betranken, damit prahlten, daß sie das rote Gesocks im Kahn hatten, und dann auch noch ein paar Gäste in die Hauptwache mitbrachten, um ihnen die Hyänen zu zeigen. Raubtierschau.

Die Journalistenbande bekam Wind davon und verlangte ebenfalls, Spies und seine Gesellen zu sehen. Nein zu sagen war nun schlecht möglich. Aber das würde das letzte Mal sein. Ein solcher Fehler durfte nicht wieder vorkommen. Schaack würde sich in Zukunft die Detectives genau aussuchen, mit denen er zusammenarbeiten wollte.

«Haben Sie den Bombenwerfer dingfest gemacht?» fragte Darnell, der Starreporter von der *Times*.

«Momentchen, nicht so eilig.»

Was die immer so drängelten, diese Weißnasen. Diese Heuchler. Erst taten sie freundlich, um ein paar Informationen zu bekommen, dann setzten sie sich an ihre Schreibmaschine und tippten Todesurteile in die Tasten. Sein Feind war Ebersold. Der Polizeichef hatte Schaack den Auftrag gegeben, damit er sich gründlich blamierte. Eitelkeiten, Mißgunst. Die Hauptwache war voller Neider. Ebersold wollte einen schnellen Erfolg, möglichst einen, der auf sein eigenes Konto ging. Als Polizeichef war er völlig ungeeignet. Ein Wirrkopf. Immer mit einem Ohr bei den Gesprächen in den obersten Etagen. Bei diesem Weichling Harrison, diesem feigen Bürgermeister. Ebersold war ein mickriges Geschöpf, der nervös und unzuverlässig auf seine Untergebenen reagierte, der neidisch war auf jeden, der in der Presse erwähnt wurde. Inspector Bonfield hatte das mehrfach zu spüren bekommen.

«Ich kam gegen zwei Uhr nach Hause, kann auch halb drei gewesen sein. Da sprach mich ein deutscher Kerl von hinten an. War kaum zehn Schritt entfernt. Ich hatte seinen Schatten schon bemerkt, weil er unter einer Laterne stand, nicht gerade gut versteckt. ‹Sind Sie Mr. Schaack?› fragt er. Ich sage, was er um diese Uhrzeit in meiner Straße zu suchen habe. Ich dachte, der will mich umlegen. Hab nur seine Augen gesehen. Sein Gesicht konnte ich nicht erkennen. Dafür stand er zu günstig...»

Die Bürotür wurde geöffnet. Ein Polizeiofficer rief Schaack zu, der Staatsanwalt wolle ihn sofort sprechen. «Später», erwiderte der Captain, «sehen Sie nicht, daß ich Besuch habe!»

Die beiden Journalisten grinsten, fühlten sich geschmeichelt. Der Captain wollte etwas loswerden, eine Meldung plazieren. Das vertrauliche Gespräch war ein Köder. Mal sehen, ob er wirklich etwas zu bieten hatte.

«Der Mann nimmt ein Tuch, ich glaube, es war Leinen, und befestigte es an seinem Hut. Erst dann kommt er auf mich zu. Ich dachte, nun beginnt der Tanz, jetzt wird er wild. Ich greife nach meinem Revolver und rufe: ‹Wenn Sie mich angreifen, blas ich Sie weg!› Der Mann gickelt ein wenig. Ich denke, ein Spinner, und will schon gehen. ‹Mein Gott, nein, ich will Ihnen nur was erzählen, Mr. Schaack.› Ich werde ein bißchen ruhiger, traue ihm aber immer noch nicht. Weiß der Teufel, warum der mich mitten in der Nacht anspricht. ‹Wenn ich zu Ihnen ins Büro komme, machen mich Ihre Leute fertig, wenn die anderen mich erwischen, schlagen sie mich zusammen, die Anarchisten fackeln nicht lange.› Was ich dann erfuhr, hat mir die Augen geöffnet.»

Captain Schaack sah, wie die beiden Journalisten auf ihren Stühlen unruhig wurden. Wie sie ihn gierig anstarrten. Die Augen geweitet, die Ohren hochgestellt, die Nüstern zuckten nervös. Schnüffler.

«Um es kurz zu machen, die ganze Sache wurde am Montag abend besprochen. Sie haben es von langer Hand geplant. Die Bombe war Teil eines teuflischen Plans, den Engel und andere ausgeheckt haben. Die Besprechung fand im Lehr- und Wehrverein in der West Lake Street statt, Greif's Hall, Haus Nr. 54, wenn Sie die Gegend kennen.»

Captain Schaack stellte befriedigt fest, daß beide Reporter über den schnellen Fahndungserfolg überrascht waren.

«Der Mann war dabei, er hat alles mitgehört. Muß wohl zu dem roten Pack gehört haben, aber jetzt ist er sich nicht mehr sicher. Was soll das Spekulieren? Die Bande hatte einen Plan und hat ihn ausgeführt.»

«Das können Sie beweisen?» fragte Evans.

«Das werde ich beweisen, meine Herren! So wahr ich Captain Schaack bin.» Als der Luxemburger mit der Leitung der Fahndung betraut wurde, bildete er sofort mehrere Gruppen von Detektiven, die ihm direkt unterstellt waren. Schaack traute nur seinen eigenen Leuten.

«Am Abend des 3. Mai haben sich die Mitglieder des Lehr- und Wehrvereins in Greif's Hall in der West Lake Street getroffen, denn am Morgen stand in der *Arbeiter-Zeitung*: ‹Y kommt Montag abend!› Das war das verabredete Zeichen, die bewaffneten Einheiten wußten, jetzt wird der Plan in die Tat umgesetzt. Sie wollten an mehreren Stellen zugleich Bomben in Polizeireviere werfen und abwarten, bis unsere Männer herausstürzen. Dann sollten alle umgebracht werden. Das war der Start! Danach wollten sie sich von allen Seiten dem Zentrum nähern, wo die entscheidende Schlacht stattfinden sollte.»

«Das sagte der maskierte Mann?» Der Reporter der *Chicago Press* wippte auf seinem Stuhl.

«Tut nichts zur Sache. Ich weiß es. Und nun wissen Sie es», antwortete der Captain.

«Wissen Sie denn, wer der Mann ist?» setzte der Journalist von der *Times* nach.

«Auch wenn ich es wüßte, gäbe ich den Namen nicht raus!» Captain Schaack erhob sich. Die beiden Journalisten waren verblüfft. Ein maskierter Mann, ein namenloser Zeuge, was sollte das für eine Story werden.

«Und wer hat die Bombe nun geworfen?»

Beide stellten diese Frage, knapp hintereinander, wie im Duett. Nichts anderes interessierte Chicago zur Zeit. Wie hieß der Teufel?

«Es waren Spies oder Engel, Fischer vielleicht. Ganz gleich, sie nahmen alle an der Verschwörung teil. Darum geht es jetzt.» Captain Schaack entließ die Reporter, nicht ohne ihnen zu sagen, daß die Informationen natürlich vertraulich zu behandeln seien. Er wollte sichergehen, daß sie gedruckt würden.

Der Anarchist Adolph Fischer kam aus Bremen, wo er achteinhalb Jahre die Schule besuchte. Mit fünfzehn Jahren wanderte er nach Amerika aus. Er arbeitete als Setzer in Little Rock und St. Louis. Als der Fünfundzwanzigjährige 1883 nach Chicago kam, gründete er mit Georg Engel die Zeitschrift *Der Anarchist*. Er war Mitglied der Nordwestgruppe des Lehr- und Wehrvereins. Weil er nicht zusehen wollte, wie die Arbeiter bei den Demonstrationen erschossen wurden, fügte er die Zeile: «Arbeiter, bewaffnet Euch!» in das Zirkular ein.

Spies griff ihn deswegen an, er nahm sie wieder aus dem Satz. Aber ein paar hundert dieser Flugblätter waren bereits gedruckt und auf den Straßen verteilt. Als Adolph Fischer verhaftet wurde, trug er einen Revolver bei sich, einen ledernen Gürtel mit einer Schnalle, auf der «L. & W. V.» stand, und einen Dolch. Später sagte Fischer: «Es war ein Wunder, daß sie mich nicht sofort getötet haben.» Staatsanwalt Grinnell und sein Stellvertreter Furthmann verhörten ihn den ganzen Tag. Ob er wisse, wer die Bombe geworfen habe. «Keine Ahnung, ich war zu dem Zeitpunkt bei Zepf's und hab ein Bier getrunken. Das können viele Leute bezeugen.»

Furthmann wurde unwirsch: «Spies hat uns erzählt, er hat dich beauftragt, die Bombe zu werfen.»

«Wenn Spies Ihnen das wirklich gesagt hat, dann lügt er. Entweder Sie lügen oder Spies lügt. Aber weil ich nicht glaube, daß Spies lügt, denke ich, daß Sie ein Lügner sind.»

Furthmann sprang von seinem Stuhl und schlug Fischer ins Gesicht. Zwei Officers hielten den Verhafteten fest.

Grinnell schaltete sich ein. «Sie kommen mit ein paar Monaten davon, wenn Sie mit uns zusammenarbeiten.»

Fischer lehnte brüsk ab.

«Sie sind ein elender Feigling», schrie Grinnell.

«Warum?»

«Weil Sie nicht die Wahrheit sagen. Ein anständiger Mann steht zu seinen Taten.»

«Ach ja? Dann müssen Sie der größte Feigling der Welt sein, Mr. Grinnell, denn Sie vertreten das Recht, und das heißt ja nichts anderes, als daß Sie ein Berufslügner sind! Wir sollten mal vor die Tür gehen, dann würden Sie sehen, ob ich ein Feigling bin oder nicht.»

Wieder wurde Fischer geschlagen.

Als die Haymarket-Bombe explodierte, saß Georg Engel zu Hause und spielte mit Freunden Karten. Er war gerade fünfzig Jahre alt geworden und stammte aus Kassel. Im Alter von zwölf wurde er Vollwaise. Er trat eine Malerlehre an, zog nach Bremen, später nach Leipzig und Rehna, wo er einen kleinen Handwerksbetrieb unterhielt. 1873 mußte er die Klitsche aufgeben und wanderte nach Philadelphia aus, fand zunächst Arbeit in einer Zuckerraffinerie, arbeitete dann wieder als Maler. Drei Jahre später eröffnete er ein Spielwarengeschäft in Chicago. Gottfried Waller informierte Engel am späten Abend des 4. Mai, daß auf dem Haymarket dreihundert Menschen getötet wurden. «Ganz gleich, wer die Bombe geworfen hat, es war ein Verrückter. Dynamit bringt unsere Sache nicht weiter», sagte Engel entrüstet.

Zwei Tage später wurde er verhaftet. Die Polizei nahm als Beweisstück einen Brennofen aus galvanisiertem Eisen mit, den die *Chicago Times* als «Apparat zur Herstellung von Dynamit» beschrieb.

Auch der Fuhrmann Samuel Fielden wurde zu Hause in Haft genommen. Er war bei der Schießerei verwundet worden und forderte, daß man seine Wunde versorge. Polizeichef Ebersold zeigte auf Fieldens Stirn: «Da hätte die Kugel dich treffen sollen.» Als Fielden später noch einmal fragte, ob nicht ein Doktor gerufen werden könne, blaffte ein Detective ihn an, er werde ihm Strychnin in die Wunde reiben.

In der *Chicago Times* stand an diesem Tag: «*Die öffentliche Ordnung erfordert, daß die europäischen Anarchisten August Spies, Christopher Spies, Michael Schwab und Samuel Fielden gefangengehalten, vor Gericht gestellt und gehängt werden. Die öffentliche Ordnung erfordert, daß der Mörder Albert R. Parsons, der keine Zierde für dieses Land ist, weil er hier geboren wurde, gefangen, vor Gericht gestellt und gehängt wird. Die öffentliche Ordnung verlangt es, daß die Niggerfrau, die sich als Parsons' Weib ausgibt und die bei der organisierten Ermordung behilflich war, gefangen, vor Gericht gestellt und wegen Mord gehängt wird. Die öffentliche Ordnung verlangt es weiterhin, daß jeder Anführer einer der Mordorganisationen, die sich Sozialisten oder Gewerkschaften der Arbeitsmänner nennen, gefangengenommen, überführt und wegen Beihilfe gehängt wird. Die öffentliche Ordnung erfordert, daß jeder Versammlungsraum der europäischen Mörder, die der roten Fahne folgen, geschlossen wird. Die öffentliche Ordnung erfordert es, daß kein Bürger Chicagos Leute einstellt, die sich als Mitglieder dieser ungesetzlichen Organisationen ausgeben oder in Verbindung mit den Verschwörern und Mördern stehen.*»

«Flaming Sweet» hieß das Bild, an dem Florine Starkweather arbeitete. Dreißig Stunden in ihrem Atelier eingeschlossen, verriegelt. Sie nahm keine Nahrung zu sich, trank manchmal ein Glas Wasser, alle paar Stunden einen Whisky. Ihre Mutter wagte es nicht, sie zu stören. Nur Etty klopfte von Zeit zu Zeit an die Tür, verlangte Einlaß, sprach von ungeheuerlichen Vorgängen, die in der Stadt geschehen waren. Florine malte.

Es war Besessenheit, dieses Sich-ganz-Hineingeben in die Arbeit, diese ansteigende Kraft, wenn ein Bild der Vollendung entgegenging, wenn es ihr gelang, ihre Vorstellung auf der Leinwand festzuhalten.

«Flaming Sweet» zeigte Kakaotassen in Flammen, auf einer weißen, mit gestickten Blumenmustern umrandeten Tischdecke, die auf einem schwarzen Mahagonitisch ausgebreitet war. Die Tassen mit Goldrand, darauf ein Zeichen des Besitzers: M.P.B. Drei Buchstaben ineinander verschlungen. Er würde das Bild lieben. Mehr als sein Porträt.

Florine Starkweather kannte keine Pause, keinen Einhalt, kein Aufschieben. Jede Unterbrechung konnte dazu führen, daß sie den Faden verlor, die Konzentration. Manches Mal hatte sie ein angefangenes Bild weggeworfen, weil sie keinen zweiten Beginn ertrug. Kein neues Ansetzen.

Als sie die weibliche Dollarnote malte, hatte sie noch länger gebraucht. Zwei ganze Tage. Sie arbeitete bis zur Erschöpfung. Bis sie den Pinsel kaum noch führen konnte. Überarbeitete jedes Detail im Gesicht der Frau, schattierte die gedruckten Buchstaben, konturierte die Unterschrift der fingierten Bankpräsidentin.

Malen als Erschöpfungsakt.

Ein völliges Sich-Ausgeben.

Die flammenden Kakaotassen waren ihr auf dem Nachhauseweg eingefallen, als sie mittags den Laden von Franz verließ. Eine lustige Idee, überraschend klar.

Das Feuer sah nicht gefährlich aus. Die kleinen Flammenzungen spielten Ringelreihen, vergnügten sich. Und auch die Tassen schienen den Flammentanz zu genießen.

Mit einem schmalen Pinsel setzte sie ein paar weiße Lichter auf die Flammenspitzen.

Sie wollte Milton das Bild als erstem zeigen. Aber kaufen durfte er es nicht. Diesmal würde sie sich durchsetzen. Er konnte es bei der Eröffnung seines neuen Gebäudes in der Eingangshalle ausstellen. Wenn er soviel Courage besaß. «Flaming Sweet» brauchte einen Ehrenplatz.

Florine dachte an ihren Vater. Der unbeugsame Mann. Der Starrkopf. Von ihm hatte sie das Beharrungsvermögen. Auch wenn er sonst kein Vorbild war. Ihr Vater erlag den Stichwunden, die ihm ein Pole mit einem Fleischmesser zugefügt hatte. Sie hatten miteinander gekämpft, sich am Boden gewälzt. Woher der Pole plötzlich das Messer hatte, wußte nachher niemand. Edmund Starkweather züchtigte seine Arbeiter, schlug Kinder, die zum Transport der schweren Fleischkübel zwischen den Hallen eingesetzt waren, vergewaltigte Frauen, die sich für billigen Lohn die Hände blutig schufteten. Etty und Florine waren sich einig darin, daß der Pole im Recht war. Auch wenn ihn ein Schnellgericht drei Tage später zum Tode verurteilte. Er wurde gehängt. Obwohl dieser Vorfall Jahre zurücklag, fand Florine nicht den Mut, das Messer zu malen. Sie hatte sich ein ähnliches Exemplar besorgt. Es sollte sauber sein, keine Blutflecken haben, im Sonnenlicht blinken. Ein Griff aus hellem Holz. Nur ein Titel fehlte ihr noch.

In die linke untere Ecke setzte sie ihre beiden Signierbuchstaben. Ohne Schnörkel. Wie gedruckt.

Dann legte sie sich auf die Couch und schlief bis zum Abend. Als sie erwachte, war sie sehr vergnügt. Wie waren die Hochzeitsgäste erschrocken, als sie ihre Ansprache hielt. Wie zitterten sie um die Förmlichkeit des Festes. Wie war der Bräutigam in Rage gekommen. Franz hätte sie ein wenig mehr für ihren Auftritt loben können.

Es war Zeit für das Dinner. Florine zog den Malerkittel aus, nahm ein Bad und wählte ein buntes Sommerkleid. Ihr war ganz leicht zumute.

«Die Stadt ist in Aufruhr», empfing sie Etty, «aber du mußt ja malen.» Der Zorn gab ihr etwas Verwegenes.

«Die Polizei ist überall! Hunderte von Leuten sind verhaftet worden! Alle reden nur von Mord und Totschlag!»

Florine hörte sich den Bericht ihrer älteren Schwester an, er berührte sie kaum. Die Mutter sprach ein stummes Gebet, dann ließ sie auftragen.

Die Malerin hatte einen solchen Hunger, daß sie nicht vom Essen aufblickte. Sie war von der Arbeit noch so ausgefüllt und entkräftet zugleich, daß sie sich nur mit Mühe am Tisch halten konnte. Mechanisch führte sie die Gabel zum Mund.

«Ist es gut geworden?» fragte die Mutter, um Ettys wilde Reden zu unterbrechen.

«Komm, du kannst es dir ansehen.»

Florine warf die Serviette auf den Tisch.

Die drei Frauen gingen hinauf ins Atelier.

«Das ist das schönste Bild, das du seit langem gemalt hast», rief Etty begeistert, «ich möchte sofort mittanzen.» Sie wirbelte einige Male herum.

Die Mutter ging ganz dicht an die noch feuchte Leinwand heran, als könnte sie so besser erkennen, was das Bild bedeuten sollte.

«Wie findest du es?» fragte Florine.

«Interessant», mehr bekam sie nicht heraus.

«Stehen die Buchstaben für deinen neuen Liebhaber?» Etty sah ihre Schwester keck an.

Florine schwieg.

Ob Milton noch ihr Liebhaber war, konnte sie nicht sagen.

Vor ihrem Auftritt bei der Hochzeitsfeier wollte er eine Candysorte nach ihr benennen.

Als die Mutter das Atelier verlassen hatte, sagte Florine: «Während ich hier male, tobt sich da draußen die Polizei aus. Ich hätte meine Petition zu Harrison bringen müssen.»

«Die Bombe haben die Demonstranten geworfen», ergänzte Etty.

«Woher weißt du das?»

«Steht in der Zeitung. Die Anarchisten haben das Blutbad angerichtet.»

«Glaubst du es?»

«Es steht fest, daß es einer von ihnen war. Die Bombe flog in die Reihen der Polizisten.»

Florine Starkweather dachte an Parsons, dessen Auftritte sie schätzte. Der sich nicht einschüchtern ließ. Der den Fleischbossen Paroli bot. Sie hätte gern gesehen, wenn Parsons ihrem Vater gegenübergetreten wäre. Parsons war kein Deutscher. Sie fragte Etty nach ihm.

«Er soll geflüchtet sein, schreibt die Zeitung.»

Hoffentlich, dachte Florine, hoffentlich hat er eine Chance.

«Was sagen die Vernons dazu?»

Die Familie Vernon lebte zwei Häuser weiter, in einer noch großzügigeren Villa. Carl F. Vernon verdiente sein Geld im Eisenbahnbau.

«Was sollen die sagen? Was alle sagen. Sie müssen bestraft werden. Ein für allemal. Sonst versinkt die Stadt im Aufruhr.»

«Und du, was sagst du?»

Diesmal zögerte Etty, die nie um eine Antwort verlegen war.

«Wenn sie Bomben werfen und Leute umbringen, müssen sie bestraft werden.»

«Weiß man schon, wer es war?»

«Bis jetzt nicht.»

Sie nahm Etty in den Arm. Wiegte sie ein paarmal hin und her.

Die beiden Schwestern standen eng umschlungen und schweigend eine Zeitlang im Atelier.

Ringsumher die Bilder, Rahmen, dicht an dicht. Manche der Gemälde hatte die Malerin umgedreht, da sie sie nicht anschauen mochte. Andere waren zerstört.

Auf der zweiten Staffelei eine weiße Leinwand, auf der nur eine kleine Lilie zu sehen war.

«Versteh mich, Etty, ich bin eine Malerin. So sehr mich diese Geschehnisse aufwühlen...»

Florine begann zu weinen.

«Es ist eine gewalttätige Stadt, überall Blut in den Straßen, überall Haß. Unser Vater gehörte hierher, wir nicht. Immer wieder denke ich daran, daß wir fortziehen sollten. Wenn Mutter nicht so sehr an dem Haus hinge...»

Etty streichelte über ihr schwarzes Haar, drückte die Schwester an sich. «Willst du nach Maryland zurück, Flori, ins Land der Sklaven?»

Chicago war die Stadt ihres Vaters gewesen, sie hatte ihn groß gemacht, hier war sein Grab. Einmal in der Woche ging die Mutter dorthin. Weder Etty noch Florine waren nach der Beerdigung auf dem Friedhof gewesen. Warum dem Mann Ehre bezeugen, der sie gedemütigt hatte. Der Mutter gegenüber erwähnten sie diese Gefühle nicht.

«Das Fleischmesser, Flori, mal das Fleischmesser», sagte Etty plötzlich.

Die Malerin zuckte zusammen.

«Das Fleischmesser ist jetzt richtig.»

Etty ließ von Florine ab und ging zu der großen Truhe, in der die Malerin ihre Fundstücke aufbewahrte. Sie wühlte in Stoffen herum, holte die Peitsche heraus, konnte aber das Messer nicht finden.

Das Bild eines Fleischmessers, blitzsauber, die Schneide scharfkantig, in einen Fleischerblock gehauen, es steckt fest im Holz, kerbt es ein.

«Mir fehlt die Kraft dazu, Etty», sagte Florine schwach. «Es wird mich zu sehr aufwühlen. Und Mutter wird es nicht ertragen.»

Die Malerin ging auf ihr neues Bild zu, blieb davor stehen. Es war eine Illusion, die tanzenden, flammenden Kakaotassen, eine freudige Erregung, ein Auflachen. Das Bild besaß keine Schärfe, keine Wut, keine Kälte. Während sie malte, hatte sich Chicago verändert, während sie sich im Atelier eingesperrt hatte, war die Stadt aus den Fugen geraten.

Etty konnte im letzten Moment verhindern, daß Florine das Bild von der Staffelei stieß.

«Nicht», schrie sie, «nicht. Bitte, Flori, ich möchte es haben, bitte...» Die Schwester stellte sich vor das Bild.

«Ich schenke es dir», sagte Florine.

Sie begann die Malwerkzeuge zu säubern, brauchte diese Tätigkeit, um sich zu fangen. Sie tauchte die Pinsel in verdünntes Terpentin, strich sie ein paarmal auf einem Tuch aus und legte sie der Größe nach in einen Kasten.

«Ich werde morgen früh den Bürgermeister aufsuchen und ihm die Petition geben», sagte Florine.

Etty war begeistert: «Das solltest du tun. Das ist ein mutiger Schritt, Flori. Haben alle unterschrieben?»

Die Malerin mußte eine Weile überlegen, wohin sie das Blatt gelegt hatte. Wortlos überreichte sie ihrer Schwester den Zettel.

«Sechs Unterschriften nur, keine Großtat. Und dein Freund Milton hat auch nicht unterschrieben! Ein schöner Liebhaber.»

Florine verteidigte ihn nicht, erzählte nur, wie sie die ganze Hochzeitsgesellschaft in Aufruhr versetzt hatte. Diesmal war ihr Bericht matt, ohne Verve.

«Da wäre ich gern dabeigewesen!»

Etty schaute wieder auf das Blatt.

«Franz hat unterschrieben, dein Priester aus der Schweiz», sie kicherte, «war er denn zur Hochzeit eingeladen?»

«Natürlich nicht. Woher sollte er die Banters kennen?»

Florine hatte ihre Arbeit beendet, schloß den hölzernen Kasten. Die verschmierte Palette stellte sie zu den übrigen, die neben dem hohen Wandschrank lagen.

«Dann hast du ihn also getroffen!»

Wenig später verließen sie das Atelier und gingen in den Salon, um mit der Mutter Kaffee zu trinken und Karten zu spielen.

Florine war fest entschlossen, die Petition abzugeben, obwohl nur so wenige Unterschriften darunterstanden.

Franz konnte sie begleiten. Gegen neun Uhr wurde ihre Mutter müde. Sie zählten die Gewinne und Verluste. Florine hatte die Partie gewonnen.

«Gehst du noch weg?» fragte Etty.

«Ja», erwiderte Florine, «und ich sag dir nicht wohin.»

In der *Chicago Daily News* erschien an diesem Tag ein Kommentar:

DIE GEDULD IST ZU ENDE!

Die Bombe, die in Desplaines Street am Dienstagabend explodierte, muß die letzte Äußerung der Anarchisten gewesen sein. Chicago kann nicht mehr vertragen. Bis der Friede und das tägliche Leben wieder sicher sind, Recht und Ordnung hergestellt, muß jegliche Agitation für soziale und industrielle Reformen gestoppt werden. Die Interessen von Kapital und Arbeit schließen sich zusammen in der Abscheu gegen rabiate Gefühle und hinterlistige Taten der Sozialisten. Es kann keinen Kompromiß mit Brandstiftern und Verbrechern geben.

Das Recht auf freie Meinungsäußerung ist nicht geschaffen, um zu Mord aufzurufen, zu Brandbomben und Anarchie. Die Brennnessel Kommunismus, der man erlaubte, in Chicago zu wuchern, muß mit Stumpf und Stiel ausgerissen werden, und jene, die sie gewässert und gepflegt haben, müssen für immer zertreten werden. Chicago lädt die Sauberen, die Fleißigen, die Gesetzestreuen aus aller Herren Länder ein, die Stadt ist aber keine Zuflucht für jene, die Amerika vom Thron stürzen wollen, seine Gesetze abschaffen und die Herrschaft der Fackeln, der Knüppel und der Bombe errichten wollen.

Die Tage der sozialistischen Agitation in Chicago sind gezählt.

Milton P. Banter ging der Name, den der Kutscher ihm genannt hatte, nicht aus dem Kopf. Ein Geschäft war es also. Der Name kam ihm gleich bekannt vor, mußte Jahre zurückliegen, daß er ihn gehört hatte.

«Hören Sie überhaupt zu?» fragte McCormick, «ich habe den Eindruck, Sie sind nicht auf unserer Seite.»

«Nein, nein, meine Herren», antwortete Banter, «ich hatte nur gerade eine Idee.»

Sie saßen im Rauchsalon der Banterschen Villa. McCormick, der Präsident des Board of Trade, Pullman, der Eisenbahnkönig Chicagos, und Addams, der eine der größten Möbelfabriken besaß.

Sie waren gekommen, um Banter zu lehren, was es hieß, in Chicago Profit zu machen.

Pullman, der den ganzen Abend geschwiegen hatte, sein Portweinglas war unberührt, stand noch so stark unter dem Schock der Ereignisse, daß Banter glaubte, er werde die kommende Woche nicht überleben. Dabei konnte der Mann vierzig Stunden hintereinander arbeiten. Bei der Begrüßung ließ er verlauten, daß ein Gespräch unter Pionieren erforderlich sei.

Banter war angenehm überrascht, daß die führenden Industriellen der Stadt ihm die Ehre erwiesen.

Addams hatte zwei deftige Scherze zum besten gegeben und die Einrichtung der Villa gelobt. Das nenne er modernen Stil, nicht diesen Plüsch, den er bei den meisten Bekannten sehe.

McCormick führte das Wort.

«Sie haben ja gesagt, daß wir härter werden müssen, enger zusammenstehen. Jedenfalls waren das Ihre Worte gestern morgen. Die Zeit ist da, Banter! Wir dürfen Sie nicht verschlafen.»

Banter verwies auf seine großzügige Spende und vergaß nicht zu fragen, wieviel die Sammlung eingebracht habe.

«Rund hunderttausend haben wir jetzt», sagte Addams strahlend. Sein Gesicht war so rosig wie einer seiner modernen Polsterbezüge.

«Dann habe ich fünf Prozent gezahlt, nicht schlecht, was?» konterte Banter. Er hatte keine Lust, sich von diesen eingesessenen Herren mit ihren altmodischen Vorstellungen belehren zu lassen.

«Darum geht es jetzt nicht, Banter», McCormick klopfte die

Asche von der Zigarre, «es geht darum, daß Sie die Vergünstigungen abbauen müssen! Die Leute sollen wieder zehn Stunden arbeiten, wie überall in der Stadt.»

«Wir können doch einen Nutzen aus dieser Bombe ziehen. Jetzt sind alle auf unserer Seite», warf Addams ein, «die Zeitungen unterstützen uns. Harrison hat endlich den richtigen Ton gefunden. Die Polizei hält uns den Rücken frei.»

Banter wußte, daß er diese Pioniere ausreden lassen mußte. Sie duldeten keine Widerrede.

Er dachte daran, daß man die Kantine im elften Stock einrichten mußte, damit die Wege kürzer würden. Sie war für den Keller geplant. Er zückte sein Notizbüchlein und notierte die Idee.

«Wir werden diese Bewegung brechen», sagte Pullman. Er trug einen graugestreiften Anzug mit doppelt geknöpfter Weste, an der goldenen Uhrkette baumelte eine Miniatur-Lokomotive. «Wir werden sie hinwegfegen müssen oder sie erledigt uns! Banter, das muß Ihnen doch zu denken geben.»

«Bei mir wird nicht gestreikt, meine Herren. Bei mir wird gearbeitet. Das ist der Unterschied. Ich will mich nicht rühmen, aber nur so werden wir diese Schreihälse los. Innerhalb der acht Stunden darf es allerdings keine Pause geben, da muß angepackt werden.»

«Und doch fehlen zwei Stunden», erwiderte Addams, «ich kann die Arbeit nicht einfach wegschaffen, das sind Hunderttausende von Arbeitsstunden, wenn ich die Zeit verkürze.»

Addams hatte es an die Spitze seiner Branche geschafft, indem er bei zwei Konkurrenten Feuer legen ließ.

McCormick schaukelte den Cognac im Schwenker. Seine Augen waren wie die eines Adlers, die Nase glich der eines Indianers. Seine Gesichtshaut straff, der Mund schmal.

«Wir können Sie nicht zwingen, Banter, aber Sie waren es, der unsere Verabredungen durchbrochen hat. Sie haben die gemeinsame Linie verlassen...» McCormick unterbrach sich.

Banter spürte die Drohung, wollte aber nicht darauf eingehen. Sollten sie ihm nur drohen, er würde sich zu wehren wissen.

Pullman zog ein Papier aus der Tasche, nachdem McCormick ihn mit einer Geste dazu aufgefordert hatte.

Banter las.

«Angesichts der bevorstehenden Auseinandersetzungen erkläre ich mich bereit, auch in meinen Fabriken wieder den Zehnstundentag einzuführen. Ebenso werden die besonderen Vergünstigungen wie Fabrikessen, Wohnunterstützung etc. abgeschafft...»

Banter traute seinen Augen nicht.

«Das muß gut überlegt sein, meine Herren, das kann ich nicht übers Knie brechen.»

«Wir gehen nicht eher, bis Sie unterschrieben haben», sagte McCormick, «überlegen Sie schnell! Ich habe gehört, daß Sie immer schnelle Entscheidungen lieben.»

Der Schoko-König blickte in die Runde. Vor ihm saß die gesamte Leitung des Board of Trade, sie vertraten zweihundert Unternehmungen. Wenn er ihr Anliegen ablehnte, würde man ihn sofort ausschließen. Das konnte er nicht riskieren.

«Ich möchte noch mal darauf verweisen», begann er zögernd, «daß wir uns der Entwicklung nicht entgegenstellen sollten...»

«Sie sympathisieren mit diesen roten Gewerkschaften, das ist es», Pullman sprang auf, «Sie sind nach Chicago gekommen, um hier Ihre Ware an den Mann zu bringen. Das heißt aber, daß Sie sich den roten Schweinen nicht unterwerfen dürfen. Wenn wir nicht zusammenstehen, Banter, hängen wir morgen alle aufgeknüpft am See!»

«Na, George, nun übertreibst du aber. Pinkerton hat die Sache längst im Griff.»

«So? Heute gab es wieder Aufstände und zwei Tote», schrie Pullman.

«Waren es Arbeiter?» fragte Addams.

«Ja», erwiderte Pullman, «und die müssen jetzt einen Denkzettel bekommen. Aber Banter will ihnen Zucker in den Arsch blasen.»

McCormick versuchte, Pullman zu besänftigen, aber der Eisenbahnboss war in Rage, sein breites Gesicht lief wie eine Tomate an, die Äderchen auf den Wangen stark gerötet.

«Hier herrscht Krieg, nichts als Krieg. Wenn wir das nicht begreifen, werden wir untergehen», Pullmans Stimme überschlug sich, «das hätten wir dann auch nicht anders verdient.»

Addams erzählte den Witz von dem Kapitalisten, der sein ganzes Vermögen in die Spielbank brachte und immer nur gewann. Bis zur Pointe ließ Pullman es nicht kommen.

«Wir können auch ganz anders, Banter!»

Nun war die Drohung ausgesprochen.

«Was soll das?» rief der Möbelunternehmer dazwischen, «ich lasse mich von Ihrer Hysterie nicht anstecken, Pullman. Wir sind hierher gekommen, um ein vernünftiges Gespräch mit Banter zu führen, nicht, um ihn an den Pranger zu stellen. Das war vorher abgemacht.»

Sosehr Banter es schätzte, daß sich die Pioniere stritten, er spürte auch, daß man nicht gewillt war, seine Argumente zu verstehen. Er hatte dem Achtstundentag aus klarer Berechnung zugestimmt. Durch Trödelei und Unachtsamkeit ging bei dem längeren Arbeitstag immer wertvolle Zeit verloren, die Pausen wurden nie eingehalten. Es war gegen Ende des Zehnstundentages nicht mehr die volle Leistung der Arbeiter zu erwarten. Banter dachte daran, eine zweite Schicht einzuführen, die übernahm, wenn die erste die Fabrik verließ.

McCormick hielt ihm das Papier hin. «Unterschreiben Sie nun, Banter?»

«Ich brauche Bedenkzeit. Heute unterschreibe ich nicht. Das kommt mir zu überraschend. Ich muß das mit meinen Prokuristen und Arbeitseinteilern besprechen. Dafür sollten Sie Verständnis haben.»

Milton P. Banter nahm das Papier, faltete es sorgfältig und steckte es ein.

Pullman trat auf ihn zu.

«Das werden Sie bereuen, Banter, uns widerspricht man nicht! Wir haben es nur zu dieser Größe gebracht, weil wir hart geblieben sind, weil wir uns nicht gebeugt haben, weil wir immer einig waren. Wenn Sie glauben, Sie könnten uns hinhalten, dann ...»

Banter erhob sich, lächelte ein wenig.

«Auf Drohungen reagiere ich nicht, Mr. Pullman. Dafür habe ich zu oft Niederlagen erlebt, wenn andere mir vorschreiben wollten, was ich zu tun hätte. Ich habe zugesagt, daß ich die Sache prüfen werde, aber nicht unter Druck. Wie mer's macht, so hot mer's, sogt mer bi us in Pennsylvaani.»

Nun war ihm eine von seinen deitschen Bemerkungen herausgerutscht. Es war peinlich, aber nicht mehr zu ändern.

Als die Herren kurz vor Mitternacht gingen, sah Banter den Kutschen lange nach. Sie würden ihn nicht in Ruhe lassen. Er sollte diesen Schritt machen, damit die vielen kleineren Unternehmer ihm folgten.

Auf jeden Fall mußte er die Wachmannschaften vergrößern. Man konnte nie wissen, was McCormick für hinterhältige Tricks anwandte. Dieser Pullman war übergeschnappt.

«Sin die Herre fott?» Seine Frau erwartete ihn bei der Rückkehr ins Haus, «sie hawwe so geklunge, als geb es ebbes zum Firchte. Die Stimm worn so schrill.»

14. Kapitel

7. Mai 1886: «Es gibt keinen, der nicht verdächtig wäre!»

Der Mann stand auf der anderen Straßenseite. Seit Stunden bewegte er sich nicht vom Fleck. Manchmal starrte er in das Geschäft, dann wieder wandte er den Kopf. Die Hände tief in der abgerissenen Jacke vergraben.

Weissenbach ging nicht davon aus, daß es sich um einen Bettler handelte, der eine warme Mahlzeit und ein paar Cents zu ergattern suchte. Die Devise für einen Tramp war: schnell um eine Gabe bitten und weiterziehen. Darin kannte er sich aus.

Immer, wenn er seinen Verkaufsraum betrat, mußte er hinüberschauen, konnte den Blick nicht von diesem hochgewachsenen Mann lassen, dessen Wollkappe an einen Iren denken ließ. Am liebsten hätte er einen Gesellen geschickt, um dem Mann ein Stück Brot zu bringen. Nur um zu sehen, wie er reagierte.

Sein Gesicht lag im Schatten. Manchmal konnte Weissenbach den Vollbart und die kräftige Nase erkennen.

Am Tag zuvor hatte er seine Gesellen um die Mittagszeit nach Hause geschickt. Er gab ein Treffen mit einem Holzfabrikanten vor. Martin Halter sah ihn skeptisch an. Als die beiden gegangen waren, schloß er sein Geschäft ab, hängte das Schild mit der Trauernachricht an die Tür. Dann räumte er die unterste Schublade des Blechschrankes aus. Die Kugelhälften aus Blei, die er schon gehämmert hatte, die Röhrchen aus Glas, die Gummischläuche. Die Säuren und das Dynamit legte er vorsichtig auf die Werkzeugbank. Eine Zeitlang betrachtete er die Utensilien. In weniger als drei Stunden würde er die beiden Bomben bauen können.

Die Auseinandersetzung mit Florine war heftig gewesen. Sie kam in der Nacht voller Wut und ging unter Spott wieder weg. Ihr Anliegen konnte er nicht erfüllen. Die Malerin forderte ihn auf, mit ihr zum Bürgermeister zu gehen, sich nicht abwimmeln zu lassen, die Petition zu überreichen und ihn aufzufordern, seine Schergen zurückzuziehen. Weissenbach warf ihr Naivität vor, sagte, sie wisse nicht, auf was sie sich da einlasse. Auch bei ihm seien die Schnüffler schon gewesen, und dabei verkaufe er harmlose Heiligenbilder.

Florine nannte ihn erneut einen Feigling, einen Nichtsnutz, der ruhig zusehe, wie seine Landsleute geopfert würden, der nicht einen Finger krümme, um Unschuldige zu unterstützen.

Weissenbach stimmte ihr zu, das alles sei eine große Ungerechtigkeit und zeige nur, wie rücksichtslos die Herren auf die Knechte einschlügen. Er holte ein Buch mit apokryphen Schriften hervor, las Stellen aus Jesus Sirach: «Wer dem Arbeiter seinen Lohn nicht gibt, der ist ein Bluthund!» Sie sehe, daß er sich nicht nur in der offiziellen Bibel auskenne. Das Mittel sei falsch, was nütze es denn, den Bluthunden einen Wisch zu übergeben, mit dem sie sich die Zigarre anzünden würden. Damit komme sie nicht weiter.

Florine wurde ruhiger, nahm das in Leder gebundene Buch, aus dem Franz zitierte. «Wie die Hyäne mit dem Hund sich gesellet, also auch der Reiche mit dem Armen. Wie der Löwe das Wild frißt in der Heide, so fressen die Reichen die Armen.»

Einen Augenblick lang war sie so begeistert von dem Text, daß sie ihr Anliegen vergaß. «Dann bist du doch ein Priester?» fragte sie erstaunt.

«Hast du daran gezweifelt?» erwiderte Weissenbach. Die Malerin ließ es damit nicht bewenden. «Was ist dein Geheimnis, Franz?» Sie sah ihn an, streng, die Augen leicht zusammengekniffen. Weissenbach wich aus, erzählte eine neue Legende, ein neues Stück Biografie, wie er im Priesterberuf immer weniger das finden konnte, was er suchte, die Geborgenheit der Gemeinde, die Hilfe für die Bedürftigen, die Fürsorge. Er sprach von Kirchenhierarchien, bösen Bischöfen, bitteren Dekreten, von Pfründen und purer Ausbeuterei. Das alles habe ihn verschreckt.

«Gut», faßte Florine seine Worte zusammen, «jetzt hast du die Möglichkeit, für die Armen einzutreten. Wenn du mich zu Harrison begleitest, zeigst du, daß es dir damit ernst ist.»

Franz lehnte ab.

Die Malerin wurde wütend, schrie ihn an. Sie habe sich in ihm getäuscht, er sei ein Weichling, eine lächerliche Gestalt. Sich hinter toten Heiligen zu verbergen sei weniger, als sie je von einem Mann angenommen habe.

«Wenn du dich anders entscheidest, morgen gegen elf gehe ich zum Bürgermeister. Ich erwarte dich.»

Franz Weissenbach hätte es gerne gesehen, wenn sie in dieser Nacht bei ihm geblieben wäre, aber kurz nach ein Uhr brach sie auf. Er konnte lange nicht einschlafen, wußte, wenn er Florine nicht verlieren wollte, mußte er sie einweihen. Immerhin liebte sie Lügner.

Der Tramp sprach mit einem Passanten, zeigte hinüber zum Geschäft. Als hole er Informationen ein. Weissenbach hatte ein gutes Verhältnis zu den Leuten in der Straße. Sie nannten ihn den heiligen Franz. Er freute sich, wenn er so tituliert wurde.

Das Dynamit und die Bleikugeln vergrub Weissenbach im Garten des Nebenhauses. Drei Spatenstiche tief. Er markierte die Stelle nicht, merkte sich aber, in welchem Schnittwinkel sie zwischen Gartenmauer und Hausecke lag. Die anderen Materialien verstreute er im Geröll, das überall auf den Straßen lag. Die restlichen Säuren kippte Weissenbach auf die Straße. Es stank eine Weile. Der Entschluß, keine weiteren Bomben zu bauen, war ihm nicht leicht gefallen. Die eine hatte so viel in die Wege geleitet, hatte ein paar von diesen Bluthunden gefällt und den Anarchisten einen Weg gewiesen. Aber die Zeit schien ihm nicht reif für einen weiteren Anschlag. Als er das Dynamit in den Boden legte, grübelte er, warum seine anarchistischen Brüder nicht selbst zu diesem Mittel gegriffen hatten. Die Lehr- und Wehrvereine waren doch gerüstet, sie hatten Schießübungen gemacht, dreitausend ausgebildete Kräfte. Warum griffen sie nicht ein, wenn die Polizeischurken wild um sich schossen? Es blieb ihm ein Rätsel, daß sie zusahen, wie andere abgeschlachtet wurden. Oder waren die Gewehre bloß Attrappen?

Den Tag verbrachte Weissenbach in seltsamer Erregung. Von überall schwirrten Gerüchte heran. Neue Verhaftungen! Neue Zusammenstöße! Der Kampf zwischen den Truppen der Reichen und den Armen war in der Stadt entbrannt. Als stehe Chicago schon in Flammen. Der Aufruhr. Die Rebellion. Er würde sich einmischen, wenn es zum Äußersten kam. Würde den Anarchisten zur Seite stehen. Der lang ersehnte Aufstand gegen die Unterdrückung. Weissenbach mußte sich beherrschen, als eine Kundin nach der sanftmütigen Symphorosa fragte, der Kaiser Hadrian das Gesicht zerschneiden ließ, oder ein Tattergreis nach einer lieblichen Darstellung des Wunders von der Brot- und Fischvermehrung verlangte. Kaum waren die Störenfriede gegangen, gab er sich wieder seinen aufrührerischen Gefühlen hin. Eine Hoffnung, die mit jedem Gedanken wuchs.

Seine Haut war aufgeplatzt, manche Stellen lagen frei. Franz Weissenbach war es leid, im Versteck zu leben.

Zu seinen Gesellen sagte er, daß er für ein paar Minuten in den Saloon gehe, um dort einen Kunden zu treffen. Sie möchten eventuelle Käufer um etwas Geduld bitten.

Franz Weissenbach verließ seinen Laden durch die Vordertür. Wie erwartet, setzte sich der Mann an seine Fersen.

Schon einige Male hatte er einem Spitzel ausweichen, vor einem Pfeifer flüchten müssen. In Würzburg war es ein Klumpfuß, seine Hinkerei verriet ihn. Der Mann konnte ihm kaum folgen. In Pisa ein flinker Denunziant, der sich nicht abschütteln ließ. Nur mit einem Trick gelang es ihm, sich der Beschattung zu entziehen. Er tauschte in einem Restaurant mit dem Koch die Kleider.

Weissenbach variierte das Tempo. Mal ging er langsam, mal rannte er fast. Niemals umdrehen, dem Verfolger nicht die Sicherheit geben, daß man um die Verfolgung weiß. Weissenbach wollte ihn stellen, wenn nötig verprügeln. So etwas half immer. Ein verdroschener Denunziant war bei den Behörden nicht gut angesehen.

Als Weissenbach in Bern die beiden Blaumäntel abgehängt hatte, die ihn daran hindern wollten, die rote Fahne auf dem Rathaus zu hissen, hatte er gelernt: Der Verfolgte war stets in der besseren Position. Er konnte Haken schlagen. Die Verfolger kannten nur das Ziel, ihr Opfer nicht aus den Augen zu lassen. Sie mußten folgen, reagieren.

Weissenbach blieb stehen.

Steckte sich eine Zigarre an. Umständlich. Blies das Streichholz aus, bevor die Zigarre aufglühte.

Der Tramp war kaum fünfzig Schritt hinter ihm. An der Straßenecke. Weissenbach suchte nach einem Versteck.

Keiner der Hauseingänge schien ihm geeignet.

Er schlenderte weiter.

Pfiff ein Liedchen. Wußte um seinen Schatten. Es gab ihm ein sicheres Gefühl.

Kurze Zeit später betrat er den Saloon.

«Wie war die Beerdigung, Mr. Weissenbach?»

«Traurig, sehr traurig.»

«Ja, wir können es uns nicht aussuchen.»

Stets war der Barkeeper darum bemüht, sich seinen Gästen anzupassen. Waren sie traurig, gab er sich niedergeschlagen, wollten sie scherzen, suchte er, sie zu übertrumpfen. Er stellte Weissenbach einen Whisky hin.

Durch die runden Scheiben des Saloons konnte er den Verfolger beobachten. Er hatte Position neben dem Eingang bezogen. Mit dem breiten Rücken zur Tür.

Weissenbach ging vorsichtig, den Whisky in der Hand, zum Ausgang, um sich den Mann aus der Nähe anzusehen.

In die feste Jacke, die er trug, waren mit einer Schere Löcher hineingeschnitten worden. Die Wollkappe war neu, bis auf die paar Dreckflecken.

«Kennen Sie den Kerl?»

«Nein», Weissenbach drehte sich schnell um, «und ich möchte ihn auch gar nicht kennenlernen.»

Der Barkeeper wischte über die blankpolierte Holztheke.

Wenn es ein Mann von Detective Pikser war, und davon ging Weissenbach inzwischen aus, mußte er noch viel lernen.

So ungeschützt dem Opfer den Rücken zuzudrehen, war mehr als leichtsinnig.

«Geh mal raus, Joe, und biet ihm was zu trinken an.»

Der Barkeeper war erstaunt. «Einem Tramp schenk ich keinen aus.»

«Geht auf meine Rechnung.»

Der Barkeeper, dessen schmaler Kopf oft hin- und herschaukelte, wenn er mit den Gästen sprach, füllte ein Glas mit Whisky, trug es durch den Saloon. Er ließ die Tür auf, damit Weissenbach hören konnte, was gesprochen wurde.

«Einer meiner Gäste spendiert Ihnen was.» Er hielt ihm das Glas hin.

«Ich trinke keinen Alkohol», erwiderte der Mann. Sein Akzent war irisch. Hatte Weissenbach sich also nicht getäuscht.

«Wollen Sie ein Glas Wasser?» fragte der Barkeeper.

Der Tramp ließ die Frage unbeantwortet, setzte sich in Bewegung.

«Den hab ich in die Flucht geschlagen, Mr. Weissenbach! Ich wußte gar nicht, daß Whisky eine solche Wirkung haben kann.»

Der Barkeeper strahlte.

Weissenbach zahlte und verließ den Saloon. Der Ire war tatsächlich verschwunden. Mit schnellem Schritt kehrte Weissenbach zu seinem Geschäft zurück.

Schon bedauerte er es, daß er das Dynamit vergraben und die Utensilien verstreut hatte. So ein Pfeifer würde ganz schön erschrecken, wenn neben ihm ein Kracher losginge. Wie kam Pikser dazu, ihn beschatten zu lassen? Warum kam er nicht selbst? Hatte ihn jemand beobachtet und verpfiffen?

Franz Weissenbach betrat seinen Laden. Die Bilder lächelten ihn an, manche mokierten sich über ihn.

«War keine Kundschaft da?» fragte er.

«Nur ein Dämchen, die wollte den Jesusjüngling haben. Sie kommt in einer halben Stunde wieder.»

Weissenbach stellte sich hinter die Ladentheke. Er dachte an Florine. Zu gern hätte er gewußt, wie sie es aufnehmen würde, wenn er ihr erzählte, daß er die Bombe geworfen hatte.

Die Zeitungen machten es zu einem großen Rätselraten. Zwar waren Fischer, Fielden, Spies und andere Anarchisten verhaftet, aber niemand würde ihnen nachweisen können, daß sie es getan hatten. Da konnte er ganz beruhigt sein.

Weissenbach traute seinen Augen nicht.

Auf der gegenüberliegenden Straßenseite stand er wieder.

Der Ire, der keinen Alkohol trank.

Diesmal hielt er die Wollkappe in den Händen.

Im Keller der Hauptwache hatte Schaack einen Schwitzkasten einrichten lassen, in dem die Gefangenen dem «dritten Grad» unterzogen wurden. Jeder Verhaftete wurde gefoltert. In den ersten Tagen waren es mehr als zweihundert.

Schaack versuchte, Aussagen zu erpressen. Denunziationen. Er suchte Zeugen für seine Komplott-Theorie. Überläufer. Einen Fünfzehnjährigen ließ er gegen seine Eltern aussagen. Sie wurden sofort verhaftet und gefoltert.

Einen deutschen Zimmerer machte er zum Pfeifer, mit dem seine Detectives durch die Straßen gingen und sich die Häuser zeigen ließen, in denen Anarchisten wohnten. Das Gesicht des Zimmerers wurde mit Kohle geschwärzt. Sie nannten ihn den «Negerjuden».

«Wer hat die Bombe geworfen? Spies, Fielden oder Parsons, laß uns nicht so lange warten.»

Der Schlag traf den Gefolterten in die Hoden. Sie schlugen mit Holzprügeln, die mit Leinen umwickelt waren. Damit auf der Haut keine Spuren blieben.

«Red schon. Wir prügeln dich windelweich, bis du es ausspuckst!»

Der Mann, den sie im Schwitzkasten hatten, war ein enger Vertrauter von Spies, er half als Bote in der *Arbeiter-Zeitung*, machte Besorgungen.

«War es Parsons?»

Der Mann nickte. Nicht mehr fähig zu sprechen, weil sie ihm bei seiner Verhaftung den Unterkiefer zertrümmert hatten.

«Also, es war Parsons.»

«Du hast es gesehen.»

Der Mann nickte wieder. Er legte den Kopf zurück. Eine Kapuze verdeckte sein Gesicht. Ein langes Stöhnen erfüllte den Raum. Ein Seufzer, der nicht enden wollte.

«Oder war es Fielden?»

Die beiden Folterer zielten auf den Rücken, trafen die Leber. Blind in ihrem Haß, die Schläge im Takt.

Captain Schaack stellte die Fragen. Er ließ es sich nicht nehmen, bei einigen der Verhöre anwesend zu sein, er wollte dem Polizeipräsidenten zeigen, daß er in ein paar Tagen das Geheimnis um den Bombenwerfer lösen konnte.

«War es Spies, dein August Spies? War er es? Er hatte eine Bombe in der Tasche, nicht wahr?»

Der Mann reckte sich hoch. Schüttelte den Kopf. Wieder schlugen sie auf ihn ein.

Schaack wußte, daß ihm nur ein Zeuge nutzte, der zu seiner Aussage stand.

Ebersold würde sowieso versuchen, ihm nachzuweisen, daß

die Aussagen unter Zwang gemacht wurden. Aber aus diesen weichlichen Anarchisten würde er jedes Geständnis herausprügeln.

«Wer war es? Laß uns nicht so lange warten.»

Der Mann sackte in sich zusammen.

«Wegschaffen, los, den nächsten.»

Captain Schaack verließ den Schwitzkasten. So kam er nicht weiter. Seine Detectives schleppten jede Menge Material an, schrieben ellenlange Protokolle, die er kaum noch bewältigen konnte. Auf seinem Schreibtisch türmten sich die Papiere. Bei Hunderten von Informanten war keine Übersicht mehr möglich. Schaack brauchte Beweise. Die Presse wartete auf Futter.

In seinem Büro saßen vier Detectives, die sich darum stritten, als erste gehört zu werden.

Auch Pikser war unter ihnen.

Schaack warf sie alle hinaus. Er brauchte jetzt Zeit, um nachzudenken. Die Eifersüchteleien in der Hauptwache waren sein größtes Problem. Wer als erster den wahren Bombenleger präsentieren konnte, machte den Aufstieg. Die Nachfolge von Ebersold würde im Board of Trade entschieden. McCormick und Pullman hatten Kopfgeld ausgesetzt. Der Bürgermeister mußte um sein Ansehen kämpfen. Schließlich warf man ihm vor, zu nachsichtig mit Sozialisten und Anarchisten umgegangen zu sein. Alles, was Schaack bisher in Erfahrung gebracht hatte, war nicht ausreichend, gab kein genaues Bild. Er wußte, daß sich die deutschen und polnischen Schmeißfliegen ein dreckiges Komplott ausgedacht hatten, aber außer ein paar verdeckten Zeugen konnte er nichts präsentieren. Damit würde er bei der Grand Jury durchfallen.

«Ein Bombenlager, wir haben ein Bombenlager entdeckt.»

In seinem Büro tauchte ein baumlanger Mann auf, der sich als Detective Snyder vorstellte und Meldung machte.

«Wo?» Captain Schaack sprang von seinem Stuhl auf.

Snyder nannte die Adresse.

Schaack befahl einigen seiner Männer mitzukommen, vergaß nicht, ein paar Presseleute zur Fundstelle zu beordern. Ein Bombenfund war eine Nachricht wert.

«Stuff», so nannten die Anarchisten das Dynamit, wenn sie in geheimen Absprachen von ihren Experimenten mit den selbstgebastelten Sprengkörpern sprachen. Überall hatte Schaack seine Männer plaziert. Lange, bevor die Bombe auf dem Haymarket explodierte, war er über die Treffen informiert, hatte sich berichten lassen, wann und wo die Übungen des Lehr- und Wehrvereins stattfanden. Seine Männer waren überaus geschickte *agent provocateurs*, die in den Sitzungen Aktionen vorschlugen und auf begeisterte Zustimmung der Anwesenden trafen. Mal sollte Larrabee Street Station, mal Chicago Avenue Station in die Luft gesprengt werden. Beim nächsten Treffen wurden die Pläne dann wieder verworfen.

Der Spitzel, der die Detectives zu einer Festhalle führte, hieß Oppenheimer. Sie lag drei Meilen außerhalb der nördlichen Stadtgrenze.

«Vorsichtig!» rief der Informant, «die Dinger sind scharf.»

Obwohl es regnete, ein heftiges Gewitter ging gerade nieder, hatte Schaack es vorgezogen, vor der Festhalle zu warten. Es konnte ja sein, daß der schwere Donner die Bomben zur Explosion brachte.

Sie rissen ein paar Dielen aus dem Holzboden, gerade groß genug, damit jemand hineinkriechen konnte.

Endlich erschien die Presse. Schaack gab ein Interview.

«Sie werden von einem der größten Bombenfunde berichten können», prahlte er. Die Reporter ließen sich die Zeilen diktieren. Wenn Schaack etwas vorhatte, waren sie gerne mit von der Partie. Diesem Captain war alles zuzutrauen.

«Wer hat die Bomben hier plaziert?» fragte einer der Journalisten.

«Später», wiegelte Schaack ab, «später.»

Unter den Dielen war genügend Platz, daß der Informant auf allen vieren kriechen konnte. Sie ließen Oppenheimer die Arbeit machen. Nach ein paar Minuten kam er heraus.

Hielt triumphierend drei Bomben in jeder Hand.

Es waren Gasrohrbomben, mit langer Lunte. Gefüllt mit Dynamit und rostigen Nägeln.

Die Reporter waren beeindruckt. Mancher verdrückte sich aus Angst. Die Bilder vom Haymarket spukten in ihren Köpfen. Die Bomben waren in ölgetränktes Tuch eingewickelt, damit sie nicht feucht wurden.

Schaack ließ sich feiern.

«Die Stadt wird innerhalb einer Woche so sauber sein wie ein Kinderpopo, meine Herren», rief er, «wir werden die Nester ausräuchern, alle Schlupfwinkel aufstöbern. In Chicago wird es keine versteckten Bomben mehr geben.»

Auf der Rückfahrt dachte Schaack darüber nach, wie er Ebersold die Geschichte vom Bombenfund erzählen würde. Ein bißchen dramatischer mußte sie schon sein.

«Wir haben einen glücklichen Fund gemacht. Dreizehn Bomben, versteckt unter einem Tanzboden...»

«Was?» rief Ebersold, «das ist ja ungeheuerlich. Die wären doch explodiert, wenn die Paare darüber getanzt hätten. Erzählen Sie mir nicht solche Märchen, Schaack. Dafür ist die Zeit zu ernst.»

Während die Presse den Captain als Spürnase feierte,

wurde sein Ruf innerhalb der Polizei eher schlechter. Nur Staatsanwalt Grinnell, der die Untersuchung leitete und gegen zwanzig Anarchisten einen Haftbefehl wegen Anstiftung zum Mord erwirkt hatte, hielt zu Schaack. «Sie sind der beste Polizist in ganz Amerika!» sagte er zu dem Luxemburger Captain.

Florine Starkweather saß mit fünfzehn Frauen in einer drei mal drei Meter großen Zelle unterhalb der Chicagoer Hauptwache.

Es gab nur ein Gesprächsthema. Wann werden die ersten Verhafteten aufgeknüpft? Die Frauen der Anarchisten, unter ihnen Lucy Parsons, gingen davon aus, daß ihre Männer per Schnellgericht abgeurteilt werden würden.

«Die begnadigen niemand», hieß es immer wieder.

Die Malerin versuchte zu vermitteln. Sie kenne einige der Fabrikanten, die in Chicago das Sagen hätten, und werde versuchen sich einzusetzen.

Die Frauen lachten Florine aus.

«Das sind wütende Tiger, menschenverachtende Kreaturen! Was glaubst du denn, warum sie unsere Kinder und unsere Brüder in ihren Fabriken bis aufs Blut auspressen?»

Florine Starkweather sagte, sie kenne einen unter ihnen, der sogar freiwillig die Achtstundenzeit eingeführt habe.

Wieder erntete sie nur Hohngelächter.

«Einer von wie vielen?»

«Die leben doch von Menschenfleisch.»

«Warst du mal in den Schlachthöfen? Da sind wir das Vieh! Die Tiere haben es hinter sich, die hängen am Haken! Aber wir schuften bis zur Erschöpfung für weniger als einen Dollar am Tag.»

Eine Frau erzählte von ihrer Mutter, die jahrzehntelang in

einem Bleiwerk gearbeitet habe und nun krank sei. «Meinst du, sie hätte auch nur einen Cent von denen bekommen, nur einen Cent? Man hat sie vor die Tür gesetzt.»

Eine andere Frau berichtete, daß ihr Mann einen Unfall auf der Baustelle hatte und nun ein Krüppel sei, der sich nur noch auf zwei Krücken fortbewegen könne. «Sie haben ihn weggejagt wie einen räudigen Köter, als er nach leichter Arbeit fragte. Leichte Arbeit, hat der Vorarbeiter ihn angebrüllt, leichte Arbeit gibt es hier nicht!»

In wenigen Stunden lernte die Malerin soviel über ihre Stadt wie nie zuvor. Jede der Frauen kämpfte für das Leben ihrer Kinder und das ihrer Männer. Jede von ihnen war empört. Keine gab sich der Hoffnung hin, daß ohne Kampf etwas erreicht werden könne.

Florine Starkweather machte die Erfahrung, daß sie in einem Glaskäfig gelebt hatte.

Sie ließ davon ab, Milton P. Banter zu verteidigen. Die Frauen hörten ihr gar nicht zu.

Die Petition zum Bürgermeister zu bringen, war lächerlich gewesen. Als sie in der Townhall ankam, machte schon der Pförtner Scherereien. Ob sie sich nicht vorstellen könne, daß Harrison in diesen Tagen andere Dinge zu tun habe, als schöne Damen zu empfangen. Dennoch führte er sie in den ersten Stock des wuchtigen Gebäudes. Hier herrschte reger Betrieb von Sekretären und Boten. Was sie denn vom Bürgermeister wolle, fragte sie ein kauziger Mann, dessen Monokel tief in die Haut schnitt. Dicke Fleischwülste umgaben es. Florine Starkweather verlangte, vorgelassen zu werden, ohne ihr Anliegen vortragen zu müssen. Nach einigem Zögern führte der Monokelträger sie in den vierten Stock. Das Vorzimmer von Harrison. Er befahl ihr zu warten. Die Malerin blieb ruhig. Den ganzen Tag hatte sie schon gewartet. Auf Franz Weissenbach. Lange hoffte sie, daß er seine Meinung ändern und sie begleiten würde. Anstatt des Bürgermeisters erschien ein Polizeiinspector. Sie mußte ihm ihre Personalien geben. Und ihre Liste. Der Polizist drohte ihr, bis Florine ihm die Petition schließlich überreichte.

«Mitkommen», sagte der Inspector.

Er zog sie aus dem Lederstuhl und legte ihr Handschellen an. Florine Starkweather wollte sich das nicht gefallen lassen. Aber niemand kam ihr zu Hilfe. Einige der Leute, die auf den Fluren hin und her eilten, drehten sich nicht einmal um. Der Inspector brachte sie zur Hauptwache.

Sie wurde Captain Klein vorgeführt. Auch der ließ sich ihre Personalien geben. Das Verhör dauerte eine Stunde. Die Malerin betonte immer wieder, daß sie keinerlei Verbindung zu den Anarchisten habe. Das würden alle behaupten, sagte der Captain. Milton P. Banter könne für sie bürgen. Bei der Hochzeitsfeier seiner Tochter habe sie diese Unterschriften gesammelt. «Wir werden es überprüfen», gab Klein von sich. Dann ließ er Florine abführen.

«Die werden gar nichts überprüfen», sagte eine der Frauen in der Zelle, «die werden dich so lange schmoren lassen, bis sie ihre dreckige Arbeit getan haben. Ich bin seit vier Tagen hier, und mich hat bisher niemand verhört.»

Die anderen Frauen stimmten zu.

«Aber sie haben doch kein Recht», widersprach die Malerin, «uns hier festzuhalten.»

«Recht», höhnte eine ältere Frau, die ihr Haar zu einem Dutt zusammengebunden hatte, «Recht, was ist das?»

Alle lachten.

«Das Recht ist Papier, die Gesetze sind Strohfeuer! Hier

herrschen die Gewehre. Warum haben sie dich denn geschnappt?»

Florine erzählte von der Petition und was sie damit erreichen wollte. Danach ließen die Frauen sie in Ruhe. Eine sagte sogar, daß es sehr anständig für eine Bürgerliche sei, sich für ihre Männer und gegen die Bluthunde einzusetzen.

«Wir kennen das nicht anders. Unser Leben war immer nur Kampf gegen sie, nur Streit mit Fabrikherren, Vermietern, Sheriffs. Es gibt nur die oder wir.»

Die Malerin versuchte, Eindrücke festzuhalten. Gesichter. Mienen. Augenpartien. Sie versuchte, die Geschichten nicht zu vergessen. Den Dreck. Die Qual. Die unausweichliche Verrohung. Sie wollte sich an den Mut erinnern. Den Widerstand. Die Aufmüpfigkeit. Diese Frauen waren nicht zu brechen.

Bei Captain Klein hatte Florine Starkweather protestiert, hatte sich gewehrt, als zwei Detectives sie abführen wollten. Ihre Arme wurden auf den Rücken gedreht. Einer trat ihr so fest von hinten in die Kniekehle, daß sie noch schmerzte.

Wenn wenigstens ihre Schwester Etty Bescheid wüßte, wohin sie gebracht worden war. Aber Etty war nicht zu Hause, als Florine sich auf den Weg machte. Etty war nach New York gefahren, um einen entfernten Onkel aus Maryland zu treffen. Ihre Mutter würde vor Kummer vergehen.

Sie erinnerte sich an die Zeit, als sie auf der Akademie die alten Meister kopierte. Damals war ein Student unter ihnen, der sie alle als elitäres Pack beschimpfte, als Schmarotzer, als Mitschuldige am Elend des einfachen Volkes. Wann immer Zeit dafür war, wütete er gegen die Professoren, die von der Verteilung von Licht und Schatten schwärmten, während die Sklavenhalter Hunderte von Negern auspeitschen ließen. Ein wütender Agitator, der kurz vor Ende des Studiums von der Akademie relegiert wurde. Florine fiel sein Name nicht mehr ein. Die Bilder, die er malte, waren grausig, schlechtes Handwerk. Seine Themen: die Angst in der Stadt, der Tod in den Sielen.

Florine bat um einige Blätter Papier und einen Bleistift. Sie wollte die Frauen in der Zelle porträtieren.

Die meisten von ihnen fanden die Idee spaßig und setzten sich in Positur.

Die Malerin unterbrach ihre Arbeit nur, wenn die Lichter im Zellentrakt ausgeschaltet wurden.

«Am Montagabend, am 3. Mai, war ich in Greif's Hall, 54 West Lake Street, bis so gegen zehn Uhr. Dort versammelten sich an die vierzig Männer. Der bewaffnete Flügel der Gruppe forderte uns auf, in den Kellerraum zu kommen, um ein Treffen abzuhalten. Gottfried Waller wurde zum Vorsitzenden gewählt. Georg Engel war einer der Redner, der von dem Plan sprach, Leute umzubringen und Eigentum zu zerstören. Er fragte uns, ob wir etwas davon wüßten. Die Mehrheit verneinte. Dann erzählte er, daß er plane, am nächsten Tag eine Versammlung auf dem Haymarket einzuberufen, und dorthin so viele Polizisten wie möglich zu locken, damit die Außenbezirke der Stadt nicht mehr über starke Polizeikräfte verfügten. Das Startzeichen für diese Aktion würde erfolgen und unsere Aufgabe war es, Brände in einigen Häusern an verschiedenen Stellen in der Stadt zu legen. Ein Haus am Wicker Park wurde genannt, sobald wir sehen würden, daß es brannte, sollten wir die Polizeireviere angreifen, Dynamit in die Wachen schmeißen, die Polizeiofficers töten und die Polizeireviere vollkommen zerstören. Wenn ein Patrouillenwagen vorbeikommen würde, sollten wir unsere Bomben auf die Männer werfen, und wenn das nicht

genug sei, dann sollten wir mit unseren Revolvern die Pferde abschlachten. Danach sollten wir soviel Eigentum wie nur möglich dem Erdboden gleich machen. Das Zirkular, in dem Rache gefordert wurde, sah ich an jenem Abend, als Engel sprach und uns den Plan zur Revolution mitteilte. Die Lügen Engels über die sechs ermordeten Brüder bei McCormicks Fabrik machten mich so wild, daß ich alles zu tun bereit war. So ging ich am nächsten Nachmittag, am 4. Mai, zu Seligers Haus und half, die Bomben zu fertigen. Georg Engel hatte gesagt, daß diejenigen, die keine Waffen besäßen, sich nicht auf dem Haymarket blicken lassen sollten, und ebenso jene nicht, die ohne Mut waren. Adolph Fischer sagte mir, daß Engels Plan derjenige sei, der auch in anderen Gruppen verabschiedet wurde. Jede Division mußte danach ihre eigenen Vorkehrungen treffen. Die Männer von der Nordseite wollten sich am Abend des 4. Mai am Fuß von Webster Avenue und Lincoln Park treffen, am Schiller-Denkmal. Ich ging dorthin. Ich konnte aber nicht genügend unserer Leute entdecken, weil die Nacht sehr dunkel und die Anwesenden verstreut waren. Ich verspürte wenig Lust zu warten. Die vier Bomben, die ich bei mir trug, warf ich am Pier der North Avenue in den See. Dann ging ich nach Hause ins Bett. Das war so gegen zehn Uhr. Ich habe nichts mitbekommen von der Schießerei oder der Bombenexplosion oder der Ermordung der Polizisten auf dem Haymarket bis zum nächsten Morgen, als ich aufstand. Ich ging deswegen so früh an diesem Abend nach Hause, weil ich Kopfschmerzen von dem Gestank des Dynamits bekam, das wir in die Bomben füllten. Wir haben insgesamt fünfunddreißig Bomben hergestellt. Das Wort ‹Ruhe› in der Arbeiter-Zeitung *vom 4. Mai war die Parole. Wenn es erschien, dann hieß das, bereitmachen für die Revolution.*

Diese Aussage habe ich aus freier Entscheidung gemacht, in Gegenwart der anwesenden Polizeiofficers. Ich sage darüber hinaus, daß ich kein Bestechungsgeld annehmen werde, um meine Aussage zu verändern, daß ich keine weitere Aussage machen werde und die Stadt nicht verlasse, bis der Fall vor Gericht verhandelt wird und ich die Genehmigung von Captain Schaack erhalte. Ich werde diese Aussage unter Eid vor der Grand Jury wiederholen.»

Als Captain Schaack die Aussage Ernst Hübners, beglaubigt von zwei Notaren, in Händen hielt, war er seinem Ziel ganz nahe.

Die Gegenüberstellung mit den Anarchisten Engel, Fischer, Seliger und Waller würde zu seinem großen Triumph werden.

Polizeichef Ebersold würde sich mit dem Gedanken vertraut machen müssen, daß Schaack sein Nachfolger wurde.

15. Kapitel

10. Mai 1886: «Endlich! Der Bombenbauer ist hinter Gittern!»

Banter nahm eine Probe mit dem Zeigefinger. Die braune Mischung, die im riesigen Kupferkessel rotierte, sah aus wie die fette Erde in Lancaster. Die Umwälzschaufeln glichen silbernen Pflügen.

«Zu süß», befand er, «schon wieder zu süß. Reduziert die Zuckermenge um fünfzehn Prozent. Wenn unsere Produkte zu süß sind, werden die Kunden zu schnell satt.»

Wie seine Vorarbeiter trug Milton P. Banter einen weißen Kittel, auf dessen Brusttasche in verschlungenen Buchstaben seine Initialen gestickt waren.

Seit vier Uhr früh war er schon in den Betrieben unterwegs, sprach mit Kakaoschälern, die Schwierigkeiten mit zu feuchter Ware hatten, entwarf ein Muster für die neue Sorte «Delicious me», überwachte die Auswahl der Einwickelpapiere. Um acht Uhr reiste seine Frau ab. Sie drohte ihm, Chicago nie wieder zu betreten, Milton wisse, wo ihr gemeinsames Haus stehe. «Dies is a Sündenpfuhl und du weest es.» Banter machte keine Einwände, versprach, sie so bald wie möglich zu besuchen, auch er liebe Pennsylvaani. Eine Kutsche brachte sie zum Bahnhof. Banter ließ sich über den Fortgang auf der Baustelle berichten, die er am späten Vormittag aufzusuchen gedachte. Die Einweihung des Verwaltungshochhauses konnte sechs Tage früher als geplant geschehen. Er mußte sich mit den Vorbereitungen für das grandiose Fest beeilen.

Banter sah den hochgewachsenen Iren, der in gebührendem Abstand wartete.

«Paddy komm, wir gehen in mein Office.»

Der Ire folgte seinem Chef.

Paddy McDonnel war einer, der Banters Weg seit mehr als fünfzehn Jahren begleitete, der Höhenflüge und Niederlagen kannte, betraut mit diskreten Aufträgen. Mal galt es, aufmüpfige Arbeiter zur Räson zu bringen, mal einem Kutscher aufzulauern, der sich nicht an die vorgegebene Fahrtroute hielt und, anstatt zügig die Ware auszuliefern, lieber zu seinem Privatvergnügen herumfuhr und Prostituierte aufsuchte.

In Banters Office umgaben vier mit unterschiedlichen Polstermöbeln ausgestattete Sitzgruppen den riesigen Eichenholzschreibtisch in der Mitte des Raumes. Er hatte sich einen Drehstuhl konstruieren lassen, um sich ohne Zeitverlust verschiedenen Besuchern nacheinander widmen zu können. Manchmal waren alle Sitzgruppen besetzt. An den Wänden die Diplome, Abbildungen der neuesten Kollektion sowie Tabellen über Produktion und Absatz. Auf allen Tischen Schalen mit Konfekt des Hauses. Das Licht kam von den hohen Fenstern auf der rechten Seite. Die mittleren Scheiben trugen die Buchstaben: BANTER.

«Also, was hast du herausgefunden?» fragte der Unternehmer und bot dem Iren einen Platz gleich neben dem Schreibtisch an. Er selbst blieb stehen und nahm eine Statistik zur Hand.

Der Ire drehte seine Kappe in den Händen, während er sprach. «Ich habe ihn Tag und Nacht beobachtet, ihn nicht aus den Augen gelassen. Ein wahrer Heiliger. Der Mann pendelt nur zwischen seinem Haus und dem Saloon hin und her.»

«Keine Vergnügungen?»

«Sein Vergnügen ist der Whisky.»

«Frauen?»

«Ich habe keine in seiner Begleitung gesehen.»

Banter sah von der Statistik hoch, die Auskunft über den Produktionsaufwand bei den Sahnekaramelbonbons gab, und lächelte milde.

Er hatte lange gebraucht, um sich daran zu erinnern, woher er den Namen Weissenbach kannte. Wie konnte er diesen Mann nur vergessen, der für den Eklat in der Gemeinde Ephrata und später in seinem eigenen Haus sorgte, den anarchistischen Freidenker im Pelz eines katholischen Geistlichen? Woher kannte Florine diesen Schweizer? Er wollte die Malerin beim nächsten Zusammentreffen nach ihm fragen.

Er erklärte sich die Gedächtnislücke damit, daß Weissenbach nicht geschäftlich mit ihm zu tun hatte.

«Floriert der Laden?»

«Er hat eine Menge Kunden, seine Heiligenbilder verkaufen sich gut. Er beschäftigt zwei Gesellen.»

Banter registrierte: gute Geschäfte mit Heiligenbildern. Warum nicht heilige Motive auf der Einwickelfolie seiner Süßigkeiten? Oder St. Georg als Zuckerstück? Würde das Ärger mit der Kirche geben? Er notierte sich den Einfall.

«Paddy, ich möchte ganz sicher gehen. Kannst du noch ein paar Tage an ihm dranbleiben?»

Der Ire war einverstanden. So einen ruhigen Job hatte er lange nicht gehabt.

«Feuer! Feuer!» Der langgezogene Ruf schallte über den Fabrikhof.

Banter sprang zum Fenster.

Der kleine Lagerschuppen brannte.

«Haben sie wieder nicht aufgepaßt», rief er, «komm, Paddy, wir müssen hin.»

Im Laufschritt verließen die beiden Männer das Office, rannten zur Feuerleiter, die außen am Gebäude hinunterführte. Banter schrie immer wieder Befehle.

In Deitsch.

Das Feuer brannte in dem Lagerschuppen mit den großen Papierrollen und den Holzkisten für den Versand.

Schon hatten die Männer eine Kette gebildet, schafften Eimer um Eimer Wasser heran. Banter und McDonnel reihten sich an.

Der Unternehmer war außer sich. Ein Feuer in diesem Lager würde die Auslieferung um Wochen verzögern.

Der tschechische Vorarbeiter kam an. Atemlos.

«Es ist plötzlich losgegangen. Wir haben es erst bemerkt, als die hintere linke Ecke schon in Flammen stand. Bei den Seidenpapieren hat es angefangen.»

Banter trat aus der Reihe heraus. Ließ sich zum Brandherd bringen. McDonnel folgte ihm.

Die Flammen schlugen so heftig, daß sie kaum näher als fünf Meter herankommen konnten.

Banter ordnete an, die umliegenden Gebäude mit Wasser abzuspritzen.

Das Kommando ging über den Werkshof.

«Brandstiftung», sagte McDonnel, «das Feuer ist gelegt worden. Die Anarchisten stecken jetzt alles an.»

Banter wollte die Untersuchung abwarten. Er faßte den Vorarbeiter des Lagerschuppens an der Schulter. «War es einer von deinen Leuten, Karl? Kannst du für sie geradestehen?»

«Meine Leute machen so etwas nicht, Mr. Banter. Ich

glaube nicht, daß es Brandstiftung war. Wo die Seidenpapiere lagern, stehen auch die Lösungsmittel. Vielleicht haben die sich selbst entzündet.»

Der Ire widersprach: «In diesen Tagen entzündet sich nichts selbst. Hier waren Brandstifter am Werk.»

Banter rechnete. Den Verlust bezifferte er auf hunderttausend Dollar, vielleicht hundertzwanzigtausend. Die Frage, die ihn beschäftigte, war, woher bekam er so schnell Ersatz an Papierrollen und Silberfolien. Er gab die Anweisung, daß nach dem Löschen alle Vorarbeiter im Office zu erscheinen hätten. «Wir müssen prüfen, was wir falsch gemacht haben.»

Paddy McDonnel übernahm die Leitung der Löscharbeiten. Von dem kleinen Lagerschuppen blieb nur ein riesiger Aschehaufen übrig. Die ganze Konstruktion war aus Holz.

Banter telefonierte mit der Versicherung, meldete den Schaden, stritt über die Höhe der Police. Sein Zeitplan war durcheinandergeraten. Er sagte zwei Verabredungen am Nachmittag ab.

Die Sekretärin meldete Captain Klein an.

«Gut, daß Sie kommen, Captain. Ich wünsche eine gründliche Untersuchung des Falles. Wenn die Anarchisten Feuer gelegt haben, müssen wir sie ausfindig machen und bestrafen.»

Captain Klein erwiderte, er sei nicht wegen des Feuers gekommen.

«Dann gehen Sie bitte! Ich habe heute einen der schwersten Tage in meinem Leben zu überstehen.»

Banter wies ihn zur Tür.

Captain Klein bat um zwei Minuten Gehör, es dauere wirklich nicht länger, nur eine Nachfrage.

Er holte ein Stück Papier aus einem Hefter und hielt es Banter hin. «Kennen Sie das?»

Der Unternehmer setzte seine Halbbrille auf. «Was soll das sein?» gab er verärgert von sich. «Das ist diese Petition von Florine...»

«Sie kennen die Frau also?»

«Natürlich.»

Captain Klein ließ das Papier schnell wieder in seinem schmalen Ordner verschwinden. Banter war aufgebracht. «Es brennt in meiner Fabrik. Und Sie fragen mich nach einem lächerlichen Fetzen Papier...»

Captain Klein unterbrach ihn: «Können Sie für sie bürgen?»

«Sie ist eine Malerin.»

Captain Klein sagte, man halte sie in Haft, sie sei widerspenstig und nicht bereit zu kooperieren. Er gehe davon aus, daß sie zu dieser Anarchistenbrut gehöre.

Banter wurde laut: «Wie können Sie so etwas behaupten? Das ist bodenlos!»

Captain Klein zuckte zusammen. Seine blaue Uniform saß straff um die Taille, die goldenen Knöpfe waren frisch poliert. Die runde Mütze mit dem schwarzen Schirm zeigte den Dienstgrad an.

«Ich... ich werde mich nachher... Gehen Sie jetzt... Hier, nehmen Sie...» Banter holte sich vom Besuchertisch eine silberne Schale mit «Massa Kisses» und leerte sie in die Handflächen des Captains. «Für Ihre Kinder.»

Klein bedankte sich für das Geschenk und fragte: «Sie können also nichts Nachteiliges über Miss Starkweather sagen?»

«Nein, verdammt nochmal, lassen Sie sie frei. Diese Frau ist eine Künstlerin, völlig harmlos.»

«Aber in dem Pamphlet bezichtigt sie die Polizei rüder Methoden. Das ist gesetzwidrig. Und außerdem macht sie in der Zelle gemeinsame Sache mit den roten Huren.»

Banter schob den Polizisten zur Tür. «Lassen Sie die Frau frei! Sie hat nichts getan, was gegen unsere Gesetze ist.»

Die Sekretärin öffnete die schwere Eichentür, die mit Elfenbeinintarsien verziert war.

«Sagen Sie den Termin auf der Baustelle ab, ich komme morgen früh hin», rief er ihr zu.

Dann sah er McDonnel, der mitteilte, daß das Feuer gelöscht sei. Es bestehe keine Gefahr mehr für die anderen Gebäude.

«Gut», stöhnte Banter, «endlich eine gute Nachricht.»

Der Captain hielt das Schokoladenkonfekt in Händen wie ein Schuljunge, der den ersten Preis beim Ringewerfen gewonnen hatte.

Banter winkte den Iren heran. «Begleite den Captain zum Revier und finde heraus, was mit Florine Starkweather geschehen ist.» Leise fügte er hinzu: «Die Polizei ist völlig außer Kontrolle geraten.»

McDonnel setzte seine Kappe auf und tippte mit dem Zeigefinger daran.

Banter ließ sich erschöpft in seinen Drehstuhl fallen.

«Mein Name ist Franz Lorenz», sagte Captain Schuettler, «ich komme, um eine Schuld zu begleichen. Louis erhält drei Dollar von mir.»

Mrs. Klar stand an der rückwärtigen Tür des Hauses und sprach durch das Fliegengitter. Sie wußte, daß Franz Lorenz ein stadtbekannter Anarchist war. Gesehen hatte sie ihn noch nie.

«Mein Vater lebt nur ein paar Schritte von hier! Ich werde ihn fragen, wohin Louis gegangen ist.»

Mrs. Klar schloß die Tür. Der Captain hörte, wie sie durch das Wohnzimmer ging und die Vordertür öffnete. Er gab Loewenstein ein Zeichen, der Frau zu folgen.

Drei Tage verbrachte die Polizei damit, Louis Lingg ausfindig zu machen. Sein letzter Vermieter hatte ihn denunziert, hatte ausgesagt, daß er am 4. Mai Bomben gebaut und sie in die Stadt getragen habe. Der Zimmermann William Seliger und seine Frau wurden derart unter Druck gesetzt, daß sie mit Captain Schaack und seinen Helfern zusammenarbeiteten. Lingg war kurz nach der Bombenexplosion weggezogen.

«Ich habe meinen Vater gefragt», sagte Mrs. Klar, die nach kurzer Zeit zurückkam, «er weiß nicht, wohin Louis gegangen sein könnte.»

«Gut, ich komme wieder!» Captain Schuettler lächelte der jungen Frau zu.

Als er Loewenstein traf, erfuhr der Captain, daß Mrs. Klar zu keinem anderen Haus gegangen sei. Sie habe nur ein paar Minuten auf der Straße gewartet.

Die Spur von Louis Lingg konnte entdeckt werden, weil ein Expreßbote seinen Werkzeugkasten transportierte. Eine große Holzkiste, die auf einem Pferdewagen zur Ambrose Street gebracht wurde.

«Wir durchsuchen das Haus», sagte Schuettler. «Irgend etwas werden wir schon finden.»

Polizeiofficer Loewenstein war einverstanden. Er bezog Stellung am Vordereingang, während Schuettler die rückwärtige Tür aufbrach.

Der Mann, der vor ihm stand, war frisch rasiert.

Die Beschreibung von Lingg war an alle Reviere gegeben worden. Alter: 22 Jahre, Nationalität: Deutscher, Gesichtsform: oval, Kinn- und Backenbart, Haarfarbe: blond, Beruf: Zimmermann.

«Wie heißen Sie?» fragte Schuettler barsch. Ohne zu antworten, zog der Mann einen Revolver Kaliber 44 hervor und zielte auf den Captain. Schuettler sah die Bewegung, sprang hinzu und griff nach der Waffe. Sie gingen in den Clinch. Beide Männer waren gut trainiert, muskulös. Das Holzhaus ächzte, als die beiden miteinander kämpften. Dem Mann gelang es, den Revolver zu drehen und ihn auf die Brust von Schuettler zu setzen.

Bevor er abdrücken konnte, schob der Captain die Hand des Mannes zur Seite und faßte die Trommel an, so daß sie sich nicht drehen konnte. Beide schwitzten vor Erregung. Der Mann versuchte, den Captain mit der rechten Hand zu würgen. Dabei geriet sein Daumen in die Nähe des Mundes.

Captain Schuettler schnappte nach dem Daumen. Biß zu.

Sofort zog der Mann die Hand zurück.

«Loewenstein», schrie Schuettler, so laut er konnte. Der Officer kam sofort herein. Er schlug dem Mann, der sich aufrichtete, mit dem Rohrstock ins Gesicht.

Die beiden überwältigten ihn. Schuettler entwand ihm den Revolver. Loewenstein legte ihm Handschellen an.

«Wie heißen Sie?» Schuettler wiederholte seine Frage, diesmal voller Zorn. Der Kampf hatte seine ganze Kraft beansprucht.

«Lingg», kam die knappe Antwort.

«Wie buchstabieren Sie das?»

«L–i–n–g–g.»

«Sie sind verhaftet», schrie Schuettler. Er schlug dem Mann in die Magengrube. Loewenstein ließ noch einige Male den Rohrstock auf ihn niedergehen.

Mrs. Klar hatte dem Kampf zugesehen. Sie rannte auf die Straße. Schreiend.

Die Nachbarn kamen aus den Häusern.

Als die Polizisten Lingg abführen wollten, kam ein alter Mann auf sie zu: «Jungs, euer Leben ist in Gefahr. Jeder, der hier wohnt, ist ein Anarchist. Wartet, ich komme mit.»

Erschrocken blieben die Polizisten mit dem Verhafteten stehen. Es dauerte nicht lange, und sie waren von Schaulustigen umringt.

Der Mann kam zurück und brachte einen Böhmen mit. Beide waren bewaffnet mit Gewehr und Marinerevolver. «Ich helfe Ihnen gegen diesen Mob, Captain», sagte der Böhme.

Dann marschierten die Polizisten, eskortiert von den beiden Freiwilligen, zum Polizeirevier in der Hinman Street.

Louis Lingg wurde 1864 in Schwetzingen geboren, seine Mutter war Hausdienerin bei einem reichen Grundbesitzer. Mit achtzehn verliebte sie sich in einen hessischen Dragoner, der sie im Stich ließ, als sie schwanger wurde. Louis wuchs als Halbwaise auf. Die Mutter heiratete später den Holzfäller Link. Nur acht Jahre lang hatte Louis den Stiefvater, der beim Abflößen auf dem Main einen Herzanfall bekam und starb. Seine Mutter schlug sich mit Waschen und Putzen durch. In Mannheim lernte Louis das Zimmererhandwerk, arbeitete in Kehl und Freiburg. Im Jahre 1883 ging er nach Luzern, später nach Zürich, wo er den Anarchisten August Reinsdorf traf. Er wurde Mitglied im Verein «Eintracht» und widmete sich der Agitation. Als er in das Alter für den Militärdienst kam, entschloß sich Lingg, nach Amerika auszuwandern. Er nahm das Schiff von Le Havre. In Chicago schloß er sich der Gewerkschaft der Zimmerleute an und trat dem Lehr- und Wehrverein bei.

Die Polizei wußte viel über diesen Mann. Schon beim ersten Verhör wurde klar, welchen Fang sie gemacht hatten.

«Ja, ich habe die Bomben gebaut. Es waren so dreißig, vierzig Stück. Ich habe sie am Abend des 4. Mai zusammen mit Seliger zu Neff's Hall gebracht. Sie waren für die Gruppe Nordseite bestimmt. Ja, ich bin danach zurückgegangen. Als wir an Larrabee vorbeikamen, hab ich zu William gesagt, man müßte das Revier in die Luft sprengen, aber er war dafür nicht zu haben. Gegen elf Uhr abends war ich zu Hause.»

Die Officers und Detectives, die Lingg verhörten, wunderten sich, wie wenig der Verhaftete abstritt.

«Natürlich muß man als erstes die Kapitalisten wegblasen und dann die Zeitungsverleger mit ihren gierigen Schmierfingern, das sind Leute, die von keinem Volk geduldet werden können. Wenn diese Blutsauger verschwinden, kann unser Leben ruhig und glücklich werden. Gegen die Polizei hab ich nichts, das sind ja selbst bloß einfache Arbeiter. Allerdings dieser Inspector Bonfield, dem würde ich eine besondere Bombe unters Bett schieben, daß er in tausend Stücke zerfetzt. Wenn man uns mit Kanonen bedroht, werden wir mit Dynamitbomben antworten.»

Als Captain Schaack und der stellvertretende Staatsanwalt Furthmann hinzukamen, wurde Lingg abweisend.

«Von mir werden Sie nicht einen einzigen Namen hören. Ich werde Ihnen jede Auskunft über mich geben, auch darüber, was andere über mich ausgesagt haben. Aber weiter gehe ich nicht.»

Furthmann wies ihn darauf hin, daß Verschwörung gegen den Staat hart bestraft werde.

«Ach, die Gesetze», wies Lingg ab, «wie lange haben die noch Bestand? Die Arbeiter werden sich ihre eigenen Gesetze machen. Dann gibt es keine höhere Macht mehr, die uns unterjocht. Wenn die Anarchisten Chicago erobert haben, werden auch andere Städte folgen – dann wird das Elend und die Armut endlich für immer verbannt.»

Als sie Louis Lingg in die Abteilung brachten, in der die Verhafteten fotografiert und registriert wurden, sagte Loewenstein zu ihm: «Mach ein schönes Gesicht, du siehst am besten von allen aus. Soll ein gutes Foto werden.»

Lingg erwiderte voller Spott: «Warum sollte ein toter Mann auf einem Foto noch gut aussehen?»

Schaack fragte ihn, ob er etwas gegen die Polizei hätte. Lingg antwortete, er sei bei der McCormick-Fabrik verprügelt worden, aber das würde er nicht nachtragen. «Nur Bonfield, der das angezettelt hat, den würde ich umbringen, dann wäre ich bereit, fünf Minuten später zu sterben.»

Viele der Anarchisten von Chicago hatten den Namen Lingg noch nie gehört. Als in der Zeitung der Bombenbauer präsentiert wurde, sagte Lucy Parsons: «Dieser Louis Lingg ist ein Popanz der Polizei, wahrscheinlich sogar einer ihrer besten Spitzel.»

«Ich muß mich nochmals entschuldigen, aber ich konnte wirklich nicht zur Hochzeit Ihrer Tochter erscheinen.» Bürgermeister Harrison legte die Beine auf den niedrigen Couchtisch. Er rauchte eine schwarzbraune Havanna.

Banter zog sich einen der harten Holzstühle heran.

«War ein schöner Tag! Sie haben etwas versäumt, insbesondere natürlich den Auftritt dieser Malerin.»

«Sie wird hergebracht, keine Sorge. In ein paar Minuten wird sie hier sein. Ich hab schon mit Ebersold gesprochen. Das ist ein bedauerliches Versehen.»

Harrison blies Ringe aus bläulichem Rauch. Manchmal gelang es ihm, drei dieser Luftwölkchen durch einen ersten großen Ring zu schicken.

Der Schoko-König hatte ohne Mühe einen Termin beim Bürgermeister bekommen. Auch sein Anliegen war schnell unterbreitet.

«Sind Sie in sie verliebt?»

Banter stutzte.

«Nur so ein bißchen? Könnte ja sein.» Harrison wölbte die kräftigen Lippen, spitzte sie und drückte dann die Zigarre dazwischen.

«Ich finde, sie ist eine wunderbare Frau. Sie hat eine Fähigkeit, mich zu begeistern, wirklich einmalig. Und dabei malt sie ziemlich ... abstrus.»

«Bringen Sie mal ein Bild vorbei! Ich suche immer noch etwas für dieses Büro hier. Die alten Schinken mit meinen werten Vorfahren sind so staublangweilig, daß ich sie nicht mehr ansehen mag.»

Banter kam auf das Feuer im Lagerschuppen zu sprechen und wieviel es ihn kosten würde, danach auf die Anarchisten, die versuchten, die Stadt in die Hand zu bekommen.

Harrison lachte ihn aus. «Sie glauben doch nicht an diesen Unsinn, Mr. Banter, was?» Sein Lachen war höhnisch, fast bitter. «Da sind ein paar wilde Typen, ein paar Stänkerer unter denen, aber die sind niemals in der Lage, auch nur einen Tag lang Chicago zu übernehmen.»

Der Schoko-König ließ sich von dem Lachen anstecken, obwohl es ihm unheimlich erschien, wie ruhig der Bürgermeister bei diesem Thema blieb.

«Weiß man denn, wer diese Bombe geworfen hat?»

Harrison legte die Zigarre weg.

«Wir untersuchen. Es war eine Bombe, eine einzige...»

«Die Zeitung berichtet, es sollen Hunderte gefunden worden sein.»

Harrison winkte Banter zu sich heran, er sprach ganz schnell: «Dieser Schaack ist ein elender Aufschneider, er will den Posten von Ebersold. Der plaziert die Bomben, damit er sie finden kann. In der Stadt sollen alle das Gefühl kriegen, jeden Moment in Stücke gerissen zu werden. Ich habe sogar gehört, daß er, nachdem die anarchistischen Gruppen aufgelöst wurden, Leute beauftragen will, neue Gruppen ins Leben zu rufen. Der will die Suppe am Kochen halten, weil er sich gerne in der Zeitung sieht.»

«Ein scharfer Hund?»

«Ein ganz scharfer Hund.» Harrison stand auf, strich über seinen hellen Anzug, der am Bauch kleine Falten warf. «Wir können im Moment nichts machen, weil McCormick und seine Leute mir gedroht haben. Wenn Chicago nicht blitzsauber wird, sagen sie, wollen sie sich einen ruhigeren Platz suchen. Das können wir uns nicht leisten.»

Milton P. Banter war froh, daß nicht er am Pranger stand. Die Zeitungen griffen Harrison derart massiv an, daß jeder Leser glaubte, es sei nur noch eine Frage der Zeit, bis er seinen Hut nehmen müsse. Harrison habe die Warnungen vor der roten Pest nicht ernst genommen, er sei ein Freund der Aufwiegler, seine positive Stellungnahme zum Achtstundentag habe den Unternehmern geschadet, seine Einschränkung der Rede- und Versammlungsfreiheit sei zu spät gekommen. Harrison müsse Chicago mit härterer Hand führen.

Der Detective, der Florine Starkweather in das lichtdurchflutete Büro führte, blieb an der Tür stehen. Sein Gesicht wie aus Wachs.

«Wo ist Captain Klein?» wollte Harrison wissen.

Der Detective verweigerte die Auskunft.

Die Malerin ging auf Banter zu und umarmte ihn wortlos.

«Feigling», sagte Harrison, als der Detective das Büro verlassen hatte, «nicht mal den Mut hat er, zu seiner Dummheit zu stehen.»

Er wandte sich Florine zu. «Hat man Sie mißhandelt?»

Die Malerin ließ von Banter ab. «Das alles ist eine Mißhandlung, Mr. Harrison. In dieser Stadt werden Menschen gequält, Frauen gedemütigt. Zwei Anarchistinnen sind vergewaltigt worden. Wie lange wollen Sie das zulassen?»

Sie sprach ganz ruhig, ihre Sätze waren präzise wie Pinselstriche.

«Geben Sie mir Namen, dann werde ich sofort tätig. Natürlich werde ich das nicht zulassen. Aber Sie müssen verstehen...»

«Was ich verstehe, ist dies», unterbrach sie ihn mit scharfer Stimme, «die Gefängnisse sind Tummelplätze für Hallodris, für Gesetzlose, für Gewalttäter. Die Wärter sind die Schweine! Das ist es, was ich verstehe.»

Sie wandte sich an Banter. «Geh da mal rein, in diese elenden, dreckigen Zellen. Das sind die schlimmsten Rattenlöcher.»

Carter Harrison wagte es nicht, wieder seinen bequemen Platz auf dem rosafarbenen Sofa einzunehmen. Banter hatte nicht zuviel versprochen. Diese Frau beeindruckte auch ihn.

«Nun bist du frei, Florine», sagte der Schoko-König, «das muß gefeiert werden.»

Der Bürgermeister ging zu einer hohen, geschnitzten Anrichte und nahm eine Flasche Weißwein heraus, brachte drei Gläser mit. Er füllte sie schnell und geschickt.

«Auf die Freiheit», sagte Harrison, «wir trinken auf die Freiheit.»

Florine Starkweather nahm das Glas, stürzte den süßen Wein hinunter, dann ergänzte sie den Trinkspruch. «Auf die Freiheit, die in dieser Stadt mit Füßen getreten wird.»

Sie berichtete von der Petition, von ihrem Wunsch, mit Harrison vor einigen Tagen persönlich zu sprechen, von Captain Kleins widerwärtigem Verhalten. «Scheinbar mußte ich erst eingesperrt werden, um mit Ihnen reden zu dürfen.»

Die beiden Männer hielten dies für einen gelungenen Scherz.

«Hier werden Unschuldige festgehalten, Mr. Harrison. Wenn Sie noch Bürgermeister dieser Stadt sind, dann machen Sie dem ein Ende. Die Frauen, die ich kennengelernt habe, können Ihre Unterstützung brauchen.»

«Sobald wir wissen, wer die Bombe auf dem Haymarket geworfen hat, wird alles wieder ins Lot kommen. Momentan sind einige meiner Leute sehr aufgeregt», wiegelte Harrison ab, «das ist eine schwierige Lage. Immerhin sind bis jetzt vier Polizisten dem Anschlag zum Opfer gefallen.»

«Sind Sie denn so sicher, daß die Bombe überhaupt von einem der Anarchisten geworfen wurde?» fragte Florine, die in der Zelle genügend Gründe vernommen hatte, warum es ein *agent provocateur* der Polizei gewesen sein mußte. Am meisten habe sie das Argument beeindruckt, daß in den Lehr- und Wehrvereinen vom Gebrauch des Dynamits abgeraten werde, weil man sich gezielt nur mit Pistolen und Gewehren verteidigen könne. Bomben träfen immer Unschuldige, die eigenen Leute wären bei einer Detonation nicht sicher.

«Wir werden es herausfinden, Miss Starkweather», antwortete der Bürgermeister. Er konnte seine Augen nicht von dieser Frau nehmen. «Wären Sie bereit, mich in Ihrem Haus zu empfangen? Ich würde mir sehr gerne Ihre Bilder ansehen. Sie haben sicher schon bemerkt, daß meine Vorgänger keinen Kunstgeschmack hatten.»

Die Malerin sah an den holzgetäfelten Wänden hoch. Sitzende Herren, angestrengt in schwarzen Anzügen mit zugeknöpften Westen, ernste Gesichterfassaden mit kräftigroten Wangen, weiße Plastrons und Einstecktücher. Die Perspektive war stets von unten gewählt.

«Von den Bildern, die ich bisher gemalt habe, werde ich keines mehr verkaufen. Und auf die neuen werden Sie warten müssen», sagte Florine. Dann bat sie Banter, sie nach Hause zu bringen, ihre Mutter habe bis jetzt keine Nachricht erhalten. Wie bei allen anderen, so verweigerte die Polizei auch im Fall Starkweather jede Auskunft, wer in den Zellen der Hauptwache festgehalten wurde.

«Ich werde mich kümmern», versprach Carter Harrison, «ganz bestimmt! Und noch mal, entschuldigen Sie bitte das Versehen.»

«Wir werden es kontrollieren», erwiderte die Malerin.

Als sie in der Kutsche saßen und sich zur Villa Lakeview bringen ließen, war Banter sehr aufgeregt. «Du hättest dich bei ihm bedanken müssen, Florine! Er hat sofort gehandelt, alleine hätte ich es nicht geschafft, dich da rauszuholen.»

«Wofür bedanken? Für drei Tage in der Hölle», gab sie zurück. «Milton, das ist blanker Terror, den die Polizei da ausübt, blanker Terror. Da müßten Bomben geworfen werden, das ganze Gefängnis sollte in die Luft fliegen.»

Banter sprach von dem Brand, der den Lagerschuppen vernichtet hatte. «Ich werde nicht zusehen, wie die Anarchisten mein Werk und meine Arbeit zerstören.»

Florine Starkweather fragte, ob er genau wisse, wer dafür verantwortlich sei. «Warum sollten die Anarchisten jemandem die Fabrik anzünden, der sich für die Arbeiter einsetzt, Milton? In der Zelle habe ich für dich gesprochen.»

Banter ließ die Malerin vor ihrem Haus aussteigen.

«Danke», sagte sie mit fester Stimme, «du hast heute gewiß genug Scherereien gehabt.»

«Ich melde mich», erwiderte Banter. Er hielt lange ihre Hand fest. Dann zog er sie an sich und küßte sie.

Auf dem Weg nach Hause ging ihm eine Bemerkung des Bürgermeisters nicht aus dem Kopf. McCormick und seine Leute hatten ihm gedroht. Wieso konnten sie ihm drohen?

Am Nachmittag schrieb Banter die Anweisung, daß aufgrund der neuesten Entwicklung in all seinen Betrieben wieder zehn Stunden gearbeitet werden müsse. Er ließ einen Anschlag drucken, auf dem die Mitteilung bekanntgemacht wurde. Sie galt ab sofort.

Nur mit Mühe war es Weissenbach gelungen, seinen Schatten abzuschütteln. Der Ire kannte die Winkelzüge. Franz wollte ihn auf keinen Fall zu Florine führen.

«Ich weiß nicht, ob sie Besuch empfängt», sagte die Bedienstete, als Weissenbach am Portal der Villa Lakeview nach der Malerin fragte. Er wurde in die Bibliothek geführt und gebeten, dort zu warten.

Weissenbach konnte sich noch immer nicht an diese Vornehmheiten gewöhnen, mit denen sich die reichen Amerikaner umgaben, diese Formalitäten, diese spießige Distanziertheit.

Er hatte dem Iren gezeigt, wie man einem Pfeifer entkam. Die ganze Zeit trödelte er vor seinem Verfolger her, ließ ihn dicht herankommen, bis auf Reichweite. Dann sprach er ihn an. «Kann ich Ihnen behilflich sein? Brauchen Sie einen Dollar für die Wegzehrung? Oder fehlt es an einem Getränk? Darf ich Sie einladen?»

Der Ire war zunächst so verdutzt, als er angesprochen wurde, daß ihm keine Antwort auf die vielen Fragen einfiel.

«Noch mehr würde es mich interessieren, wer Sie eigentlich auf meine Fährte gesetzt hat?»

Weissenbach genoß das Gespräch. Nun war der Verfolger in Bedrängnis. Der Ire stotterte, es müsse sich um ein Mißverständnis handeln.

«Das Mißverständnis dauert nun schon einige Tage», sagte Weissenbach in ruhigem Ton. «Ich werde Sie nicht daran hindern können, mir zu folgen, aber richten Sie bitte Detective Pikser aus, daß ich nicht die Absicht habe, ihm dabei zu helfen. Aber damit Ihnen die Arbeit auch mal leicht fällt, sage ich Ihnen jetzt, wohin ich noch zu gehen gedenke. Dann können Sie für heute die Beobachtung einstellen. Morgen um halb acht stehe ich dann wieder im Laden. Aber das wissen Sie ja.»

Weissenbach hatte sich eine Route ausgedacht, die er dem Iren mitteilte, die Erklärung eines ferngelegenen Zieles.

Der Ire bedankte sich, drehte sich auf dem Absatz um und ließ Weissenbach in der Cedar Street stehen.

Franz schaute ihm nach. Wie konnte die Polizei nur so schlechte Mitarbeiter einstellen? Dieser Spitzel war sein Geld nicht wert.

Florines Mutter betrat die Bibliothek. Sie war außer sich vor Erregung. Sie brauche seine Hilfe. Florine sei erst vor wenigen Stunden heimgekehrt, habe kein Wort gesagt, sondern sich sofort in ihrem Atelier eingeschlossen. Tagelang sei sie ohne Nachricht gewesen, wo Florine abgeblieben sei.

«Auf mein Klopfen reagiert sie nicht. Es muß etwas Schlimmes geschehen sein. Versuchen Sie bitte, mit ihr zu reden. Wenn doch Etty da wäre. Aber die mußte ja nach New York fahren, um diesen Onkel aus Maryland zu treffen, ein Bürgerkriegsoffizier, für den das Leben nur aus Waffen und Töten besteht.»

Franz Weissenbach hätte sie gerne getröstet, aber er wußte nicht, ob diese vornehme Frau seine Geste gutgeheißen hätte. Langsam stieg er die geschwungene Holztreppe zu Florines Atelier hinauf. Sie waren im Streit auseinandergegangen. Erst klopfte er zögerlich, dann fester an die Ateliertür. Er drückte die Klinke herunter. Die Tür war nicht abgeschlossen.

Florine malte. Sie saß auf dem Boden des weiträumigen Ateliers, die Fenster geöffnet. Mit Kohle und Blei zeichnete sie Gesichter auf einem Skizzenblock.

«Schön, daß du gekommen bist, Franz. Was hältst du von diesen hier?» Sie zeigte ihm die angefangenen Porträts. Manche nur mit wenigen Strichen, andere bereits ausgeführt. Sie waren so beeindruckend lebendig, daß sie zu reden schienen.

«Das ist Lucy Parsons. Du wirst dich erinnern, Franz, du hast mal ihren Mann reden hören. Er ist in Sicherheit, hoffe ich.»

Weissenbach bewunderte die Skizzen und fragte, wieso sie angefangen habe, Porträts zu malen.

Florine antwortete nicht und konzentrierte sich auf die Skizze eines Mädchengesichts, die sie gerade begonnen hatte.

Franz blickte aus dem Fenster. Das letzte Licht des Tages spiegelte sich in der Oberfläche des Michigansees. Der Schatten war ihm nicht gefolgt.

«Ich muß mich entschuldigen, Florine. Ich hätte dich zu Harrison begleiten sollen, es war feige von mir, daß ich...»

Die Malerin ließ den Skizzenblock sinken, streckte ihre Arme aus und zog Franz zu sich auf den dunklen Parkettboden.

«Ich war in der Hölle, ich meine nicht das Fegefeuer, sondern in der gegenwärtigen Hölle, im Gefängnis. Und alles wegen dir...» Sie strich ihm über die roten Kräuselhaare und küßte ihn.

«Ich kann mit Mutter nicht darüber reden. Sie wird dafür kein Verständnis haben.» Dann sprudelte sie hervor, was ihr in den letzten Tagen widerfahren war. Sie berichtete voller Wut von der Verhaftung, wie sie eingesperrt, verhört und zweimal auch geschlagen wurde, wie sie mit den Frauen in der viel zu kleinen Zelle saß. «Die Männer sind unschuldig. Hunderte sitzen in den Zellen, die nichts getan haben. Sie erpressen Geständnisse, Leute werden so lange geprügelt, bis sie falsche Aussagen machen. Das ist die Hölle.»

Sie begann zu weinen. Ließ die Tränen über die Wangen laufen, ohne sie wegzuwischen.

Weissenbach hielt sie in den Armen, schwieg. In seinem Kopf die Bilder aus den europäischen Gefängnissen, wo Folter zum Alltag gehörte. Wie hatten sie ihn in den italienischen Carceri behandelt. Zum Schein erschossen. Noch heute konnte er die Ausdünstungen der Angst riechen.

«Florine, ich muß dir etwas sagen», begann er vorsichtig. Es war der falsche Zeitpunkt, sein Inkognito zu lüften. Aber gab es einen richtigen? Sie hielt ihren Kopf an seiner Schulter, schluckte. Ihr Körper zitterte.

«Ich bin kein Schweizer und ich bin auch kein Priester und ich heiße nicht Weissenbach.»

Mit einer leichten Bewegung schob sie Franz von sich weg.

«Ich bin ein Schuster aus Deutschland, ich heiße Karl

Schasler. Mir wurde der Boden in Europa zu heiß, deswegen bin ich ausgewandert. Du bist jetzt die einzige in Chicago, die davon weiß. Ich muß dich bitten, niemand etwas zu erzählen. Auch Banter nicht. Ich kenne ihn, aber schon unter meinem neuen Namen.»

Dann erzählte er die Geschichte, wie er in Pennsylvania davongejagt wurde, weil sich Baptisten und Katholiken bei seinem Vortrag prügelten, wie er im Hause von Milton P. Banter als Anarchist entlarvt wurde.

Florine gefiel dieser Auftritt. «Und das soll ich dir glauben?» fragte sie, als er vom Ende seiner Karriere als freidenkender Kirchenredner sprach. «Du bist ja wirklich ein Lügner», ihre Stimme war heller als gewöhnlich, «wie schön!»

Weissenbach spickte seine Erzählungen mit Pointen, berichtete ausführlich von der glücklichen Überfahrt nach New York und wie er zu seiner ersten Barschaft gekommen war. Er übertrieb die Sünden, die man ihm vor dem vermeintlichen Untergang des Schiffes beichtete.

«Ich hatte diesen Traum, Florine, diesen Traum, in Frieden und ohne Herren über mir zu leben. Diesen wundervollen Traum, nicht mehr verfolgt zu werden, keine Angst mehr vor dem nächsten Tag haben zu müssen. Mich haben Zufälle hierhergeführt, es waren alles Zufälle. Auch Chicago ist ein Zufall in meinem Leben. Ich wollte mich zur Ruhe setzen. Die Heiligenbilder waren die beste Camouflage.»

Florine Starkweather schüttelte manchmal den Kopf, nickte fast erschreckt.

«Und Courbet, was denkst du wirklich über ihn?» fragte sie nach einer Weile des Erstaunens.

«Er ist ein kräftiger Rebell, trinkfest und eßwütig, ein Bauer mit einer großen Zärtlichkeit, ein heftiger Charakter, der genau wußte, was er erreichen wollte. Was seine Bilder angeht, hab ich nicht geschwindelt, ich halte sie für zahm, auf irgendeine Weise gefangen in dem Malstil seiner französischen Akademiekollegen. Die Schergen haben ihn zu Tode gebracht, weil sie ihn für den Sturz der Vendôme-Säule verantwortlich machten. Er hatte riesige Schulden und mußte in die Schweiz fliehen. Dort ist er völlig ausgebrannt und verarmt gestorben.»

Florine Starkweather stand auf, ging zur Ateliertür und drehte den Schlüssel um.

«Ich möchte mit einem solchen Lügner schlafen.»

Sie knöpfte ihr Kleid auf.

16. Kapitel

21. Juni 1886: «Zwölf gute Männer, nur der Wahrheit zugetan!»

Schon am Tag nach der Detonation begann die Coroner Jury mit der Untersuchung des Falles Degan, des ersten getöteten Polizisten. Ihr Urteil war eindeutig: Alle Verhafteten sind für seinen Tod verantwortlich. Die Tatsache, daß der eigentliche Bombenwerfer nicht gefunden wurde, blieb bestehen. Nach einer Besprechung mit Staatsanwalt Grinnell kam die Jury überein, daß die Frage nebensächlich sei. «Mathias J. Degan wurde von einer Bombe getötet, die eine oder mehrere Personen geworfen haben, die dem Gericht nicht bekannt sind, die aber in konspirativer Beziehung zu August Spies, Albert Parsons, Samuel Fielden und anderen unbekannten Personen standen.»

Zwölf Tage später übernahm die Grand Jury den Auftrag, die Untersuchung fortzuführen. Die Mitglieder waren handverlesen und sämtlich gegen die Verhafteten eingenommen. Sie folgten der Theorie des Staatsanwaltes, daß die Anarchisten das Massaker geplant und durchgeführt hatten. Einunddreißig Personen wurden wegen Mittäterschaft am Degan-Mord angeklagt, sowie des Mordes durch Pistolenschüsse und der allgemeinen Mordverschwörung. Acht von ihnen kamen später vor Gericht. Ein Mann namens Rudolph Schnaubelt, den die Polizei viermal verhaftete und viermal wieder auf freien Fuß setzte, konnte sich durch Flucht entziehen. Einige andere schwenkten als Kronzeugen auf die Seite der Staatsanwaltschaft über.

Im Abschlußbericht der Grand Jury hieß es: «Wir können nach einer ausführlichen Befragung vieler Zeugen mit Befriedigung feststellen, daß zwar eine Gefahr für Chicago bestand, in Aufruhr zu versinken, aber diese Gefahr in der Öffentlichkeit übertrieben worden ist. Wir gehen davon aus, daß die Zahl der gefährlichen Täter, der Anarchisten etc., weniger als hundert beträgt, vielleicht sogar nur vierzig oder fünfzig Männer. Die Attacke auf die Polizei am 4. Mai ging von einer Verschwörung aus, die die Staatsanwaltschaft aufgedeckt hat. Zentrum der Verschwörung waren die Männer um die *Arbeiter-Zeitung* und den *Alarm*.»

Am 21. Juni begann der Prozeß mit der Auswahl der Geschworenen. Ein Vorgang, der einundzwanzig Tage dauern sollte. Es gab kaum einen Kandidaten, der in der Befragung abstritt, daß er Vorurteile gegen die Angeklagten habe und sie auch für schuldig halte. Richter Gary fand dies nicht unbedingt einen Grund, sie von der Geschworenenbank fernzuhalten. Seine Befragungstechnik glich eher einem Verhör als einer überlegten Auswahl unparteiischer Männer. Allen Kandidaten wurden folgende Fragen gestellt: Sind Sie Mitglied bei den «Knights of Labour»? Haben Sie Sympathien für Kommunisten, Anarchisten oder Sozialisten? Jeder, der auf eine der Fragen mit Ja antwortete, wurde sofort abgelehnt. Jedem der Angeklagten und ihren Verteidigern war es erlaubt, zwanzig Kandidaten für die Geschworenen abzulehnen. Im Laufe der Zeit schmolz die Möglichkeit der Ablehnung derart zusammen, daß sich die Verteidigung mit Geschworenen zufriedengab, die auch nur ein wenig Gerechtigkeitssinn vermuten ließen. Schon nach acht Tagen, als noch kein einziger Geschworener ausgewählt war, änderte das Gericht sein Verfahren. Anstatt wie üblich Namen aus einem

Holzkasten zu ziehen, wurde ein Gerichtsdiener, nominiert von Staatsanwalt Grinnell und vom Hohen Gericht bestätigt, beauftragt, die Kandidaten persönlich auszuwählen. Henry L. Ryce, dem diese Aufgabe übertragen wurde, ließ verlauten: «Ich habe die Sache der Geschworenenauswahl in meine Hände genommen und weiß, was ich zu tun habe. Diese Kerle werden gehängt, so sicher wie der Tod. Ich berufe die Leute, die die Strafverfolgung braucht.» Keiner der zwölf Geschworenen war Arbeiter, die meisten dagegen Geschäftsleute, Angestellte oder Handelsvertreter; keiner der zwölf Geschworenen war deutscher Einwanderer, nur einer wurde in Schottland geboren, alle anderen waren Amerikaner. Alle zwölf hatten eine klare Meinung über den Fall.

Als die Auswahl, von der Presse mit Ungeduld und wachsendem Mißmut kommentiert, abgeschlossen war, schrieb die Zeitung *Inter-Ocean*:

«Der große Anarchistenprozeß kann nun beginnen. Fast einen Monat wurde für die Besetzung der Geschworenenbank gebraucht, eine lange Zeit, in der das ganze Land zwölf gute Männer suchte, die nur der Wahrheit zugetan sind, um den Angeklagten ein faires Verfahren zu garantieren. In diesen einundzwanzig Tagen der Suche nach unvoreingenommenen Richtern wurden nicht weniger als 982 Kandidaten befragt. Das ist ein Verhältnis von 1 zu 82 und läßt damit den Schluß zu, daß diese Männer die öffentliche Meinung repräsentieren.»

Es war Milton P. Banter selbst, der unbedacht das Geheimnis preisgab. Als handle es sich um eine köstliche Anekdote, erzählte er es Florine Starkweather. Die Malerin gab nicht zu erkennen, wie entsetzt sie war, sondern berichtete Franz

Weissenbach von dieser Ungeheuerlichkeit. Er schwor, sich an Banter zu rächen.

Als erstes entließ Weissenbach seine beiden Gesellen. Von Martin Halter glaubte er inzwischen, daß er gemeine Sache mit Detective Pikser machte und ein Zuträger der Polizei war. Mehrfach wurden sein Laden und seine Wohnung durchsucht. Nachbarn kamen zu ihm und erzählten, man habe sie nach dem heiligen Franz befragt. Auch der Wirt des Saloons wurde ausgequetscht. Sie alle gaben guten Leumund für den Priester, der mit Heiligenbildern handelte. Dann schloß Weissenbach sein Geschäft und sagte allen Kunden, daß er sich auf eine Europareise begebe. Er müsse bei der Dresdner Malerei nach dem Rechten sehen, vielleicht auch einige andere Herstellungsstätten aufsuchen, da die Kosten für die Erstellung der Bilder ins Unermeßliche stiegen. So sei kein weiterer Profit mehr zu machen. Weissenbach bat John Wickingham, der auf der anderen Straßenseite wohnte, den Laden im Auge zu behalten. Er versprach ihm pro Woche zwei Dollar für diese Tätigkeit.

Ein letztes Mal unterhielt er sich mit Hildegard von Bingen, erklärte ihr, warum er sein ruhiges Leben hinter sich lasse. Es wurde ein heftiger Streit über die Frage, warum er nicht sofort zur Polizei gehe und sage, daß er die Bombe geworfen habe, schließlich säßen Unschuldige im Gefängnis. Weissenbach ließ die Heilige nicht ausreden.

Sein sorgsam gehütetes Inkognito bot keinen Schutz mehr. Wenn Banter sich an die Polizei wandte und ihn denunzierte, würde man ihm auf die Spur kommen. Der Schoko-König war es, der ihm vor Jahren ins Gesicht gesagt hatte, daß er einen Anarchisten nicht dulden könne. Schon eine solche Aussage würde die Polizeischergen auf seine Fährte hetzen.

Weissenbach packte einen kleinen Koffer, brachte das vereinbarte Zeichen an seinem Küchenfenster an, eine geknickte Trockenblume, und ließ sich von einer Droschke zum Depot der Chicago & Northwestern Railroad bringen. Er kaufte ein Billett und stieg in den Zug nach Turner Junction.

Was Weissenbach am meisten erstaunte, war, daß der großen Demonstration vom Haymarket keine weiteren Aktionen folgten. Als hätte seine Bombe den Kampf um den Achtstundentag befriedet, anstatt ein Fanal zu sein oder gar zum Aufruhr anzustacheln. Die Proteste richteten sich gegen die Verhaftungen, das Interesse nur mehr auf die Razzien. Es begann der Kampf um die Freilassung der Unschuldigen. Von dem Ziel, den Unternehmern bessere Bezahlung für weniger Arbeitszeit abzutrotzen, sprach niemand mehr. Weissenbachs Hoffnungen zerplatzten. Was war das für eine anarchistische Bewegung, die, kaum daß ein paar ihrer Anführer im Gefängnis saßen, sich nur noch um die eigenen Märtyrer drehte, anstatt die Gunst der Stunde zu nutzen? Die Bombe war doch eine notwendige Gegenwehr und zugleich eine Aufforderung gewesen, die Polizeischurken mit den eigenen Waffen zu schlagen und die Geschehnisse selbst in die Hand zu nehmen. Endlich die Offensive zu erreichen. Hatten die Zeitungen nicht immer geschrieben, daß es mehrere tausend Anarchisten in der Stadt gebe? Allein dreitausend Bewaffnete waren in den Lehr- und Wehrvereinen. Franz Weissenbach stieg in Turner Junction aus und begab sich zu einem Barbier.

«Sie werden aussehen wie ein Strafgefangener», sagte der Friseur, als er von Weissenbachs Ansinnen erfuhr.

«Keine Haare, keine Läuse», entgegnete er.

Der Friseur rasierte den Schädel kahl. Weissenbach entlohnte ihn gut. Die rötlichen Kräuselhaare auf dem Holzfußboden bildeten einen kleinen Krater.

In einer Bedürfnisanstalt nahm Weissenbach aus seinem Koffer den abgeschabten Anzug, ein löchriges Hemd und die aufgeplatzten Lederschuhe. Einzige Erinnerung an seine Zeit in Himmelreich. Die Schuhe seines Namensgebers. In einem Department Store kaufte er sich eine Schiebermütze. Den Koffer ließ er an einer Straßenecke stehen. Ein paar Dollar waren seine ganze Barschaft.

Er pfiff ein Lied, als er sich zu Fuß auf den Weg nach Chicago machte. «Wir sind des Geyers schwarzer Haufen, he ja hoho, wir wollen mit den Pfaffen raufen, he ja hoho!»

Erinnerungen an die Tippelei in Europa, ans Fechten in guten und in schlechten Zeiten, an den fetten Speck bei der Schustersfrau und die wütenden Flüche der Italiener, die ihn fortjagten.

Wie waren diese Jahre voller Überraschungen gewesen, voller Wechselfälle! Als er nicht wußte, wo er am nächsten Abend ein Lager fand, als er nicht sicher sein konnte, ob ein Schuhmacher ihm den Lohn für ein paar Tage Arbeit auszahlte. Das Leben auf der Straße war so viel freier gewesen! Warum hatte er dies alles abgestreift, als er die Neue Welt erreichte? Es kam ihm jetzt so vor, als hätte die Atlantiküberquerung ihn von Grund auf verändert. Als sei aus ihm ein spießiger Mastbürger geworden, wie er dereinst seinen Vater beim Abschied titulierte. War es die Verlockung? Oder der Traum, von dem er zu Florine sprach? War es die Illusion von einem ruhigen Leben, von einem Versteck im Harmlosen? Chicago war so gar nicht in Aufruhr, aber er selber war es.

Seit er erfahren hatte, daß Banter ihn bespitzeln ließ, war

Weissenbach fest entschlossen, sich nicht mehr ruhig zu verhalten. Sich nicht einschüchtern zu lassen. Die neue Haut war endgültig abgestreift.

«Wie heißt du?» fragte ihn ein Sheriff, als er das Weichbild der Stadt erreicht hatte.

«Karl Schasler», antwortete er ohne Umschweife.

«Wo kommst du her?»

«Ich bin ein Schweizer.»

«Wo willst du hin?»

«Ich suche Arbeit, vielleicht bei einem Schuster. Das habe ich gelernt.»

«Paß auf, daß wir dich nicht erwischen, wenn du Unruhe stiften willst. Du siehst nicht gerade aus wie einer, der brav seiner Arbeit nachgeht.»

«Kann ich nun gehen?» fragte Schasler.

«Verpiß dich, aber schnell.»

Ohne sich noch einmal umzudrehen, ging Schasler stadteinwärts. Sah die Stadt nun ohne Heiligenschein. Sah die dreckigen Fabriken, die stinkenden Schlachthöfe, die Armenviertel, die im Abfall erstickten, sah die lumpigen Einwanderer, die mit zerbeulten Schüsseln in der Hand herumliefen, um Essen zu erbetteln, und spürte die Gewalt, die Aggression, das Gerangel um die Fleischtöpfe. Die Hierarchie der Schwachen, die auf noch Schwächere einprügelten. Gelegentlich dachte er an die Geordnetheit seines Ladens, seines Lebens, an die geregelten Öffnungszeiten und die Stunde, wenn er den Saloon betrat. Und doch befiel ihn keine Sehnsucht.

Schasler begab sich in den Süden der Stadt, fragte nach einer billigen Unterkunft. Es gelang ihm schnell, eine Bruchbude zu finden, die nur dreiviertel Dollar in der Woche kostete. Die Vermieterin bestand darauf, daß er einen Monat im voraus bezahlte. Wenn ihn jemand fragte, was für eine Arbeit er suche, gab er stets verschiedene Berufe an. Mal sollte es ein Posten bei der Eisenbahn sein, dann wieder Vertreter für eine Holzfirma. Schasler ließ sich nie darauf ein, mit jemand in den Saloon zu gehen. Er hätte sich zu leicht verraten.

Die Ausflüge, die er unternahm, führten ihn immer näher an sein Ziel. Er umkreiste die Betriebe Banters. Suchte die Gelegenheit. Jeden Morgen beobachtete er die Schlange der Männer, die sich am Werkstor anstellten, um nach Arbeit zu fragen. Schasler sprach auch mit anderen Arbeitssuchenden. Was man können müsse? Ob es Handlangerdienste gebe? Welche Nationalität am meisten bevorzugt würde? Aus welchem Land die Vorarbeiter kämen? Je mehr Informationen Schasler erhielt, desto besser konnte er sich auf den entscheidenden Tag vorbereiten. Er freundete sich sogar mit einem Deutschen an, dem es gelungen war, trotz völliger Unkenntnis des Banterschen Betriebes Arbeit zu bekommen. Auf der Baustelle.

Schasler wußte, daß dies kein schlechter Ausgangspunkt war. Als Hilfsarbeiter. Er erkundigte sich, welche Gewerkschaft die Männer führte, und trat der Holzarbeitersektion bei.

Am 21. Juni stellte er sich morgens gegen vier Uhr in die Schlange. Vor ihm waren drei Tschechen und zwei Italiener. Schasler hatte schon herausgefunden, daß Italiener wenig Chancen besaßen.

Als die Reihe an ihm war, trat er durch das hohe Tor und folgte dem Mann im grauen Kittel.

Er gab seinen Namen an und seinen Beruf.

«Was hast du bisher in Amerika gemacht?» fragte der Mann, in dessen Gesicht eine lange Narbe über dem rechten Backenknochen verlief.

Schasler erfand eine Reihe von Berufen, die ihn als kräftigen, arbeitswilligen Mann auswiesen, der viel Erfahrung im Handwerk hatte.

«Du weißt, daß hier zehn Stunden die Regel sind?»

Schasler stutzte.

«Wußtest du das nicht?»

«Es macht mir nichts aus», sagte er. Hatte Florine nicht immer davon gesprochen, daß Banter zu den Unternehmern gehörte, die freiwillig den Achtstundentag eingeführt hatten?

Noch mehr verblüffte ihn der Wochenlohn. Sechs Dollar zehn Cents. Weniger als man in den Schlachthöfen verdiente.

«Wir wollen es mit dir versuchen, Karl. Der Boss hat ein Herz für Deutsche. Aber laß dir gleich eines gesagt sein: Wir haben jeden im Auge! Wir passen besonders scharf auf, wenn einer über die Stränge schlägt! Kein Alkohol! Keine Stehlerei! Verstanden?»

Schasler nickte. «Wann kann ich anfangen?»

«Sofort. Du meldest dich bei der Baukolonne da drüben.» Der Graukittel zeigte ihm den Weg. Dann fragte er, ob Schasler in der Gewerkschaft sei.

Das Mitgliedsbuch war zwar noch frisch, aber es leistete gute Dienste. Ein anderes Papier, das auf seinen Namen ausgestellt war, hätte er auch nicht beibringen können.

Die Arbeit war schwer.

Hölzer stapeln. Baumrinde abschälen. Zehn Stunden lang. Bei über dreißig Grad Hitze.

Gegen Mittag sah Schasler Milton P. Banter, der mit einer Gruppe von Männern über den Werkshof eilte. Er würde ihn nicht erkennen. Schasler glich mit seinem freien, schweißigen Oberkörper und seinen kurzen Stoppelhaaren eher einem entlaufenen Häftling als einem Redner.

Es war 2.30 Uhr p.m., als der Verteidiger Captain Black den Gerichtssaal verließ und vor das Gebäude trat. Ein paar Minuten später erschien Lucy Parsons mit ihrem Mann am Eingang Michigan Street des Cook-County-Kriminalgerichts. Sie begrüßten sich knapp und eilten die Treppenstufen hoch.

Ein Reporter sagte zu einem Polizisten: «Ich wette einen Dollar gegen einen Nickel, daß das gerade Parsons war.»

«Du siehst Gespenster», erwiderte der Polizist, «nicht in tausend Jahren kommt der hierher. Glaubst du nicht, daß ich Parsons sofort erkennen würde? Der ist nicht im Umkreis von fünfhundert Meilen zu finden. Wir haben alles nach ihm abgesucht.»

Die drei betraten den Gerichtssaal unbemerkt. Bis ein Pressemann durch die Reihen lief und Staatsanwalt Grinnell informierte.

Albert R. Parsons war in der Nacht der Detonation auf dem Haymarket geflohen, hatte Zuflucht in Geneva bei William Holmes gefunden. Die Parsons' waren mit den Holmes' befreundet. Am nächsten Tag diskutierten die beiden Männer die Situation, und Holmes machte sich gegen Mittag auf, um in dem kleinen Dorf zu erfahren, was in Chicago los war. Die Gerüchte waren wie ein überquellender Eintopf: Chicago sei halb zerstört, die Anarchisten hätten das Rathaus in Schutt und Asche gelegt, Tausende von Sozialisten seien hingeschlachtet worden. Überall, wo Holmes sich erkundigte, wurde er mit Verachtung empfangen. Man kannte ihn als Radikalen. Aufgrund der Gerüchte schätzten beide Männer, daß die Revolution begonnen habe. Parsons schrieb einen Leitartikel für seinen *Alarm*. Die Tageszeitungen, die Geneva verspätet erreichten, ließen die Gerüchte verstummen: Alle Anarchisten arretiert! Die Suche nach Parsons! Nun ging es nur noch um ein sicheres Versteck für den Flüchtenden. Holmes riet ihm, nach Wisconsin zu gehen. Bevor Parsons den Zug bestieg, rasierte er sich den Schnurrbart ab. Er konnte der Polizei nur knapp entkommen, denn schon am nächsten Morgen bekam Holmes Besuch vom County-Sheriff. Ein Nachbar hatte einen Hinweis an die Pinkertons gegeben.

Sechs Wochen lang hielt sich Parsons in Waukesha versteckt, bei einem Abonnenten seiner Zeitung. Daniel Hoan gab ihm einen großen, grauen Mantel und einen breitkrempigen Hut und stellte ihn seiner Familie als Mr. Jackson vor. Um sein Aussehen völlig zu verändern, unterließ es Parsons, sein Haar nachzufärben, wie er es in den letzten zehn Jahren getan hatte. Nach und nach wurden Haare und Bart weiß. Er arbeitete in Hoans Zimmerei, führte Malarbeiten an seinem privaten Haus und bei Nachbarn aus.

Nur einmal wäre er fast aufgeflogen, als Miss Annie auf ihn zukam und sagte: «Sie sind Mr. Parsons, nicht wahr?» Der Angesprochene war so erstaunt, daß er ganz blaß wurde und nicht antworten konnte. Daniel Hoan konnte Miss Annie anhand der Bilder in den Zeitungen überzeugen, daß es sich nicht um Parsons handelte.

Je näher der Prozeß rückte, desto unruhiger wurde der frühere Herausgeber des *Alarm*. Keiner Schuld bewußt, ging er davon aus, daß er seinen Brüdern nutzen würde, wenn er sich freiwillig stellte. Niemand konnte behaupten, daß er die Bombe geworfen hatte. In seiner Autobiografie schrieb Parsons später: «*John P. Deluse, der in Indianapolis einen Saloon führt, bezeugt, daß am 1. Mai ein Mann zu ihm gekommen sei, der seine Tasche auf die Theke stellte. Der Fremde habe gesagt, er wolle nach Chicago. In der Tasche sei etwas, das ‹funktionieren› werde. ‹Warten Sie ab, Sie werden davon hören›, soll er gesagt haben. Noch beim Hinausgehen habe er diesen Satz wiederholt. Die Voraussage des Mannes stimmte. Man hörte es auf der ganzen Welt.»*

Auch der Verteidiger Captain Black war der Überzeugung, daß Parsons nach Chicago zurückkommen solle, das würde einen guten und nachdrücklichen Eindruck machen. Nur ein Unschuldiger sei zu so etwas in der Lage. Zumal Parsons die These einer Verschwörung zerstören konnte, da er an keinem der in Frage kommenden Treffen teilgenommen habe. «Also, Brüder», fragte Parsons in einem Brief, den Holmes nach Chicago brachte, «was soll ich tun? Was ratet Ihr mir? Soll ich mich in die Hände der Bluthunde begeben? Soll ich mich dem Gericht stellen? Ich bin bereit dazu, das Beste für die gemeinsame Sache zu geben.» Die anderen Verteidiger der Anarchisten waren eher zurückhaltend, was Parsons' Rückkehr anging. Sollte man das Leben eines Klienten, nur um die Öffentlichkeit zu beeindrucken, riskieren? «Ich wußte, daß ich unschuldig war, und erwartete einen fairen Prozeß», sagte Parsons später, «ich glaubte, daß es kaum Mühe machte, den Geschworenen zu erklären, daß ich nicht der Attentäter war. Was hätte ich für eine Alternative gehabt? Ständig auf der Flucht zu sein, gejagt wie ein Übeltäter?»

Der Staatsanwalt sprang von seinem Stuhl auf: «Euer Ehren, ich sehe Albert Parsons im Saal. Ich beantrage, daß er in Gewahrsam genommen wird!»

Captain Black, der sich um seinen Auftritt betrogen sah, unterbrach den Staatsanwalt.

«Ihr Antrag, Mr. Grinnell, ist nicht nur unfreundlich und unbarmherzig, sondern völlig grundlos. Sie sehen doch, daß Albert Parsons gekommen ist, um sich freiwillig zu stellen.»

Parsons erhob seine Stimme: «Ich trete vor dieses Gericht, zusammen mit meinen unschuldigen Brüdern.»

Richter Gary wies ihn an, auf der Anklagebank Platz zu nehmen. Parsons lief hinüber und begrüßte seine Genossen. «Ich plädiere auf nicht schuldig, Euer Ehren», wandte er sich noch einmal an Richter Gary.

Die Überschriften der Presse waren voller Spott und Haß: «Die BESTIE Parsons. Der verrückte Anarchist kommt kaltblütig am ersten Verhandlungstag ins Gericht.»

An diesem Morgen blieb Florine Starkweather zu Hause, obwohl sie den Frauen vom Komitee versprochen hatte, sie bei der Protestversammlung zu unterstützen.

Die Malerin trug ein graues Kleid mit einem roten Gürtel, die Haare zu einem Pferdeschwanz zusammengebunden. Nur der Pony erinnerte an ihren früheren Pagenschnitt.

«Wenn Jane nicht in zehn Minuten da ist, geh ich weg», rief Florine ihrer Mutter zu.

«Das kannst du nicht tun, Flori. Sie wird einen Grund für ihre Verspätung haben. Niemand kommt gerne unpünktlich.»

Seitdem Karl sich von ihr verabschiedet hatte, spürte Florine, wie sehr sie ihn brauchte. Nächtelang hatte er ihr erzählt. Von seiner Wanderschaft, von den Entbehrungen. Auch von seiner Zeit im italienischen Gefängnis. Und daß er Bakunin umbringen sollte. Seine Erlebnisse, seine Vergangenheit waren spannender als seine Lügen, mit denen er sich geschützt hatte. Als Karl berichtete, daß sein Vater ihn täglich züchtigte und er deswegen das Bild mit den Pfeifen und der Peitsche kaufte, war Florine ihm noch näher gekommen. Sie konnte sich nicht satt hören an den Berichten von den italienischen Brüdern, den französischen Revolutionären und den Schweizer Anarchisten. Die Geschichte von der roten Fahne, die Karl auf das Berner Rathaus gepflanzt haben wollte, kam ihr erfunden vor. Solange die geknickte Trockenblume an seinem Schlafzimmerfenster angebracht war, wußte sie, daß er nicht auftauchen konnte. Er würde sie entfernen, wenn sie sich an einem vereinbarten Ort nach Sonnenuntergang treffen konnten. Florine fand dieses Zeichen anfangs etwas lächerlich. Inzwischen war sie schon zweimal zu Weissenbachs Laden gefahren, um nachzusehen, ob die Trockenblume verschwunden war.

«Du siehst verändert aus, so blaß. Und dieses Kleid, Florine, das solltest du verschenken, das macht dich dürr. Was hast du mit deiner Frisur gemacht? Niemand bindet die Haare nach hinten.»

Jane Witherspoon entschuldigte sich nicht, daß sie zu spät kam. Die Galeriebesitzerin, die ein paar Jahre älter war als die Malerin, trat in die Halle. Im Schlepptau einen Herrn, der ein goldenes Plastron trug. Sie stellte ihn als spanischen Kollegen vor, zu Besuch in Chicago, auf der Suche nach jungen amerikanischen Talenten.

«Buenos dias, Señora Starkweather.» Wenn er ihren Namen aussprach, klang es, als würden Luftblasen die Wasseroberfläche erreichen. Die Malerin erklärte, daß sie nur wenig Zeit habe, sie sollten sich die Bilder ansehen, dann müsse sie hinüber zum Kriminalgericht, dort würde der Anarchistenprozeß beginnen.

«Willst du den Männern den Hof machen, Florine?» Die Galeriebesitzerin lachte nervös.

Ohne zu antworten, stieg Florine die Treppe hinauf.

Seit Wochen arbeitete sie im Komitee zur Verteidigung der

Inhaftierten mit. Hatte Geld gesammelt. Wollte eine öffentliche Ausstellung ihrer Bilder vor dem Gerichtsgebäude veranstalten. Die Frauen fanden das keine schlechte Idee. An der Spitze des Komitees war Dr. Ernst Schmidt, der seit den fünfziger Jahren als Arzt in Chicago praktizierte, ein Kandidat der Sozialistischen Arbeiterpartei. Er war davon überzeugt, daß an den gesellschaftlichen Zuständen etwas grundsätzlich nicht in Ordnung sei, lehnte aber den gewaltsamen Umsturz entschieden ab. Achttausend Dollar konnte das Komitee aufbringen durch Picknicks, Lotterien und Tanzvergnügen. Die größte Spende kam von einem Geschäftsmann aus Detroit: tausend Dollar. Er teilte auf der Rückseite des Schecks mit, daß er kein Sozialist sei, aber ein faires Gerichtsverfahren sehen wolle. Die schwierigste Aufgabe für das Komitee war, Verteidiger für die Anarchisten zu finden. Die meisten Rechtsanwälte lehnten aufgrund der in Chicago entfachten Hysterie sofort ab, andere stellten so hohe Forderungen, daß sie nicht engagiert werden konnten. Als erster Rechtsanwalt erklärte sich Sigmund Zeisler bereit, sechsundzwanzig Jahre alt und erst drei davon in Chicago ansässig. Dann, und dies war eine große Überraschung, konnte man Captain Black gewinnen, einen herausragenden Wirtschaftsanwalt, der im Bürgerkrieg mit der Ehrenmedaille dekoriert wurde. Seine Frau war anwesend, als ihm die Verteidigung angetragen wurde. «Willst du wirklich alles aufs Spiel setzen?» fragte sie, «bist du bereit, deine Zukunft für diese acht Männer zu opfern?» Captain Black wußte, welcher Diffamierung er sich aussetzte. Nach langer Überlegung willigte er ein. «Ich muß es tun, ich kann nicht anders, Gott helfe mir.»

Der Spanier zog ein seidenbesticktes Taschentuch aus der Jacke und hustete hinein. Als wolle er seine Verlegenheit verbergen. Oder seinen Spott.

«Was soll denn das sein, Florine? Skizzen, Vorarbeiten? Du hast mir doch gesagt, du hast eine neue Ausstellung fertig.» Jane Witherspoon war sichtlich echauffiert. «Das ist keine Kunst, das sind allerhöchstens Fingerübungen, Vorstufen. Was sollen diese Frauengesichter? Die will doch keiner sehen. Zum Beispiel die da, völlig verhärmt. Glaubst du, das will jemand kaufen? Und dein Herr Banter, der wird das auch nicht mögen.»

Sie tuschelte mit ihrem Kollegen aus Barcelona. Florine verstand nicht viel, aber sie spürte die Ablehnung. Der Spanier sah sie unverhohlen an, seine grauen Augen musterten sie.

«Du hast doch noch ein paar Stücke von den Stilleben. Tu mir den Gefallen, Florine, zeig Manolo diese Arbeiten. Er ist nicht mitgekommen, um diese ...» Sie unterbrach sich.

Seit ihrer Zeit im Gefängnis der Chicagoer Hauptwache hatten sie die Gesichter der Frauen nicht losgelassen. Unentwegt begann sie neue Porträts. Zunächst mit Kohle und Stift, manche kolorierte sie spärlich, einige in Öl. Es waren Gesichter der Resignation wie der ungebrochenen Kraft, der Armut wie des Lebenswillens, Porträts des Aufschreis. Diesmal archivierte sie alle Blätter, auch jene, die sie in der Zelle begonnen hatte. Sie zeigte Jane Witherspoon nur solche, die schon überarbeitet waren. Aus den ersten Tagen nach ihrer Freilassung. Die waren die kraftvollsten. Als Etty aus New York zurückkam, war sie völlig überrascht von den neuen Arbeiten ihrer Schwester. Zunächst lehnte sie sie barsch ab, dann war sie begeistert. «Florine, das wird ein Durchbruch. Solche Bilder hat Chicago noch nicht gesehen.» Die beiden Schwestern wußten aber auch, daß Chicago solche Bilder nicht sehen wollte. Sie paßten nicht in die elegante Welt des aufstrebenden Bürgertums, der Neugründungen und des Pioniergeistes. Die Mutter fand die Bilder interessant.

«Jane, die alten Bilder zeige ich nicht mehr. Ich hab ein paar aufgehoben, die ich guten Freunden schenke. Vielleicht bekommst du auch eins, aber ich werde sie nicht mehr ausstellen und schon gar nicht zum Verkauf anbieten.»

Die Galeriebesitzerin übersetzte die Antwort ins Spanische.

Mit einem Mal plusterte sich der Herr aus Barcelona auf, murmelte Flüche oder Beschimpfungen, warf verächtliche Blicke auf die Malerin, spuckte auf den Boden.

Florine Starkweather flüsterte ihrer Freundin zu, sie habe Besseres zu tun, als ihre Zeit mit diesem Stenz zu vergeuden. Sie wisse ja, wo der Ausgang sei.

Jane Witherspoon lief ein paar Schritte hinter ihr her. «Flori, das ist eine Trennung, wenn du mich jetzt hier stehenläßt.»

Die Malerin drehte sich noch einmal um: «Dann trennen wir uns eben. Diese Bilder wirst du ja sowieso nicht in deine Galerie hineinlassen.»

«Bestimmt nicht», erwiderte sie.

«Also.» Die Malerin knallte die Ateliertür hinter sich zu, lief zur Treppe. Sie sah ihre Mutter, die ganz klein in der Halle stand und wissen wollte, was die Galeriebesitzerin von den Bildern halte.

«Ich muß los», zischte Florine ihr zu. «Warte nicht mit dem Dinner auf mich, Ma.»

Dann stand sie vor der Villa.

Atmete tief durch.

Sah hinauf. Durch die geöffneten Fenster hörte sie die wüsten Ausbrüche des Spaniers. Unwillkürlich mußte sie lachen. Wie konnte ein Mensch sich derart ungehobelt benehmen?

Gegen Mittag traf sie am Kriminalgericht ein.

Die Begrüßung war zurückhaltend. Man habe schon nicht mehr damit gerechnet, daß sie komme. Ob sie immer noch bereit sei, die Bilder auf der Straße auszustellen? Im Gericht sei nichts los, die würden mit der Auswahl der Geschworenen anfangen. Louis Lingg sei sehr blaß.

Auf Spruchbändern forderten die Frauen die Freilassung ihrer Männer. Einige von ihnen waren verschwunden und nicht wieder aufgetaucht. Es gab Gerüchte, daß man sie in den Zellen umgebracht hatte.

«Hast du Moses Salomon gesehen?» fragte eine Frau die Malerin.

«Ja, das ist ein kluges Köpfchen», erwiderte Florine.

Da weder Zeisler noch Captain Black Strafrechtsexperten waren, brauchte das Verteidigungskomitee zwei Anwälte, die sich in diesen Verfahren auskannten. Moses Salomon, kaum zwanzig Jahre alt, und William A. Foster konnten nach langer Suche und Überredung gewonnen werden. Foster war erst kürzlich aus Davenport nach Chicago gezogen. Ein Strafverteidiger mit ausreichender Erfahrung, vierzig Jahre alt, der während der Verhandlung ständig Tabak kaute und den Spucknapf nie verfehlte. Als die Frauen erfuhren, daß Parsons sich freiwillig dem Gericht gestellt hatte, stürmten sie in das Cook-County-Kriminalgericht.

Ein Zeichen der Hoffnung. Nun würden die Männer freikommen.

An der Tür zum Gerichtssaal wurden sie abgewiesen. Die Plätze für Zuschauer seien alle vergeben.

17. Kapitel

15. Juli 1886: «Wir hatten zuviel Vertrauen in die Freiheit!»

«Meine Herren Geschworenen: Zum ersten Mal in der Geschichte unseres Landes stehen Angeklagte vor Gericht, die es sich zur Aufgabe machten, die Anarchie einzuführen, und dafür bereit waren, ohne Rücksicht und ruchlos Menschenleben zu zerstören. Ich hoffe, wenn dereinst die jüngsten unter uns noch leben, wird es in ihrer Erinnerung der letzte und einzige Prozeß dieser Art gewesen sein. Es wird keinen weiteren geben, wenn dieser Fall abgeschlossen ist.

Am 4. Mai 1886, vor ein paar Wochen nur, geschah das schlimmste Massaker, von dem je in diesem Land berichtet wurde, auf dem Haymarket Square. Die Anklage wird beweisen, daß die Angeklagten für diese Tat verantwortlich zu machen sind. Die Beweise, die hier vorgetragen werden und die Sie zu beurteilen haben, werden ihre Unschuld oder ihre Komplizenschaft erhellen.

Wir haben in dieser Stadt und in diesem Land geglaubt, daß, wie ausgefallen auch immer die Menschen über unsere Gesetze sprechen, wie heftig sie unsere Verfassung und unsere Institutionen kritisieren, die die volle Freiheit garantieren, also auch das Recht auf freie Meinungsäußerung, niemand dies ausnutzen könnte, um die Gesetze zu stürzen. Wir haben das geglaubt im Vertrauen auf den gesunden Menschenverstand unseres Volkes. Wir haben es lange Jahre geglaubt. Wir lernten in unserer Kindheit, in der Schule und auch in reiferen Jahren, daß unsere Institutionen, gegründet auf der Verfassung, der Unabhängigkeitserklärung und dem Grundrecht auf Freiheit, über allem stehen, auch der Anarchie. Der 4. Mai hat bewiesen, daß wir uns getäuscht haben, daß wir zuviel Vertrauen in eine bestimmte Gruppe von Individuen besaßen. Manche von ihnen sind erst kürzlich in unser Land gekommen. Sie glauben, daß unsere Verfassung ein Lügengebäude ist. Die Unabhängigkeitserklärung wird angegriffen, der Name von George Washington wird verleumdet und verhöhnt, und wir müssen erfahren, wie die Anklage beweisen wird, daß diese Männer Freiheit mit Gesetzlosigkeit verwechseln und sie zu einem Freibrief für jegliche Tat herabwürdigen, ganz gleich, ob jemand verletzt wird oder nicht. Im Lichte des 4. Mai wissen wir jetzt, daß die Reden über Anarchie und die Attacken dieser Angeklagten unseren Staat untergraben sollten, und daß sie, als sie zum Mord, zum Blutvergießen, zur Anarchie und zum Gebrauch von Dynamit aufriefen, genau das meinten, was sie sagten, und genau das unternahmen, wozu sie aufriefen.

Die Anklage lautet auf Mord, eine schwerwiegende Anklage. Nach unseren Statuten werden die Geschworenen das Strafmaß festsetzen. Wenn es sich um Mord handelt, kann die Strafe nicht geringer als vierzehn Jahre Haft sein oder lebenslänglich, aber auch die Todesstrafe bedeuten. Sie haben zu entscheiden, nicht nur wer diese Tat getan hat, sondern wer dafür verantwortlich ist, wer sie initiiert hat, unterstützt oder ermutigt. Wir, meine Herren Geschworenen, werden zu Ihrer vollsten Zufriedenheit beweisen, daß vielleicht zwar keiner von diesen Angeklagten persönlich die Bombe geworfen hat, daß aber jeder von ihnen sie initiiert, unterstützt und ermutigt, ja sogar gelehrt hat, wie eine solche Bombe zu werfen ist, und daß jeder von diesen Angeklagten genauso schuldig ist wie jener, der sie geworfen hat. Dort sitzen die Mittäter!»

Als Staatsanwalt Julius S. Grinnell mit diesen Sätzen den Prozeß eröffnete, gab es aufmunternde Zurufe von der Galerie des Schwurgerichtssaales.

Niemand fürchte sich in diesem Land vor den Anarchisten, rief Grinnell, woraufhin ein nicht enden wollender Applaus einsetzte. Richter Gary unterbrach die Sitzung und ließ die Galerie räumen.

Die ersten Zeugen, die Grinnell präsentierte, waren «Mitverschwörer». Seliger wollte dem Angeklagten Lingg bei der Herstellung der Dynamitbomben geholfen haben; Waller gab an, den Vorsitz bei der «Montagabendverschwörung» geführt zu haben, jenem Treffen, bei dem die Aktion auf dem Haymarket geplant worden sei. Captain Schaack hatte beide Zeugen gekauft. Für ihre Aussagen finanzierte die Polizei beiden Familien nach dem Prozeß die Rückkehr in die alte Heimat, nach Deutschland.

Die nächsten Zeugen des Staatsanwaltes widersprachen sich so oft, daß sie im Kreuzverhör nicht standhielten. Mal erkannten sie diesen Angeklagten als Bombenwerfer, mal jenen. Grinnell, der sich um den Erfolg in der Beweisführung betrogen sah, änderte die Anklage kurzerhand: Verschwörung mit dem Ziel des Umsturzes der bestehenden Ordnung.

Tagelang ließ Grinnell Zitate vortragen. Aus Schriftstücken, Artikeln der *Arbeiter-Zeitung* und des *Alarm*, aus Reden der Angeklagten, sogar aus Johann Mosts «Revolutionärer Kriegswissenschaft» wurde zitiert, um die zwölf Geschworenen zu beeindrucken. Im Gerichtssaal ließ der Staatsanwalt Transparente und Fahnen der Anarchisten entrollen sowie feierlich die blutverschmierten Kleidungsstücke der toten Polizisten vorführen. «Hier sitzen die Anstifter zu diesem Massaker», wiederholte Grinnell immer wieder. Er bezeichnete die Anarchisten als «gottlose Ausländer», «verschworene Mordbuben», als «ekelhafte Mörder» und «Ratten, die in ihre Löcher zurückgetrieben werden müssen» und als «die größten Feiglinge, die mir je im Leben begegnet sind». Bei der Prozeßeröffnung hatte er angekündigt, er werde den Nachweis führen, daß ein Mann, der auf dem Rednerwagen stand, in eine Seitengasse ging, die Bombe entzündete und dann warf. Der Zeuge Gilmer, der von der Verteidigung später mehrfach der Lüge überführt werden konnte, blieb für diese Hypothese der Hauptbelastungszeuge.

Ein Theatermanager in Chicago schrieb während des Prozesses einen Brief an Richter Gary und bot ihm an, alle acht Häftlinge zu übernehmen und jeden Abend einen von ihnen, als Teil eines Theaterstückes, auf der Bühne zu erhängen. «Dem Staat würden daraus keine Kosten entstehen.»

Der Richter ließ Damen der Gesellschaft neben sich Platz nehmen. Wie ein Seminar junger Mädchen, notierte ein Gerichtsreporter. Sie lachten und aßen Konfekt aus dem Hause Banter. Während die Zeugenbefragung lief, zeigte Richter Gary den Damen ein Puzzle oder zeichnete kleine Figuren. Das Verfahren glich gelegentlich der Aufführung einer komischen Oper. Ein Gerichtszeichner fertigte ein Bild von einem Reporter der *Arbeiter-Zeitung*, der in der einen Hand ein Bierglas hielt und in der anderen eine Bombe. Die Zeichnung wurde von den Zuschauern begutachtet und gelobt.

Alle Zeitungen hatten Korrespondentenaufträge vergeben, die Chicagoer Blätter erschienen mehrmals täglich. Besucher kamen aus dem ganzen Land, um sich die Anarchisten aus der Nähe anzusehen. Der Lyriker Carl Sandburg, der damals acht Jahre alt war, schrieb später über das, was er von dem Geschehen im Cook-County-Kriminalgericht mitbekam: *«Als der*

Mordprozeß gegen die acht lief, fanden wir in den Zeitungen Zeichnungen von ihren Gesichtern, ganz so, wie wir sie uns vorgestellt hatten: hart, bösartig, schmierig. Sie waren keine normalen Menschen, keine Angehörigen der menschlichen Rasse, sie kamen uns wie schmutzige Tiere vor, die herumschleichen und im Dunkeln ihrer Mordlust nachgehen.»

Millionen andere machten sich aus der Zeitung ein ähnliches Bild von den Anarchisten.

Im Kreuzverhör nahm sich der Verteidiger Captain Black den Zeugen Thompson vor, der wie Gilmer behauptete, er habe die Verschwörung mit angehört.

«Wann kamen Sie zum Haymarket, Mr. Thompson?»

«Etwa zehn vor acht.»

«Wo standen Sie?»

«Ich ging die Desplaines hinunter und kam zurück zur kleinen Crane Alley.»

«Und dort sahen Sie Spies?»

«Ja, er kam von dem Karren herunter und fragte nach Parsons.»

«Aber Parsons war nicht da.»

«Richtig. Spies ging zu Michael Schwab und zog ihn etwas tiefer in die Crane Alley.»

«Und die beiden besprachen etwas?»

«Ja. Das erste Wort, das ich hörte, zwischen Spies und Schwab, war: Pistolen, das nächste war: Polizei. Ich glaube, ich hörte das Wort Polizei zweimal oder zweimal das Wort Pistolen. Ich bin etwas näher herangegangen. Da sagte Spies: Glaubst du, daß das genug ist, oder sollten wir nicht mehr herbeischaffen? Aber ich habe darauf keine Antwort vernommen.»

«Sie sind den beiden Männern gefolgt?»

«Richtig. Als sie sich der Union Street näherten, hab ich nochmals das Wort Polizei gehört. Und dann, etwas später allerdings, sagte Schwab: Also, wenn sie anmarschiert kommen, verpassen wir ihnen eins. Spies antwortete, daß sie wohl nicht genügend Mut hätten, das zu wagen.»

«Und was geschah dann?»

«Wie gesagt, dann kam ein dritter Mann hinzu, sie standen eng beieinander. Und kurz bevor Spies auf den Karren stieg, wurde dem dritten Mann etwas überreicht. Was es war, hab ich nicht sehen können. Dieser Mann ist, wie ich schon zu Staatsanwalt Grinnell sagte, Rudolph Schnaubelt.»

«Wohin hat der geheimnisvolle dritte Mann denn die Sache, die Sie nicht gesehen haben, gesteckt?»

«In die Manteltasche.»

«Und er bekam den unbekannten Gegenstand von Spies?»

«Richtig.»

«Mr. Thompson, in welcher Sprache haben sich denn Spies und Schwab unterhalten?»

«In Englisch.»

«Und Sie glauben, daß die zwei Angeklagten wirklich englisch sprachen, obwohl sie beide Deutsche sind?»

«Sie sprachen englisch. Vielleicht später, als ich ihnen gefolgt bin, haben sie auch ein paar Sätze in Deutsch gewechselt.»

«Kannten Sie die Stimmen von Spies oder Schwab?»

«Ich verstehe die Frage nicht.»

«Die Frage ist einfach: Kannten Sie die Stimmen von Spies oder Schwab?»

«Nein. Ich hab die Stimme von Spies nur gehört, als er auf dem Karren stand und nach Parsons fragte.»

«Aber in der Crane Alley war es ganz dunkel. Woher wußten Sie, daß es die Stimmen von Spies und Schwab waren?»

«Ich hab sie gesehen... gehört, meine ich. Spies hat das Wort Polizei und das Wort Pistolen gebraucht.»

«In Englisch?»

«In Englisch!»

«Euer Ehren, ich lege Wert auf die Feststellung, daß dieser Zeuge der Staatsanwaltschaft über eine erstaunliche Fähigkeit verfügt. Er hat einen Mann gesehen, der sich zu dem angegebenen Zeitpunkt mehrere Meilen entfernt vom Haymarket befand. Michael Schwab sprach zu den Arbeitern der Deering-Reaper-Fabrik, die liegt eine Stunde Fahrt entfernt. – Mr. Thompson, noch mal zu einem anderen Punkt: Sie haben im Zeugenstand das Foto von Rudolph Schnaubelt identifiziert und gesagt, daß dieser Mann die Bombe geworfen habe. Ist das richtig?»

«Ja, genau.»

«Wann haben Sie das Foto zum ersten Mal gesehen?»

«Ich verstehe diese Frage nicht.»

«Ich will nur wissen, wann Sie dieses Foto zum ersten Mal gesehen haben. Sie sprechen doch unsere Sprache, oder?»

«Also... das war hier... ich meine...»

«Ich werde Sie deswegen unter Eid nehmen.»

«Nein, ich glaube, Mr. Furthmann hat mir das Foto schon vorher gezeigt.»

«Euer Ehren, gibt es in diesem Prozeß nur präparierte Zeugen? Können wir nicht verläßlichere Aussagen bekommen?»

Fritz Schulzen war tot. Zusammengeprügelt. Blutverkrustet. Ein Teil des Kopfes zerschmettert. Die Zunge blau.

Die Kinder hatten Schasler geholt. «Komm, Karl, komm, Vati stirbt.»

Er war über die Straße gelaufen, die nach einem heftigen Regenguß aufgeweicht und schlammig war. In den zweiten

Stock des kargen Holzhauses, wo in drei Zimmern drei Familien lebten.

Er kam zu spät. Konnte Fritz die Lider schließen. Weiter Blick, starr, blutunterlaufen das Weiß der Augäpfel.

Er fragte Hedwig, wie es passiert sei. Aber Frau Schulzen bekam nur zwei Worte heraus: «Banters Leute.»

Seit Karl Schasler in der Schokoladenfabrik arbeitete, hatte er jeden Tag erlebt, wie verbittert die Arbeiter waren. In fast allen Pausen wurde über die längere Arbeitszeit diskutiert, darüber, daß Banter sich kleinkriegen ließ, daß McCormick und Pullman jetzt das Sagen in der Stadt und auch in ihrem Betrieb hatten. Per Anordnung war der Lohn gesenkt worden. Kaum einer bekam mehr als einen Dollar am Tag. Die Stimmung war gereizt. Die Hitze des Sommers, die hohen Temperaturen an den Kesseln, das schlechte, fettige Kantinenessen, die Antreiberei der Vorarbeiter, die ständige Gefahr der fristlosen Entlassung. Wie hatte Florine von ihrem Milton geschwärmt und wie hatte dieser sie hinters Licht geführt. Ein sozialer Unternehmer? Schasler erlebte die Lohndrückerei, ganz wie in Deutschland, die Abhängigkeit und die Schinderei, bis die Männer zusammenbrachen.

Gleich am Tag nach seiner Einstellung hatte er Schulzen kennengelernt. Ein Vierschröter aus Köln, der seit seiner Auswanderung nach Amerika mit Hedwig und den zwei Kindern darauf sann, eine eigene Konditorei aufzumachen. Aber es fehlten ihnen die Ersparnisse, um eine Backstube zu pachten oder zu übernehmen. Angebote gab es reichlich. Schulzen hatte auch einen Werbespruch für sein Geschäft: «Ohne Kuchen und Gebäck hat das Leben keinen Zweck.» Er feilte noch an der englischen Übersetzung.

Schulzen war fünf Jahre älter als Karl, ein Sozialdemokrat,

der früher in der Partei aktiv gewesen war. «Dieser Banter ist ein Haudegen, Karl, der weiß genau, was er will, und wie er ans Ziel kommt. Der hat genauso klein angefangen wie ich. Aber wo steht er jetzt, und wo stehe ich?» Fritz Schulzen war nicht verzweifelt, immer wieder kam er auf sein Thema: der eigene Laden, Hedwig sollte den Verkauf leiten, und die Kinder würden morgens vor der Schule Brot und Brötchen austragen. «Der Banter macht in Masse, weißt du, das ist etwas anderes. Aber er hat auch gute Ideen, der kennt den Geschmack der Leute, der kann so billig wie keiner anbieten. Der Banter ist mein Vorbild.» So hatte Schulzen geredet, immer wieder. Schasler hörte nur zu. Verriet sich nicht. Auch wenn Schulzen ins Schwärmen geriet. «Das ist ein Mann, von dem wir etwas lernen können. Man darf seinen Traum nicht verlieren. Der Mann hat tausend Ideen am Tag und noch eine und wieder eine. Und er wird sie alle in die Tat umsetzen. Genauso wie ich, Karl.»

Schasler hätte dem Bäcker aus Köln gerne das Geld gegeben, um seine Konditorei zu eröffnen. Es ging um ein paar hundert Dollar.

Nächtelang saßen die beiden zusammen. Immer wenn die Sprache darauf kam, was Schasler in den Vereinigten Staaten inzwischen erlebt hatte, wurde das Gespräch langsamer, geriet ins Stocken. Er erfand eine neue Biografie, sprach von harten Arbeitstagen beim Schienenbau, wie er in New York im Unterdruckkessel die Pontons für eine Brücke über den Hudson mitgebaut hatte, Schwerstarbeit und tödliche Unfälle. Mit der neuen Arbeit sei er ganz zufrieden. «Wie kannst du damit zufrieden sein?» Schulzen lachte ihn aus, «das ist doch keine richtige Arbeit für einen Mann. Du mußt an deine Karriere denken. Willst du ewig Hilfsarbeiter bleiben?»

Schasler verkniff sich die Frage, ob Schulzen selbst denn eine Chance bekommen hätte, Karriere zu machen. Der Kölner Bäcker, der sein Geschäft in der Ehrenfelder Straße aufgegeben hatte, weil ihn die Möglichkeiten reizten, von denen andere schwärmten, die vielen Möglichkeiten in der Neuen Welt, die großen Chancen. Jetzt war er in der Endkontrolle der Schokoladentafeln gelandet. Mußte Stichproben nehmen, Protokolle ausfüllen, brauchte sich die Hände nicht mehr schmutzig zu machen. «Ich werde es schaffen, Karl, verlaß dich drauf, und wenn du willst, kannst du bei mir anfangen. Ich brauche bestimmt noch einen Brotausfahrer, der tagsüber bei mir aushilft.»

Hedwig hielt das Geld zusammen, ging, wenn die Kinder versorgt waren, in eine Weißwäscherei, wo sie täglich acht Stunden am Waschbrett stand. Ihre Arme waren von der starken Lauge verätzt.

«Warum lassen sich die Arbeiter das gefallen?» fragte Schasler eines Abends, als die beiden Männer nach Hause gingen.

«Du meinst den Zehnstundentag?» gab Schulzen zurück.

Schasler nickte. Es war ein vorsichtiger Versuch gewesen, Schulzens politische Ansichten auszuloten.

«Das ist ganz einfach, Karl. Die Bedingungen sind nie besser geworden, meist immer schlechter, da wird was weggenommen, dort was gekürzt, immer scheibchenweise, bis dann irgendwann der Vulkan ausbricht, bis es genug ist. Aber bei Banter wird das nicht vorkommen. Der Fuchs weiß genau, wie weit er gehen darf.»

Und dann erzählte Schulzen von den Spitzeln, die in den Betrieben eingesetzt seien. Die hätten sogar mehr in der

Lohntüte für ihre Schweinereien. Bevor sich irgendwo etwas zusammenbraue, seien die Vorarbeiter und deren Chefs schon informiert.

«Aber zwei Stunden mehr, und dann für weniger Geld, das bringt die Leute auf die Barrikade, Fritz?»

Der Bäcker sah Karl an. «Du warst wohl früher eine von diesen roten Mützen. Sei bloß vorsichtig. Die haben bei Banter nichts zu lachen.»

Sie gingen schweigend weiter. In der Taylor Street trennten sich ihre Wege, weil Karls Zimmer in einer kleinen Seitengasse lag.

«Hedwig, du mußt es melden. Du kannst Fritz nicht einfach unter die Erde bringen lassen. Das ist Mord. Da muß die Polizei her. Das geht so nicht.»

Schasler konnte seine Augen nicht von dem Toten wenden. Die Bilder jener Nacht tauchten wieder auf. Das Geschrei. Die Körperteile. Bilder, die Schasler nie wieder sehen wollte. Die schon mit einer dünnen Schicht bedeckt waren. Nun lagen sie wieder frei. Die Toten vom Haymarket.

«Hedwig, hast du verstanden? Wenn Banters Leute deinen Fritz umgebracht haben, müssen sie sich dafür verantworten.»

Er redete auf sie ein. Hedwig stand da mit ihren geröteten Armen, die sie vor der dunkelblauen Schürze hielt, und starrte auf ihren Mann.

Vier Tage war es her, daß Schulzen mit hochrotem Kopf zu Karl gekommen war und ihm die Sache mit den Ratten erzählte.

«Ich hab es selbst gesehen, Karl, wirklich, erst eine, dann zwei. Ich hab die Arbeiter angebrüllt, sie sollen sofort den Kessel abstellen. Meinst du, die hätten das getan. Der eine sagte, ich solle mich in mein sauberes Büro verziehen, der andere hatte schon ein Stück Holz in der Hand. Ich hab nicht lockergelassen, bin rüber zu Jimmy, sag zu ihm: Jimmy, da sind zwei Ratten in den Schokoladentiegel gesprungen, du mußt was machen, die beiden Kerls da sind zu faul. Jimmy hat mich angesehen, als wollte ich ihm den Kopf abreißen. Erst war er wütend, dann wollte er mich beruhigen.»

Schasler kam aus dem Lachen nicht mehr raus. Schulzen war nicht zum Spaßen zumute.

«Jimmy hat nichts gemacht. Die Ratten seien doch längst tot in der heißen Brühe. Man könne sie am Abend rausfischen und weg damit. Er werde sie mir mit nach Hause geben. Ratten in Schoko, wär bestimmt eine Rarität. Aber ich wollte das nicht auf sich beruhen lassen. Das kann sich so eine Firma nicht leisten. Also bin ich zum Betriebsleiter. Das ist ein schmächtiger Pole, abstehende Ohren, mit einer Stimme wie eine Eisensäge. Ich schilder ihm den Fall, da fragt er, wer ich überhaupt sei, was ich in seinem Betrieb zu suchen hätte und ob ich nichts anderes zu tun hätte. Witold heißt er. Ich sage, wo ich arbeite und daß ich selbst gesehen habe, wie diese Ratten... und der unterbricht mich und läßt mich rauswerfen. Da stand ich nun vor seinem Büro. Es mußte doch was geschehen.»

Schasler war stiller geworden. Er sah, wie Schulzen mit beiden Händen den Schweiß an seinem Kittel abwischte.

«Ich bin zurück an meinen Platz und hab einen Brief aufgesetzt, an Banter selbst, in dem ich ihm den Vorfall mitteile. Ich schreibe auch genau, was für eine Partie das war. Dann greife ich mir einen von den Botenjungs und steck ihm den Brief und einen Quarter zu, damit es schnell geht. Wir waren ja kurz davor, die Schokolade aus dem Tiegel zu gießen und in die Formen zu bringen.»

Fritz redete so schnell, daß er nach Luft schnappen mußte. «Nichts passiert. Keine Antwort, gar nichts. Ich werde wohl die Schokolade zur Prüfung auf den Tisch kriegen. Vielleicht findet sich ja ein Rattenschwänzchen drin, damit ich einen Beweis habe, oder ein paar Zähne.»

Am Tag darauf war Schulzen zu seinem Vorgesetzten zitiert worden. Allergrößtes Schweigen, kein Wort, die Sache müsse vertuscht werden. «Gehen Sie davon aus», sagte der oberste der Kontrolleure, «daß sich dieser Vorfall nicht wiederholt.» Aus, das sei es nun gewesen, berichtete er abends auf dem Nachhauseweg. Schasler aber vergaß die Geschichte nicht und sprach von einem Plan.

Schon zwölf Stunden später hatten sie den Beweis. In einem Schokoladenriegel fand sich das Vorderfüßchen einer Ratte. Schulzen steckte den Riegel ein. Noch am gleichen Abend ging er mit Schasler zu dem Journalisten von der *Tribune* und berichtete ihm die ganze Geschichte. Nun war Schulzen tot.

Konnte sich noch nach Hause schleppen. Dann starb er in weniger als einer halben Stunde.

«War es das wert?» fragte Hedwig immer wieder, «war es das denn wirklich wert?»

Der Artikel in der *Tribune* war noch etwas sensationeller aufgemacht. Schon häufiger hätte Schulzen mit ansehen müssen, wie Ratten mal in Candymasse und mal in die Schokoladenmischung gesprungen seien. Die Ratten liebten eben das Süße. Er hätte mit Banter darüber gesprochen, aber Banter habe ihn abblitzen lassen. Neben dem dreispaltigen Artikel eine kleine Zeichnung von dem Rattenfüßchen. Darunter die Zeile: «Wollt ihr so etwas essen?»

An diesem Abend las Karl Schasler besonders aufmerksam den täglichen Bericht vom Prozeß gegen die Anarchisten. Die

Verhandlung war eröffnet. Nun würde sich herausstellen, daß man ihnen nichts nachweisen konnte. Sie würden endlich wieder auf freien Fuß kommen.

Karl Schasler wollte dafür sorgen, daß es sich im Betrieb schnell herumsprach, wer Fritz Schulzen aus dem Weg räumen ließ.

Wie ein Lauffeuer sollte es herumgehen.

Für die Journalisten hatte sich Milton P. Banter ein besonderes Präsent ausgedacht. Ein französischer Confiseur formte aus Zuckermasse Porträts der eingeladenen Reporter, die mit einem goldenen Rahmen eingefaßt waren. So etwas mochten die Herren von der Zeitung. Die dreißig süßen Überraschungen lagen schon in blau-weiß-rotes Sternchenpapier eingewikkelt in seinem Büro.

Die Festgäste bekamen ein Bouquet, verziert mit farbigen Bändern, das in einer Schokoladenvase stand. Aufschrift: *Banter blüht.*

Der Bürgermeister hatte seine Teilnahme telefonisch zugesagt, und die Herren vom Board of Trade würden vollzählig erscheinen. Sie lohnten ihm, daß er sich so einsichtig zeigte und die sozialen Errungenschaften verschwinden ließ.

Milton P. Banter überlegte, wie er diesen Ehrentag festlich beginnen konnte.

Die Einweihung des Verwaltungshochhauses sorgte seit Tagen für Gesprächsstoff in der Stadt. Nun ging es nicht mehr nur um die Gefahr des Umsturzes in Chicago, um die wildgewordenen Anarchisten, jetzt war die Rede von einem eigenwilligen und genialen Fabrikanten, der ein Millionenimperium aufbaute. Ein Mann, der trotz aller Rückschläge sein Unternehmen zum größten Schokoladenkonzern der Vereinigten Staaten gemacht hatte. Das höchste Gebäude, der ehrgeizige Plan, die gewagte Stahlskelettkonstruktion. Die Berichte waren großartig, voll des Lobes und zugleich kostenlose Reklame. Da fiel die schmutzige Geschichte in der *Tribune* von den angeblichen Ratten im Schmelztiegel gar nicht ins Gewicht.

Es sollten mehr als fünfhundert Festgäste werden, die sich am 2. August im Süden Chicagos einfinden würden. Aber es konnten auch tausend sein. Banter irritierte diese Zahl nicht, auch nicht die Summe der Aufwendungen, ihm machte nur die Frage zu schaffen, wie er die Einweihung zu einem unvergeßlichen Erlebnis machen konnte.

Eine erste Idee verwarf er: die Straße aus Schokolade, auf der die Gäste zum Gebäude schritten. Das könnte übel vermerkt werden.

Für die Bedienung der Gäste hatte er das gesamte Personal der drei größten Restaurants gemietet und zusätzlich Berkoffs' Bierkutscher. Es sollte direkt vom Pferdewagen aus den großen Holzfässern ausgeschenkt werden. Diese Bierkutscher waren dafür bekannt, daß sie mit derben Scherzen ihr Publikum unterhielten. Sie vermerkten jede rote Nase, jede schiefe Krawatte, machten auch dieser oder jener Dame ein Kompliment, nicht ohne sie im nächsten Satz zu brüskieren. Das Bier sollte am Morgen frisch gebraut sein, so schmeckte es süffig und war voller Kraft. Die Humpen, die Berkoffs vermietete, glichen den Bierseideln aus Bayern. Tonkrüge mit bunten Wappen.

Banter kam auch von seinem zweiten Einfall wieder ab: eine Statue George Washingtons aus Candy und Schokolade, die enthüllt und anschließend an dreihundert Schulkinder verteilt werden sollte. Das Symbol war gut, weil die meisten Chicagoer den ersten Präsidenten immer noch für den besten hielten, aber daß er zerstückelt und zerstört am Boden läge, das durfte nicht sein.

Seit dem Brand im Lagerschuppen hatte Banter kaum geruht, diesen Schandfleck auf dem Betriebsgelände beseitigen zu lassen. Die Mauern waren abgetragen, der Schutt entfernt. Eine Woche vor der Einweihung sollten dreißig Gärtner mit Grassoden einen kleinen Blumengarten anlegen, auf dem weißgestrichene Sitzbänke und lange Tische für die Gäste standen. So würde für die Hälfte der Besucher Platz zum Sitzen entstehen.

Es war noch immer nicht geklärt, wieso das Feuer gerade in diesem Schuppen entstanden war. Alle gingen von Brandstiftung aus. Die meisten schoben die Tat den Radikalen zu. Banter wurde den Verdacht nicht los, daß andere Kreise hinter diesem mysteriösen Anschlag standen. Dafür sprach auch, daß sich nichts dergleichen wiederholte, seit er den Zehnstundentag wieder verordnete.

Seine dritte Idee war ganz brauchbar: ein Feuerwerk mit chinesischen Krachern, an dessen Ende der Schriftzug BANTER BIETET SÜSSES erschien. Ein jubelnder Empfang, eine Musikkapelle und Lärm, um die bösen Geister zu vertreiben.

Milton P. Banter saß in seiner Galerie, umgeben von seinen nunmehr fünfzig Porträts, und war unschlüssig. Er konnte nicht so viele Gäste einladen und dann bloß seine Produkte in den Mittelpunkt stellen. Es mußte etwas sein, das die Nation in Atem hielt.

Gegen Abend war die Idee geboren. Zuvor mußte Banter jedoch eine schlimme Niederlage einstecken.

Er erinnerte sich daran, daß Florine ihm versprochen hatte,

ihr Bild mit der flammenden Kakaotasse zur Verfügung zu stellen. Es sollte in der drei Stockwerke hohen Eingangshalle plaziert und von zehn Scheinwerfern angestrahlt werden.

Vergeblich hatte Banter sich bemüht, selbst mit Florine zu sprechen. Entweder bekam er nur ihre Mutter oder Etty an den Fernsprecher. Florine sei ausgegangen, hieß es immer wieder.

Dann setzte er Paddy auf ihre Spur. Der Ire kam zurück mit der Mitteilung, daß die Malerin vor dem Gerichtsgebäude des Cook County stehe und mit anderen Frauen für die Freilassung der deutschen Anarchisten eintrete.

Banter ließ sich die Uhrzeit geben, wann die Malerin dort Posten bezog, und wies seinen Kutscher an, ihn zum Kriminalgericht zu bringen.

Unterwegs studierte er die Zeitungen, las die Berichte vom Prozeßbeginn, um ein wenig informiert zu sein. Immer wenn die Sprache in seinem Betrieb auf das Geschehen am Haymarket kam, wechselte Banter das Thema mit dem Satz, da werde vieles bloß aufgebauscht. «Ich habe mit Bürgermeister Harrison persönlich darüber gesprochen, und ich kann Ihnen versichern, das ist alles eine Farce. Es geht nicht um diese wilden Teufel. Das Volk braucht ein Spektakel.» Nur wenige seiner Zuhörer stimmten ihm zu. Banter fand nicht die Zeit, sich mit den Vorgängen im Gericht zu beschäftigen.

Seine Spitzel berichteten ihm von kleinen Zusammenkünften, von Unmutsäußerungen und auch von offenem Protest in einigen Abteilungen des Betriebes. Die Kehrtwende in der Unternehmenspolitik gab Anlaß zu heftigerer Kritik. Einmal kam es sogar zu einer Schlägerei zwischen Gewerkschaftern, die als Friedensstifter im Betrieb wirkten, und einer Gruppe radikaler Lagerarbeiter. Banter hatte sofort alle entlassen.

Der Zweispänner hielt in einiger Entfernung.

Banter erkannte Florine Starkweather sofort. Seit jenem Tag, als er sie aus dem Gefängnis holen ließ, hatte er sie nicht mehr gesehen. Ihr Äußeres war verändert.

Der Pferdeschwanz gab ihr etwas Kindisches und Ältliches zugleich. Das graue Kostüm hätte einer Betschwester gut gestanden. Sie sah beinahe häßlich aus.

Banter stieg aus, unschlüssig.

Der Ring der Frauen, die mit Protestplakaten und Transparenten vor dem Gericht standen, war wie ein Bollwerk.

«Milton, komm her. Deine Unterschrift fehlt noch auf der Liste. Wir wollen sie heute abend abschicken.»

Die Stimme Florines schallte über den kleinen Platz.

Banter kehrte um, wollte zu seinem Zweispänner gehen, aber Florine Starkweather holte ihn ein.

«Was machst du hier?» fragte sie, etwas außer Atem.

«Ich suche dich», antwortete er leise.

«Dann geh doch nicht weg.»

Sie reichte ihm die Hand. Sie war kalt, mit Tinte verschmiert.

«Kommst du zu meiner Einweihung? In vierzehn Tagen ist es soweit. Ich brauche übrigens dein Bild. Ich werde es ausstellen, wie du es wolltest. Die flammenden Kakaotassen...»

Banter unterbrach sich. Warum lud er diese Frau ein? Der Gedanke, was sie mit den Festgästen veranstalten würde, schien ihm plötzlich unerträglich.

«Ich komme gern, Milton, ich bringe dir auch noch ein paar von meinen Freundinnen mit. Deine Gäste sollen die roten Huren ruhig selbst kennenlernen.»

Florine Starkweather legte ihren Arm um seine Schulter und küßte den Schoko-König auf die Wange.

«Wir werden dir einen von diesen Dynamit-Songs vortragen. Ich glaube, das gibt eine ganz wundervolle Stimmung.»

Sie küßte ihn nochmals. Auf die andere Wange.

«Oder wir könnten einen Trauergesang anstimmen über die Toten des Haymarket, die Toten auf beiden Seiten, heutzutage redet ja alles nur noch von den sieben Polizisten.»

Milton P. Banter wußte nicht, wie er sich aus dieser Lage befreien konnte. «Mir geht es eigentlich um das Bild, Florine», sagte er verlegen.

«Die Malerin interessiert dich nicht mehr?»

«Das Bild bekommt einen Ehrenplatz.»

Banter löste sich aus der unwillkommenen Umarmung.

Florine trat zur Seite.

«Ich werde dir eine ganze Galerie von Bildern geben, Milton. An diesem Tag würdest du Gesichter ausstellen, Gesichter dieser Stadt, wie sie noch nie jemand gezeigt hat. Aber dazu fehlt dir ja der Mut.»

Banter hatte schon von Etty erfahren, was Florine inzwischen malte.

«Ich möchte nur das eine Bild haben.»

Florine Starkweather sah ihn an.

Sie schwieg.

«Wie geht es deinem Priester, hält er auch Wache hier?»

«Läßt du ihn immer noch bespitzeln?»

Banter schüttelte den Kopf. Er sah an Florine vorbei. Gelegentlich blieben Passanten stehen und trugen sich in die Listen ein.

«Franz ist nach Europa gefahren, er muß sich um seine Dresdner Malerei kümmern. Die Preise sind zu sehr gestiegen», log Florine. Sie war ganz ernst dabei, verzog keine Miene.

«Ich glaube, hier geht was zu Ende», sagte Banter.

«Was nie angefangen hat.»

Der Schoko-König drehte sich um, ließ die Malerin stehen.

Am liebsten hätte er ihr gedroht, wenn sie ihm das Bild nicht zur Verfügung stelle, werde er den Kauf der anderen Gemälde rückgängig machen. Aber das kam ihm kleinlich vor.

Er schrie den Kutscher an, er solle endlich losfahren. Unterwegs dachte er wieder an die Einweihung, an ein Spektakel und den gewaltigen Eindruck, den es hinterlassen sollte.

Ein Sternlauf. Aus zehn Städten. Aus zehn verschiedenen Staaten. Ein sportlicher Höhepunkt am Einweihungstag. Begleitet von der Presse. Eine Schokoladenstaffel, die seine Betriebe erreichte. Ein Wettrennen. Welcher Läufer kommt zuerst in Bantertown an? Wer schafft den großen Gewinn? Prämien, Pokale, Siegerehrung. Das konnte Begeisterung entfachen. Es würde in den nächsten Tagen in allen Zeitungen stehen. Banter wollte Anzeigen aufgeben.

Das größte Rennen, das je veranstaltet wurde. Die Läufer sollten Trikots bekommen. Mannschaften bilden, die nach einzelnen Produkten des Hauses benannt waren. Oder Clubs.

Die Abfuhr, die Florine ihm erteilt hatte, spornte ihn derart an, daß er sich während der Fahrt Notizen machte. Sonst hätte er die Vielzahl der Einfälle nicht festhalten können.

Als er in seinem Büro stand, das Abendlicht schien durch die bunten Fensterscheiben, ließ er die Abteilungsleiter antreten.

Das Rennen sollte schon vier Tage später beginnen.

18. Kapitel

2. August 1886: «Niemand in der Menge trug eine Waffe!»

«Ich bin Bürgermeister von Chicago seit mehr als sieben Jahren. Am 4. Mai war ich während eines Teiles der Veranstaltung auf dem Haymarket. Tags zuvor gab es einen Krawall bei der McCormick-Fabrik, der, wie man mir sagte, nach einer Rede von Mr. Spies entstand. Am Morgen des 4. Mai wurde mir bekannt, daß ein sogenanntes Zirkular in Umlauf war, das für den Abend zu einer Veranstaltung auf dem Haymarket aufrief. Ich gab die Anweisung an den Polizeichef, daß die Veranstaltung unterbunden werden solle, wenn sich ähnliches wie bei McCormicks abspiele. Und ich war der Meinung, daß es besser sei, dort anwesend zu sein und die Veranstaltung selbst abzubrechen, als dies einem Polizeibeamten zu überlassen. Ich ging also zu dem Treffen, um es aufzulösen, falls ich das Gefühl bekommen hätte, die Sicherheit der Stadt sei gefährdet... Ich kam fünf vor acht an. Eine große Menschenmenge war da, aber als die Reden anfingen, sind schon wieder zwei Drittel der Leute nach Hause gegangen. Um halb neun begannen die Redner in der Nähe von Cranes Fabrik. Ich habe dort zugehört bis zehn oder fünf nach zehn. Ich habe die ganze Rede von Spies gehört, fast alles von Parsons, bis auf die fünf Minuten, die ich in der Polizeistation war. Als ich das Gefühl hatte, daß Parsons zum Schluß kommt, bin ich hinüber zum Revier gegangen und sprach mit Captain Bonfield. Während ich bei der Versammlung war, merkte ich, daß man mich beobachtete. Ich steckte meine Zigarre an, und im Licht des Zündholzes war mein

Gesicht erhellt. Ich dachte, Spies hätte mich beobachtet, denn plötzlich milderte sich der Ton seiner Rede, aber das ist eine Vermutung meinerseits. Vor diesem Augenblick dachte ich, ich müßte die Versammlung auflösen, da einige der Bemerkungen sehr heftig waren. Zu diesem Zweck war ich ja auf den Haymarket gekommen. Das heißt, ich hätte auch gegen den Willen der Polizei entschieden. Gegenüber Bonfield habe ich betont, daß die Rede von Spies im ganzen gesehen zahm gewesen sei.»

«Es gab also Momente, in denen Sie die Versammlung aufgelöst hätten?»

«Ich habe nichts unternommen, sie aufzulösen. Es gab einige Rufe aus der Menge wie ‹Erschieß ihn›, ‹Hängt ihn auf› oder so ähnlich, aber ich glaube nicht, daß in der Ecke, aus der sie kamen, mehr als zwei-, vielleicht dreihundert Sympathisanten der Redner standen. Manchmal kam ein Ruf ‹Hängt ihn› von den Jungen am Rande, und die Menge lachte darüber. Ich hatte den Eindruck, daß die Mehrheit der Leute bloß Zuschauer waren und die Rufe sich eher lustig machten als Zustimmung bedeuteten. Einige wenige Rufe waren augenscheinlich bösartig gemeint. Sie kamen direkt aus der Nähe der Karre, auf der die Redner standen. Es warteten anfangs wohl achthundert bis tausend Leute dort, meistens Arbeiter, die Mehrheit von ihnen sprach nicht englisch, meist waren es Deutsche. Es gab keinen unter den Rednern, der zur Gewalt aufrief, zur direkten Anwendung von Gewalt gegenüber irgend jemand. Als ich aus dem Revier trat, sprach Parsons noch immer, aber er kam zum Ende. Es war sehr wolkig und sah nach Regen aus, deswegen glaubte ich auch, die Versammlung sei bald beendet. Nicht mal ein Viertel der Leute standen noch dort, und ich hörte von einigen Deutschen, daß sie unzufrieden waren mit den Reden, daß es eine reine Zeitverschwendung gewesen sei zu kommen. Ich habe zu Captain Bonfield gesagt, daß es nichts gegeben

hätte, was ein Eingreifen erforderlich machte. Er müsse durch die Berichte, die er im Laufe des Abends erhielt, zum gleichen Schluß kommen. Er solle den Befehl geben, daß die Reserveeinheiten in den Revieren nach Hause geschickt würden. Bonfield war meiner Meinung, wollte aber die Männer dabehalten, weil er Gerüchte vernommen hatte, daß nach der Versammlung einige Leute planten, zum Milwauke & St.-Paul-Güterbahnhof zu gehen, um ihn in die Luft zu sprengen. Solange ich bei dem Treffen war, sah ich niemand in der Menge, der eine Waffe trug.»

Die vier Verteidiger eröffneten ihre Beweiserhebung mit Bürgermeister Harrisons Aussage, dem prominentesten Augen- und Ohrenzeugen des Geschehens. Moses Salomon, der junge Strafverteidiger, hatte zuvor der Geschworenenbank die wichtigste juristische Frage des Verfahrens gestellt: «Kann jemand der Komplizenschaft beschuldigt werden, solange der Täter nicht bekannt ist?» Und er präzisierte seine Einlassung: «Selbst wenn diese Angeklagten dazu aufgerufen haben, Dynamit in der Auseinandersetzung zu benutzen, so war bisher kein Zeuge in der Lage zu beeiden, daß einer der hier zu Verteidigenden die Anweisung gab, die Haymarket-Bombe zu werfen.»

Zunächst präsentierte Captain Black die Zeugen, die den Aussagen von Gilmer und Thompson widersprachen und bestätigten, daß die Polizei die kaum mehr als zweihundert Demonstranten angegriffen hatte. Nach und nach änderte sich das Bild vom Geschehen in jener Nacht. Immer deutlicher wurde, daß die Staatsanwaltschaft, zugleich mit der Anklage, die Rechtfertigung von Inspector Bonfields Vorgehen beabsichtigte. Danach kamen Leumundzeugen, die über die Angeklagten aussagten, über ihre Ideen und Arbeitsweisen, über ihre Gewohnheit, ohne Waffe zu einer solchen Veranstaltung zu gehen, oder Angaben darüber machten, wo sich die Angeklagten am Abend des 4. Mai aufgehalten hatten. Captain Black konnte nachweisen, daß keiner – wie Julius Grinnell behauptet hatte – nach dem Bombenwurf geschossen habe. Es wurde die Frage erörtert, ob in der Redaktion der *Arbeiter-Zeitung* tatsächlich «ganze Bündel von Bomben» gelegen hätten. Alle Zeugen verneinten dies.

Ein Geschäftsmann aus Detroit, dem das Gericht eine große Bedeutung beimaß, weil er nur zufällig an jenem Abend in Chicago war und seither nicht mehr in der Stadt war, machte eine bemerkenswerte Aussage.

«Die Redner standen nordöstlich von mir, vor dem Gebäude der Crane Brothers. So wie ich mich an Spies' Rede erinnere, sagte er: ‹Bewahrt Ruhe! Diese Versammlung ist nicht einberufen worden, um einen Krawall zu entfachen!› Parsons sprach darüber, wie hoch der Anteil der Kapitalisten sei an dem, was die Arbeiter erwirtschafteten... Fielden sprach sehr laut, und da ich nie eine Versammlung von Sozialisten besucht hatte, kamen sie mir alle etwas wild vor. Als Fielden darauf hinwies, daß er zum Ende komme, wurde ich ungeduldig. Dann kam Bewegung in die Menge, die Zuhörer wurden unruhig, und jemand rief: ‹Polizei!› Ich blickte nach Süden und sah eine Polizeikette etwa auf der Höhe der Randolph-Street-Busse. Die Polizei kam näher, bis kurz vor den Rednerwagen. Dann hörte ich, wie jemand etwas von auflösen sagte. Ich sah einige Leute auf dem Wagen, konnte aber nicht erkennen, wer sie waren. Danach gab jemand das Zeichen zur Auflösung. Es kam aus der Nähe oder direkt vom Rednerwagen. Ich weiß nicht, wer es gesagt hat. Die Worte waren: friedvolle Versammlung. Das war ein paar Sekunden vor der Bombe. Die

Polizei rannte durcheinander und vertrieb die Leute, die sofort verschwanden. Ich habe solche Rufe wie: ‹Hier kommen die Bluthunde der Polizei. Tut eure Pflicht und ich tue meine› nicht gehört. Ich stand immer noch auf der kleinen Treppe und konnte alles sehen. Auch als die Bombe explodierte. Es gab keine Pistolenschüsse, bevor die Bombe explodierte. Nirgendwo gab es Pistolenschüsse vor der Detonation. Kurz nachdem der Befehl zum Auflösen gegeben wurde, sah ich ein erleuchtetes Ding, ich wußte zu dem Zeitpunkt nicht, was es war – es flog sechs oder sieben Fuß hoch in der Luft, knapp über den Köpfen der Leute. Eine Rauchwolke. Dann erst kamen die Pistolenschüsse. Ich konnte die Blitze und das Mündungsfeuer gut sehen. Aus der Mitte der Polizei. Das Schießen ging in alle Richtungen. Erst da begriff ich die Gefahr und stieg von der Treppe, um in der Menge unterzutauchen. Dort oben hätte ich leicht von den Pistolenschüssen der Polizei getroffen werden können. In dieser Nacht war ich vor der Schießerei auf der Polizeistation und sprach mit Captain Bonfield über die Vorgänge der letzten Tage. Bonfield sagte mir: ‹Der Ärger ist doch, daß die Sozialisten immer die Frauen und Kinder mitbringen zu ihren Streiks. Ich würde gerne mal dreitausend von ihnen auf einem Haufen haben ohne die Frauen und Kinder, dann würd ich kurzen Prozeß machen!› Ich hab nur wenige Frauen auf dem Haymarket gesehen, auf jeden Fall keine mehr, als die Polizei heranstürmte.»

Die Hypothese des Staatsanwalts, daß der Abdruck des Wortes «Ruhe» im «Briefkasten» der *Arbeiter-Zeitung* das Signal für die Verschwörung gegeben habe, nachdem am Montagabend in Greifs Halle die Tat geplant worden sei, konnte nicht aufrechterhalten werden, da kaum ein Zeuge etwas über den Sinn dieses Wortes in der Zeitung aussagen konnte. August Spies hatte es handschriftlich eingesetzt, eine Gruppe des

Lehr- und Wehrvereins hatte ihn darum gebeten. Er selbst wußte nicht, was diese Gruppe damit bezweckte. Im Verlauf des Prozesses konnte dieser Sachverhalt nie geklärt werden. Es blieb eine bloße Tatsachenbehauptung, die auf Captain Schaacks Verschwörungstheorie basierte. Die Verteidigung konnte nachweisen, daß Georg Engel, der Urheber des konspirativen Planes für die Zuspitzung des Konfliktes in Chicago, am Abend des 4. Mai mit seinen Kumpeln Karten spielte und von dem Bombenwurf genauso überrascht wurde wie die übrigen Angeklagten. Die Strategie der Verteidigung lief darauf hinaus, daß die Bombe ebenso aus den Reihen der Polizei hätte geworfen werden können.

Je mehr Zeugen auftraten, desto unklarer wurde alles. Zum Schluß wurden die Angeklagten selbst in den Zeugenstand geholt und vom Staatsanwalt ins Kreuzverhör genommen. Bei der Einvernahme gewannen die Verteidiger Sympathien für ihre Ansicht, daß niemand nur deshalb verurteilt werden könne, weil er Sozialist oder Anarchist sei.

Die Anklage lautete auf Mord. Eine Mittäterschaft konnte den Angeklagten aber nicht nachgewiesen werden.

Florine lehnte am Bootshaus.

Sie hatten kein Wort der Begrüßung gesagt, hatten sich nicht ausgezogen, sich nicht hingelegt, hatten sich ineinander verkrallt, starr vor Erregung.

«Diese verdammte Trockenblume, Karl», sagte sie endlich, «ich hätte sie am liebsten abgerissen.»

Aber es mußte sein und es hat gewirkt, dachte Schasler. Karl Schasler wollte, sobald der Prozeß zu Ende war, in sein Viertel zurückkehren, den Laden auflösen und eine Schuhmacherei eröffnen. Einen Teil seines Geldes würde er Hedwig

Schulzen schenken, denn sie stand mit den beiden Kindern ohne Geld da.

«Du kannst mich nicht so lange allein lassen. Ich brauche dich.»

«Ich dachte, du brauchst deine Malerei und nur gelegentlich einen Liebhaber.»

Florine kniff ihn so fest in den Arm, daß er leise stöhnte. Täglich hatte sie vom Kriminalgericht aus eine Droschke genommen, war an Weissenbachs Laden vorbeigefahren und dann erst in die Villa Lakeview zurückgekehrt. Von Tag zu Tag voller Hoffnung, und immer wieder aufs neue enttäuscht.

«Wir haben schon viertausend Unterschriften! Wir kriegen Spenden aus der ganzen Welt, auch aus Japan, wir haben Briefe von führenden Sozialdemokraten. Es gibt sogar einen Kubaner, José Marti, der schreibt in Florida Berichte über den Prozeß. Der öffentliche Druck wird immer größer.»

Karl Schasler hatte eine Whiskyflasche mitgebracht und wickelte zwei dickwandige Gläser aus festem Braunpapier.

«Die wären vorher fast kaputtgegangen.» Wie Trophäen hielt er sie hoch.

Er schenkte ein, der Whisky lief über den Rand.

«Die haben doch tatsächlich einen Zeugen verschwinden lassen. Kannst du dir das vorstellen? Ernst Legner, ein Mitglied des Turnvereins Aurora, war den ganzen Abend an der Seite von Spies, stand mit auf dem Wagen, als die drei sprachen, der weiß, daß Schwab schon lange weg war, der kann alles, was Thompson und Gilmer gelogen haben, aufdecken. Er ist nicht auffindbar. Captain Black will in den nächsten Tagen die Sensation bringen: Schaack hat Legner fünfhundert Dollar geboten, damit er verschwindet, und hat ihm schreckliche Dinge angedroht, wenn er als Zeuge der Verteidigung auftritt. Legner hat abgelehnt! Daraufhin haben ihn zwei Geheimpolizisten entführt. Wir müssen ihn finden.»

Schasler blieb stumm, ließ die Malerin reden, schenkte die Gläser ein zweites Mal voll. Irgendwann sagte er: «Die Anarchisten haben die Bombe nicht geworfen, Florine. Das steht fest.»

«Natürlich nicht, natürlich nicht. Im Verteidigungskomitee gehen alle davon aus, daß es ein *agent provocateur* war. Die Sache sollte überhitzt werden, um der Polizei einen Vorwand zu liefern, daß sie blindwütig in die Menge schießen konnte.»

Sie berichtete von der gut besetzten Verteidigerbank, von Captain Black und seiner hohen Kunst, die Zeugen der Staatsanwaltschaft ins Leere laufen zu lassen, und von Moses Salomon.

«Bist du in ihn verliebt?» fragte Karl Schasler.

«Ja. Und in Lingg erst recht. Das ist ein Haudegen, was der dem alten Gary alles an frechen Bemerkungen ins Gesicht schleudert. Wenn sie wirklich einen packen, ist er es. Lingg hat Bomben gebaut. Den werden sie nicht freisprechen wie die anderen.»

Karl Schasler stürzte erneut einen Whisky in sich hinein. Wie wohltuend, Florine von diesem Prozeß sprechen zu hören. Es war alles ganz anders, als er es in der Zeitung las. Die Sache würde gut ausgehen.

«Ich habe Milton eine Abfuhr erteilt, und zwar öffentlich.» Sie berichtete von dem Vorfall auf dem Platz vor dem Kriminalgericht. Unterbrach sich, weil sie lachen mußte.

«Er hat doch wirklich geglaubt, er hätte eine Affäre mit mir.»

«Hatte er nicht?» stichelte Schasler, «ich hab das auch geglaubt.»

Die Malerin lachte noch immer. «Eine Affäre mit einem Schokoladenhasen? Ich?»

«Du hast ihn gemalt, auf einen Sockel gestellt, hast von ihm geschwärmt wie ein kleines Mädchen, hast seinen Witz gelobt und seine überschwenglichen Einfälle, warst mit ihm im Bett, ist das keine Affäre?» Schasler lallte schon ein bißchen.

«Ich hab nur ein einziges Mal mit ihm geschlafen. Ganz verrucht, seine Frau war noch im Haus. Aber nur seine Porträts haben uns gesehen.» Sie küßten sich, lange, ohne voneinander genug zu bekommen.

«Du bist doch nicht eifersüchtig, Karl. Das ist doch nicht möglich. Anarchisten sind nicht eifersüchtig.»

Schasler faßte ihre Hand und drückte sie zwischen seine Beine.

«Und ob Anarchisten eifersüchtig sind. Liebe ist nicht teilbar. Du und dieser Milton, ich will es mir nicht vorstellen, wirklich nicht.»

Sie zog ihre Hand zurück.

«Das ist meine Sache, Franz.»

Als müßte er ihr Gründe geben, sich von diesem Banter nicht umgarnen zu lassen, begann Schasler von der Arbeit in seinen Betrieben zu sprechen. Von den Ungerechtigkeiten und der Schinderei, und er vergaß auch nicht, die Geschichte mit den Ratten zu erzählen.

Mit einem Mal sprang die Malerin auf.

«Das ist es, Karl, das ist es. Ich werde ihm ein Bild malen für seine Einweihung, daran wird er denken. Das ist es.»

Sie öffnete ihre Bluse, streifte den Rock ab.

«Komm, wir schwimmen.»

Während sie im Tümpel schwammen, entwarf sie das Bild: eine hohe Welle brauner Schokolade, einer Meeresbrandung gleich, und darauf tanzen ein paar Ratten. Ganz fröhlich. Eine trägt einen Zylinder auf dem schwarzen Köpfchen.

«Etty soll ihn anrufen und ihm sagen, daß er meine flammenden Kakaotassen ausstellen darf, soll sich entschuldigen für mein ungehobeltes Benehmen. Dann nehme ich das Rattenbild und stelle es auf den Rahmen, verhängt mit einem Tuch. Und wenn Milton dann vor allen Festgästen feierlich das Bild enthüllt, dann...»

Florine prustete. Sie hatte Wasser geschluckt, so aufgeregt war sie von dieser Idee.

«Schade, daß wir uns nicht früher getroffen haben», sagte Karl Schasler, «die Einweihung wird schon morgen sein. Du wirst darüber etwas zu lesen bekommen.»

Die Malerin drängte sich an ihn.

«Karl, bitte, verlaß mich nicht mehr. Noch einmal so lange, das halte ich nicht aus. Du weißt, wie sehr ich dich brauche.»

Er spürte ihre festen Brustspitzen.

Dann sah er einen Schatten. Vorsichtig legte er die Hand auf Florines Mund. «Ich glaube, da ist jemand», flüsterte er.

«Ist Liebe denn verboten?» Auch sie senkte die Stimme.

«In öffentlichen Gewässern ganz bestimmt.»

Eine ganze Weile blieben sie ruhig im Wasser stehen. Erst als sie sicher waren, daß niemand sie beobachtete, setzten sie ihr Liebesspiel fort, sanft, langsam, gleitend. Ab und zu stieß ein kleiner Fisch an ihre Körper.

Als sie eine halbe Stunde später aus dem Wasser kamen, waren sie so erschöpft, daß sie beide einschliefen.

Die Vögel weckten sie am frühen Morgen.

«Ich muß los», sagte Schasler, «Florine, wach auf, ich muß gleich los.»

«Die Arbeit kann warten.»

«Heute nicht. Ich melde mich.»

«Bald. Bitte bald.» Sie hielt die Augen geschlossen.

Er küßte sie, streichelte über das noch feuchte Haar und begann sich hastig anzuziehen.

Während er wegging, drehte er sich immer wieder nach ihr um. Als müsse er das Bild bewahren.

Die Versammlung war in bester Stimmung. Die Menschenmenge, die das neue Verwaltungshochhaus begaffte, kaum überschaubar. Die Honoratioren drängelten sich um den Bürgermeister. Sie wollten mit ihm auf den Fotos zu sehen sein, wenn Harrison die blau-weiß-rote Schnur zerschnitt.

Milton P. Banter hatte eine schwungvolle Rede gehalten, gewürzt mit kleinen Pointen. Er sprach davon, daß er am liebsten eine ganze Stadt aus Schokolade bauen würde, die Fenster mit Nüssen umrahmt, die Straßen mit schmackhaftem Zitronat gesäumt. Dies Hochhaus sei erst der Anfang seines neuen Projektes. Als er den Namen verkündete, gab es einen unbeschreiblichen Jubel unter den Festgästen. Rhythmisch skandierten einige Claqueure das Wort: Ban-ter-town, danach klatschten sie zweimal in die Hände. Bald klatschten alle.

Ein neuerliches Gejohle setzte ein, als die Bierbrauer von Berkoffs mit ihren Faßwagen aus den Seitengassen heranfuhren. Die Leute rangelten sich darum, wer zuerst eins der schäumenden Bierseidel in der Hand halten durfte.

Banter schaute ab und zu verstohlen auf die Uhr. Gleich mußte der erste Läufer eintreffen. Die Stadt New York würde das süßeste Rennen des Jahres gewinnen.

Die Idee war von der Presse so begierig aufgenommen worden, daß sogar auf der ersten Seite vom Stand des Rennens berichtet wurde, wenn auch nur unter den kleinen, vermischten Meldungen. Es waren fünfzehn Städte, die sich an der Staffel beteiligten. Genau festgelegt wurde, wer wann loslaufen durfte, welche Strecke mit der Eisenbahn zurückgelegt und welche mit Pferden durchmessen werden durfte. Ein Rennen der drei Geschwindigkeiten, wie die drei neuen Produkte, die Banter an diesem Ehrentag vorstellte: Freiheitszucker, Gleichheitsmünzen in verschiedenen Werten und Schönheitsperlen, bunt gemischt.

Banter hatte sich das Porträt von Florine Starkweather, mit einem riesigen Rahmen versehen, in die Eingangshalle stellen lassen. Auf die Scheinwerfer verzichtete er. Von seiner Frau aus Pennsylvaani bekam er ein Glückwunschtelegramm mit folgendem Text: «Net g'schosse iss aa verfehlt. Kumm heem!»

Auf dem großen Rasenstück des Betriebsgeländes standen die Menschen dicht gedrängt. Die Bänke hatten Paddy und seine Männer kurz vor der Eröffnung wegräumen lassen, damit mehr Platz war.

Banter wollte mit einer auserwählten Schar von dreißig Gästen in das oberste Stockwerk gehen, von wo sie einen wunderschönen Ausblick auf die Stadt hatten. Dort war ein Büfett aufgebaut. Harrison sollte ein paar Worte sagen.

Vorher mußten sie gemeinsam die Ankunft des ersten Läufers abwarten. Wenn alles nach Plan verlief, würde dies gegen elf Uhr sein. Banter hoffte, daß bis dahin noch nicht zu viele Leute betrunken waren. Er hatte Berkoffs' Brauern eingeschärft, ein wenig darauf achtzugeben, wer vom Freibier allzu ausführlich Gebrauch machte.

«Der Wolkenkratzer kommt zur rechten Zeit», zischte

McCormick Banter ins Ohr, «Sie hätten es nicht besser treffen können. Wir müssen beweisen, was wir können.»

Auch Addams war begeistert: «Das ist eine Pionierleistung, Mr. Banter. Mit diesem Haus wird eine neue Ära beginnen! Es wird ein Wettlauf in der Stadt ausbrechen, wer den höchsten Turm schafft. In San Gimignano hat es schon vor ein paar hundert Jahren einen solchen Wettbewerb unter toskanischen Fürstenfamilien gegeben.»

«Tatsächlich», sagte Banter, sichtlich angestrengt, «wußte ich gar nicht.»

«Doch, doch, aber was europäische Fürsten können, können wir allemal.»

Nur Pullman war schlechter Laune: «Ich traue mich da nicht rauf, haben Sie eine Versicherung abgeschlossen, wenn uns etwas zustößt?»

Er sah an dem Gebäude hoch. «Wie viele Stockwerke, sagten Sie?»

In diesem Moment setzten die Bands ein.

«Die Läufer», rief Banter freudig erregt, «die Läufer kommen. Mal sehen, wer die Staffel gewinnt.»

Mit forschen Schritten ging er voran, teilte die Menge, damit eine Gasse entstand.

Nur seine engsten Mitarbeiter wußten, daß der Läufer aus New York das Rennen gewinnen würde. Das war so geplant, um die Verbundenheit der beiden größten Städte zu unterstreichen. So etwas konnte man nicht dem Zufall überlassen. Ein Läufer aus New York siegt in Chicago, dies war ein Symbol zugunsten der aufstrebenden Wirtschaftsmonopole. Die Bands spielten die Nationalhymne.

Endlich war die Gasse geöffnet. Banter traute seinen Augen nicht.

Was er dort sah, war so ungeheuerlich, daß er sofort losbrüllte: «Paddy, Paddy, komm her.»

Verzweifelt schaute sich der Schoko-König um. Der Ire war nicht zu sehen.

Als er sich wieder in Richtung der freigehaltenen Gasse drehte, war aus dem einen Transparent ein ganzes Meer von Transparenten und Fahnen geworden. Arbeiter in dreckigen Monteuranzügen. Die Frauen mit ihren Kindern auf dem Arm. Die Haare unter grauen Kopftüchern versteckt.

«Paddy», brüllte Banter immer noch.

Nun reckten sich die ersten Hälse.

Unruhe in der Menge.

Die Bands hörten auf zu spielen. Ein paar falsche Töne noch, dann brach die Hymne gänzlich ab.

Banter warf sich mit aller Wucht gegen die Aufmarschierenden.

Die Gasse quoll über. Immer mehr strömten auf den festlich geschmückten Platz.

«Streik! Streik! Streik!» skandierten die Arbeiter und Arbeiterinnen. Dann klatschten sie zweimal in die Hände. «Streik! Streik! Streik!» Im gleichen Rhythmus, in dem zuvor der neue Name gefeiert worden war.

Banter suchte nach einem Anführer, nach einem Aufwiegler. Nach einem, den er anbrüllen konnte.

Paddy und seine Crew.

Die Männer hatten Gewehre in der Hand.

«Nicht schießen», schrie Banter. «Nicht schießen, um Gottes willen, das ist ein Festtag heute.»

Er rannte auf Paddy zu. «Drück den Mob zurück, die sollen verschwinden, ganz schnell. Wo bleiben die Läufer?»

Paddy gab Befehl, die Gewehre abzulegen und die Demonstranten einzukesseln. Obwohl die Schutztruppe aus fünfzig Männern bestand, war sie den Demonstranten nicht gewachsen.

«Wir gehen», sagte Banter, «wir steigen hinauf.»

Er wies auf die Gäste, die er zu seiner Feier gebeten hatte, zog manche am Ärmel, die lieber zugesehen hätten, was sich zwischen Arbeitern und festlich gekleideten Bürgern abspielte.

«Wir gehen, bitte», Banter war außer sich. Diese Blamage.

«Ich dachte, bei Ihnen wird nicht gestreikt», sagte Pullman, «waren das nicht Ihre Worte?»

Banter konterte: «Auf jeden Fall nicht so oft wie bei Ihnen. Heute kommt es ein wenig ungelegen. Aber wir lassen uns die Feier nicht verderben. Ziehen wir uns zurück, meine Herren und Damen.»

Als Paddys Leute rabiat wurden, setzte eine fürchterliche Keilerei ein.

Zuerst gingen die Bierwagen zu Bruch, dann das Gartengestühl. Die Demonstranten schlugen mit den Schildern, Paddys Leute hatten lange Holzknüppel dabei.

Die Damen kreischten, feuerten die Schutztruppe an. Manches Kleid wurde derangiert. Immer wieder skandierten die Demonstranten: «Streik! Streik! Streik!» Als die kleine Gruppe die oberste Plattform des Verwaltungshochhauses erreicht hatte, sagte Bürgermeister Harrison: «Haben Sie denn Ihren Arbeitern für heute nicht freigegeben?»

«Warum sollte ich?» fragte Banter, «die Produktion muß weiterlaufen.»

«Das war dann wohl ein Fehler», erwiderte Harrison.

Die meisten Gäste stürzten sich sofort auf das Büfett, reichten Teller durch und sahen zu, wie tief unter ihnen die Menschen aufeinander einschlugen.

«Aus dieser Entfernung», sagte eine Dame im schulterfreien weißen Satinkleid, «denkt man wirklich, es seien Tiere.»

19. Kapitel

20. August 1886: «Wenn Polizisten das Gesetz in die Hand nehmen, dann ist das Anarchie!»

«In der Nacht des 4. Mai wurde eine Dynamitbombe auf Chicago geworfen. Sie explodierte. Zum ersten Mal in unserer Geschichte wurde diese moderne Waffe gebraucht. Ich bitte Sie, meine Herren Geschworenen, daran zu denken, daß Dynamit keine Erfindung der Sozialisten ist. Die Wissenschaft ist aus den Fugen geraten, sie ist zum Agenten der Zerstörung geworden, sowohl zur Verteidigung wie zur Offensive, sowohl für die Attacke wie zum Schutz einer belagerten Stadt. Nun wird sich die Kriegführung wandeln. Alle großen Nationen werden sich der modernen Waffen bemächtigen. Und diese Waffen werden nie wieder verschwinden. Die Regierung der Vereinigten Staaten hat $ 350000 allein dafür bestimmt, um ein Schiff mit Dynamitgeschossen auszurüsten. Jeder kann Dynamit herstellen, es wird verkauft ohne Lizenz, Ausweis oder Einschränkungen. Sie können Ihre Geschworenenbank verlassen, zu einer der führenden Fabriken gehen und soviel Dynamit kaufen, wie Sie wollen. Ohne deswegen nach Ihren Gründen befragt zu werden. Ich bitte Sie auch, sich daran zu erinnern, daß Handgranaten keine Erfindung der Sozialisten sind. Es gab sie schon lange, bevor Sie und ich geboren waren. Die Handgranaten werden nicht länger mit Pulver gefüllt, sondern mit dem Dynamit der modernen Wissenschaft. Wir schauen zurück in der Geschichte, wissend um diese Entwicklung, und es mag uns widersprüchlich erscheinen. So wichtig die neuen Erfindungen sind, so fürchterlich sind ihre Auswirkungen in kriegerischen Auseinandersetzungen.»

Als Captain Black zu seinem Plädoyer ansetzte, wurde es sehr still im Gerichtssaal. Die Geschworenen folgten seinen Ausführungen mit besonderem Interesse, weil er ernst und mit rhetorischem Geschick sprach, seine Worte wie Schilde, um seine Mandanten zu schützen. Der militärische Rang, den er im Bürgerkrieg bekleidet hatte, ließ ihn in der Achtung der meisten Zuhörer steigen. Während er sprach, fixierte er einzelne Geschworene, die er zu überzeugen hoffte.

«Inspector Bonfield war in seinem Revier, umgeben von seinen Informanten, mit hundertachtzig starken, bis an die Zähne bewaffneten Männern. Er wußte, daß die Veranstaltung auf dem Haymarket ruhig verlief und friedlich ihrem Ende entgegenging. Er sagte dies sogar zu unserem Bürgermeister Harrison. Als Albert Parsons seine Rede beendete, ging Harrison hinüber zum Revier und sagte Bonfield, alles sei ruhig. Bonfield bestätigte dies, auch seine Detectives würden das gleiche sagen. Und kaum ist der Bürgermeister gegangen, befiehlt Bonfield seine Männer auf den tödlichen Marsch. Wer ist nun dafür verantwortlich? Wer sah diese Auseinandersetzung voraus? Wer wollte die Schlacht in der Straße in jener Nacht? Ich frage Sie, auf Ihren Eid vor Gott und in Betrachtung aller Zeugenaussagen: Wer hat das Haymarket-Massaker veranstaltet? Wer ist verantwortlich für diesen Zusammenstoß? Wenn Bonfield nicht dorthin marschiert wäre, hätte es Tote gegeben? Würde sich die Versammlung nicht aufgelöst haben, wie vorgesehen? Wäre der Bombenwerfer zum Revier gegangen und hätte die Polizei angegriffen? Hat sich der Bombenwerfer zum Ziel gesetzt, die Polizei zu attackieren? Gott sandte an diesem Abend eine warnende Wolke am Himmel; die Leute waren noch da, die Redner sprachen die letzten Worte; aber es kam noch eine tödlichere Wolke mit den bewaffneten Kräften. Ohne unsere ver-

fassungsmäßigen Rechte zu beachten, die wir als Bürger haben, gingen sie daran, eine friedfertige Versammlung auseinanderzutreiben. Ist es soweit gekommen unter der Verfassung der Vereinigten Staaten und dieses Staates, daß Treffen, in denen Nöte und Sorgen besprochen werden, in die Flucht geschlagen werden dürfen von einem untergeordneten Polizeiofficer? Kann er das Gesetz in die Hand nehmen? Wenn das so ist, dann ist das Anarchie.»

Captain Black erinnerte an die amerikanischen Vorväter, die oft genug erst nach schwerer Verfolgung und heftigen Kämpfen die Freiheit in diesem neuen Land erreichten, an die Verfassung von 1787 und die Rechte des Volkes, an die Versammlungsfreiheit und an Jesus Christus, den großen Sozialisten in Judäa.

«Meine Herren, die letzten Worte für diese acht Leben. Sie sind nun in Ihrer Hand, ohne irgendeine Macht, vor der Sie sich verantworten müssen, außer Gott und der Geschichte, und so schließe ich denn mit den Worten jenes göttlichen Sozialisten: Was du begehrst, das man dir antun möge, das tue auch anderen an!»

Am Tag darauf begann Staatsanwalt Julius Grinnell mit seinem Plädoyer. Er wußte, daß die Stimmung umgeschlagen war. Der dürftigen Beweise und schwankenden Zeugen wegen hatte er nicht nur die Anklage noch während des Verfahrens ändern müssen, ihm fehlte der Haupttäter, mit dem endlich bewiesen werden konnte, daß sich die Angeklagten mit ihm verschworen hatten.

«Ich habe zu Beginn des Prozesses gesagt, meine Herren Geschworenen, daß in diesem Land, und zwar als einzigem Land in der

Welt, Anarchie möglich ist. In meinen Untersuchungen zu diesem Fall, meiner Auseinandersetzung damit, im Wissen um mein eigenes Land und die Freiheit, die wir besitzen und bewahren, bin ich zu dieser Schlußfolgerung gekommen. In den großen europäischen Regierungsformen, in denen es eine monarchische und stark zentralisierte Herrschaft gibt, wird die Anarchie zerschmettert oder zu uns verschifft. Jeder kommt an unsere Gestade, jeder erreicht unsere Küste, unsere Freiheit ist so groß – und sie soll auch nie eingeschränkt werden – und hier, mit dieser Freiheit, mit den unbegrenzten Möglichkeiten, Freiheit auszuüben, beginnen einige, die Anarchie zu errichten, die in ihren Ländern nicht möglich war. Ich sagte, es ist nur ein Schritt von der Republik zur Anarchie. Lassen Sie uns nie, meine Herren, diesen Schritt gehen, denn die Verantwortung, die Ihnen übertragen wurde, ist größer, als sie je für eine Jury in der Welt war. Das ist keine billige Pflicht, die Sie hier ausführen müssen. Denn Sie bestimmen, ob dieser Schritt zur Anarchie getan wird.»

Grinnell kehrte in seinem Plädoyer zur Verschwörungstheorie zurück, an die nach der Beweisaufnahme kaum noch einer glauben wollte. Er flickte das zerrissene Netz mit alten Argumenten, sprach von den verdeckten Hinweisen, die Captain Schaack und andere Detektive erhalten hätten, malte das düstere Bild einer untergehenden Stadt, wenn man den Anarchisten auch nur ein wenig Milde entgegenbrächte. «Die rote Fahne ist lange genug durch unsere Straßen getragen worden.» Für den Staatsanwalt stand fest, daß Rudolph Schnaubelt, dessen man nicht habhaft werden konnte, die Bombe geworfen hatte und alle Angeklagten mit ihm konspirierten. Grinnell verteidigte ein letztes Mal Inspector Bonfield und seine Männer, die sich auf dem Haymarket mutig der drohenden Gefahr entgegengestellt hätten.

«Die Polizei hatte die Schlagstöcke nicht gezogen, die Revolver steckten im Gürtel. Und trotzdem wurde diese Bombe geworfen. Wie nobel war ihr Verhalten! Anstatt zu fliehen und wegzulaufen, riefen sie: Auf sie, mit Gebrüll. Die Stadt wurde gerettet. Und das ist das wichtigste, auch wenn die Polizei erst geschossen hätte, nachdem die Bombe explodierte. Der Mann, der die Bombe warf, bekam sie von Lingg oder Spies. Er war nur ein Teil in dem Plan der Konspiration, und Tod war ihr Resultat.

Wenn ich die Macht dazu hätte, würde ich Sie, meine Herren Geschworenen, in jene Nacht auf dem Haymarket versetzen und mit Ihnen, Tränen in den Augen, die Toten betrachten, die sich mit den Verwundeten und Sterbenden mischen, denn ich wünschte, Sie könnten mit eigenen Augen sehen, wie das Gesetz verletzt wurde, könnten sich ein Bild davon machen, das Ihnen die letzten Gefühle für die Angeklagten nehmen würde.»

Obwohl die Hauptbelastungszeugen demontiert waren, ließ Grinnell den Wert ihrer Aussagen wieder aufleben, zitierte Leumundszeugnisse für überführte Lügner und machte aus Thompson einen Helden im Zeugenstand: «Die Verteidigung hämmerte zweieinhalb Stunden auf ihn ein, es ging nur um ein winziges Detail. Und er hat das ertragen. Ich hätte es nicht ertragen.»

Einige im Gerichtssaal wunderten sich, warum Grinnell immer wieder von Beifall unterbrochen wurde. Die Chicagoer *Arbeiter-Zeitung* lüftete das Geheimnis am nächsten Morgen.

«Grinnell hat gestern, um seinem Schlußplädoyer den gehörigen Effekt zu verleihen, die Sache geschickt arrangiert. Der ganze höhere Pöbel, meist dem weiblichen Geschlecht angehörig, hatte Einladungen erhalten und war vollzählig erschienen. Männer und

Frauen, deren Äußeres bekundete, daß sie nicht dem Parasitentum angehören, wurden prompt zurückgewiesen. Der ‹unparteiische› Staatsanwalt im Richterstuhl ging sogar so weit, die Galerien öffnen zu lassen, welche während des ganzen Prozesses streng geschlossen blieben. Dieselben waren rasch gefüllt mit den ‹Damen der besseren Gesellschaft›, welche, sobald sie oben waren, sofort begannen, durch ihre Operngucker die Angeklagten anzuglotzen. Doch Grinnell hatte auch anderweitig gesorgt, daß der theatralische Eindruck der Vorstellung, in welcher er die Hauptrolle spielte, ein vollständiger war, indem er eine Claque angestellt hatte, welche im gegebenen Moment losklatschen mußte.»

Zum Abschluß der Hauptverhandlung instruierte Richter Joseph Gary die Geschworenen über die mögliche Höhe der Strafen, sollten sie die Angeklagten für schuldig halten: nicht unter vierzehn Jahren Zuchthaus, lebenslänglich oder Todesstrafe. Gary sprach auch über gewisse Aussagen, die von Kronzeugen stammten, die damit ihren eigenen Hals zu retten versuchten. «Die Jury darf nicht davon ausgehen, daß der Bombenwerfer von den Angeklagten zu der Tat angeregt wurde, wenn eine direkte Verbindung zwischen Planung und Ausführung der Tat nicht eindeutig und glaubwürdig nachgewiesen werden kann.» Danach entließ Gary die Geschworenen und vertagte die Sitzung.

Milton P. Banter wartete, bis die Türen des Sitzungssaales geschlossen waren. Die Eingänge wurden von Paddys Truppe besetzt. Dann hielt er eine Rede, daß manchem der zweiundzwanzig Abteilungsleiter schwindlig wurde.

Noch immer hatte der Schoko-König die Blamage nicht überwunden, die ihm am Einweihungstag zugefügt wurde.

Sie hatten ihre Zuträger stundenlang verhört, ausgequetscht, waren jedem kleinsten Hinweis gefolgt, gingen die Liste der Männer durch, die man im Betrieb als rote Ratten bezeichnete. Aber niemandem konnte nachgewiesen werden, daß er dieses Spektakel organisiert hatte. Es gab wilde Beschimpfungen, wüste Unterstellungen, Denunziation auf allen Ebenen. War es der Tod von Fritz Schulzen? Oder doch die Verlängerung auf den Zehnstundentag? Immer wieder kam es zu Stillständen in der Produktion. Als stecke ein Bazillus in der Arbeiterschaft.

Banter war es gelungen, die Blamage aus den Zeitungen herauszuhalten. Nicht eine Zeile über den Vorfall. Statt dessen Berichte über den wunderschönen Tag in Bantertown, das farbenprächtige Fest, den siegreichen Langstreckenläufer aus New York und die ausgelassene Stimmung. Ein Bierbrauer von Berkoffs wurde zitiert: «Wir haben die zweitausend Gäste auf unseren Wellen geschaukelt. War'n ein paar stadtbekannte Säufer darunter. Freibier zieht alle an.»

Vierzehn Tage brauchte Banter, um einen Plan aufzustellen, wie er trotz Streik seine Produkte weiterhin verkaufen konnte. In aller Stille kaufte er drei kleinere Betriebe auf und ließ sämtliche Waren umpacken. Aus Schoko-Dollars wurden Massa Kisses, aus gelben Zuckerstäben Candy Buns. Die Betriebe übernahmen die Produktpalette von Banter. Seine Lager waren gefüllt, er rechnete Bestände und Absatz aus, kritzelte Zahlenkolonnen in sein Notizbuch. Einige Monate würde er überstehen. Diese Zeit wollte er nicht ungenutzt verstreichen lassen.

«Ich schließe die Fabrik für hundert Tage. Die Produktionsausfälle der letzten Zeit, die kleinen Streiks, das ungebührliche Benehmen ganzer Teile der Belegschaft haben mich zu der Überzeugung kommen lassen, daß nur eine solche Maßnahme garantiert, daß die Arbeiterschaft wieder zur Räson kommt.»

Er sah in die Runde.

Niemand rührte sich.

Die Gesichter waren angespannt und bleich.

Banter genoß die Pause. Wer von seinen Abteilungsleitern würde Einspruch erheben?

«Die Hoffnung auf eine vertrauensvolle Zusammenarbeit hat sich zerschlagen, meine Güte und Geduld sind mißbraucht. Die zugelassenen Gewerkschaften sind nicht in der Lage, den Betriebsfrieden zu garantieren. Sie werden in Zukunft nicht mehr erlaubt sein. Die Arbeit ruht für hundert Tage. Das sind hundert Tage der Besinnung, hundert Tage des Stillstands, hundert Tage, in denen jeder überlegen kann, ob er hier arbeiten will. Nur wenn in Ruhe und mit größter Effektivität gearbeitet wird, kann auch in Zukunft die Produktion weitergehen. Alle Arbeiter werden auf der Stelle entlassen. Wir werden ein Komitee bilden und bei der Neueinstellung überprüfen, wer geeignet ist, in unseren Betrieben tätig zu sein. Jeder einzelne wird einen Revers unterschreiben müssen, in dem er bestätigt, daß er keinerlei Kontakte zu Sozialisten oder Anarchisten hat. Im Zweifelsfall wird dies nachgeprüft. Es kann keine andere Lösung geben, um eine Krankheit zu kurieren, die um sich greift. Ich rechne mit Ihrem Verständnis, meine Herren!»

Wieder unterbrach Banter seine Ausführungen. Die Männer waren so schockiert, daß einige von ihnen zitterten. Der Abteilungsleiter Rohstoffe II verdrehte die Augen, sein Nebenmann setzte sich auf die Hände, um seine Anspannung zu verbergen. Keiner schaute Banter direkt an.

«Damit die Entlassung lautlos und ohne Murren geschieht, bedarf ich Ihrer Unterstützung. Wir beginnen mit der ersten Produktionshalle. Jeder hat seinen Arbeitsplatz aufzuräumen! Wenn die Halle vollständig sauber ist, werden die Vorarbeiter zu ihren Leuten gehen und ihnen meine Entscheidung mitteilen. Die Arbeiter haben das Betriebsgelände unverzüglich zu verlassen. Lohnrückstände werden im Laufe von zehn Tagen beglichen. Eine Stunde später geschieht das gleiche in der zweiten Produktionshalle. Instruieren Sie die Vorarbeiter in der Weise, daß sie Ihnen persönlich verantwortlich sind, damit es zu keinen Handgreiflichkeiten kommt.»

Die Trennung von Produktion und Vertrieb ermöglichte es Banter, das Werk nach und nach stillzulegen. Mit Paddy hatte er überlegt, daß sie in Lager und Versand nur diejenigen nach Hause schickten, die auf der Liste standen. Der Plan sah vor, daß so lange aus dem Lager verkauft und Produkte aus den Beständen nach Übersee verschickt werden sollten, bis die drei kleinen Betriebe die Neuproduktion übernommen hatten. Von diesen neuen Herstellungsstätten wußte keiner der anwesenden Männer etwas.

«Die Vorarbeiter haben sich zur Verfügung zu halten! Sie werden in der nächsten Woche eine Mitteilung bekommen, was mit ihnen geschieht. Sie erhalten in dieser Zeit Gehalt, allerdings um fünfzig Prozent gekürzt. Wir werden bei jedem von ihnen überprüfen, wie er mit seinen Leuten verfährt. Sollte einer sich an Protesten gegen diese Hundert-Tage-Regelung beteiligen, wird er entlassen! Die Vorarbeiter müssen ihre Loyalität beweisen.»

Banter legte sehr viel Wert auf diese Feststellung, denn Paddy hatte ihm von der mangelnden Bereitschaft mancher

Vorarbeiter berichtet, Arbeiter zu benennen, die aufmüpfig waren.

Die Aussperrung hatte der Schoko-König mit McCormick und Pullman diskutiert. Sie waren zu dem Schluß gekommen, daß damit in Chicago ein Zeichen gesetzt, ein Exempel statuiert werden könne. Zugleich verpflichtete sich Banter, im Board of Trade zu erklären, daß seine bisherige Betriebspolitik gescheitert sei und er alle «sozialen Maßnahmen» zurücknehme. Von nun an sei er bereit, sich an die gemeinsame Linie zu halten. Die Bombe auf dem Haymarket hatte etwas bewirkt, was lange Diskussionen nicht vermochten: Die Industriekapitäne und Eisenbahnbosse, die Schlachthofbarone und Stahlkönige standen in einer festen Front zusammen.

«Noch Fragen?» Banter sah in die Runde. Nichts.

Er verließ den mit Goldmedaillen und Trophäen aus vielen Ländern geschmückten Sitzungssaal. An den Wänden die Werbetafeln und Plakate, die die Häuserwände und Säulen der Stadt überzogen.

Kaum hatte er sein Büro erreicht, hörte er die lebhafte Diskussion, die im Sitzungssaal einsetzte. Wütende Schreie, wildes Poltern.

«Feiglinge», murmelte Banter, «alles Feiglinge.»

Paddy McDonnel ließ sich von der Sitzung berichten.

«Nicht einer hat sich erkundigt, was denn nun aus ihm wird. Immerhin verlieren ja sechzehn von ihnen die gesamte Belegschaft. Sie haben es nicht gewagt. Verstehst du das?»

Lager und Versand sollten mit Paddys Leuten verstärkt werden, seine fünfzig Männer waren zuverlässig. Über fünfzehnhundert Arbeiter wurden entlassen.

«Sagt dir der Name Schasler etwas, Karl Schasler?» fragte McDonnel.

«Muß ich den kennen?»

«Der Mann arbeitet in der Bauabteilung. Sein Gesicht kommt mir irgendwie bekannt vor. Ist erst vor ein paar Monaten eingestellt worden.»

«Keine Sorge», lachte Banter, «auch der wird auf die Straße gesetzt. Mit einem Schlag werden wir alle suspekten Kerle los.»

Im Sitzungssaal nahm der Tumult zu. Banter wartete in seinem Büro. Vielleicht schickten sie eine Abordnung, um die Maßnahme erneut zu diskutieren.

Er verfolgte noch einen anderen Plan.

Von dem wußten aber weder die Chicagoer Industriekönige noch sein irischer Vertrauter etwas.

Nur drei Stunden brauchten die zwölf Geschworenen, um zu einem Urteil zu kommen. Ein Kontingent der Polizei, achtundvierzig Männer, unter der Führung von Captain Schaack, wurde im Gerichtssaal verteilt, die Detectives bewachten den Eingang, patrouillierten in den Fluren. Jedem Angeklagten wurde ein Officer, bewaffnet mit Knüppel und Revolver, zur Seite gestellt.

Karl Schasler war es gelungen, mit anderen ausgewählten Zuschauern auf den Bänken Platz zu nehmen. Er trug sein Priestergewand und behauptete, er wolle den Angeklagten beistehen. Die Wachen ließen ihn passieren.

Auf dem Vorplatz hatte er kurz mit Florine Starkweather gesprochen, sie gaben sich die Hand. Sie wußte, daß sie keine Chance besaß, der Urteilsverkündung beizuwohnen. Zu gern hätte sie in den Jubel eingestimmt. Aber die Wachen kannten sie und die anderen Frauen von den Aktionen vor dem Cook-County-Kriminalgericht. Florine wollte nicht mal einen Versuch machen, zugelassen zu werden. «Wir werden nachher eine Freudenfeier veranstalten. Die Verwandten der Angeklagten sind schon informiert. Wir haben auch eine Kapelle bestellt. Es soll ein Tanzvergnügen werden.» Schasler reihte sich in die Schlange ein.

Seit jenem 2. August war er bester Laune.

Die Überraschung war gelungen. Er konnte zwar Banters Gesicht nicht sehen, weil er sich im Hintergrund halten mußte. Aber die Genossen berichteten ihm, daß der Schoko-König flügelschlagend mit hochrotem Kopf durch die Reihen gerannt sei und so wütend wurde, daß alle glaubten, er falle auf der Stelle tot um.

Die Organisation hatte vorzüglich geklappt. Fast alle Abteilungen waren rechtzeitig unterrichtet, Mundpropaganda, die Plakate und Losungen wurden erst in der Nacht zuvor geschrieben, damit niemand Wind von der Sache bekam. Die Parole lautete: «Freudiges Ereignis.» Sie wurde gut aufgenommen. Sogar einige der Vorarbeiter machten mit.

Schasler trat nicht in Erscheinung, überließ die Information und Vorbereitung anderen. Er bestand darauf, daß die Demonstration genau in dem Augenblick beginnen sollte, wenn die Läufer erwartet wurden. Alle fanden dies den richtigen Zeitpunkt.

«Freudiges Ereignis» war ihre eigene Veranstaltung. Die Arbeiter äußerten damit nicht nur ihren Protest, sondern verschafften sich auch Zutritt zu Bier und Schnaps, Steaks und Kartoffeln, die für die zahlreichen Festgäste bereitgehalten wurden. Die Prügelei mit Paddys Truppe hatte Schasler nicht vorhergesehen.

«Herr Pfarrer, was glauben Sie, wie sich die Geschworenen entscheiden werden?»

Die ältere Dame, die Schasler am Ärmel zupfte, trug eine kreisrunde Brille und hielt ein Gesangbuch in der Hand.

«Sie haben keine Beweise», antwortete Schasler, «und ohne Beweise gibt es keine Verurteilung.»

Jede Nacht hatte er sich mit Florine getroffen, mal im Lincoln Park oder am Pier, dann am Ufer des Chicago River oder am Grant Park. Niemals trafen sie sich in seinem Haus auf der Nordseite oder in der Villa Lakeview. Karl ging immer noch davon aus, daß sie überwacht wurden. Als er seinen Laden betrat, grüßten ihn die Heiligen freudig. Manche beschwerten sich über die Langeweile, die eingekehrt sei, seitdem er nicht mehr verkaufe, andere schwiegen. Hildegard von Bingen sprach von einem gerechten Urteil. Schasler hatte sich versichert, daß niemand vor seinem Laden wartete. Er trug einen langen Mantel und einen breitkrempigen Hut, trotz des heißen Sommerabends, zahlte den Nachbarn aus, der sein Geschäft im Auge hielt, und begab sich in seine Wohnung, um das Priestergewand zu holen. Er war noch immer unentschlossen, ob er das gut florierende Geschäft aufgeben sollte. Wenn sich erst die Hysterie in Chicago gelegt hatte, könnte er es vielleicht verpachten.

Bis auf die Aktion in Banters Betrieben war der Kampf der Arbeiter vollständig zum Erliegen gekommen. Es gab keine Streiks mehr, keine Streikposten, keine Aufrufe und keine wilden Flugblätter, es gab keine großen Versammlungen und Protestmärsche mehr. Alle warteten auf den Ausgang des Prozesses.

Die reaktionären Zeitungen schürten die Stimmung gegen die Angeklagten unvermindert, provozierten mit bösen Überschriften.

Schasler war nur über eine Folge seiner Tat erfreut. Seit

dem 4. Mai hatte die Polizei nie wieder in eine demonstrierende Menge geschossen. Sie hatte die Lektion begriffen.

«Das Hohe Gericht.» Der uniformierte Diener stampfte mit dem Fuß auf.

Richter Gary erschien.

Alle erhoben sich von den Plätzen.

«Sind Sie zu einem Urteil gekommen, meine Herren Geschworenen?»

Der Vorsitzende der Jury, Mr. Osborn, reichte dem Gerichtsdiener ein Stück Papier: «So ist es, Euer Ehren. Wir, die Jury, finden die Angeklagten August Spies, Michael Schwab, Samuel Fielden, Albert R. Parsons, Adolph Fischer, Georg Engel und Louis Lingg des Mordes schuldig in der Weise, wie die Anklage sie beschuldigt hat, und setzen für sie die Todesstrafe fest. Wir finden den Angeklagten Oscar Neebe schuldig im Sinne der Anklage des Mordes und setzen eine Gefängnisstrafe von fünfzehn Jahren fest.»

Kaum hatte Osborn diese Sätze gesprochen, stürzte Maria, Michael Schwabs Frau, ohnmächtig zu Boden. Lucy Parsons und Sarah Ames fingen sie auf. Kaum wieder bei Bewußtsein, schrie sie auf. Scharfe, schrille, schmerzhafte Schreie.

Karl Schasler spürte jeden einzelnen. Wie Kugeln, die in seinen Körper drangen.

Albert Parsons nahm ein hellrotes Taschentuch und winkte den Zuhörern, dann griff er sich die Kordel eines Vorhanges und knüpfte daraus eine Schlinge.

Tumult setzte ein.

Nur mit Mühe gelang es den Detectives, die Menge in Schach zu halten.

Schasler saß zusammengesunken auf der harten Holzbank. Wie hatte er mit einem Freispruch rechnen können?

Er rührte sich nicht. Starr. Entsetzt.

Nichts anmerken lassen. Als habe jemand eine Hand an seine Gurgel gelegt.

Die Angeklagten wurden hinausgeführt.

Samuel Fielden mußte gestützt werden. Schwab strauchelte beinah. Die Schreie seiner Frau hatten ihn erschüttert. Lingg und Engel waren gefaßt, kaum Anzeichen von Erregung. Spies und Fischer waren bleich, behielten mit Mühe ihre Contenance. Neebe gebrochen. Durch das mildere Urteil.

Als das Urteil auf dem Vorplatz bekannt wurde, erhob sich lautstarker Protest aus der Gruppe. Florine Starkweather rief: «Justizmörder!»

Die große Mehrheit jubelte der Jury zu und ließ sie hochleben, weil sie ihre Aufgabe so treu erfüllt hatte.

20. Kapitel

7. Oktober 1886: Die Angeklagten klagen an

Richter Gary lehnte die Wiederaufnahme des Verfahrens ab, mußte aber den Angeklagten die Möglichkeit geben, in eigener Sache zu sprechen, bevor er das Urteil bestätigte. Die acht Reden dauerten drei Tage. Als erster sprach August Spies:

«Euer Ehren, wenn ich vor diesem Gericht spreche, so tue ich es als Vertreter einer Klasse gegenüber einer anderen hier vertretenen Klasse. Ich will mit den Worten beginnen, mit denen vor fünfhundert Jahren bei einer ähnlichen Gelegenheit der venezianische Doge Faliero vor das Gericht trat: ‹Meine Verurteilung ist Ihre Anklage. Der Grund des mir angelasteten Verbrechens: Ihre Geschichte!›

Diebstahl ist ein ehrenwertes Gewerbe, wenn es von Ihrer Klasse ausgeübt wird, aber ein Schwerverbrechen, wenn unsere Klasse als Selbsthilfe darin seine Zuflucht sucht. Auf Raub und Plünderung gründen die Ordnungsvorstellungen einer bestimmten Sorte von feinen Herren, die diese Art, ihren Lebensunterhalt zu verdienen, als bequemer empfinden und deshalb ehrlicher Arbeit vorziehen – dies ist die Ordnung, die wir beseitigen wollen.

Schauen Sie sich einmal die Schlachtfelder der Wirtschaft an! Blicken Sie auf das Blutbad und die Ausplünderung durch die christlichen Patrizier! Kommen Sie mit mir in die Viertel derjenigen, die den Reichtum in dieser Stadt geschaffen haben! Gehen Sie mit zu den halbverhungerten Bergleuten des Hocking Valley!

Sehen Sie die Parias im Monongahela Valley und vielen anderen Bergbaugebieten in diesem Land an, oder fahren Sie entlang den Bahnstrecken jenes großen und in höchstem Maße die Ordnung liebenden und gesetzestreuen Bürgers Jay Gould. Und dann sagen Sie mir, ob diese Ordnung auf irgendeinem moralischen Prinzip beruht, dessentwegen sie erhalten bleiben sollte? Diese Ordnung bedeutet den Schutz der systematischen Vernichtung von Kindern und Frauen in den Fabriken; sie bedeutet den Schutz von aufgezwungener Untätigkeit für ein Millionenheer von arbeitswilligen Männern und deren Erniedrigung und Entwürdigung; diese Ordnung bedeutet Not, Elend und Knechtschaft. Das ist Ihre Ordnung, meine Herren. Ja, und Sie haben die Ehre und Würde, die Verfechter einer solchen Ordnung zu sein. Sie sind hervorragend geeignet für diese Rolle. Ich mache Ihnen ein Kompliment!»

«Ich werde mich stellen.»

«Was willst du tun?»

«Ich werde mich der Polizei stellen und sagen, daß ich die Bombe geworfen habe.»

«Und was soll das nützen?»

«Das Verfahren wird neu aufgerollt werden müssen. Dann können sie Spies und die anderen nicht aufknüpfen.»

«Du bist verrückt, völlig von Sinnen, Karl. Jetzt geht die Sache erst einmal in die Revision.»

«Wenn ich sage, daß ich die Bombe geworfen habe, gibt es einen Täter, und der Staatsanwalt wird keinerlei Beziehung zu mir herstellen können. Die Angeklagten kennen mich nicht, sie haben mich nie gesehen.»

«Karl, sich als Opfer zur Verfügung zu stellen, nur weil die Geschworenen einen unhaltbaren Schuldspruch gefällt haben, ist sinnlos.»

«Ich muß es versuchen. Vielleicht haben wir so eine Chance. Niemand konnte mit diesem Urteil rechnen. Lange Zeit dachte ich, weil sie den Angeklagten die Sache nicht nachweisen können, wird man sie auf freien Fuß setzen müssen...»

«Daran hab ich nie geglaubt, eher schon, daß man sie ein paar Jahre einsperrt...»

«Aber mit dem Strick, Florine, mit dem Strick hat niemand gerechnet! Siebenmal die Todesstrafe. Und nur, weil sieben Polizisten auf dem Haymarket umgekommen sind. Ich kann es immer noch nicht glauben. Damit wird ein Exempel statuiert, damit jeder die Macht und die Institutionen anerkennt, den Hut zieht, auf den Knien rutscht. Sie sollen für die ganze Bewegung hingerichtet werden.»

«Aber noch ist das Verfahren nicht abgeschlossen. Noch nicht. Es gibt Möglichkeiten. Captain Black ist zuversichtlich.»

«Verteidiger müssen Zuversicht haben. Meinst du, der Gnadenweg würde Erfolg haben?»

«Nein, aber es gibt noch den Obersten Gerichtshof in Washington.»

«Florine, was ich dir jetzt sage, muß vorerst unter uns bleiben. Ich sage es dir, weil ich es einfach jemand sagen muß! Weil ich es sonst nicht mehr aushalte. Ich muß es mit dir besprechen: Ich habe die Bombe geworfen. Ich war es!»

«Karl, du lügst!»

«Im Mai 1886 wurde ich verhaftet, des Mordes angeklagt und zu fünfzehn Jahren Gefängnis verurteilt. Wofür, habe ich bis heute nicht herausfinden können. Dieser Staatsanwalt Grinnell sagte ein paar Tage nach meiner Verhaftung zu mir, einige prominente Deutsche hätten ihm erzählt, daß ich ein sehr gefährlicher Mann

wäre. Aus dem, was er sagte, konnte ich entnehmen, daß es sich bei diesen prominenten Deutschen um einige Bierbrauer in Chicago handelte. Um diesen Leuten einen Gefallen zu tun, wurde ich zu fünfzehn Jahren Gefängnis verurteilt. Denn ich hatte es gewagt, ihre Angestellten in einer Organisation zusammenzuschließen. Diese Brauereibesitzer können es nicht verwinden, daß sie ihren Arbeitern für einen zehnstündigen Arbeitstag fünfzehn Dollar mehr im Monat zahlen müssen.» (Oscar Neebe)

«Florine, ich werde es nur schwer beweisen können, aber ich hab die Bombe gebaut, dann bin ich auf den Haymarket gegangen, ich wußte ja, daß es diese Versammlung gab. Sie war ganz friedlich. Und kurz bevor sie sich auflöste, kam die Polizei angestürmt, hat auf die Leute eingeprügelt, und da hab ich die Orange geworfen. Es war nicht schwer, ungehindert zu verschwinden. Ich trug meinen Priesteranzug.»

«Warum erzählst du mir Geschichten? Ist die Wahrheit zu langweilig? Du weißt, daß ich dich sehr gern habe, und ich mag auch deine Lügereien, was du alles in Europa erlebt haben willst, aber daß du diese Bombe geworfen haben willst...»

«Ich lüge nicht, Florine. Ich kann dir sogar sagen, woraus ich die Bombe hergestellt habe. Es gibt noch andere Kugelhälften, die habe ich vergraben. Bisher hat niemand sie gefunden. Ich kann dich zu der Stelle führen, wenn du einen Beweis haben willst.»

«Bitte...»

«Verstehst du nicht, deswegen muß ich mit dir reden. Nur deswegen. Ich hoffte, daß die Männer ungeschoren davonkommen, weil man ihnen die Tat nicht nachweisen kann... aber diese Urteile...»

«Hör auf, ich will das nicht hören. Du bist kein Bombenwerfer.»

«Ich habe auch in Europa Bomben gebaut, Florine. Ich dachte, in der Neuen Welt werden sie nicht gebraucht, aber als sich die Ereignisse überstürzten ...»

«Ich war doch an jenem Morgen bei dir. Du warst allein ...»

«Ich hatte die Gesellen nach Hause geschickt, weil ich Ruhe brauchte, um die Teile zusammenzufügen.»

«Ich habe dir das Zirkular gebracht und gesagt, daß wir etwas tun müssen. Und du, was hast du daraufhin getan? Du hast gesagt, du verkaufst Heiligenbilder, hast mich ausgelacht, daß ich bei der Hochzeit von Beverly Unterschriften sammeln wollte.»

«Hätte ich dir sagen sollen, was ich vorhatte?»

«Warum hast du nichts ...»

«Weil ich keine Mitwisser gebrauchen kann. Jeder, der etwas von einer solchen Aktion weiß, kann mir gefährlich werden. Die Polizei hat Methoden, denen niemand standhält. Ich wollte dich nicht mit hineinziehen.»

«Aber warum um alles hast du die Bombe geworfen, Karl?»

«Aus der Geschichte des Landes ersehen wir, daß die ersten Kolonisten nur durch Gewalt ihre Freiheit erlangten, daß der Sklaverei nur durch Gewalt ein Ende gemacht wurde; und genauso wie der Mann, der gegen die Sklaverei in diesem Land agierte, müssen auch wir den Galgen besteigen. Wer heute für den Arbeiter spricht, der muß hängen. Und warum? Weil diese Republik nicht von Leuten regiert wird, die ihr Amt durch ehrliche Wahl erlangt haben. Wer sind denn die Regierenden in Washington, die die Interessen der Nation wahren sollen? Sind sie durch das Volk gewählt worden oder durch ihr Geld? Sie haben kein Recht, uns Gesetze

vorzuschreiben, denn das Volk hat sie nicht gewählt. Das ist der Grund, warum ich die Achtung vor den amerikanischen Gesetzen verloren habe.» (Georg Engel)

«Um ein Zeichen zu setzen. Wie damals in Paris, als wir die Vendôme-Säule sprengen wollten. Meine Bombe sollte ein Zeichen gegen den fortgesetzten Polizeiterror sein. Als man dich verhaftete, hast du doch selbst erleben müssen...»

«Du wirfst eine Bombe in die Menge, ganz gleich, wer dabei verletzt wird?»

«Ich habe die Bombe gut gezielt in die Reihe der Polizisten geworfen. Es hat die Richtigen getroffen. Die waren es, die in den Tagen davor bei jeder Demonstration ein Blutbad angerichtet haben.»

«Die Anarchisten selbst haben immer vor Dynamit gewarnt, weil es auch die eigenen Leute treffen kann, zu unsicher im Gebrauch. Die Lehr- und Wehrvereine haben ihre Mitglieder an Gewehren ausgebildet...»

«Ich habe genau gezielt und getroffen. Die Polizei brauchte diese Lektion.»

«Und dann haben die ihre Pistolen geleert und wer weiß wie viele Unschuldige erschossen! Das hast du auch in Kauf genommen, oder?»

«Ich mußte es in Kauf nehmen, nur so konnte diesen Schurken Paroli geboten werden. Das war die letzte Möglichkeit, Florine. Da hilft kein Gefasel vom friedlichen Umzug, so wie Fielden sagte: ‹Wir sind ganz friedlich.› Die Polizei ist nicht friedlich! Sie hatte in den Tagen vor dem 4. Mai eine Menge Leute erschossen. Ist das friedlich? Die Anarchisten haben sich nicht gewehrt. Einer mußte es tun.»

«Willst du deine Tat auch noch verteidigen?»

«In diesem Verfahren stand die Anarchie vor Gericht. Der Staatsanwalt gab es zu. Die Bewegung sollte zerstört werden, denn Anarchie wurde von Grinnell als etwas Entsetzliches, als Brandstiftung, als Plünderung und als Mord hingestellt. Aber, und darauf bestehe ich, Anarchie ist weit davon entfernt, ein Synonym für Gewalt zu sein. Gewalt ist eine Sache und Anarchie eine andere. Im gegenwärtigen Zustand unserer Gesellschaft wird Gewalt auf allen Seiten ausgeübt, und deswegen haben wir den Einsatz von Gewalt befürwortet, aber nur gegen die Gewalt, als letztes Mittel der Verteidigung. Ich habe nie das Buch von Johann Most gelesen, nur deshalb, weil ich keine Zeit zum Lesen fand. Aber wenn ich es getan hätte, was wäre geschehen? Ich bin ein Agnostiker, und trotzdem lese ich gerne die Bibel.» (Michael Schwab)

«Ich habe die Bombe nicht geworfen, weil ich außer Sinnen war, betrunken, oder in wilder Raserei. Ich habe sie hergestellt, um sie zu werfen. Um der Gewalt Einhalt zu gebieten. Florine, es gibt keine Rechtfertigung für so eine Tat. Sie braucht keine Verteidigung. Sie rechtfertigt sich aus sich selber. Ich werde dafür geradestehen müssen...»

«Aber bis jetzt hast du dich versteckt gehalten, du hast andere dafür büßen lassen.»

«Jetzt werde ich mich stellen.»

«Nein, Karl. Du mußt abwarten, was geschieht. Captain Black sagt, es gibt eine Reihe juristischer Möglichkeiten...»

«Jetzt keine falschen Hoffnungen mehr. Wir haben uns blenden lassen. Das war ein Wunschtraum. Nur weil viele Menschen auf etwas hoffen, geht es nicht in Erfüllung. Du wirst verstehen, daß gerade ich mit einem anderen Ausgang gerechnet habe, gerade ich. Und damit auch das ausgesprochen wird: Ich werde mich nicht stellen, weil ich bereue, diese

Bombe geworfen zu haben, sondern weil ich nicht will, daß Spies und Parsons hingerichtet werden. Ich will nicht, daß sieben Leute abgeschlachtet werden, die nichts damit zu tun hatten...»

«Karl, laß uns das gut überlegen. Du hast noch Zeit.»

«Haben die Angeklagten Zeit, das ist die Frage. Wenn die Maschinerie in Gang gesetzt ist, wird es kein Halten mehr geben.»

«Aber du warst doch an diesem Abend zu Hause. Ich weiß noch genau, daß ich nach Beverlys Hochzeit zu dir kam. Du warst zu Hause. Wir haben uns in deinem Laden geliebt. Du warst nicht auf dem Haymarket, du warst...»

«Ich war gerade erst zurückgekommen. Hab einen Umweg gemacht, wollte sicher sein, daß mich niemand verfolgt.»

«Karl, hast du wirklich die Bombe geworfen? Jetzt keine Lügen, bitte.»

«Ich erkenne Eure Gesetze nicht an, die in den vergangenen Jahrhunderten zusammengeschustert wurden. Ich erkläre frei und offen, daß ich gegen diese Ordnung bin, und daß ich sie, solange ich lebe, bekämpfen werde. Ich erkläre frei und offen, daß ich für Gewalt bin. Ich habe schon zu Captain Schaack gesagt: ‹Wenn man uns mit Kanonen bedroht, werden wir mit Dynamitbomben antworten.› Sie lächeln, meine Herren?! Sie denken wohl, der wirft bestimmt keine Bombe mehr! Aber ich versichere Ihnen, daß ich freudig am Galgen sterbe, weil ich davon überzeugt bin, daß Hunderte und Tausende, zu denen ich gesprochen habe, sich meiner Worte erinnern werden; und wenn Ihr uns gehängt habt – dessen bin ich gewiß – werden sie Bomben werfen. In dieser Hoffnung rufe ich Euch zu: Ich verachte Euch! Ich verachte Eure Ordnung, Eure Gesetze, Eure Gewaltherrschaft! Hängt mich dafür!» (Louis Lingg)

«Du willst mir nicht glauben? In diesem Fall kann ich dich nicht belügen. Vielleicht wäre es besser gewesen, ich hätte dir nichts gesagt, Florine!»

«Warum hast du mich nicht früher eingeweiht? Ich stehe mit den Frauen vor dem Gericht, Tage, Wochen, manchmal bis tief in den Abend...»

«Hättest du da gestanden, wenn du gewußt hättest, daß ich der Täter war?»

«Du meinst der Mörder, Karl?»

«Wenn du es so nennen willst. Ich brauche mich nicht verteidigen. Es war eine notwendige Tat.»

«Du hast Menschen umgebracht für deine... notwendige Tat.»

«Ich weiß. Aber was hätte ich denn tun sollen? Was wäre denn geschehen, wenn die Polizei an diesem Abend wiederum ein paar Leute erschossen hätte? Und in den Tagen darauf. Ist es denn Aufgabe der Anarchisten, sich abschlachten zu lassen? Warum sind denn bis heute die toten Demonstranten nicht erwähnt worden? Ich sag dir, warum. Weil wir nichts zählen. Weil es sich nicht einmal lohnt, die genaue Zahl zu wissen. Du hast doch gelesen, wie man uns bezeichnet: Abschaum, Auswurf. Wir sind gut genug als Zielscheibe.»

«Es hätte andere Möglichkeiten gegeben, Karl. Du siehst das nur...»

«Sag mir welche, Florine, welche?»

«Wenn Harrison seinen Polizisten Einhalt geboten hätte...»

«Hat er nicht!»

«Wenn in der Stadt ein Klima entstanden wäre, daß nun endlich Schluß sein muß mit diesen Polizeiübergriffen...»

«Das Klima in der Stadt ist: abschlachten, ausrotten, die ganze Brut.»

«Aber Gewalt ist doch keine Lösung!»

«Du willst mitten im Krieg die weiße Fahne hissen. Weißt du, wozu das führt? Daß die andere Seite nur noch ungehinderter zuschlägt. Wenn ich die Bombe nicht geworfen hätte, gäb es genauso viele Tote. Dann wären sie alle von der Polizei erschossen worden.»

«Das redest du dir ein, Karl, damit willst du deine Tat beschönigen!»

«Ich will mich nicht verteidigen.»

«Aber du tust es die ganze Zeit.»

«Nicht meine Absicht.»

«Und, hast du dein Ziel erreicht?»

«Ich möchte Ihre Aufmerksamkeit auf die Tatsache lenken, daß man gerade heute, an dem Tag, an dem wir zum Tode verurteilt werden, den Arbeitern auf den Viehhöfen mitgeteilt hat, daß sie ab Montag wieder zehn Stunden arbeiten müssen. Es ist eine logische Schlußfolgerung, daß die Unternehmer glauben, daß sie die gefährlichen Elemente nun aus dem Verkehr gezogen haben und wieder in Ruhe zum Zehnstundentag zurückkehren können.» (Samuel Fielden)

«Auf jeden Fall hat es keine blutigen Auseinandersetzungen mehr gegeben. Das ist auch eine Folge.»

«Ich kann es nicht fassen, daß du ... an jenem Abend haben wir miteinander geschlafen ...»

«Ich weiß.»

«Du warst so zärtlich, so ruhig, so ausgelassen.»

«Du hast von dem Auftritt bei der Hochzeit erzählt, wie du Milton auf die Palme gebracht hast. Da sind wir jetzt quitt. Ich hab ihm die Einweihungsfeier vergällt. Wenn er wüßte ...»

«Karl, bitte, du darfst dich nicht stellen, wir müssen abwarten.»

«Meinst du, ich sehe meinen Kopf gern in der Schlinge? Ich geb denen doch auch noch die Genugtuung, daß ich mich freiwillig stelle. Wenn ich an dieses Schwein Pikser denke, der mir dicht auf den Fersen war. Der wird jubilieren, wenn er hört, daß ich es gewesen bin. Der wird befördert werden. Der wird behaupten, er habe es immer gewußt. Ich muß das ertragen. Ich will nicht, daß die sieben Männer dafür umgebracht werden.»

«Ich will dich nicht verlieren.»

«Ich weiß, Florine.»

«Wart ab. Wir haben noch Zeit.»

«Ich muß es tun.»

«Aber jetzt noch nicht!»

«Die Arbeiter werden von frühester Kindheit auf ihr späteres Schicksal vorbereitet, genauso wie Tanzbären von ihren Meistern dressiert werden. In Schulen und Kirchen lernen sie, es sei Gottes Wille, daß es Reiche und Arme gäbe. Aber wenn diese blinden, ewig träumenden Sklaven nur einmal hinter die Kulissen blickten, würden sie entdecken, daß sie auf infame Weise betrogen werden. Sie würden herausfinden, daß diejenigen, die ihnen ‹Bete und arbeite!› in die Ohren schreien, sich zwar zum Beten herablassen, aber niemals arbeiten; und daß diejenigen, die nicht müde werden, die Arbeiter daran zu erinnern, daß sie ihr tägliches Brot im Schweiße ihres Angesichts verzehren sollten, diesen Anspruch nicht auf sich selber beziehen. Sicher, diese Heuchler geraten ab und zu ins Schwitzen, aber nicht weil sie arbeiten, sondern weil sie ausschweifende Orgien feiern.» (Adolph Fischer)

«Ich sehe keine andere Möglichkeit, Spies und die anderen zu retten. Sie müssen vor dem Galgen bewahrt werden.»

«Nimm mich in den Arm, halt mich fest. Versprich mir, daß du nicht morgen schon zur Polizei gehst.»

«Warum soll ich warten, Florine?»

«Weil wir noch eine Chance haben. Du bist bereit, dich für deine Tat hängen zu lassen. Gut, wenn du meinst, daß es nicht anders geht, aber der Zeitpunkt muß genau gewählt werden. Ich kann mit Captain Black sprechen...»

«Du sprichst mit niemand darüber. Ich muß dich darum bitten, das ist ganz und gar meine Sache. Sagst du das nicht immer? Ganz allein meine Sache. Ich habe auch niemand gefragt, ob ich die Bombe werfen darf. Der Zeitpunkt ist wichtig, da gebe ich dir recht. Aber du darfst niemanden einweihen.»

«Karl, sag, daß es nicht wahr ist!»

«Was?»

«Du spielst ein Spiel mit mir, nicht? Du spielst den Übeltäter, weil du so schockiert bist. Oder du willst den Märtyrer spielen, damit wieder Bewegung in das Verfahren kommt. Und an mir probierst du aus, ob ich es dir glaube. So ist es, nicht?»

«Ganz gleich, ob du es mir glaubst oder nicht. Was spielt das für eine Rolle? Das ist ohne Bedeutung. Ich weiß, was ich getan habe. Ich weiß, warum ich es getan habe. Ich werde hingehen und sagen, nehmt mich und laßt diese da laufen.»

«Sie werden dich in Stücke reißen.»

«Ja.»

«Sie werden dich foltern.»

«Ja.»

«Sie werden dich an den Galgen bringen.»

«Ja, Florine.»

«Man nennt mich einen Sprengstoffattentäter? Warum? Habe ich jemals Dynamit benutzt? Nein! Hatte ich jemals welches? Nein! Weiß ich etwas darüber? Nein! Weshalb nennt man mich trotzdem einen Sprengstoffattentäter? Ich will es Ihnen sagen. Das Schießpulver markierte im fünfzehnten Jahrhundert eine neue Ära in der Weltgeschichte. Es bedeutete das Ende für die Panzerhemden der Ritter, Freibeuter und Räuber dieser Periode. Schießpulver wurde ein demokratisches Werkzeug. Nun war weniger Macht in den Händen des Adels, weniger Macht in den Händen derjenigen, die das Volk ausplündern, erniedrigen und zerstören wollten. Genauso ist das Dynamit heute zum Befreier des Menschen von Vorherrschaft geworden. Dynamit bedeutet die Verbreitung von Gewalt. Es ist demokratisch und macht jedermann gleich. General Sheridan sagte: ‹Waffen sind nun wertlos!› Die Pinkertons, die Polizei und das Militär sind absolut ohnmächtig gegenüber dem Dynamit. Sie können dem Volk nichts mehr antun. Dynamit ist der Gleichmacher, die Nihilierung. Es ist die Verbreitung der Gewalt. Es ist der Sturz der Unterdrückung. Es ist die Abschaffung der Autorität. Es ist ein Friedensstifter und des Menschen bester und letzter Freund. Es befreit die Welt von der Herrschaft weniger über viele; denn letztlich ist jede Regierung Gewalt, genauso wie alle Gesetze im Endeffekt Gewalt sind. Alles basiert auf Stärke. Und die neuentdeckte Kraft macht alle Menschen gleich und frei. Nun, ich spreche unmißverständlich. Ich spreche als Anarchist.

Es ist die uralte Geschichte aus Äsops Fabel. Das Lamm steht am Fluß und am Oberlauf steht ein Wolf. Der Wolf sagt: ‹Mach mir das Wasser nicht trübe!› Das Lamm erwidert: ‹Wie kann ich es trüben, ich stehe doch unter dir?› Darauf der Wolf: ‹Fleisch ist Fleisch!› Und er geht am Fluß hinunter und frißt das Lamm. Genauso geht es zwischen Kapitalisten und Anarchisten. Sie tun die Dinge, deren sie uns anklagen und gegen die wir protestieren.

Nun, jede Institution, die auf Gewalt basiert, verurteilt letzten Endes nur sich selber.» (*Albert Parsons*)

Als der letzte der acht Angeklagten am Nachmittag des 9. Oktober 1886 seine Ausführungen beendete, sprach Richter Gary sein Urteil: «Ich weiß, daß das, was Sie an mich adressiert haben, zur Welt gesprochen war. Aber nichts wurde von Ihnen ausgeführt, das die Beweise oder die Schlußfolgerungen erschüttert, auf denen das Urteil basiert. Sie haben ein Verfahren bekommen von beispielloser Geduld, in dem das entsetzte Volk Ihnen jede Art des Schutzes und der gesetzlichen Privilegien angedeihen ließ, die Sie lächerlich machen und gänzlich ablehnen. Dieses Volk liebt seine Institutionen. Es liebt seine Heimstatt. Es liebt seinen Besitz. Es wird niemals zustimmen, daß durch Gewalt und Mord diese Dinge niedergerissen, die Heimstatt verwüstet und der Besitz zerstört werden. Als intelligente Männer wissen Sie, ein Urteil muß auch ausgeführt werden. Und dies bedeutet, daß der Angeklagte Neebe im Staatsgefängnis von Joliet bei harter körperlicher Arbeit für fünfzehn Jahre einsitzen muß. Und daß die anderen Angeklagten zwischen zehn Uhr morgens und zwei Uhr nachmittags am dritten Tag des Dezember, in der Art, wie dies unser Staat vorsieht, am Genick gehängt werden, bis der Tod eintritt. Führen Sie die Gefangenen ab!»

21. Kapitel

2. November 1887: «Die bewaffnete Anarchie ist tot in dieser Stadt!»

Captain Black reichte beim Illinois Supreme Court, der obersten Berufungsinstanz des Staates, Einspruch gegen das Urteil ein. Am 25. November 1886 erklärte dieses Gericht das Urteil bis zur Anhörung und Beratung des Revisionsantrages für unwirksam. Der Hinrichtungstermin wurde ausgesetzt. Fünf Gründe führten die Verteidiger an, um ein neues Verfahren zu erreichen: Die Geschworenen waren nicht unparteiisch; den Angeklagten konnte die Tat nicht nachgewiesen werden; es gab keine Verschwörung; die propagierte Anwendung von Gewalt haben die Angeklagten nur für den Fall der Abwehr von Polizeiübergriffen befürwortet; der Staatsanwalt hat bei seiner Beweisführung mit gekauften Zeugen ungesetzliche Mittel angewandt.

Die Angeklagten, die im Cook-Country-Gefängnis einsaßen, wurden von vielen Seiten unterstützt. Aus den Vereinigten Staaten, aber auch aus Europa kamen Solidaritätsbriefe. Wilhelm Liebknecht, der sich auf einer Vortragsreise durch die USA befand, besuchte sie ebenso wie Eleanor Marx-Aveling, die jüngste Tochter von Karl Marx. In London wurden Protestversammlungen abgehalten, auf denen William Morris und George Bernard Shaw sprachen. Shaw distanzierte sich von den Zielen der Chicagoer Angeklagten, machte aber deutlich, daß dies ein Angriff auf die Rede- und Meinungsfreiheit sei. Täglich bekamen die Anarchisten Besuch. Die Familien brachten Wurst, Schinken, Rauchfleisch, Heringe, Käse und Zigarren. August Spies schrieb unter dem Namen des Chefredakteurs Albert Currlin Kommentare in der *Arbeiter-Zeitung*, für die sein Nachfolger herbe Kritik einstecken mußte: Die Leser meinten, die heftigen Artikel würden das Leben der Verurteilten noch mehr gefährden. Die *Fackel* vom 5.12.1886 schrieb über Spies: «Von allen seinen Eigenschaften macht der Sarkasmus die besten Fortschritte.» Schon während des Prozesses hatte er besondere Trostspender.

Einige junge Frauen verliebten sich in ihn.

Während seiner Haft bestachen sie die Gefängniswärter, um ein Rendezvous mit Spies zu erlangen. Getrennt durch die Gitterstäbe. Die vierundzwanzigjährige Nina van Zandt, eine Graduierte des Vassar College und einzige Tochter eines Herstellers pharmazeutischer Produkte, besuchte Spies regelmäßig. Zur Jahreswende 1886/87 heiratete sie ihn. Christian Spies, der jüngere Bruder von August, legte bei der Ferntrauung das Ehegelöbnis ab. Einige Tage später wurde das Haus der van Zandts mit Steinen und Dreck beworfen. Eine Erbschaft von 400000 Dollar, die ihr eine in Pittsburgh lebende Tante vermachen wollte, wurde Nina vorenthalten.

Im März 1887 fand die Verhandlung vor dem Obersten Gerichtshof in Illinois statt. Drei Tage bemühten sich die Verteidiger, das Gericht von der Unhaltbarkeit des Urteils zu überzeugen. Sie führten das Fehlen eines tragfähigen Schuldbeweises an, verwiesen auf die sich widersprechenden Hauptbelastungszeugen Gilmer und Thompson, die beide Meineide geschworen hätten. Sie machten geltend, man könne die Beschuldigten doch unmöglich wegen ihrer Artikel und Reden hängen. Auch wenn Lingg Bomben gefertigt habe, sei es nicht erwiesen, daß er sie an jenem Abend auch warf.

Die Haymarket-Bombe bedeute darüber hinaus das Ende der politischen Hoffnungen der Angeklagten.

Captain Black sagte: «Hohes Gericht, Sie werden entscheiden müssen, ob gemäß der *Lex talionis*, dem barbarischen Gesetz der Vergeltung, verfahren werden soll, nach dem für jeden Getöteten der eigenen Seite ein Vertreter der Gegenpartei getötet werden müsse, daß demzufolge sieben Männer sterben sollen, weil sieben Polizisten gestorben sind.» Es dauerte ein halbes Jahr, bis der Illinois Supreme Court seine Entscheidung bekanntgab: Das Urteil des Schwurgerichtes wurde bestätigt, der neue Termin für die Hinrichtung auf den 11. November 1887 festgesetzt.

Ein New Yorker Geheimagent des preußischen Innenministeriums erstattete nach der Bestätigung des Urteils einen Bericht nach Berlin: «Es machen sich Massenbewegungen für die Verurteilten bemerkbar, die vom anarchistischen Lager aus fast alle Kreise der organisierten Arbeiter ergriffen und eine Bewegung eingeleitet haben, wie sie gewaltiger und phänomenaler selbst in diesem Lande, wo das Großartige zum Alltäglichen gehört, seit den Zeiten des Bürgerkrieges nicht dagewesen ist. Die öffentliche Meinung hat sich sehr zugunsten der Verurteilten geändert, und selbst die kapitalistische Presse sucht in vielen Fällen Stimmung zugunsten der Umwandlung der Todesstrafe in lebenslängliches Zuchthaus zu machen.»

In Kreisen der Industrie gab es große Genugtuung über die Urteilsbestätigung. Man sagte, dieses Urteil werde in der Geschichte einen ehrenvollen Platz haben. Die Hinrichtung, der die Männer in Chicago jetzt entgegensähen, so eine Zeitung in Kansas City, sei für alle Welt ein Signal, daß diese Nation Anarchie nicht dulde.

Zwei Wochen vor dem anberaumten Hinrichtungstermin konnten die Verteidiger, inzwischen verstärkt von landesweit bekannten Anwälten wie Pryor, Butler und Tucker, den Fall dem Supreme Court in Washington vortragen. Am 2. November 1887 erklärte sich das oberste Gericht der Vereinigten Staaten für nicht zuständig, da kein Bundesrecht betroffen sei. Der Staat Illinois habe die alleinige Zuständigkeit in diesem Fall.

Karl Schasler betrat die Hauptwache. Die Eingangshalle war mit klobigen Statuen bestückt, zumeist nackt und allegorisch, ein kämpfender Herkules, ein wütender Samson, dazwischen, ein wenig bekleidet, Justitia, deren Waage niemals im Gleichgewicht war.

«Führen Sie mich zu Captain Klein, wenn ich bitten darf», sagte Schasler in freundlichem Ton.

«In welcher Angelegenheit?» fragte der Polizist, der die hohe, geschnitzte Pforte bewachte.

«Ich habe eine Mitteilung zu machen.»

«Ach ja, ein Informant. Folgen Sie mir.»

Der Polizist, dessen Nackenhaar akkurat ausrasiert war, trug ein großkalibriges Schießeisen am Gürtel. Dem Revolver ähnlich, den Florine auf einem ihrer Bilder malte.

Sie hatte Schasler immer wieder davon abgehalten, zur Polizei zu gehen, hatte ihn angefleht, noch die nächste Instanz abzuwarten. Florine hatte gute Gründe. Karl hörte auf sie. Er war sogar bereit, sich nicht zu stellen, wenn die Anarchisten mit Gefängnisstrafen davonkamen.

In diesem Jahr verpachtete er seinen Laden. Er fand einen gläubigen Baptisten, der in seinem Auftrag die Heiligenbilder verkaufte. Das Geschäft florierte besser denn je. Der Pächter erhöhte die Preise und erzielte größeren Profit. Karl Schasler hielt sich versteckt. Seit jenem 2. August tauchte er weder in Banters Betrieben auf, noch ließ er sich allzu häufig in der Nähe der Villa Lakeview sehen. Manchmal glaubte er, der Ire sei ihm auf den Fersen. Einmal entdeckte er ihn tatsächlich, wie er in Florus Hall herumschnüffelte.

Wochenlang half er Frau Schulzen, den Bäckerladen einzurichten, den ihr Mann sich gewünscht hatte. Sie nannten ihn «Fritzens Backhaus». Wenn sie ihn fragte, woher er soviel Geld besitze, es handelte sich um die Summe von 180 Dollar, sprach er von einer Erbschaft, die ihn überraschend aus der Schweiz erreicht habe. Er habe nichts von diesem reichen Onkel in Bern gewußt.

Karl traf sich mit Florine stets an wechselnden Orten. Sie sprachen beide über eine gemeinsame Zukunft, ließen das Thema meist unerwähnt, das sie so sehr belastete.

Schasler mochte das Leben im Versteck. Ihm gefiel, daß er sich frei bewegen konnte, nicht angebunden war an einen Platz. Er lernte die Stadt, die wie ein Krebsgeschwür täglich wucherte, von einer ganz neuen Seite kennen, die armen und die reichen Viertel, auch die kleinen Gemeinden, die am Rand Chicagos ein eigenes, fast dörfliches Leben führten. Er vermied es, sich längere Zeit auf der deutschen Nordseite aufzuhalten. Zu leicht verfiel er in seine angestammte Sprache. Immer noch mußte er Angst haben, denunziert zu werden.

«Was kann ich für Sie tun, Mister?» fragte Captain Klein, dessen Büro im dritten Stock der Hauptwache lag.

Schasler wartete, bis der Polizist gegangen war.

«Ich habe Ihnen mitzuteilen», begann er ganz ruhig, «daß ich es war, der am 4. Mai des Vorjahres auf dem Haymarket die Bombe geworfen hat. Nehmen Sie mich fest.»

Klein schwang die Beine von seinem Schreibtisch und erhob sich zu voller Größe. Er richtete sein Koppel, zog die Uniform straff.

«Das ist ja was ganz Neues», sagte er.

Captain Klein zog seine Dienstmütze auf, als sei nun der Augenblick für die offizielle Begrüßung gekommen: «Nehmen Sie Platz, Mister. Wie heißen Sie?»

Schasler nannte seine beiden Namen. Er blieb stehen.

«Aus welchem Land kommen Sie?»

«Als Franz Weissenbach komme ich aus der Schweiz, dort war ich auch zuletzt vor zehn Jahren wohnhaft, als Karl Schasler komme ich aus Deutschland, geboren in der Nähe von Regensburg.»

«Und Sie wollen diese teuflische Bombe geworfen haben?»

«Ja», sagte Schasler mit fester Stimme.

Einige Male hatte er diesen Auftritt geprobt. Nichts anmerken lassen. Keine Regung zeigen. Nicht die Genugtuung, die sie verspüren werden, auch noch steigern. Kurze Antworten. Keine Auseinandersetzung.

«Und das können Sie sicher beweisen, Mister.» Captain Klein benutzte keinen der beiden Namen.

«Ich kann es beweisen, weil ich den Rest des Dynamits vergraben habe. Soweit ich erfahren habe, ist dieses Versteck nie gefunden worden.»

«Woher haben Sie es erfahren?» Captain Klein verzog das Gesicht, sein Schnurrbart wippte.

Schasler schwieg.

«Weitere Zeugen?»

«Nein.»

Schasler sah aus dem Fenster. Vor der Hauptwache gab es einen Tumult. Polizisten schwärmten aus, um eine Gruppe von schwarzgekleideten Frauen zu vertreiben. Sie entrissen ihnen die Schilder. Er konnte nicht lesen, was darauf stand.

«Sie kennen August Spies oder diesen verrückten Parsons, oder einen anderen von den Wirrköpfen?»

«Nein», antwortete Schasler.

«Sie müssen sie kennen.»

«Ich kenne sie nicht.»

Captain Klein machte zwei Schritte auf Schasler zu. Die beiden Männer waren fast gleich groß.

«Wer hat Sie geschickt, Mister?»

Schasler schüttelte den Kopf.

«Das war dieser Teufel Black, ganz bestimmt. Der kann es nicht verwinden, daß er die Sache verloren hat. Die Köpfe werden rollen und er muß zusehen. Sagen Sie, war es Black, Mister?»

«Nein.» Schasler sah dem Captain ins Gesicht, sah, wie dessen fester Schnurrbart zuckte, die Augen leicht gerötet.

«Wer war es dann?»

«Mich hat niemand geschickt. Ich komme, um mich zu stellen.»

Klein lachte. Schasler wurde unwohl.

«Sie wollen sich stellen, was, Mister? Ein bißchen spät, nicht? Nachdem Ihre Sache verloren ist, spazieren Sie so einfach in mein Büro und wollen sich stellen?»

Captain Klein verschränkte seine Arme vor der Brust.

Schasler sah, wie zwei Frauen in Gewahrsam genommen wurden. Die Polizisten schlugen brutal zu.

«Was glauben Sie denn, wo Sie hier sind, Mister? Wir halten doch hier keine Märchenstunden ab! Das ist das Zentrum von Chicago! Wir wachen über das kostbarste Gut, das wir alle haben, über die Sicherheit. Da kann keiner kommen wie Sie, Mister, von wo auch immer, und behaupten, er...»

Klein unterbrach sich, weil ein Polizist die Tür öffnete und fragte, ob der Captain nachher mal nach unten kommen könne, ein paar von diesen roten Huren würden wieder Scherereien machen. Klein nickte.

Schasler nutzte die Pause.

«Fragen Sie Detective Pikser! Der war auf meiner Spur! Der hat einige Male meinen Laden durchsucht. Der hat die Informationen gesammelt, aber er konnte es mir nicht nachweisen. Pikser, einer Ihrer Detectives, bestimmt.»

Captain Klein stand vor ihm, die Beine weit gespreizt. «Dann möchte ich nur noch eins wissen, bevor ich Sie hängen lasse», er lachte wieder, «warum stellen Sie sich?»

«Das ist meine Sache. Ich werde vor dem Gericht meine Gründe darlegen.»

Captain Klein ohrfeigte ihn.

Mit einem Mal.

Schasler rieb sich die linke Wange.

«Das sagst du jetzt sofort, du Stinker. Will auch noch ein Verfahren? Mit dir machen wir kurzen Prozeß.»

Schasler wiederholte, daß er die Bombe gebaut habe und sich stellen wolle.

Klein winkte ab. «Ich will nur wissen, was dein Motiv ist! Nur das Motiv, aber ein bißchen schnell jetzt. Du hast gehört, daß da unten ein paar Weiber auf mich warten, die gerne meine persönliche Bekanntschaft machen wollen. Ich kann sie nicht wegen dir warten lassen, das haben die nicht gerne.»

Schasler blies seine Wangen auf, die linke schmerzte heftig.

«Ich habe diese Bombe geworfen.»

Captain Klein brüllte los: «Dann sag ich dir was, du Stinker. Wenn uns jemand etwas vorflunkert, dann kriegen wir das sehr schnell raus. Wir lassen uns nämlich von niemand hinters Licht führen. Auch nicht von so einem verfluchten Einwanderer, wie du es bist. Ihr steckt doch alle unter einer Decke, ihr Ausländer. Du kommst hierher und sagst, du hättest dieses Bömbchen geworfen, aber du willst doch nur eines...»

Schasler wollte widersprechen, aber Captain Klein drehte ihm blitzschnell den Arm auf den Rücken, drückte seine Hand nach oben.

«Du willst, daß wir die Sache neu aufrollen, stimmt's?»

«Nein», protestierte Schasler, «ich bin es, den ihr sucht.»

«Also, du kannst wählen, entweder du verschwindest jetzt ganz schnell, oder ab ins Irrenhaus. Da gehören nämlich solche Spinner wie du hin. Ein paar Tage in eiskaltem Wasser, da vergehen dir die Flausen.»

Captain Klein schob ihn zur Tür. Er öffnete sie nicht. Drückte Schasler mit dem Gesicht gegen das Glas.

«Jetzt mal raus mit der Sprache, Mister. Wer hat diesen lächerlichen Plan ausgeheckt? Meint da jemand, er könne uns mit so einer faulen Sache beeindrucken? Den Namen, und zwar sofort!»

Schasler konnte kaum sprechen, weil sein Mund an die Scheibe gepreßt war.

«Mich hat niemand geschickt, ich komme aus freien Stükken...»

«Raus hier, raus, bevor ich mich vergesse.»

Mit der Linken öffnete Klein die Tür und trat Schasler in den Hintern. «Und sag Black, er soll sich so etwas nie mehr einfallen lassen, sonst holen wir ihn mal zu einer Sonderbehandlung. Es gibt da ein paar wirksame Mittel. Laß dich hier nie mehr blicken!»

Milton P. Banter stand auf der Terrasse seines Landhauses. Vor sich eine große Bauzeichnung. Auf dem Acker sollte sein neues Werk entstehen.

«Do iss der Mann, as mer soviel schwetze devun», hörte er vorbeigehende Passanten sagen. Die Männer zogen den Hut und verbeugten sich tief, die Frauen machten einen Knicks. Manche lächelten ihm zu.

«Kinner un Narre saage die Waahret», wiederholte seine Frau immer wieder. Sie hatte recht behalten, als sie ihren Mann aufforderte, in seine Heimat, nach Pennsylvaani, zurückzukehren. Im Dezember 1886 hatte Banter die Aussperrung in seinen Betrieben verlängert. Erst um weitere hundert Tage, dann ein letztes Mal um fünfzig Tage. Er war nicht untätig in dieser Zeit. Durch Agenten ließ er sich sämtliche Betriebe ausweisen, die in seiner Branche arbeiteten. Über Strohmänner, aber auch unter seinem Namen kaufte er die Konkurrenten auf. Es dauerte nur ein Dreivierteljahr, bis er, mit Ausnahme einiger regionaler Produktionsstätten, sämtliche Zuckerwarenhersteller unter Kontrolle hatte.

«Feuer vernichtet Banters Lebenswerk!» lautete die Schlagzeile in der *Chicago Tribune* vom 13. Juli 1887. Banter bewahrte ein Exemplar dieser Ausgabe auf.

Bürgermeister Harrison bot ihm einen städtischen Kredit an, um die Betriebe im Süden Chicagos wieder aufzubauen. Banter lehnte ab.

Die Versicherungsgesellschaft setzte alles daran, die Brandstiftung nachzuweisen. Aber in Banters Fabriken arbeitete zu dieser Zeit niemand mehr. Die Sicherungsmannschaft war klein und überschaubar. So blieb als Brandursache nur übrig, daß sich in der Sommerhitze die chemischen Flüssigkeiten selbst entzündeten.

Die Versicherungsgesellschaft zahlte 5,8 Millionen Dollar. Eine Summe, die selbst Chicagoer Mogule aufhorchen ließ.

Ganz in der Nähe seines Geburtshauses ließ Banter ein riesiges Stück Land aufkaufen, das auf den Namen seiner Frau eingetragen wurde. Dann kehrte er im Triumphzug, als gemachter Mann, nach Pennsylvania zurück. Er versprach dem Gouverneur, der schon am nächsten Tag seine Aufwartung machte, daß er wohl an die zehntausend Leute beschäftigen werde. Sie müßten allerdings fromm und arbeitsam sein. Der Gouverneur erinnerte Banter daran, daß in Pennsylvania jede Art gewerkschaftlicher Betätigung verboten sei, und wenn es kirchengläubige Menschen gebe, dann doch wohl gerade in diesem Staat.

«Hest du ebbes gehott met dissem Malerdeiwwel?» fragte Mrs. Banter, während ihr Mann die Bauzeichnung studierte. Es würde wohl ein Jahr dauern, bis alle vierzehn Gebäude fertiggestellt waren. Dafür sollte es die modernste Anlage der Welt werden.

«Du weescht, 'm Mann sei Druwwel hot all aag'fange mit 'me Weibsmensch. Wann sie eener im Aag hot, dann kummt er aa net vun're weg», erwiderte er.

«Also stimmt's, as wo die Leit sage?»

Banter hatte keine Lust, an Florine Starkweather erinnert zu werden. Dieses eine Mal in der Galerie war zwar außergewöhnlich gewesen, aber später hatte sie sich so abweisend verhalten, daß er die Niederlage lieber vergaß.

«'s stimmt», sagte Banter und rollte die Bauzeichnung zusammen. Seine Frau verließ die Terrasse.

Insgeheim verfolgte er den Plan, alle seine Chicagoer Betriebe zu schließen, und zwar an dem Tag, an dem die neuen Anlagen in Pennsylvania mit der Produktion beginnen konnten. Banter nannte diesen Tag «Aerschaffing», sprach aber zu niemand davon.

Mißmutig blätterte er die Zeitungen durch. Stets auf der Suche, ob sein Name irgendwo erwähnt wurde. Die Journaille hatte sich wieder anderen Themen zugewandt. Die Rückkehr des Schoko-Königs war bereits ausführlich abgehandelt worden.

Banter las die Meldung, daß vom obersten Gericht der Vereinigten Staaten die Berufung im Chicagoer Urteil abgelehnt worden war.

«Das ist ein Justizirrtum», sagte Banter, ohne Rührung. «Ein klares Fehlurteil.» Der Butler, der neben ihm stand, nickte, obwohl er kein Wort verstand. Er stammte aus Lancaster, dort war die englische Sprache noch kaum verbreitet. Banter wiederholte seinen Satz in Deutsch.

Am meisten gefiel dem Schoko-König, daß Pennsylvania sich in den Jahren seiner Abwesenheit so wenig verändert hatte. Die Raserei in Chicago, das hektische Treiben auf der Dearborn Street, die Kutschen und Trams, die um die Wette fuhren, die Börsenkurse, die in Berg- und Talfahrt Existenzen begründeten und zerstörten. Hier war die Zeit stehengeblieben. Vom Achtstundentag hatte noch niemand etwas gehört.

Es lag ein beißender Geruch in der Luft.

Er wies seinen Butler an, der Sache nachzugehen.

Seine Chicagoer Freunde würden dieses Urteil begrüßen.

Sie waren im Unfrieden auseinandergegangen.

Das Gesicht von Harrison, die Grimasse von McCormick und die böse Miene von Pullman, als er ihnen mitteilte, daß er sein Glück an einer anderen Stelle machen werde. Als sei er ein Verräter. Als verlasse er das gemeinsame Schiff. Als breche er Abmachungen. Addams hatte ihm alles Gute gewünscht, aber in einem derart galligen Ton, daß Banter hoffte, der Fluch wirke nicht allzu stark.

Der Butler kam zurück.

Er konnte vor Aufregung kaum sprechen.

Die beiden Männer rannten ins Haus, durch den großen Salon, in dem einige der Banter-Porträts hingen, die Diele entlang in die geräumige Vorhalle.

Seine Frau starrte auf das brennende Bild, das auf dem Steinboden lag.

«Was hast du gemacht?»

Er bückte sich. Sah die Reste des Porträts, das Florine von ihm gemalt hatte.

«Weibsleit sin ewwe voll Nooschens.»

Banter nahm seine Frau in den Arm.

«Hest se zu verdeiwwelt?»

Er sah Tränen in ihren Augen.

«Isch bin do widder deheem. Isch bin do widder deheem!»

Der Butler entfernte sich.

Sie blieben in der Vorhalle stehen, bis das Porträt gänzlich verbrannt war.

«Unne Druwwel hot mer nichs», sagte Banter und wischte mit seinem seidenen Taschentuch die Tränen von ihrem Gesicht.

Später wies er den Butler an, die Asche im Vorgarten zu verstreuen.

Bei den Mahlzeiten im Hause Starkweather gab es kein anderes Thema mehr als den Prozeß, sosehr die Mutter auch darauf bestand, die gesellschaftlichen Verpflichtungen nicht allzusehr zu vernachlässigen. Florine berichtete von den Winkelzügen der Advokaten und wie mit Bestechungsgeld höchste Richter gefügig gemacht werden sollten.

Sie arbeitete in der Kampagne für die Begnadigung der Angeklagten mit und sammelte Unterschriften. Niemand in ihrer Bekanntschaft ließ sie aus. Sie mußte höhnisches Gerede und beißenden Spott ertragen. Sie machte sich Feinde, wenn sie allzu eindringlich versuchte, Leute umzustimmen, aber auch Freunde, die ihren Einsatz bewunderten. Und immer wieder kam die Frage, wann sie anfange, neue Bilder zu malen. Sie hatte alle Porträts der Frauen dem Hilfsfond zur Verfügung gestellt. Die Summe war nicht groß, aber der Erlös reichte, um den Inhaftierten täglich etwas zukommen zu lassen.

Die wenigen noch vorhandenen Stilleben bewahrte sie im Raum hinter ihrem Atelier auf.

Manchmal, meist nachts, wenn sie von den Sitzungen kam, holte sie eins hervor und betrachtete es lange.

Dann stieg ein heftiges Verlangen in ihr auf. Wieder die Ruhe zu erfahren, die Kraft des Malens, die Konzentration des Pinselstrichs, die Vision eines in ihrem Kopf schon fertigen Gemäldes und seine Ausführung. Besonders «Flaming Sweet», das Bild, das nun Etty gehörte und das sie beinahe vernichtet hätte, rührte sie. Die Initialen M. P. B. würde sie übermalen, sie hatten keine Bedeutung mehr. Sie genoß die Lust dieser Kakaotassen zu tanzen, das Flammenzüngeln. Erschöpft schlief sie auf dem Boden des Ateliers ein.

Einmal hatte Florine Starkweather den Bürgermeister getroffen. Er saß bei Berkoffs, zusammen mit einigen Honoratioren der Stadt.

«Sie werden mich nicht kennen», sagte Florine spöttisch.

«Und ob ich Sie kenne», donnerte Harrison, «Sie schulden mir ein Bild. Haben Sie schon begonnen?»

«Ich schlage Ihnen einen Deal vor: Sie setzen sich für die Begnadigung der Deutschen ein, und ich werde Ihre Hofmalerin. Wie schmeckt Ihnen das?»

Die Honoratioren wurden unruhig. Sie standen an einem blankpolierten Holztisch, vor sich die Bierseidel und dunkles Brot, Käse und saure Gurken, die Zylinder ragten wie Schornsteine in die Luft.

«Das ist Sache der Gerichte, Miss Starkweather! Das wissen Sie ganz genau.»

«Gerichte», höhnte Florine, «das sollen Gerichte sein. Das Urteil wurde im Board of Trade gesprochen, nicht im Cook County.»

«Bekomme ich nun ein Bild?» Der Bürgermeister wandte sich wieder den vier Männern zu.

An ihren Gesichtern konnte die Malerin ablesen, was sie von ihr hielten.

«Ich wüßte nicht, wofür ich Ihnen danken sollte», erwiderte sie.

«Für Ihre Freiheit», Harrison verlor die Geduld. «Ohne mich säßen Sie schließlich noch heute in der Zelle.»

Florine Starkweather verließ die Schankstube von Berkoffs. Zwar hatte Harrison im Prozeß wohlwollend für die Anarchisten ausgesagt, aber er hatte kein Herz für sie. Kein Rückgrat. Er ließ sich die Politik der Stadt von einigen Wortführern der Industrie diktieren. Statt Mut zu zeigen und zu dem zu stehen, was er mit eigenen Augen gesehen hatte, tat er nun so, als sei er nicht zuständig und schon gar nicht verantwortlich.

Es war in der Nacht vom 1. auf den 2. November, als Florine Starkweather sich in ihrem Atelier einschloß.

Sie hatte eine Leinwand auf den Keilrahmen gespannt und sie auf der Staffelei plaziert.

Dreißig mal vierzig Zentimeter. Sie wollte mit einem kleinen Format beginnen.

Wie viele Monate war es her, daß sie gemalt hatte? Sie wollte nicht darüber nachdenken. Es machte sie schwindlig.

Das Bild, das ihr vorschwebte, wollte sie «Face to Face» nennen. Das Gesicht einer Frau, zusammengesetzt aus Szenen ihres Alltags. Der Schmutz, die Kloaken, die Kinder am Tisch, der betrunkene Mann als Nase, ein Ohr aus blutigen Abfällen, zwei Dollarnoten als Augen.

Sie tunkte den schmalen Pinsel vorsichtig in die Farbe, um die Umrisse des Kopfes nachzuziehen, die sie mit Bleistift schon aufgetragen hatte.

Ihre Hand zitterte ein wenig.

Die Vorfreude. Die Spannung. Sie spürte, wie die Lust an der Ausführung größer wurde.

Der Schwung am Kinn gelang ihr vorzüglich. Mit einem Strich war die untere Partie festgehalten.

Schwieriger war der Haaransatz, den sie zunächst vermied.

Sie rutschte aus. Schwarze Farbe lief über die weiße Leinwand. Schnell tupfte Florine sie mit einem Leinenbausch weg. Die Spuren waren so grau, daß sie sich entschloß, eine zweite Leinwand zu beginnen.

Jemand klopfte an die Tür.

«Was gibt's?»

«Ich wollte nur sagen, daß ich wieder im Haus bin, falls du mich brauchst.»

«Danke, Etty», erwiderte Florine, «ich male heut nacht.»

«Ich bleibe wach, bis du fertig bist, Flori.»

Seit Wochen sorgte sich Etty um sie. Auch wenn sie nicht zu den Sitzungen des Komitees mitkam oder es ablehnte, selbst um Unterschriften für die Gnadengesuche zu bitten, kaum betrat Florine das Haus, fragte Etty, ob sie etwas tun könne. Einmal sagte sie: «Dein Gesicht ist so dunkel, als hättest du fürchterliche Alpträume.»

Die Malerin fing wieder an zu skizzieren.

Diesmal war ihre Hand ruhig.

Das Porträt ähnelte Lucy Parsons, der Mulattin, die sie nicht vergessen konnte. Was hatte diese Frau durchgemacht, seit sie ihren Mann kennenlernte? Wenn sie ihn nun verlor...

Florine ließ den Bleistift sinken.

Und wenn sie Karl verlor? Sie konnte nur diesen Gedanken denken.

Wenn sie Karl verlor? Wenn er sich wirklich der Polizei stellte? Sie würde es nicht aushalten.

Statt weiter an ihrer Skizze zu arbeiten, begann sie, einen Brief zu schreiben.

«Ihr Lieben, ich werde davongehen, ohne Euch noch einmal zu grüßen. Ich würde den Abschied nicht ertragen und Ihr sicher auch nicht. Das Leben ist kein Freund mehr für mich. Mir fehlt die Kraft, weiterhin dort eine Zukunft zu sehen, wo sich nur eine Hölle auftut. Verzeiht mir.»

Lange starrte sie den Brief an.

Als die Tinte trocken war, faltete sie das Papier und steckte es in ihren Malerkittel.

Die Skizze in Blei war schnell fertig.

Sie stellte die Leinwand auf die Staffelei und begann erneut, mit schwarzer Farbe die Konturen nachzufahren. Auch diesmal gelang ihr das Kinn beim ersten Strich.

Sie wollte es langsam angehen. Lieber in dieser Nacht nur wenige der Szenen ausführen, dafür die Stabilität der ganzen Konstruktion erreichen. Es konnte Tage dauern, bis dieses verschränkte Ineinanderfügen von Szenen gelang.

Als der Kopf von Lucy Parsons zu erkennen war, entschloß sich die Malerin, ihn auf einen schwarzen Grund zu setzen. Die Randpartien des Gesichts blieben frei, so daß eine leichte weiße Linie den Kopf vor dem schwarzen Hintergrund freistellte.

Mit einem Mal erschrak die Malerin.

Das Porträt war so düster, so abweisend. Der schwarze Hintergrund verdarb alles.

Wütend stieß sie das noch feuchte Bild von der Staffelei.

Es dauerte eine ganze Weile, bis Florine eine neue Leinwand fand, die zwar um einiges größer war, aber schon so vorbereitet, daß sie sofort anfangen konnte zu malen.

Sie unterließ es, eine Skizze zu machen und nahm den Pinsel, diesmal voller Farbe, und malte die Umrisse des Gesichtes.

Das Schwarz lief über die Leinwand, Farbbahnen bildeten sich.

Florine nahm einen Spachtel und verteilte die Farbe. Der Hintergrund wurde streifig. Mit ein paar roten Tupfern arbeitet sie das Gesicht heraus. Ein zu starker Kontrast.

Auch diese Leinwand war verdorben.

Florine setzte sich auf den Boden des Ateliers und holte Zeichenblätter hervor.

Wieder ganz von vorne anfangen.

Einfache Linien, einfache Striche.

Mit Kohle.

Ruhig bleiben. Nichts überstürzen. Sie zwang sich dazu, keine schnellen Bewegungen auszuführen. Wischte mit dem Handrücken über Stellen, die ihr nicht gefielen.

Immer wieder fing sie ein Blatt an. Schob es zur Seite.

Sie spürte, wie eine Unruhe in ihr aufstieg, die sie seit Jahren nicht mehr kannte. Wie damals, als Onkel Charles ihr abriet, weiter Bilder zu malen. Oder als ihr Vater sagte, nur über seine Leiche werde sie Malerin. Er war tot. Tot. Tot.

Sie blickte auf die Zeichnung vor ihr und sah sein Gesicht. Obwohl sie Lucy Parsons malte.

Florine sprang auf. Nahm die Blätter und zerriß sie in kleine Fetzen. Auf der Staffelei noch immer das verdorbene Bild mit den roten Punkten, die nun leuchteten, als seien es Augen, die sie beobachteten.

Florine Starkweather nahm den Brief aus der Tasche.

22. Kapitel

11. November 1887: «Lassen Sie mich reden, Sheriff Matson!»

In fast allen europäischen Hauptstädten gab es Protestdemonstrationen gegen die Hinrichtung der sieben Anarchisten von Chicago. Die Abgeordnetenkammer in Frankreich richtete einen telegraphischen Appell an den Gouverneur Oglesby, ebenso die vier sozialdemokratischen Abgeordneten Bebel, Liebknecht, Grillenberger und Singer. Nur in Deutschland kam es nicht zu Kundgebungen, weil diese nach dem seit 1878 geltenden Sozialistengesetz verboten waren. «Wider einen Justizmord», titelte der in Zürich redigierte *«Sozialdemokrat»*.

Den Angeklagten blieb nur noch eine Möglichkeit, dem Galgen zu entkommen: das Gnadengesuch. Lingg, Engel, Fischer und Parsons lehnten es ab, obwohl sie von der nun sich rasch bildenden Amnestiebewegung dazu aufgefordert wurden. Fielden, Schwab und Spies schrieben Gesuche an den Gouverneur, verbunden mit dem Bedauern über die Vorfälle auf dem Haymarket. «Wenn ich mein Beileid wegen der toten Polizisten bezeugen soll und nicht gleichzeitig das wegen der vor McCormicks Fabrik oder in East St. Louis getöteten armen Burschen, so wäre das für mich ein fürchterlicher Akt der Heuchelei, dessen ich mich unter gar keinen Umständen schuldig machen möchte», schrieb August Spies.

Drei Tage später widerrief er sein Gnadengesuch.

Allein in Chicago setzten 60 000 Bürger ihren Namen unter eine Petition an Gouverneur Oglesby, damit die Todesstrafen in lebenslänglich umgewandelt würden. Selbst der Chefredakteur der *Daily News*, der zu den schärfsten Gegnern der Anarchisten gehörte, wollte das Leben der sieben Männer retten. Fast alle Anwälte und Richter der Stadt plädierten für die Aufhebung der Todesstrafe. Nur eine Unterschrift aus diesem Kreis der Juristen fehlte, diejenige von John Altgeld, der später Gouverneur des Staates Illinois werden sollte. In Springfield, dem Sitz der Regierung, stapelte sich die Post mit Gnadenappellen. An einem Tag kamen bis zu fünfhundert Schreiben an.

Der Waggonfabrikant George Pullman, der Erntemaschinenhersteller Cyrus McCormick, der Schlachthofboss Philip Armour und der Warenhausbesitzer Marshall Field gehörten zum Kreis derjenigen, die Oglesby darin bestärkten, den Gnadengesuchen nicht stattzugeben. Eine Woche vor der Hinrichtung ließ der Gouverneur durchblicken, daß er gewillt sei, die Urteile abzumildern. Nicht zuletzt, weil ihm Lyman Gage, der Chef der First National Bank, geraten hatte, aus den Anarchisten keine Märtyrer werden zu lassen. Daraufhin versammelten sich fünfzig Geschäftsleute Chicagos und setzten den Bankchef unter Druck. Marshall Fields Reichtum besiegte die Argumente von Lyman Gage, dem Banker.

Am 6. November, als August Spies dem Gouverneur den Vorschlag machte, seinen Kopf stellvertretend für alle sieben hinzuhalten, wurden in Louis Linggs Zelle vier Bomben entdeckt.

Zwanzig Zentimeter lang, zweieinhalb Zentimeter im Durchmesser, mit zweieinhalb Zentimeter langen Dochten.

Lingg bestritt, etwas von diesen Bomben gewußt zu haben. Der Gefängnissheriff Matson bestätigte gegenüber der Presse, daß die Bomben zufällig gefunden worden seien, konnte aber nicht erklären, wie sie in die Zelle gelangten. Sofort gab es neue Gerüchte in Chicago: Das Gefängnis solle gesprengt werden, gewaltsamer Aufstand, die alte Hysterie. «Von diesem Zeitpunkt an», schrieb William Holmes, der Mann, der Albert Parsons für einige Wochen versteckt hielt und der jetzt einer der Sprecher der Amnestiebewegung war, «war es praktisch nicht mehr möglich, weitere Unterschriften für die Petitionen zu bekommen.»

Wie die Bomben in Linggs Zelle kamen, wurde nie geklärt. Parsons gab eine Erklärung ab, dies sei ein Komplott, um die öffentliche Meinung zu beeinflussen.

Ohne Mitwissen derjenigen, die die Anarchisten rund um die Uhr bewachten, konnte derartiges nicht geschehen. «Diese Bomben sollen sieben Zoll lang gewesen sein und einen Zoll dick. In dem Eisengitter ist keine Öffnung groß genug, um solche Gegenstände einzulassen. Oder haben die freundlichen Wärter im Inspektionszimmer selbst Bomben in Linggs Zelle gebracht?»

Eine Delegation, angeführt von Captain Black und August Spies' Mutter, machte sich nach Springfield auf, um mit dem Gouverneur zu sprechen. Es waren über dreihundert Leute, von denen viele aus anderen Bundesstaaten kamen. Oglesby gewährte ihnen eine Audienz, von der Henry Spies berichtete, der Gouverneur habe ihnen Mut gemacht, er werde ihren Kummer und Schmerz nicht vergessen.

Am 10. November 1887 erschütterte eine Explosion das Cook-Country-Gefängnis.

Wie es aussah, aber ebenfalls nie geklärt wurde, beging Louis Lingg Selbstmord.

Es hieß, er habe sich ein Zündhütchen in den Mund gesteckt und zur Explosion gebracht. Die untere Hälfte seines

Gesichts war weggerissen. Fleischfetzen, Knochenstücke und Blut bedeckten den Zellenboden. Die Wärter trugen ihn ins Gefängnisbüro.

Er wurde auf einen Tisch gelegt. Lingg atmete nur noch schwach und erbrach von Zeit zu Zeit Blut. Während er auf seinen Tod wartete, debattierten der Arzt und die Wärter darüber, ob er am nächsten Tag aufgehängt werden könne. Sheriff Matson erklärte: «Ihr könnt überzeugt sein, daß der Mann hängen wird, wenn er morgen noch lebt.» Auf einen Zettel schrieb Lingg seine letzten Worte: «Bitte anlehnen am Rükken. Wenn ich liege, kann ich nicht atmen.»

Gegen vierzehn Uhr dreißig wurde sein Puls langsamer. Er verlor die Besinnung. Einige Augenblicke vor dem Tod öffnete Lingg die Augen und sah sich um. Dann sank der Kopf herab.

Drei Stunden später verkündete Gouverneur Oglesby in Springfield seine endgültige Entscheidung: Fielden und Schwab werden zu lebenslänglich begnadigt – Spies, Parsons, Engel und Fischer sollen gehängt werden.

«Um 11 ½ Uhr erscheint Sheriff Matson im Korridor. Die Gefangenen erheben sich, denn sie wissen, was nun folgen wird. Rasch reichen sie einander die Hände, und es erfolgt eine letzte Umarmung. Der Beamte verliest den Hinrichtungsbefehl einzeln, dann werden die Gefangenen nacheinander gefesselt und ihnen wird eine weiße Kappe aufgesetzt, sowie die Schlinge darumgelegt. Nachdem diese Vorbereitungen vorüber sind, tritt der Zug mit Sheriff Matson an der Spitze den Weg durch den Korridor an. An den Tischen neben der Tür sitzen die Journalisten und privilegierten Neugierigen; Spies wirft einen Blick auf sie, dann richten sich seine Augen für eine Weile auf den Galgen. Alle vier Männer ge-

hen festen Schrittes und ohne Stütze; ruhig stellen sie sich auf, wie die Beamten dies anordnen. Engel und Fischer wechseln ein paar Worte, dann tritt der Schließer Folz auf Spies zu, befestigt mit raschem Griff die Schlinge und zieht ihm die Kappe über das Gesicht. Das gleiche geschieht mit den anderen, ohne daß einer von ihnen irgendwelche Bewegung verrät.

Es ist still geworden im weiten Raum, plötzlich erklingt die Stimme von Spies, trotz der Verhüllung klar und deutlich: ‹Der Tag wird kommen, an dem unser Schweigen mächtiger sein wird als die Stimmen, die ihr heute erdrosselt!› Wieder ist es still, dann ruft Engel: ‹Hoch die Anarchie!› Fischer folgt mit dem Ausruf: ‹Dies ist der glücklichste Augenblick in meinem Leben!› Dann Parsons: ‹Erlaubt man mir zu sprechen, ihr Männer Amerikas? Lassen Sie mich sprechen, Sheriff Matson. Lassen Sie die Stimme des Volkes sprechen ...› In diesem Augenblick, mitten in Parsons' Worte, fällt die Klappe des Schafotts, und die vier Körper hängen in der Luft. Für einen schnellen und leichten Tod, der sonst jedem Verbrecher gewährt wird, hatte man diesmal nicht gesorgt; die vier Männer starben durch Erdrosselung, nach schwerem Todeskampf. Keinem war das Genick gebrochen und das Zucken der Gliedmaßen schauerlich anzusehen. Um 11.58 Uhr fiel die Klappe, und erst sieben Minuten später erklärten die Ärzte das Leben für erloschen.»

Florine Starkweather stellte den großen Koffer auf den Bahnsteig. Der Zug, der sie nach Maryland bringen sollte, war noch nicht eingelaufen. Sie trug einen grauen Mantel, der fast bis zum Boden reichte, einen schwarzen Hut mit Schleier. In zwei Rollen, die fest zusammengeschnürt waren, führte sie die Bilder mit sich, von denen sie sich nicht trennen konnte. «Flaming Sweet» war nicht darunter.

Im Atelier hatte es eine Auseinandersetzung mit Etty gege-

ben, die Florine noch immer beschäftigte. Ihre Schwester überraschte sie dabei, wie sie die Sachen zusammenpackte.

Nein, sie könne nicht in einer Stadt leben, in der solches Unrecht geschehe.

«Aber Unrecht gibt es überall.»

Sie habe zu lange gekämpft, sie sei müde.

«Es wird auch wieder Siege geben. Gerade jetzt ist die Bewegung für die Begnadigung der Anarchisten so stark gewesen. Du gibst im falschen Moment auf, Flori!»

Sie wisse, wann es keinen Zweck mehr habe zu kämpfen.

«Du denkst nur an dich und deine Gefühle. Wie wird Ma es verkraften?»

Florine antwortete: «Sag ihr, ich sei tot.»

Die Schwester hatte sie entsetzt angeschaut. Bleich wie nie zuvor. Florine fuhr fort, die Leinwände von den Rahmen zu nehmen. Sorgfältig legte sie die Bilder übereinander, bevor sie sie zusammenrollte.

In der Chicago & Northwestern Station war viel Betrieb.

Am liebsten hätte die Malerin sich auf ihren Koffer gestellt und gerufen: «In dieser Stunde werden vier Männer unschuldig aufgehängt.» Aber es fehlte ihr die Kraft.

«Maryland! Warum willst du unbedingt nach Maryland? Hast du Sehnsucht nach der Sklaverei?»

Sie wisse schon, warum sie dorthin zurückkehre. Sie brauche den alten Ausgangspunkt, die Wurzeln. Vielleicht könne sie sich von dort aus in eine andere Richtung bewegen.

«Du kannst dort nicht leben, Flori. Das ist Provinz. Du bist zu lange in der Metropole gewesen.»

Dieses Chicago sei die Metropole der Gewalt, des Hasses. Hier fließe soviel Menschenblut durch die Straßen, daß sie keinen Schritt mehr vor die Tür setzen könne.

«Glaubst du, Maryland ist friedlicher? Du kommst zurück, sobald du nur einmal mit ansehen mußt, wie ein Neger ausgepeitscht wird.»

Auch in Chicago würden Menschen ausgepeitscht. Florine erinnerte ihre Schwester an den Vater. Die Stadt sei sehr viel rücksichtsloser, brutaler, kein Platz für Kunst.

Die Dampflok fauchte, als sie in die Bahnhofshalle einfuhr. Nebelte die Passagiere ein. Florine Starkweather griff nach ihrem Koffer und den beiden verschnürten Rollen.

«Bruder Franz, Sie können sich auf mich verlassen. Ich werde dieses heilige Geschäft immer in Ihrem Sinne führen.»

Schasler sah auf die Dollarscheine, die in langer Reihe auf der Theke lagen. Die Pacht für sechs Monate, die der Baptist im voraus zahlte. «Daran zweifle ich nicht. Ich sehe ja, daß Sie meine Lieblinge immer noch im Angebot führen.»

Er zeigte zu Hildegard von Bingen hinauf, zu Santa Barbara und dem Heiligen von Assisi. Wie gerne hätte er sich mit ihnen noch ein letztes Mal unterhalten. Würde der Baptist dafür Verständnis aufbringen?

«Wohin soll die Reise denn gehen?» fragte der hochgewachsene, schlanke Mann, der die aufgereihten Dollarnoten übereinander legte.

«Kalifornien», sagte Schasler knapp, «ich will es meinem Vorbesitzer nachtun. Weiß gar nicht, ob er noch lebt. Mr. Goldworths war so ein netter Mensch, ihm wäre zu wünschen, daß er hundert Jahre alt wird.»

«Ja, Kalifornien», schwärmte der Baptist, «da will ich auch eines Tages mal hinreisen. Was man sich alles von dort erzählt...»

«Wenn das Geschäft, dank Ihrem großartigen Einsatz, weiterhin so gut läuft», Schasler steckte die Dollars ein, «dann werden Sie es uns bestimmt eines Tages nachtun. Ist ja dann schon eine Art Tradition.» Er lächelte verschmitzt.

Sie verabschiedeten sich.

Schasler stieg über die Wendeltreppe in den zweiten Stock, um ein paar Kleidungsstücke einzupacken. Er stand lange vor dem Kleiderschrank, überlegte, ob er den Priesterrock, der ihm schon so viele Dienste erwiesen hatte, mitnehmen sollte.

Die Hinrichtung.

Wie ein Überfall.

Es waren nur noch wenige Stunden, bis man den vier Brüdern den Strick um den Hals legte.

Bluthunde. Bestien.

Ich hätte die Soutane anlegen und mich als Priester zur Schädelstätte begeben sollen, dachte er. Dann im rechten Moment den Revolver zücken und die vier Brüder befreien.

Nun war es zu spät.

Wahrscheinlich waren sie schon auf dem Weg zum Galgen.

Er rollte den Priesterrock zusammen und legte ihn zu den Anzügen, die er nicht mehr brauchte.

Schasler hatte Florine von seinem Versuch, sich zu stellen, berichtet. Wie er mit einem Fußtritt abserviert wurde. «Die wollen keinen Täter, die wollen ein Exempel», sagte er zu ihr. Florine war erleichtert, daß sie Karl unversehrt antraf.

Er machte ein kleines Feuer im Waschbecken und verbrannte die Papiere von Weissenbach. Keine Spuren. Das Dynamit hätte er gerne aus dem Versteck geholt und mitgenommen.

Wie nutzlos all dieser Plunder war, der sich im Laufe der Jahre in der Wohnung angesammelt hatte. Kein Gegenstand, der es wert gewesen wäre, eingepackt zu werden.

Der schmale Koffer war nur halb gefüllt.

Aus dem Küchenschrank holte Schasler die Schrift von Johann Most. Die sollte ihn begleiten. Wie damals das Buch von Stirner, das in den Papierkorb der Berliner Wachstube geflogen war. Der rechte Ort für so einen Weichling.

Johann Most war aus anderem Stoff. Der lehrte die Tyrannen das Fürchten. Und auch die Heuchler, die sich republikanisch gaben und dabei nichts anderes im Sinn hatten, als sich die Taschen zu füllen.

Schasler ließ das schmale Buch in seiner Jackentasche verschwinden. Vielleicht konnte er Florine unterwegs daraus vorlesen. Auch den Jesus Sirach packte er ein.

Die Trockenblume lag auf dem Fensterbrett.

Verstaubt.

Er säuberte sie ein wenig, wickelte sie in Zeitungspapier und legte sie behutsam in den Koffer.

Den langläufigen 44er-Revolver steckte Schasler in die Badetasche, wo er seine Zahnbürste und die Kämme aufbewahrte. So hatte er die Waffe stets transportiert.

Er sah sich in der Wohnung um. Sie kam ihm fremd vor. Wie hatte er nur so viele Jahre hier leben können? Seit er untergetaucht war, mal da, mal dort eine Zuflucht findend, war er selten in diesen Räumen gewesen, die ihm jetzt spießig vorkamen.

Schasler mußte sich beeilen, wenn er rechtzeitig zum Bahnhof gelangen wollte. Der Zug ging in siebzig Minuten. Er würde eine Droschke brauchen. Ohne den Laden nochmals zu betreten, nahm er den Hinterausgang.

Drehte sich nicht mehr um.

Florine reservierte den gegenüberliegenden Platz mit ihren beiden Rollen. Den Koffer wuchtete sie ins Gepäcknetz. Dann ließ sie sich ermattet auf den Sitz fallen.

Sie hatte die Mutter belogen.

Ein paar Monate wolle sie Urlaub von Chicago nehmen, nur ein paar Monate. Die Tanten und Onkel in Maryland besuchen, vielleicht ein wenig malen, ruhige Landschaften, Wetter. Sie brauche diese Veränderung, in Chicago sei ihre Kunst festgefahren.

Ma hatte Verständnis. Schrieb Briefe an die Verwandten, die Florine abgeben sollte. Die Malerin war sich nicht sicher, ob sie Familienmitglieder aufsuchen wollte. Karl würde es sicher nicht gefallen, wenn sie ihn mit diesen hartgesottenen Farmern bekannt machte.

Sie hatte ihm viel über Maryland und ihre Kindheit dort erzählt. Über die ersten Jahre. Über die Ängste. Über die Bilder, die auftauchten, seit sie die feste Absicht hatte, nach vierzig Jahren dorthin zurückzukehren.

Karl schwärmte von New York, das er gerne mal wieder besucht hätte. Er kannte dort lauter Radikale, mit denen es sich trefflich streiten ließ. Robert Reitzel, den Herausgeber des *Armen Teufel*, wollte er aufsuchen.

Florine war nicht von ihrem Plan abzubringen, hatte Karl gebeten mitzukommen. Nach New York könnten sie immer noch reisen, aber im Augenblick würde sie keine große Stadt vertragen.

«Sind diese Plätze besetzt?»

Florine fuhr herum.

Die Stimme war der Karls sehr ähnlich.

Der Mann, der in der Abteiltür stand, trug Uniform. Chicagoer Schwarz.

«Alles besetzt», gab die Malerin von sich.

Einen Augenblick zögerte der Mann. Dann schob er die Abteiltür zu, ohne Florine aus den Augen zu lassen.

Ma schrieb zwölf Briefe. Viele Seiten. Sie wußte nicht, ob noch alle Anschriften stimmten, die Verwandten würden ihr sicher weiterhelfen, die hätten einen guten Zusammenhalt.

«Onkel Charles suche ich nicht auf», sagte Florine.

«Das kann ich verstehen. Dem hab ich auch nicht geschrieben», erwiderte ihre Mutter. Die verschnörkelte Handschrift auf den Umschlägen war kunstvoll, gestochen klar, schöner hätte die Künstlerin die Buchstaben auch nicht schreiben können.

Sie sah aus dem Fenster. Noch zwanzig Minuten.

Karl hatte gesagt, er werde ganz knapp vor der Abfahrt erscheinen, weil er noch vieles zu erledigen habe.

Die Hinrichtung sollte um die Mittagszeit sein.

Florine liefen die Tränen übers Gesicht. Ihr Herz klopfte. Sie bekam kaum Luft. Die Nachricht vom Tode Louis Linggs hatte sie erschüttert. Hatte sich dieser kräftige Rebell wirklich selbst gerichtet? Was für schöne Augen er hatte! Was für einen verwegenen Mund!

Vielleicht sollte sie ihn malen. Sein Gesicht ein blutiger Fleck, die beiden Augen weit aufgerissen inmitten der roten Masse, die Dynamitkapsel zwischen den Zähnen.

Ihr fiel auf, daß sie sich gar nicht erkundigt hatte, wie lange die Fahrt nach Maryland dauern sollte. Sie hielt Ausschau nach dem Schaffner.

Schasler hatte Glück. Der Droschkenfahrer kannte eine Abkürzung. Auf der großen Uhr über dem Eingang konnte er sehen, daß noch mehr als sieben Minuten Zeit war.

Großzügig gab er Trinkgeld. Der Fahrer zog die Kappe.

Die Fahrt durch die windige Stadt war angenehm gewesen. Die hohen Gebäude, die klaren Fassaden, das Gewühl der Krämer mit ihren Verkaufskarren. Es würde nicht das letzte Mal sein, daß er in Chicago war. Zu sehr hatte er sich an das Treiben gewöhnt. Maryland sah er nur als einen Zwischenaufenthalt an.

Eine Atempause.

Florine brauchte ihn. Er konnte ihr den Wunsch nicht abschlagen. Er hatte sich von ihren Illusionen anstecken lassen. Hatte geglaubt, daß man die Anarchisten begnadigen würde.

Seit neun Tagen gab es nun diese fürchterliche Gewißheit, daß Männer sterben mußten, weil er sich nicht gestellt hatte.

Immer wieder verfiel er in Niedergeschlagenheit, dachte an Spies und Parsons, Engel und Fischer. Wünschte ihnen einen schnellen Tod. Keine Schmerzen. Wünschte sich die Kraft, in ihrem Sinne weiterzuarbeiten. Was konnte er in Maryland schon ausrichten? Dann verging der Schmerz, schlug um in Wut, in Haß, in Rachegedanken. Florine mußte ihn zurückhalten. Noch in der letzten Nacht war er bereit gewesen, das Cook-County-Gefängnis in die Luft zu sprengen.

Als er die hohe Bahnhofshalle betrat, den schmalen Koffer in der Hand, kam er sich vor wie ein Flüchtling. Einer, der Reißaus nahm. Einer, der nicht standhielt.

Er würde nur ein paar Wochen in Maryland bleiben. Bis Florine wieder Kraft geschöpft hatte. Bis sie ruhiger war. Dann würde er nach Chicago zurückkehren und das Versäumte nachholen.

Er mußte die vier Anarchisten rächen. Bonfield und Schaack, Ebersold und Harrison durften nicht das letzte Wort behalten.

Plötzlich stand Pikser vor ihm.

Er erkannte ihn sofort.

«Mister Weissenbach, Sie wollen verreisen?»

Schasler antwortete nicht.

Im gleichen Augenblick traten zwei Zivile rechts und links neben ihn.

«Sie sind verhaftet, Mister Weissenbach.»

Schasler würdigte den Detective keines Blicks.

Die beiden Zivilen griffen zu. Jeder einen Arm. Pikser schnappte sich den Koffer.

«Haben Sie einen Haftbefehl?»

Detective Pikser entfaltete das Papier vor seinen Augen.

«Ich habe es immer gewußt, Mister Weissenbach, daß ich Sie eines Tages verhafte.»

Schasler sah seine beiden Namen auf dem Papier, seine verschiedenen Geburtsorte, und den Grund für den Haftbefehl: Vortäuschung einer Straftat.

«Gehen wir», sagte Pikser.

Er grinste.

Als der Zugführer das Dampfsignal zog, wurde Florine hellwach. Sie hatte ein wenig gedöst.

Sie riß das Fenster auf, konnte Karl aber nicht entdecken. Hatte er es doch nicht mehr geschafft?

Sie beruhigte sich mit dem Gedanken, daß er im Zug war, in einem anderen Abteil. Daß er nicht vom Bahnsteig aus eingestiegen war, um nicht gesehen zu werden. Oder daß er nachkommen würde.

Es war auch für ihn am besten, einige Zeit aus der Stadt zu verschwinden.

Zwölf Uhr. Die Stunde der Hinrichtung.

Sofort fielen ihr die Gesichter wieder ein.

Wie oft hatte sie die Männer im Gerichtssaal gesehen. Ihre Züge hatten sich eingeprägt. Sie würde sie niemals vergessen.

Hätte Karl sie retten können? Hätte man ihm geglaubt, wenn er sich früher gestellt hätte? Die Fragen beschäftigten sie immer wieder. Und auch Karls Antwort: «Ich stelle mich nicht, weil ich die Tat bereue, sondern nur, damit keine Unschuldigen hingerichtet werden.»

Sie fand sich mit dieser Antwort nicht ab. Sie würde nie Verständnis dafür haben, daß er die Bombe in die Menge warf. Niemals.

Schon wurden die Häuser flacher. Sobald der Zug das Zentrum hinter sich ließ, schien Chicago sich aufzulösen, dahinzuschmelzen.

Die ersten Grünflächen. Sogar um diese Jahreszeit noch bestrahlt von einer wärmenden Sonne. Die leichten Hügel.

Fast wie in Maryland.

Sie wollte malen. Nichts als malen. Sie würden sich in einem Hotel einmieten und ein Atelier finden, in dem sie ihre Staffelei aufstellen könnte. Ihr fiel ein, daß sie eine neue erwerben mußte.

Die Tür ging auf.

«Karl?»

Sie drehte sich um.

Es war eine junge Dame, die fragte, ob alle Plätze besetzt seien.

«Nein», erwiderte Florine, «nur dieser dort. Mein Begleiter wird gleich hier sein.»

Die junge Dame ließ sich vom Schaffner den Koffer ins Netz heben und setzte sich.

«Fahren Sie weit?» fragte sie.

«Bis ans andere Ende Amerikas», antwortete Florine, der es lieber gewesen wäre, Karl tauchte endlich auf.

Sie blickte aus dem Fenster.

Die Rauchschwaden der Lokomotive zogen gemächlich vorbei. Weiße Fahnen aus einem schwarzen Leib.

Ihr Vater fiel ihr ein.

Die Peitsche.

Hatte Karl das Bild mit der Peitsche eingepackt? Das einzige Gemälde, das er je von ihr kaufte.

Sie hatte einen Einfall.

Ein langes, schmales Bild. Mehr als einen Meter lang, nur zwanzig Zentimeter hoch. Die Tastatur eines Klaviers. Die Tasten sind Finger. Weiße und schwarze Finger, chromatisch geordnet. Einen Fingernagel wollte sie rot anmalen. Eine lebende Tastatur für ihre Heimat.

Ein Titel für das Bild fiel ihr nicht ein. Florine stand auf und bat die junge Dame, auf ihr Gepäck aufzupassen.

Dann machte sie sich auf die Suche nach dem heiligen Franz.

Kleines Glossar für Pennsylvania-Deitsch

Pennsylvania-Deitsch oder, wie die Amerikaner es nennen: Dutch, ist die Sprache der Vorväter, die sich am Ende des 17. Jahrhunderts in Germantown, Penn., angesiedelt haben. Wir verstehen Deitsch beim Hören oder Lautlesen fast ohne Mühe. 1942 erschien die erste Grammatik dieser Sprache, 1985 wurde sie von William D. Frey neu herausgegeben. (Einige der schönsten Wendungen konnte ich verwenden.) Um nicht allzuviel Mühe beim Lesen entstehen zu lassen, werden die schwierigsten Ausdrücke und einige Sprichwörter im folgenden erklärt.

Wu Schmook iss, iss a Feier.	Wo Rauch ist, gibt es ein Feuer.
schier	beinahe
Bauerei	Bauernhof
Ieme	Bienen
yuscht	nur
selli	diese
Geil	Pferde
Aerbeere	Erdbeeren
g'schpassisch	seltsam
Awwer's G'schaeft is bitter.	Die Geschäfte gehen nicht gut.
Moi	Mai
Freed	Freude
Daadi	Vater
Neegschdelieb	Nächstenliebe
Paare	Pfarrer
Kaerrich	Kirche
Drick spiele	Streich spielen

Kansel	Kanzel
Buwe	Jungen
Schpelle	Reißzwecken
Aerschaffing	Erschaffung, Schöpfung
wehgeduh	wehgetan
schur	sicher, bestimmt
Aerwet	Arbeit, hier: Arbeiten
Eegelob schtinkt!	Eigenlob stinkt!
Wie mers macht, so hot mers.	Wie wir es tun, so soll es sein.
schwetzen	sprechen
Druwwel	Ärger
Aag	Auge
Nooschens	Ideen
Bullhund	Bulldogge
Net g'schosse, iss aa verfehlt!	Wer nicht schießt, kann auch nicht treffen!
bosse	küssen
Unne Druwwel hot mer nichs.	Überall gibt es nur Ärger.

Nachwort

Auch dieser Roman kann nicht klären, wer die Bombe am 4. Mai 1886 auf dem Chicagoer Haymarket geworfen hat. Die Theorie, die ich vertrete, ist inspiriert von einem Dokument, das ich seit fast zwanzig Jahren in meinem Archiv habe.

Ein Bremer Wandergeselle behauptet in seiner Autobiografie, daß er in Chicago mit einem Mann namens Franz Wilhelm zusammengetroffen sei, der ihm glaubwürdig versicherte, er sei der Bombenwerfer gewesen. (Er lüftete sein Inkognito, weil er in dem Bremer Besucher einen anarchistischen Freund wähnte.) Als Beruf gab dieser Franz Wilhelm, wie mein Franz Weissenbach, an: Überlandverkauf von billigen Heiligenbildern.

Die Haymarket-Affäre gehört zu den am besten untersuchten Ereignissen in der amerikanischen Geschichte. Wohl auch deswegen, weil sie eine so nachhaltige Wirkung hatte: Die Bewegung um den Achtstundentag wurde um Jahrzehnte verzögert, der Anarchismus in den USA entscheidend geschwächt. 1907 erschien ein erster Roman über den Haymarket. Frank Harris läßt in «The Bomb» einen Ich-Erzähler auftreten, der Rudolph Schnaubelt heißt und der die Bombe wirft, weil Louis Lingg, sein geistiger Vater, ihn dazu animiert. Lingg soll Schnaubelt darauf zur Flucht nach England verholfen haben. (Wer die Zeitungen aus jenen Tagen liest, kann zu einer ähnlichen Schlußfolgerung kommen. Ein Roman mit Schnaubelt als Täter war also schon geschrieben.)

Neben den Chicagoer Tageszeitungen aus jener Zeit habe ich die ausgezeichneten Darstellungen von Henry David (1936) und Paul Avrich (1984) verwandt, ebenso die erst vor ein paar Jahren erschienene Darstellung von Heinrich Nuhn (1992) über den hessischen Sozialrevolutionär August Spies. Wohl nach Horst Karaseks erstem

Buch in deutscher Sprache (1975) die ausführlichste und klügste Zusammenfassung der Ereignisse. Ein Buch muß ganz besonders herausgehoben werden. Captain Schaack, der die Untersuchung leitete, hat im Jahre 1889 zu seiner eigenen Verteidigung ein über 600 Seiten starkes Werk geschrieben: «Anarchy and Anarchists». Er ahnte wohl schon, daß die Anklage und das spätere Urteil nicht zu halten waren. Im Jahre 1893 verfaßte der Gouverneur John P. Altgeld, der einzige Jurist in Chicago, der das Gnadengesuch für die deutschen Anarchisten nicht unterschrieb, eine «Pardon Message», mit der er die Todesurteile als schlimmste Klassenjustiz abkanzelte, den Justizirrtum aufdeckte und die drei noch inhaftierten Gefangenen sofort auf freien Fuß setzte. Diese ausführliche Schrift trägt deutlich die Zeichen von Scham und Sühne.

Die im Text kursiv gedruckten Passagen sind Originalzitate. Zumeist ergibt sich die Quelle aus dem Text, wo dies nicht der Fall ist, wird dies hier vermerkt.

4. Kapitel: Der Text stammt aus Paul Lissagaray «Geschichte der Pariser Commune».
5. Kapitel: Adhémar Schwitzguebel (ein Name, den ich mich nie zu erfinden getraut hätte) war einer der Schweizer Anarchisten. Die Passagen stammen aus seinem «Kollektivistischen Programm. Denkschrift der Arbeiterföderation des Distrikts Courtelary für den Jurakongreß des Jahres 1880». (Es wird dem Leser aufgefallen sein, wie überraschend weitsichtig diese Auszüge sind.)
10. Kapitel: Die Dynamite-Songs und die Parolen entnahm ich den Darstellungen von David und Avrich und der Biografie von Lucy Parsons.
14. Kapitel: Das Geständnis Ernst Huebners ist zitiert nach Captain Schaacks Buch.
17. Kapitel ff.: Die Aussagen und Statements aus dem Prozeß stammen teilweise von David, Avrich oder Nuhn. Manche auch aus den Chicagoer Zeitungen, die ich in der Newberry Library einsehen konnte.
20. Kapitel: Die Anklagen der Angeklagten, die H. M. Enzensberger zu den besten politischen Reden ihrer Zeit zählte, konnten nur in kleinen Auszügen wiedergegeben werden. (Allein Parsons

sprach acht Stunden.) Längere Auszüge finden sich bei Captain Schaack und Horst Karasek.

22. Kapitel: Aus der *New Yorker Volkszeitung*, zitiert nach Heinrich Nuhn.
Anregungen für die Figur der Florine Starkweather holte ich mir im Museum of Modern Art in New York, wo einige Jahre lang Bilder einer leider sehr unbekannt gebliebenen Malerin ausgestellt waren: Florine Stettheimer. Sie lebte rund zwanzig Jahre später als meine Malerin. (Zu Florine Stettheimer siehe: Parker Tyler, Florine Stettheimer, A Life in Art. Farrar, Straus and Company, New York 1963.) Aber schon 1880 gab es starke frauenbewußte Künstlerinnen, die mit den ersten Frauenrechtlerinnen kämpften. Die Komitees für die Verteidigung und spätere Begnadigung der Anarchisten wurden weitgehend von Frauen organisiert. Es würde mich freuen, wenn die Stilleben, die ich in meinem Roman erfunden habe, wirklich gemalt würden.

Die neuerliche Lektüre der anarchistischen Texte aus dem vorigen Jahrhundert wiesen mich auf ein Versäumnis hin, das ich hier nicht verschweigen will. Zu leichtfertig, weil mit der Frage der Gewaltanwendung stigmatisiert, habe ich in den siebziger Jahren diese Texte zur Seite gelegt. Tatsächlich befassen sich Proudhon, Stirner, Bakunin, Schwitzguebel, Kropotkin kaum mit der Frage der Gewalt, es sei denn im Falle des Tyrannenmordes, dafür weitaus mehr mit Überlegungen einer herrschaftsfreien Gesellschaft. In diesem Sinne zitiere ich gerne Emma Goldman: «Wir wollen nicht herrschen, aber auch nicht beherrscht werden!»

Danksagung

Ich habe einigen Dank zu sagen: der Newberry Library in Chicago, die mir die Zeitungen aus den Jahren 1885–87 zugänglich machte; Jürgen Dierking, der mir wichtige Hinweise auf die «windige Stadt» gab; Don Darnell, der mich durch Chicago führte; Panos Voglis, meinem Leib- und Magenbibliothekar der Universität Bremen; John Snyder aus Hershey, Chocolate-town, Pennsylvania; Dieter Rollfinke und Wolfgang Mueller von der High School in Carlisle, Pennsylvania, für viele Anregungen und Fotokopien; meiner Frau Marita für ihre Geduld; meiner Lektorin Ursula Locke-Groß für die gründliche und liebevolle Durchsicht des Manuskriptes; Urte Seidel, die mal wieder ein paar Kapitel in der ersten Fassung anhören mußte; Julia Alberts, die keine Mühen scheute, in Marburg Material für mich zu besorgen.

Jürgen Alberts

BILDNACHWEISE:

S. 14 «Faksimile des Rachezirkulars», bei: Heinrich Nuhn, *August Spies, ein hessischer Sozialrevolutionär*, Kassel 1992, S. 63.

S. 82 «Sturz der Vendôme-Säule», bei: Paul Lissagaray, *Die Geschichte der Pariser Commune*, Frankfurt o. J., S. 422.

S. 213 und S. 426 «Haymarket-Explosion» und «The Execution», bei: Michael J. Schaack, *Anarchy and Anarchists*, New York 1977, faksimilierte Ausgabe von 1889, S. 140 und 644.